NELSON R

MEM

AGIR

ODRIGUES

ÓRIAS

MENINA SEM ESTRELA

Capa e projeto gráfico
Luiz Stein Design (LSD)

Designers
João Marcelo
Fernando Grossman

Pesquisa de texto
Patrícia Pamplona

Revisão
Maryanne Linz
Clara Diament

Produção editorial
Juliana Romeiro

CIP-Brasil. Catalogação-na-fonte. Sindicato Nacional dos Editores de Livros, RJ.

R614m Rodrigues, Nelson, 1912-1980
Memórias: a menina sem estrela / Nelson Rodrigues. — Rio de Janeiro: Agir, 2009.

ISBN 978-85-220-0889-6

1. Crônica brasileira. 2. Rodrigues, Nelson, 1912-1980. 3. Dramaturgos brasileiros — Biografia. I. Título.

CDD: 869.98
09-0934 CDU: 821.134.3(81)-8

Este livro foi composto em Times 12/17,5
e impresso pela RR Donnelley
sobre papel offset 75g
para a Agir em maio de 2009.

AGIR

AGIR EDITORA LTDA. — Uma empresa Ediouro Publicações S.A.
Rua Nova Jerusalém, 345 — CEP 21042-235 — Bonsucesso — Rio de Janeiro — RJ
Tel.: (21) 3882-8200 fax: (21) 3882-8212/8313

À Lúcia

Aos meus filhos

Jofre

Nelson

Daniela

sumário

Nota do editor

POUCO antes de completar 55 anos, Nelson Rodrigues deu início a um mergulho em sua própria história. Convidado por José Lino Grünewald, em 16 de fevereiro de 1967, o autor estreou a coluna "Memórias" no segundo caderno do jornal *Correio da Manhã*.

Mais do que dramaturgo ou cronista, Nelson era, naquela época, uma personalidade cercada de frases lapidares. E quando se voltou para suas memórias o fez da mesma forma com que transformou a vida alheia em ficção: na urgência da hora, entre os fechamentos do jornal. Diariamente, ele entrelaçava suas lembranças de família — como o nascimento de sua filha Daniela, a "menina sem estrela" —, a atualidades e eventos da história do Brasil e do mundo que marcaram sua carreira. Em meio a referências cotidianas, escondem-se pequenas digressões, por exemplo, sobre sua infância:

> "E volto a 1913, ao mesmo Recife e ao mesmo Pernambuco. Mas não era mais Capunga e sim Olinda. Alguém me levou à praia e não sei se mordi primeiro uma pitanga ou primeiro um caju. Só sei que a pitanga ardida ou o caju amargoso me deu a minha primeira relação com o universo. Ali, eu começava a existir. Ainda não vira um rosto, um olho, uma flor. Nada sabia dos outros, nem de mim mesmo. E, súbito, as coisas nasciam, e eu descobria uma pitangueira ou um cajueiro."

Publicadas entre fevereiro e maio de 1967, as colunas guardam desta origem o formato — parágrafos numerados como se fossem tópicos e que dão ao texto um ritmo peculiar — e a mistura de permanência e efemeridade. São desse período as crônicas sobre a tragédia que levou toda a família de seu irmão, Paulo Rodrigues, e fez com que Nelson interrompesse as "Memórias" por mais de uma semana.

Das oitenta crônicas publicadas no *Correio da Manhã*, o autor reuniu as 39 primeiras, organizadas como capítulos, na coletânea *Memórias — A menina sem estrela*, lançada em 1967 pela editora do *Correio da Manhã*. No final do mesmo ano, Nelson transferiria seus textos memorialísticos para o jornal *O Globo*, na coluna "Confissões". Com esse material, publicaria ainda *O óbvio ululante* (1968), *A cabra vadia* (1970) e *O reacionário* (1977).

Além das 39 crônicas originais, esta edição inclui, como segunda parte, as 41 crônicas da coluna que Nelson deixou de fora da edição de 1967. Ao final de cada capítulo, informamos a data de sua publicação e, quando for o caso, indicamos as principais alterações que o autor realizou no texto. No final do volume, foram acrescentados uma cronologia para situar alguns dos episódios comentados pelo autor e um índice onomástico.

Prefácio

O Nelson Rodrigues que encontramos na coletânea *Memórias — A menina sem estrela*, um torrencial conjunto autobiográfico, é composto por todos os vários Nelson Rodrigues que conhecemos: o repórter, o cronista, o dramaturgo, o nordestino fascinado pelo Rio de Janeiro (e esses são apenas os poucos que no momento me ocorrem), expressados todos por um domínio da língua que cria um estilo pessoal. A observação direta da reportagem, a compacta economia da crônica, a vida e a individualização dos personagens, tudo chega a dar realmente a impressão de simplicidade e despojamento, mas não demora muito para nos darmos conta da elaboração, da cuidadosa escolha da palavra exata, do fluxo cujo ritmo se altera com a tensão do momento retratado.

A tragicidade da visão de Nelson fica esclarecida e justificada com as múltiplas experiências trágicas que ele viveu em sua família, e nos fazem sentir a necessidade premente de tornar a ler sua obra dramática, onde a presença da morte, dos perigos do ciúme e do adultério, das implacáveis conseqüências de escolhas e atos explodem nas ações avassaladoras que tanto chocaram leitores e espectadores de sessenta anos atrás. Deixar à luz do dia verdades que naquele tempo também existiam, mas eram cuidadosamente escondidas, como no empenho da dona de casa vitoriana em lavar quase que diariamente suas cortinas brancas para que ninguém pudesse ver a fuligem que as enegreciam, ou na poeira que, não podendo ser removida, era cuidadosamente varrida para debaixo dos tapetes, foi a missão do Nelson polemizado, ofendido e humilhado; porém era sua função também deixar transparecer o amor, a cumplicidade, de toda a família, que passavam incólumes pelas grandes dores, e se afirmava com o progresso e as realizações de cada um.

Escritas ao longo de quatro meses — fevereiro a maio — de 1967, essas “Memórias” cobrem cinqüenta anos de vida pessoal, familiar, profissional, bem como policial e política; e a fluência do todo, expressada em pequenos parágrafos que podemos ver como tendo a mesma funcionalidade das cenas e dos atos na dramaturgia clássica. Tudo isso nos mostra Nelson Rodrigues como um mestre das letras, no sentido de ter ele uma capacidade mais do que invejável de saber transmitir, pela linguagem escrita, formalmente justa, a sua múltipla visão do mundo em que viveu, e que soube amar e compreender.

Barbara Heliodora

Primeira Parte

Capítulo 1

1 Nasci a 23 de agosto de 1912, no Recife, Pernambuco. Vejam vocês: eu nascia na Rua Dr. João Ramos (Capunga), e, ao mesmo tempo, Mata-Hari ateava paixões e suicídios nas esquinas e botecos de Paris. Era a espiã de um seio só e não sabia que ia ser fuzilada. Que fazia ela, e que fazia o marechal Joffre, então apenas general, enquanto eu nascia? A *belle époque* já trazia no ventre a Primeira Batalha do Marne. Mas por que "espiã de um seio só"? Não ponho minha mão no fogo por uma mutilação que talvez seja uma doce, uma compassiva fantasia. Seja como for, o seio solitário é, a um só tempo, absurdamente triste e altamente promocional.

2 Mas a *belle époque* não é a defunta que, de momento, me interessa. Tenho mortos e vivos mais urgentes. Por outro lado, minhas lembranças não terão nenhuma ordem cronológica. Hoje posso falar do Kaiser, amanhã do Otto Lara Resende, depois de amanhã do Czar, domingo do Roberto Campos. E por que não do Schmidt? Como não falar de Augusto Frederico Schmidt? Seu nome ainda tem a atualidade, a tensão, a magia da presença física. Todavia, deixemos o Schmidt para depois. O que eu quero dizer é que estas são memórias do passado, do presente, do futuro e de várias alucinações.

3 Imaginem vocês que tive ontem, na esquina da São José com Avenida, uma experiência, e grave. Antes de prosseguir, porém, devo explicar que, para mim, nada é intranscendente. Pode ser um fato de infinita, exemplar modéstia. Digamos que a nossa galinha pule a cerca do vizinho. Pode haver uma peripécia de mais delicada humildade? Não. E, todavia, esse incidente, em que pese a sua aparente irrelevância, tem um toque de Graça e de Mistério. Se bem me lembro, é de Bernanos um romance que termina assim: — "Tudo é Graça."

4 O que foi dito acima tem a intenção de valorizar e dramatizar a tal experiência de ontem. Vamos ao fato: Todos os dias, almoço com minha mãe, nas Laranjeiras. Somos muitos e, por isso, a nossa mesa é numerosa e cálida como a da *Ceia*. É curioso! Depois de velho, dei para chamar minha mãe de "madre", "madre mia". E aqui confesso: — vou lá buscar a sua compaixão. Ela tem pena de mim, sempre teve. Fosse eu um Walter Moreira Salles e minha mãe teria pena de me ver, boiando num lago de milhões como uma vitória-régia.

5 Pois bem. Venho do almoço e salto do táxi na esquina referida. Por toda a cidade, um calor de rachar catedrais. Fecha o sinal e paro em cima do meio-fio. De repente, ouço aquela voz. Era um camelô, como há milhares e, eu quase dizia, como há milhões. Viro-me e fico olhando o sujeito. O camelô tem de ser um extrovertido ululante. E aquele estava, ali, virando a alma pelo avesso. Passa todo mundo de cara amarrada. O brasileiro é um furioso nato. O que se vê, na rua, são indignados de ambos os sexos.

6 Pois enquanto os outros passavam exalando uma ira misteriosa, o camelô só faltava virar cambalhotas de alegria total. Não tem um dente ou, melhor dizendo, tem uma antologia de focos dentários. O pior vem agora.
O sujeito está berrando:

— A Nova Prostituição do Brasil! A Nova Prostituição do Brasil!

E erguia um folheto, só faltava esfregar o folheto na cara da pátria. Todavia, não me espanto, ninguém se espanta. As pessoas passam e nem olham. Há qualquer coisa de vacum no lerdo escoamento da multidão. O camelô continua empunhando o folheto como um estandarte dionisíaco:

— A Nova Prostituição do Brasil! A Nova Prostituição do Brasil!

7 Esse sinal não abre? Abriu. Lá vou eu, de roldão. Mas a Avenida, da Praça Mauá ao obelisco, está ressoante do berro imortal:

— A Nova Prostituição do Brasil! A Nova Prostituição do Brasil!

Um turista que por ali passasse havia de anotar no seu caderninho: "O Brasil acaba de promulgar a sua nova prostituição." Para mim, era uma experiência inédita: — pela primeira vez, via uma prostituição promovida como sabonete, coca-cola ou grapete. Já na outra calçada, estaco. O que eu reclamava de mim mesmo era todo o espanto que não sentia. Sim, eu devia estar espantado, todos deviam estar espantados. De outra calçada, ainda vejo o camelô com sua euforia absurda. E o povo passando. Que nem todos parassem, vá lá. Mas alguém, alguém devia parar. Um funcionário, um soldado, um marinheiro ou um velhinho de camisa fina e imaculada. Mas todos seguiam seu caminho, inclusive uma mulata de Gauguin. Portanto, eu e os outros que passavam éramos também irreais, tão irreais como o camelô.

8 Quando o sinal abre para os pedestres, decido: — "Vou voltar." E volto. O que me põe doente é a falta de espanto. Preciso me espantar com a maior urgência. Já atravessei o cruzamento e estou, de novo, na esquina do camelô, junto ao próprio. Posso apalpá-lo, posso farejá-lo. Talvez compre o folheto da nova prostituição do Brasil.

Depois de cuspir para trás, por cima do próprio ombro, o homem recomeça:

— A Nova Constituição do Brasil! A Nova Constituição do Brasil!

Só então percebo o monstruoso engano auditivo. Onde é que meus ouvidos estavam com a cabeça? Ah, uma incorreção acústica pode levar o sujeito a sair por aí derrubando bastilhas e decapitando marias antonietas.

9 Por outro lado, também o camelô perdera a sua euforia brutal. Era agora um vago pobre-diabo, igual aos outros pobres-diabos que florescem em todas as esquinas da pátria. Sua depressão era bem irmã da minha, da nossa. Estava mais desdentado do que nunca. E, então, larguei tudo e vim-me embora. Pouco depois, entro numa leiteria (o certo é "leitaria", mas prefiro o errado). Trato minha úlcera a pires de leite como se ela fosse uma gata de luxo.

10 Tomando meu leite, faço as minhas reflexões de leiteria. Sem querer, e por causa de um engano acústico, eu descobrira o seguinte, dois pontos:

— o que nos falta é o que chamaria de "espanto político". Aqui, as coisas espantosas deixaram de espantar. Se um camelô brotasse de uma alucinação, invadisse a vida real e berrasse a "Nova Prostituição do Brasil" — ninguém cairia, ferido de assombro.

11 Vejamos outra hipótese. Se baixassem um decreto mandando a gente andar de quatro — qual seria a nossa reação? Nenhuma. Exatamente: — nenhuma. E ninguém se lembraria de perguntar, simplesmente perguntar: — "Por que andar de quatro?" Muito pelo contrário. Cada um de nós trataria de espichar as orelhas, de alongar a cauda e ferrar o sapato. No primeiro desfile cívico, o brasileiro estaria trotando na Presidente Vargas, solidamente montado por um dragão de Pedro Américo. E seria lindo toda uma Nação a modular sentidos relinchos e a escoicear em todas as direções.

12 Mas como ia dizendo: — nasci em 1912. E, por um momento, me inclino sobre a *belle époque*, tão defunta como suas plumas e lantejoulas fenecidas e seus nostálgicos espartilhos.

16/2/1967

Capítulo 2

1 Toda minha primeira infância tem gosto de caju e de pitanga. Caju de praia e pitanga brava. Hoje, tenho 54 anos bem sofridos e bem suados (confesso minha idade com um cordial descaro, porque, ao contrário do Tristão de Athayde, não odeio a velhice). Mas como ia dizendo: — ainda hoje, quando provo uma pitanga ou um caju contemporâneo, sou raptado por um desses movimentos proustianos, por um desses processos regressivos e fatais.

2 E volto a 1913, ao mesmo Recife e ao mesmo Pernambuco. Mas não era mais Capunga e sim Olinda. Alguém me levou à praia e não sei se mordi primeiro uma pitanga ou primeiro um caju. Só sei que a pitanga ardida ou o caju amargoso me deu a minha primeira relação com o universo. Ali, eu começava a existir. Ainda não vira um rosto, um olho, uma flor. Nada sabia dos outros, nem de mim mesmo. E, súbito, as coisas nasciam, e eu descobria uma pitangueira ou um cajueiro.

3 Que idade teria eu? Eis o que me pergunto: — que idade teria eu? Um ano, um ano e pouco, sei lá. Ou menos, talvez menos. Minha família morava diante do mar. Mas o mar, antes de ser paisagem e som, antes de ser concha, antes de ser espuma — o mar foi cheiro. Há ainda um cavalo na minha infância profunda. Mas também o cavalo foi cheiro. Antes de ser uma figura plástica, elástica, com espuma nas ventas — o cavalo foi aroma como o mar.

4 1913. O que a memória consciente preservou de Olinda foi um mínimo de vida e de gente. Eu me lembro de pouquíssimas pessoas. Por exemplo: — vejo uma imagem feminina. Mas é mais um chapéu do que uma mulher.

Em 1913, mesmo meu pai e minha mãe pareciam não ter nada a ver com a vida real. Vagavam, diáfanos, por entre as mesas e cadeiras. Depois, eu os vejo parados, com uma pose meio espectral de retrato antigo. Mas nem meu pai nem minha mãe falavam. Eu não os ouvia. O que me espanta é que essa primeira infância não tem palavras. Não me lembro de uma única voz. Não guardei um "bom-dia", um gemido, um grito. Não há um canto de galo no meu primeiro e segundo anos de vida. O próprio mar era silêncio.

5 Falei do mar e volto a ele. Tenho umas poucas obsessões que cultivo, com paciência e amor. Uma delas é o mar. Qualquer praia vagabunda, mesmo a de Ramos, tem para mim um apelo mortal. Às vezes, penso que já morri afogado em vidas passadas ou morrerei afogado em vidas futuras. Gosto até de cheiro de peixe podre.

6 Em 1914, houve o incidente de Sarajevo. Caçaram o arquiduque a tiros, bombas. Meu pai soube, e minha mãe, e meus tios, e as visitas. Mas na hora do atentado, eu não sabia que o arquiduque, já ferido de morte, soluçava para a mulher: — "Vive para os nossos filhos!" Era um defunto falando para uma defunta. Aquele homem assumia, ali, a sua plena e inefável miserabilidade. Deixava de ser um uniforme, um penacho, um par de botas. As medalhas escorriam sobre as tripas à mostra. E as esporas triunfais estavam agora geladas. Na hora de morrer, e quando sabe que está morrendo — o homem tem um olhar súplice e insuportável de criança batida. Não, não, um olhar de contínuo. Sempre, imagino que o arquiduque austríaco, com os intestinos de fora, morreu como o último dos contínuos.

7 Era a guerra. Um ano depois, nascia mais um, lá em casa. Era o sexto filho. Meu pai já espalhara por toda Recife: — "Se for menino, vai se chamar Joffre." E veio um menino, de cabelo de fogo. Esse irmão, que se uniria a mim como um gêmeo, ia morrer, aos 21 anos, tuberculoso. Depois da Revolução de 30, e até 35, eu e toda minha família conhecemos uma miséria que só tem equivalente nos retirantes de Portinari. Ainda agora, quando me lembro desse período, tenho vontade — vontade mesmo — de me sentar no meio-fio e começar a chorar. Eu e meu irmão Joffre passamos fome e foi a fome que estourou os nossos pulmões. Mas não quero misturar datas e contarei tudo isso, a seu tempo. (Naquela época, os jornais davam à tuberculose o nome imaculado de "peste branca". Por uma associação meio idiota, eu me lembro de Moby Dick, a "baleia branca". Mas estou divagando, e desculpem.)

8 Voltemos à guerra, isto é, à Primeira Grande Guerra. Meu pai embarcou para o Rio em 1915 (jornalista de combate, com tremendo potencial de ira, ele sempre imaginou que ia morrer assassinado). Pernambuco tornara-se pequeno para a sua ambição jornalística. Largou emprego, largou tudo, e disse à minha mãe: — "Você me espera. Se arranjar emprego, mando buscar você. Se não arranjar, volto." Partiu. Meu pai era gago, e daí, talvez, a ternura que eu tenho por todos os gagos. Que figura doce era meu pai e capaz de cóleras tamanhas. Cólera contra os outros, contra o mundo, mas trêmulo de ternura para a mulher e para os filhos. Morreu aos 44 anos de idade e jamais me deu um vago e merecido cascudo. Na hora, porém, do revide polêmico, era um Zola a descompor o exército francês. Mas meu pai não era homem de passar muito tempo longe de minha mãe.

9 No dia em que desembarcou no Rio, deu-lhe uma santa e provinciana pusilanimidade. Sua vontade foi voltar, correndo. O que ele não sabia, nem podia imaginar, é que minha mãe estava empenhando jóias, o diabo. Meu tio Augusto protestou: — "Não faça isso. É loucura!" Ela não aceitou nenhum argumento, nenhum raciocínio: — "Vou, porque vou, vou mesmo." Linda, minha mãe. Tenho retratos seus da mocidade e posso repetir: — linda, minha mãe. Um dia, meu pai recebe o telegrama: "Embarco hoje, navio tal. Beijos." E lá ficou ele, como uma barata tonta, lendo e relendo aquilo. Vinham minha mãe e seis filhos, o último de colo. Esse batalhão de crianças ia inundar o Rio de Janeiro. Diga-se de passagem que, há muito tempo, minha mãe vinha martelando meu pai: — "Vamos para o Rio. Você tem que ir para o Rio."

10 Uma coisa é certa: — meu pai só ficou por causa de minha mãe. E, quando entramos no navio, a Europa continuava morrendo e matando. Segundo dizia o *Eu Sei Tudo*, os alemães arrancavam o olho dos prisioneiros com o dedo em gancho. Só os alemães estupravam, só os alemães espetavam criancinhas na ponta das baionetas. Durante a viagem, meus irmãos mais velhos, Milton e Roberto, estavam eufóricos. A campanha submarina alemã espalhava o terror por todos os mares. Meus irmãos queriam ser torpedeados e, se morrêssemos todos, seria ótimo, ótimo. Quanto a mim, não me lembro de nada, ou por outra: — o que me ficou do navio foi a lembrança de uma delicada escarradeira de louça, com flores desenhadas em relevo. Finalmente, chegamos. No cais, estavam meu pai e Olegário Mariano, o poeta.

11 Eu só imagino a pungência, a plangência da cena. Minha mãe descendo a escadinha, com a filharada atrás, e sem um tostão (o dinheiro das jóias fora todo gasto nas passagens e em poucas gorjetas de bordo); e meu pai, sem emprego, rigorosamente sem emprego, ou melhor: — meu pai arranjara um emprego e fora despedido. Saímos dali e fomos — meus pais, com a filharada — para a casa de Olegário. Lá passamos não sei se vinte dias, um mês. Mas falei em Olegário e preciso contar um episódio que ocorreria trinta e poucos anos mais tarde. Tivemos um bate-boca, pelo telefone, de uma espantosa violência. Houve, de parte a parte, os insultos mais pesados. Olegário berrava: — "Eu te matei a fome! eu te matei a fome!" /

17/2/1967

Capítulo 3

1 Claro que o sujeito, seja ele um homem de bem ou um pulha, é um assassino falhado. Não há ninguém, vivo ou morto, que não tenha concebido a sua fantasia homicida. O melhor de nós já pensou em matar e já se imaginou matando, etc., etc. (Aliás, envergonha-me estar aqui proclamando o óbvio.) No dia em que Getúlio morreu, vi meu colega Albert Laurence irromper na *Última Hora*, atropelando as cadeiras como um centauro truculento. Crispou a mão no meu braço e me disse, com o olhar vazando luz: — "Eu vou matar Carlos Lacerda! eu vou matar Carlos Lacerda!"

2 Admirável Laurence! Francês e, se não me engano, de Marselha, era de uma emotividade de modinha antiga. Seu fervor assassino durou, se tanto, 24 horas. Dois, três dias depois, voltou a ser o mesmo enamorado de nossos clássicos e de nossas peladas. Mas como ia dizendo: — no dia em que Getúlio se matou, milhões de brasileiros assassinaram Carlos Lacerda. Eu próprio atendi, na *Última Hora*, cinqüenta telefonemas. O ódio vinha aos soluços: — "Eu vou matar Carlos Lacerda!" E eram homens, senhoras, velhinhas.

3 Assim fui eu com Olegário Mariano. Durante o bate-boca, ele me matou e eu a ele. E tudo por quê? O que ainda hoje me assombra e me dilacera é o motivo espantosamente imbecil. Eis o fato: — minha peça *Senhora dos afogados* fora interditada. Recorri ao então Chefe de Polícia, General Lima Câmara. Homem de temperamento forte, ele foi comigo, e com minha peça, um doce, um terno. Pedi uma Comissão de Intelectuais, cujo parecer salvaria ou não *Senhora dos afogados*. Indiquei nomes, que o general aceitou.

Olegário fora uma das minhas sugestões. Gilberto Freyre, outra. Muito bem: — Olegário votou contra, vejam vocês, contra (Gilberto a favor).

4 Tomei um baque quando vi o parecer da Comissão: — a maioria estava com a Polícia. Há, no meu texto, três ou quatro cenas fortes. Fortes por absoluta necessidade psicológica e dramática. E ai de mim! O nosso literato age e reage diante do sexo como uma Bernarda Alba. Sofrendo na carne e na alma, dei uma entrevista feroz e fiz uma alusão grosseira a Olegário. De noite, ele bate o telefone para minha casa. Começou assim: — "Nelson, você é um cafajeste!" Por minha vez, subi a serra: — "Cafajeste é você!"

5 O resto veio numa progressão fulminante. Falamos em "tiro na boca", em "te quebro a cara", etc., etc. Hoje, com Olegário morto, confesso: — eu não tinha razão. Olegário só podia votar contra. Ele seria um pulha, se admitisse tal peça. Eu era o anti-Olegário, *Senhora dos afogados* era a anti-Olegário. Imaginem que, na peça, um personagem fazia a apologia dos "eczemas da avó". Ora, o único, na Comissão, sem preconceito contra eczema era Gilberto Freyre. Dois anos atrás, a Polícia interditara outro original meu: — *Álbum de família*. E o dr. Alceu Amoroso Lima assumiu a corajosa defesa da Polícia. Sim, o Tristão aplaudiu a Polícia e quase pediu bis como na ópera. Também estava certo. Eu sou, e serei, do berço ao túmulo, o anti-Alceu.

6 Saí do telefone, exausto de odiar. Mas, por toda a noite, minha casa ficou ressoante do berro: — "Eu te matei a fome! eu te matei a fome!" Trinta e tantos anos já passaram. Eis o que me pergunto: — por que dei a tal entrevista e por que não aceitei um voto de uma honradez exemplar? Não quis ver que aquele sujeito ululante era o mesmo que há trinta e tantos anos estava no cais; e me carregou no colo; e nos deu mesa, cama e teto. Doce poeta! Foi um dos homens mais bonitos e mais amados do Brasil. Mesmo velho, ainda inspirava paixões. Disse que me matara a fome. Então, eu penso em *Os Maias*. Você me deu, sim, uma fatia de pão e um pouco de manteiga para lhe borrar por cima. Perdão, Olegário, eu sou uma boa besta.

7 Da casa do poeta não me lembro de nada. Minto: — me lembro de um pé de jambo, junto ao muro, e só. Passamos lá vinte dias, um mês e, depois, fomos morar na Rua Alegre, ao lado de uma farmácia. Aluguel de cento e vinte mil réis por mês. Amigos de meu pai fizeram uma vaquinha para comprar um mínimo de mobiliário. Eu me lembro do nosso jantar, na nova casa. Veio uma marmita de pensão e toda a família se reuniu em torno de um caixote. De repente, rompe, no gramofone do vizinho, a valsa do "Conde Luxemburgo". Foi com Franz Lehar que comecei a ouvir o mundo. A partir da opereta, tudo começou a falar. Eu escutava. Ouvia a voz do meu pai, de minha mãe; os galos cantavam; os passarinhos. Instalava-se uma fauna misteriosa e triste de ruídos noturnos. Uma vez, acordei de madrugada e fiquei escutando: — gargalhadas cínicas atravessavam a noite.

8 Nos primeiros tempos de Aldeia Campista não tínhamos empregada. Minha mãe precisou ir para a cozinha, para o tanque; fazia todo serviço, varria, espanava. Milton e Roberto, os mais velhos, tomavam conta dos menores. De vez em quando, a vizinha tocava o "Conde Luxemburgo". E então, minha mãe valsava, sozinha. E, nesse momento, ela se dilacerava de felicidade. Continuei descobrindo as coisas: — o céu, a folha de tinhorão, a morte e o sexo. Uma das minhas lembranças de Aldeia Campista é a seguinte: — manhã ou tarde de chuva. Eu estava olhando um pé de tinhorão plantado numa lata de banha. Era garoto de pé no chão e calça furada. Fiquei, ali, um tempo infinito, espiando o tinhorão bebendo chuva. Uma gota caía em cima da mesma folha, com obtusa monotonia. E aquilo me deslumbrava.

9 Mas o que gostaria de contar é, se assim posso dizer, o meu primeiro feito erótico. Como aconteceu, com quem aconteceu ou quando aconteceu, não sei. Palavra de honra, até hoje não sei. Um dia minha mãe estava na cozinha, quando entra uma vizinha, uma tal de D. Maria. Dava-se muito lá em casa, emprestava sal, açúcar, farinha, e era gorda como uma viúva machadiana. D. Maria chegou ventando fogo por todas as narinas. Entre parênteses, a santa senhora tinha uma filha única, menor do que eu, de bracinhos diáfanos e um respiro de passarinho.

A vizinha foi entrando e dizendo tudo:

— D. Ester, qualquer filho seu pode entrar na minha casa. Menos o Nelson. Desculpe, mas o Nelson, não.

Eu, não. Vejam vocês: — hoje, alguém poderia dizer, sem violentar a verdade: — "Proibido de entrar em casa de família aos quatro anos de idade." Mas o que é que eu fiz? Estou vendo a menina, que seria minha vítima, com sua lancinante fragilidade. Ainda por cima, tinha asma; e, nas crises, seus olhos se tornavam estrábicos de asfixia. Se Deus entrasse na minha sala e perguntasse: — "O que é que você fez? Conta pra mim. O que é que você fez?" Continuaria respondendo: — "Não sei." Deve ter sido um ultraje, uma coisa iníqua, abominável, à altura de tamanha indignação materna. Seja como for, o pecado é anterior à memória.

Toda infância é varrida de tias. Umas mais velhas, outras mais moças. Muitas vezes, eu chegava em casa e caía sobre mim aquela saraivada de tias. Quando fui para a escola pública, uma tia me levava, outra me trazia. Mas não era bem isso que queria dizer. O que queria dizer é que, até certa idade, o menino tem uma certa semelhança com o Demétrio, pai dos Karamazov. Como se sabe, para o velho bandalho, não há mulher feia. Qualquer uma tem um charme, uma graça, uma beleza, secreta ou ostensiva. Eu, menino, até os sete anos, também via as mulheres sem nenhum cuidado seletivo. Achava todas lindas, fabulosas, fossem brancas, pretas, tordilhas, gordas, etc., etc. A gravidez parecia-me de um gosto esplêndido, com aquele barrigão.

11 Até que, aos sete anos, vi, pela primeira vez, uma mulher nua. Aquilo ia influir por toda a minha vida.

18/2/1967

Capítulo 4

1 Meu Deus, se alguém me perguntasse o que há de mais patético no ser humano, daria a seguinte resposta fulminante: — "A nudez." Para mim, não há nudez intranscendente. Explicarei, mais adiante, por que um vago decote pode comprometer ao infinito. Mas o que me importa, de momento, é contar o grande espanto de minha infância.

2 Recentemente, no *Correio da Manhã*, o Paulo Francis falava na "demência insuportável" de Dostoievski. De acordo, e daí? Outro "demente insuportável", e de rasgar dinheiro, seria Tolstoi. E ainda outro, que também podia ser amarrado num pé de mesa, o Shakespeare de *Ricardo III*. Só o Pedro Calmon não é demente. (Estou divagando outra vez e desculpem.) Eis o que eu queria dizer: — a palavra "demência" levou-me a uma loucura antiga, nada literária e, até, analfabeta. Vejamos. Já contei, umas dez vezes, que minha família morava na Rua Alegre, Aldeia Campista, ao lado de uma farmácia. Na esquina, à esquerda da minha casa, residia um parente do marechal Hermes da Fonseca. E, ao lado, havia uma "cabeça de porco". Morava aí, com a mãe, por sinal lavadeira, uma moça, dos seus 25, 30 anos. A velha era portuguesa e a filha, não sei.

Era a doida da rua, do bairro. Não gritava, não agredia e nem falava. Ficava no quarto, dia e noite; e eu ouvia dizer que "tomava banho de bacia", com a mãe ensaboando, esfregando e berrando: "Fica quieta, fica quieta!" Dizia-se também que a demente tinha horror de banho (também não sei).

3 Em torno dessa loucura, fora montado todo um folclore; e, de vez em quando, vinha uma comadre e acrescentava mais uma fantasia. Certa vez, ouvi uma conversa de vizinhas. Uma das mexeriqueiras contou que a louca, nas noites quentes (ou frias, sei lá), tirava a roupa, tudo. E ia, assim, nua, até de manhã. De manhã, a portuguesa acordava e metia-lhe o chinelo.

Eu ouvi a história, de olho grande. Por muitos dias e muitas noites aquilo não me saiu da cabeça. Imaginava a nudez insone, nudez delirante, rodando pelo quarto.

4 Agora vem o tal grande espanto da minha infância. Eu já fizera sete anos, e estava na escola pública. Alguns alunos levavam merendas suntuárias. Lembro-me de um deles comendo pão com ovo. Pão com ovo! E a gema pendia-lhe do beiço, como uma baba amarela. Aquilo me apunhalava de inveja. Mas voltando à filha da lavadeira: — Eu sentia pela demente um certo encanto apavorado. Em casa, as tias avisavam: — "Não vai lá! Não vai lá!" Mas eu escapulia e, com pouco mais, estava brincando com os meninos da casa de cômodos. Até que tomei coragem.

5 Tomei coragem, passei a mão no trinco e empurrei a porta. Passei lá um segundo fulminante. Mas vi. A louca estava no fundo do quarto, encostada à parede — e nua. Completamente nua. Essa imagem de nudez acuada está, ainda agora, neste momento, diante de mim. Não esperei mais. Corri. Entrei em casa tão branco que alguém perguntou: — "O que é que você tem, menino?" Disse, se é que disse: — "Nada, não." Meti-me na cama; debaixo do lençol, tiritava de vergonha, pena, medo e, também, nojo. De repente, o mundo se enchia de nus. Cada qual tinha a sua nudez obrigatória. As donas da rua, se tirassem a roupa toda, estariam nuas como a filha da lavadeira.

6 Isso aconteceu em 1918, por aí. Um domingo, trinta e tantos anos depois, estou no portão. E ouço uma vizinha perguntar a outra vizinha, de janela a janela:

— Sabe quem morreu? A Marilyn Monroe.

— Morreu?

— O rádio está dando.

— Desastre?

— Suicídio.

Ora, quem se mata tem, automaticamente, o meu amor. E, além disso, prefiro as neuróticas (mais tarde direi por quê). Saí do portão, fui comprar cigarros e só pensava na suicida. Na sua adolescência, Marilyn posou nua para uma folhinha. E esse impudor mercenário foi, ao mesmo tempo, de uma fulminante eficácia promocional. Do dia para a noite, ela se tornou célebre: — célebre e nua, célebre porque se despira. Daí para Hollywood, a distância seria um milímetro.

A folhinha correu mundo. Foi desejada em todos os idiomas. Nos botecos de Bombaim, ou do Cairo, ou de Cingapura, os paus-d'água sonhavam com o frescor implacável de sua nudez. Ao mesmo tempo, ela se tornava uma grande atriz. Trabalhou com *Sir* Laurence Olivier. Não sei se antes ou depois, casou-se com Arthur Miller. Pouco importava o marido, o homem; o que a fascinou foi o grande dramaturgo (falso grande dramaturgo e pulha da pior espécie).

Tudo espantosamente inútil. Se ela fosse nomeada Rainha da Inglaterra, ou promovida a Madame Curte, ou carregada num andor — daria no mesmo. Nenhuma coroa, nenhuma estrela, nenhum manto — nada a salvaria de sua própria nudez.

7 Até que, num sábado, ou num domingo, ela se matou: A besta do Arthur Miller não entendeu nada. Fez uma peça infame. De seu texto, salva-se apenas uma única e escassa passagem. É quando Marilyn Monroe, de quatro, berra: "Eu queria ser maravilhosa! Eu queria ser maravilhosa!" Para morrer, Marilyn despiu-se como na folhinha. E morreu nua. Morreu folhinha.

8 Quero que vocês me entendam. São dois nus justapostos: — a demente de Aldeia Campista e a estrela de Hollywood. Essa relação é de uma nitidez apavorante, sem nenhum mistério. Não importa que uma seja doida e a outra não. Ou por outra: — que uma seja doida e a outra também. Na minha memória, uma e outra estão unidas como se fossem (Deus me livre) duas lésbicas. E há uma terceira figura que acho igualmente desesperadora.

9 A do biquíni. Sou um obsessivo, e houve alguém, se não me engano o Cláudio Melo e Sousa, que me chamou de "flor de obsessão". Exato, exato, e graças a Deus. O que dá ao homem um mínimo de unidade interior é a soma de suas obsessões. Pois o biquíni é o meu cotidiano espanto. Todos os dias, o meu táxi vai do Forte ao Leme, seguindo a mesma orla de umbigos. Não sei qual das três é a mais humilhada: — a louca da Rua Alegre, Marilyn Monroe ou a moça do biquíni. Diria que a atriz merece a desculpa apiedada do impudor mercenário. Posso até insinuar que foi a ordem capitalista que a despiu. Mas o biquíni é a folhinha de graça, a folhinha não gratificada, a folhinha sem cachê.

10 Sei que, falando assim, lembro, talvez, o Pastor de "Chuva", antes do pecado. Não faz mal. Vivo a dizer que considero o ridículo uma das minhas dimensões mais válidas. O medo do ridículo gera as piores doenças psicológicas. Mas falei, falei, e não estava dizendo o essencial. Ouçam — Marilyn Monroe morreu porque se despiu sem amor. E aí está a palavra: — amor, amor. Foi o remorso, foi a humilhação da nudez sem amor. Só o ser amado tem o direito de olhar um simples decote. E apenas um decote, mas só o ser amado pode olhar a linha nítida, tão nítida, que separa os seios.

19/2/1967

Capítulo 5

1 Ontem, depois da missa, uma senhora me pedia, em voz baixa: — "Não escreva mais sobre velórios." Vejam vocês: — o presente capítulo foi escrito no sábado da tempestade. No dia seguinte, meu irmão Paulo Rodrigues morria, com toda a família, no desabamento de Laranjeiras. Suspendi as Memórias. Só ontem é que fui reler o texto abaixo, disposto a rasgá-lo. Era uma meditação fúnebre e desesperada, quase profética. E, então, resolvi publicar tudo, sem cortar uma vírgula. Um dia — há coisa de uns seis meses — meu irmão Paulo Rodrigues veio me dizer: — "Não perde um filme que estão levando aí, italiano. Tem um velório genial." Dois ou três dias depois, tive uma tarde livre. E fui ver o tal filme italiano. Era uma história de bandido, truculenta, e sem nenhum pudor do dramalhão. Algumas de suas peripécias estavam a um milímetro, se tanto, do nosso Vicente Celestino. Todavia, o grande momento foi mesmo a morte do herói. Houve um pânico na platéia, quando ele apareceu, na mesa do necrotério — e cravejado de balas. E, súbito, invade a tela a mãe do bandido.

2 Qualquer dor tem seu repertório de gritos. Mas ninguém, em nenhum idioma, berra, soluça e uiva como a mãe daquele morto. Era siciliana e aí está dito tudo. Ao ver o cadáver, esganiçou gritos jamais suspeitados. Na minha cadeira, assombrado, confesso: — tive uma sensação de deslumbramento. Há muito tempo não via uma dor tão feroz. Mas foi na cena subseqüente que o diretor do filme entoou o dó no peito que trazia no bolso do colete.

3 Aquela mãe devoradora começou beijando o dedo grande do pé. Ou por outra: — não beijou apenas, o que seria pouco para a sua fome. Realmente, ela sorvia os dedos, um por um, como aspargos. A boca ativa, insaciável, continuou beijando: — a sola do pé, o calcanhar, as canelas. A imagem, monotonamente descritiva, não deixou escapar nada. Era uma dor violentada, exagerada. A própria tela ampliava tudo, dando a cada esgar uma dimensão miguelangesca.

4 E, de repente, alguém ri, em falsete, na platéia. Logo, outros focos de riso surgiram, aqui e ali. Na treva, eu, sério, fazia a seguinte e humilhante reflexão: — "Eu não serei beijado assim." Mas por que o riso, eis a pergunta, por que o riso? Talvez porque a grande dor gesticule e vocifere como a canastrona do velho teatro. Só eu não achei graça. Eu e uns poucos mais. Com a cena do necrotério, deflagrou-se, em mim, um novo movimento proustiano, um novo processo regressivo.

5 Voltei à Rua Alegre. Enquanto a siciliana beijava os pés do filho, eu era, novamente, menino de seis, sete anos. Era assim que se chorava nos velórios antigos. Em 1917, 18, 19, os enterros saíam mesmo de casa. Não era como agora. Agora, despacha-se o cadáver pelos fundos. É uma espécie de rapto vergonhoso, como se a morte fosse obscena. Naquele tempo, o sujeito era velado, chorado e florido no próprio ambiente residencial. Tudo era familiar e solidário: — os móveis, os jarros, as toalhas e, até, as moscas. De mais a mais, o enterro atravessava toda a cidade. Milhares de pessoas, no caminho, tiravam o chapéu. Ninguém mais cumprimentado do que o defunto, qualquer defunto.

6 Mas havia o chapéu, e repito: — tínhamos o chapéu. Pode parecer pouco, mas é muito. Sei que o nosso tempo não valoriza a morte e a respeita cada vez menos. Por vários motivos e mais este: — falta-nos o instrumento da reverência, que é o chapéu. Era lindo ver toda uma cidade cumprimentando um caixão, mesmo de quinta classe. Dirá alguém que a inovação da capelinha mudou tudo. A morte não mais desfila como um préstito. Há capelinhas, dentro e ao lado do cemitério. Mas o chapéu influía, sim, em nossa relação com a vida eterna.

Um dia, em 1917, eu soube que se morria. Nem todos, claro. Eu, papai, mamãe, meus irmãos não morreríamos, nunca. Só os outros. Às vezes, tento fazer uma antologia de mortos, dos meus mortos. O primeiro, ou a primeira, foi a menina da febre amarela. Ou por outra: — não foi a menina. Houve, antes, um rapaz da rua, triste, asmático e cheio de espinhas na cara. Guardei o seu diminutivo: — Carlinhos. Todas as tardes, eu o via passar, de braço, com a noiva. Os dois iam de uma esquina a outra esquina. Lembro-me que, certa vez, Carlinhos pagou-me sorvete de casquinha. Bem. E o fato é que, lá uma vez, o rapaz brigou com a menina. O motivo não sei, talvez ciúmes.

E ele a avisou:

— Olha. Amanhã, você vai ao meu enterro.

Ou a menina era geniosa ou não acreditou. Largou-o na calçada. Carlinhos saiu dali para a farmácia. Por acaso, eu estava lá, pequenino e cabeçudo como um anão de Velásquez. Sempre que me via, ele passava a mão pela minha cabeça e me chamava de "batuta". Desta vez, nem me olhou.

Disse para o homem da farmácia:

— Vou viajar. Vou fazer uma viagem.

Tomou o veneno, junto ao balcão. O homem da farmácia olhou sem entender nada. O freguês adernou e caiu, com as duas mãos no ventre e as entranhas em fogo. Ainda me pergunto se foi pó, líquido ou pastilha. Mas não importa. O farmacêutico começou a gritar. Apareceu, logo, uma multidão. Alguém me enxotou com uma palmada:

— Vai embora, anda, sai daí!

7 Foram avisar, correndo, à mãe do rapaz e à noiva. Quando, porém, as duas chegaram, ele estava morto. Lá de casa — ao lado da farmácia — eu ouvia os ataques.

Hoje, graças à capelinha, a dor tem uma disciplina, uma polidez, uma cerimônia, prodigiosa. Não há mais ataques. Só na Zona Norte mais profunda, acima da Tijuca, talvez sejam ainda possíveis os velórios esganiçados, convulsivos.

Volto à farmácia. Meus irmãos maiores contaram, depois, tudo o que aconteceu. Primeiro, veio a mãe; depois, a noiva. A mãe entrou, atropelando os presentes. Atirou-se sobre o morto que lá estava, quieto, de pernas abertas, estirado no ladrilho. Por cima do filho, sacudia-o como se o agredisse, como se o odiasse. E, depois, rompe a noiva.

Vozes pediam:

— Não faça isso! Calma, minha senhora! Segura, aí, segura!

Os homens queriam arrastar uma outra. A mãe, professora e viúva, escoiceava. A noiva meteu as unhas na cara de alguém. E, finalmente, deixaram as duas em paz. Todos ficaram ali, parados, vendo aquele defunto possuído por duas mulheres. A professora montara no filho, com os dedos cravados nos seus cabelos frios. E a noiva atracou-se com as pernas e os sapatos do ser amado. Estava, ali, com uma antecipação de quase quarenta anos, o puro "Bandido Giuliano".

Mas como ia dizendo: — a noiva beijou os sapatos e, em seguida, os tirou e, não contente, arrancou as meias para beijar os pés nus e gelados.

8 Assim foi um suicida que me revelou a morte e eu quase dizia: — foi um suicida que me ensinou a morrer. Quando Getúlio se matou, pensei na grande cena da farmácia. Imaginei que alguém, como a noiva antiga, podia beijar os seus sapatos ou, antes que o calçassem, os seus pés sem meias. Não me falem da carta-testamento, tão secundária diante do tiro no peito.

Bem me lembro do justo momento em que tive a notícia, pelo rádio, na voz de Heron Domingues. Getúlio morto. De repente, senti que Deus prefere os suicidas.

1/3/1967

Capítulo 6

1 Quando meu irmão Mário Filho morreu, escrevi que a morte é anterior a si mesma. Ela começa muito antes, é toda uma luminosa e paciente elaboração. Nos seus últimos dias, Mário Filho teve a lucidez, a sabedoria, a chama de quem vai morrer. Não vi no seu rosto, no seu último rosto, nenhum espanto, nenhum medo, nenhum ressentimento. Rosto tão doce, tão compassivo, tão irmão. Parecia uma morte consentida, quase desejada.

2 Mas vi meu irmão Mário e não vi meu irmão Paulo. Nem Maria Natália, nem Ana Maria, nem Paulo Roberto, nem D. Marina. O que me pergunto é se também Paulinho, sua mulher, seus filhos, sua sogra — começaram a morrer antes. E só peço que nem meu irmão, nem meus sobrinhos, nem minha cunhada tenham percebido nada. Imagino uma morte compassiva, sem tempo para o medo e para o grito. Mas o pior é que Maria Natália percebeu, sim, e gritou.

3 Tudo começou no domingo. Eu e Lúcia, em nossa casa, ligamos para Johnny Halliday; Paulinho, na dele, com toda a família, ouvia o mesmíssimo Johnny Halliday. Já na véspera e por todo o domingo, a terra deslizara por debaixo da pedra. Era a morte e ninguém sabia. João, amigo do meu sobrinho Paulo Roberto, estava lá. E Maria Natália fazia anos (tinha ódio da data). João fora buscar Paulo Roberto para um cinema. Eu, em casa, via o cantor arrancar a camisa e, seminu, atirá-la na platéia, num rompante erótico.

4 O que houve, em seguida, foi tremendo. No vídeo, estava o dorso, lustroso e crispado. E, em baixo, na platéia, correrias, atropelos, uivos. Cabeludos e meninas cavalgavam as cadeiras. A camisa foi possuída, violentada, estraçalhada. Na Rua Cristóvão Barcelos, Paulo Roberto preferia Johnny Halliday (o cantor era a morte), preferia Johnny Halliday ao cinema. E, então, a pedra se desprende. Ia levar, de roldão, uma casa, o edifício seguinte e, por fim, o de Paulinho. Maria Natália empurra o João: — "Corre, que a casa está caindo!" O menino correu. Veio pela escada, enquanto o mundo desabava. Diz ele que ouviu, ainda, o grito de Ana Maria. Mas por que seria o grito de Ana Maria e não um grito sem dono, desgarrado, perdido?

5 Na minha casa, bate o telefone. Lúcia atende. Está falando e eu pergunto: — "Quem é?" Ela tapa o fone: — "Papai." Mentira. Era minha irmã, desvairada: — "Desabou o edifício de Paulinho." Lúcia sai do telefone; mente — "Lá de casa. Papai chegou de Petrópolis." Depois, o telefone não parou mais e só ela atendia. Continua mentindo com medo do meu coração. Até que um amigo, o Dr. Silva Borges, telefona, avisando: — "A Continental deu que Paulo está no Souza Aguiar." Só então minha mulher começou a dizer a verdade. Repetia, desatinada: — "Se está no Souza Aguiar está vivo."

6 Eu, Lúcia, meus filhos Joffre e Nelsinho, meus irmãos Augusto, Helena, Stela varamos a noite, de hospital em hospital. No Souza Aguiar, nada. De *O Globo* vieram Carlos Tavares, Menezes, Ricardo Serran, Carlos Alberto. Meu primo Augusto Rodrigues e meu cunhado Francisco Torturra foram para General Glicério; e, lá, fizeram uma vigília de lama, pedra e vento. Eu só pensava em Paulinho, eis a verdade, só pensava em Paulinho. Ao meu lado, Mário Júlio Rodrigues só pensava em Paulinho (e os primeiros mortos vinham esculpidos em lama). No meio da madrugada é que, de repente, eu percebo tudo: se morressem a mulher, os filhos, se morresse toda a família ele não sobreviveria. Era uma estrutura doce e tão frágil. E havia entre ele e Maria Natália uma paixão de Pedro, o Cru, por Inês de Castro; e do casal pelos filhos um amor de loucura. Penso também em D. Marina, mãe e avó, que os seguia, trêmula de amor, como uma fanática.

7 Na segunda-feira, veio a notícia: — Reconhecidos Maria Natália, Ana Maria, Paulo Roberto e D. Marina. Paulinho não fora ainda encontrado. Eu o imaginei vivo, por um milagre, vivo. Mas quando visse os outros mortos, não tardaria a raiar para ele ou a estrela dos loucos ou a estrela dos suicidas.

O espantoso é que, desde o desabamento, eu me encontro, a toda hora, com minha infância. Meus pais ainda moravam em Aldeia Campista quando dois namorados se mataram no Alto da Tijuca, perto da Cascatinha. Daí para o jornal de modinhas foi um pulo. Três ou quatro dias depois, o pacto de morte tinha o seu verso, a sua rima, o seu canto. Eis o que eu queria dizer: — vem, de minha infância, o deslumbramento por todos os que se juntam para morrer.

8 Cada um de nós morre só, tão-só, tão sem ninguém. E meu irmão Paulinho, sua mulher, seus filhos (e D. Marina) parecem unidos numa morte consentida e desejada. Sim, como os namorados de velhas gerações. Mas eu falo em "irmão" e não é bem a verdade. Ou por outra: — seria convencionalmente irmão e, por sentimento, filho. Todos nós, seus irmãos mais velhos. Amávamos Paulinho como a um filho e pior: — como a um filho caçula. Por isso é que a sua morte nos fere, e tão fundo, na carne e na alma.

9 Na madrugada de segunda para terça-feira, acharam seu corpo. Graças, graças, iam ser enterrados juntos. Às nove da manhã estava eu na Capela Real Grandeza. Alguém veio me sussurrar: — "Ainda não chegaram." Colocam as primeiras coroas nos cavaletes. Houve um instante em que me deu um ódio negro e cego contra o bar da capela, instalado no andar de cima. É um balcão que serve tudo, coca-cola, guaraná, grapete, sanduíche e cafezinho. A dor tem, ao fundo, um alarido de xícaras e de pires. Enquanto os cinco caixões não chegam, penso que há entre mim e Paulinho não sei quantas coisas entrelaçadas. Naquele momento, descobri que não se deve adiar uma palavra, um sorriso, um olhar, uma carícia. E como me doía não ter dito a ele tudo, não ter feito as confissões extremas. Eu percebia, ali, que nós olhamos tão pouco as pessoas amadas. Quantas palavras calei com pudor de ser meigo, vergonha de parecer piegas? Agora mesmo eu não chorava como queria. Meu Deus, por que havemos de sofrer como Rilke?

10 Eu queria falar, falar sobre meu irmão. O que me fascinava em Paulo Rodrigues era sua luminosa, ardente humildade. Essa humildade foi, primeiro, uma qualidade vital e, depois, uma virtude literária.

Tenho, na cabeça, quase tudo que ele escreveu. Foi talvez por humildade que, nos primeiros escritos jornalísticos, preferiu usar fatos miúdos, quase imperceptíveis. Num instante, percebemos que era o grande poeta da ocorrência menor, o estilista do fato insignificante. Deixava de lado as tragédias óbvias e enfáticas para trabalhar no lixo do noticiário. E como sabia ver, num vago incidente de tráfego, todo o mistério e dramatismo das coisas.

11 Está na sua obra romanesca o delicado, o incomparável virtuosismo com que sempre recriou as miudezas da crônica policial. Vejam o seu último, *O sétimo dia*, que é uma exata, inapelável obra-prima. A rua, a esquina, o boteco, o pau-d'água, tudo tem para ele um apelo encantado. Seus vagabundos são de uma formidável tensão dionisíaca. Sabia, como nenhum outro, dar ao miserável uma dimensão insuspeitada e fremente. O leitor ou crítico pode selecionar, nos seus escritos, uma antologia de pulhas magistrais.

12 Eu me lembro da nota que fez sobre o episódio da cusparada. Com uma meia dúzia de linhas, transmitiu ao incidente uma tremenda força lírica. Eis o fato: — um cidadão, que ia numa "Mercedes-Benz", teve vontade de cuspir. Verifica, porém, que alguém o olha, no táxi, ao lado. Deu-lhe uma espécie de escrúpulo, cerimônia, pudor ou sei lá. E resolveu esperar das duas uma: — ou que a "Mercedes" ultrapassasse o táxi ou que este ultrapassasse a "Mercedes". Nem uma coisa, nem outra. Os dois carros corriam juntos e juntos param no mesmo sinal. O passageiro do táxi não tira os olhos. O outro imagina: "Sabe que eu vou cuspir." E pergunta, de si para si: — "Cuspo ou não cuspo?" Entupido de saliva, rala-se de uma ira homicida e impotente. A coisa podia acabar em tapa, tiro, talvez em morte.

Paulo Rodrigues fez, com o episódio de tráfego, uma página inesquecível, de uma qualidade machadiana. Eu disse Machado e já penso em Drummond. O "Caso da Cusparada" tem a densidade do "Caso do Vestido".

13 Às 11 horas de terça-feira, chegam os cinco caixões. Decidimos que não seriam abertos. Eu os vi passando, carregados. E, então, imaginei que ninguém é mais importante, para nós, do que os mortos esculpidos na memória da família.

2/3/1967*

---

* Crônica republicada na edição de *O Reacionário* de 1977 com o título de "Paulo Rodrigues" e inclusão de dois parágrafos. No primeiro, Nelson fala sobre a resenha esportiva dominical deveria gravar na TV Globo ("Também me preocupava a resenha esportiva dominical. Toda a cidade tremia de clarões. E eu queria comparecer ao programa. [...] Por fim, uma moça da Globo deu a última palavra: — 'Não vai haver a resenha.'). O segundo reproduzimos aqui na íntegra: "Enquanto me divertia com as chuvas, Paulinho estava morrendo. Pois algo de mim também foi sepultado em lama, pedra e vento. Sou outro 'depois das chuvas'. É um corte tão fundo, e tão violento, e tão sem piedade. Quando digo 'antes das chuvas', estou falando de um outro mundo, de outro idioma, de outra encarnação e, mesmo, de outras chuvas. Tanta coisa morreu com o desabamento, inclusive eu próprio. Não pensem que não morri também. Como poderia eu brotar, intacto, da catástrofe? Naquele domingo, estava na minha casa, longe e protegido, ouvindo e vendo Johnny Halliday contaminar a cidade com o seu erotismo ululante."

Capítulo 7

1 E eis que, na terça-feira, pela manhã, dobro a esquina e quase esbarro com a D. Odete. Com esse nome de Zona Norte, é minha vizinha em Ipanema. D. Odete não me via desde o desabamento. Imagino: — "Vai me dar os pêsames." E ai de mim. Quando sinto que alguém vai me dar os pêsames, tenho vontade de correr e repito: — correr, fisicamente, com todas as potências do meu pânico. (E, ao mesmo tempo, gosto, desejo, preciso de uma compaixão unânime e total. Por isso, não passo um dia sem ver minha mãe. Ela ainda não sabe que os dois estão mortos: — Mário e Paulinho.)

2 Falo em "dois" mortos e tenho uma brusca vergonha de ter, por um momento, esquecido Maria Natália, Ana Maria, Paulo Roberto e D. Marina. Mas como dizia, entre parênteses, minha mãe tem pena de nós. Seu amor é uma pena sem fim. Tem para mim um olhar compassivo, como se eu fosse um contínuo e ela precisasse me compensar de velhas e santas humilhações. Mas disse que minha mãe não sabe e já me vem uma dúvida. Talvez saiba e, por compaixão, pena de nós, simule uma inocência desesperadora. Nunca mais perguntou por Mário, Paulinho, nem pelos dois netos, nem pela nora. Só outro dia é que, de repente, suspirou: — "Eu quero aquele vestido preto." Há um suspense na família. Uma das filhas ralha, alegremente: — "Mas vestido preto é feio, é triste, mamãe." Ela tomou um ar meio alado e ninguém entendeu aquela nostalgia do luto. E foi só.

3 Volto a D. Odete. Estava disposto a não vê-la e passar adiante. Mas ela me trava, solidamente. Sua mão, voraz, está crispada no meu braço. Paciência. Vai me dar os pêsames. (Na Zona Norte, para lá da Praça Saens Peña, há várias Odetes.) Perfilo-me diante da vizinha. Mas ela não me dá os pêsames. Diz e, até, com certa satisfação: — "Ontem, eu vi o senhor com a cabra." Recebo um baque. Logo, porém, baixa uma luz em mim. Tinham posto, no ar, em *Noite de Gala*, o meu videoteipe, com o governador Negrão de Lima, o terreno baldio e a cabra.

4 Desatinado, começo a perguntar: — "Mas avisaram, hem, D. Odete? Avisaram que o programa foi gravado antes das chuvas?" Negou com a cabeça, ao mesmo tempo em que respondia com uma dessas certezas radiantes: — "Em absoluto! Ninguém avisou nada!" Repeti, numa fúria: — "Mas eu gravei antes das chuvas! Foi antes das chuvas, D. Odete!" Ela suspirou: — "Pois é, pois é!" Eu, em pé, na calçada, pensava no programa, no seu *décor*, nas suas figuras. A cabra é tão antiga como o homem e talvez anterior ao homem. Posta no vídeo, ela se impõe como uma imagem forte, obsessiva, ornamental.

5 Ainda por cima, o bicho passa 24 horas sem comer; quando entra em cena, não faz outra coisa senão devorar capim, isto é, senão mastigar a paisagem. Esse humor atroz deve ter sido quase uma agressão para o telespectador. Ninguém entendia que eu, em plena tragédia, fosse para o vídeo dizer piadas. Largo D. Odete e saio, como um possesso. Pouco depois, encontro o Vieira, de *O Globo*. Sussurrou-me: — "A tua entrevista com o Negrão estava um troço!" Mais adiante, um outro pisca-me o olho, com uma malícia torpe: — "Terreno baldio, hem?" No mesmo dia e no dia seguinte, por toda parte, falavam. E eu, como o réu de toda uma cidade, respondia: — "Gravei antes das chuvas! Antes das chuvas!"

6 Até que, de repente, paro e pergunto, de mim para mim: — "Mas que é isso, meu Deus, que é isso?" As coisas começaram a ficar bem claras. Eu fora colhido por um surto de pusilanimidade feroz. Era o medo puro, o medo abjeto, do que pudessem pensar ou dizer de mim. Por que explicar, por que justificar, se o que importa é sofrer, apenas isso, sofrer. A estação não datou o programa? Melhor. Não importa a minha inocência. O que importa é que Paulinho morreu e que minha mãe queria pôr um vestido preto.

7 Minha vida está agora dividida em dois tempos: — "antes das chuvas" e "depois das chuvas". É um corte tão fundo, e tão violento, e tão sem piedade. Quando digo "antes das chuvas", estou falando de um outro mundo, de outro idioma, de outra encarnação e, mesmo, de outras chuvas. Tanta coisa morreu com o desabamento. Inclusive eu próprio. Não pensem que não morri também. Como poderia eu brotar, intacto, da catástrofe? Naquele domingo, estava na minha casa, longe e protegido, ouvindo e vendo Johnny Halliday contaminar a cidade com o seu erotismo ululante.

8 Agora me lembro: — não era somente Johnny Halliday. Também me preocupava a resenha esportiva dominical. Toda a cidade tremia de clarões. E eu queria comparecer ao programa. Mas Lúcia teimava: — "Não vai! não pode ir!" Telefonei para o José Maria Scassa e o colega respondeu: — "O negócio aqui está preto. O Jóquei tem metro e meio de água. Estou preso, ilhado." Em Santo Amaro, Luiz Alberto era outro acuado. Augusto Melo Pinto, o produtor da resenha, fora jogar nos cavalos e naufragara no prado. No fundo, no fundo, estávamos achando uma graça infinita nas águas. Por fim, uma moça da "Globo" deu a última palavra: — "Não vai haver resenha."

9 Enquanto me divertia com as chuvas, Paulinho estava morrendo. Pois algo de mim também foi sepultado em lama, pedra e vento. Sou outro "depois das chuvas". E me admira que eu tenha mudado e os outros não. As pessoas continuam indo à praia; meninas tomam grapete de biquíni. Uma catástrofe eufórica como a de Laranjeiras realmente não influiu na cor de uma gravata. O homem esquece antes de sofrer. Agora mesmo, tenho diante de mim um recorte de jornal. É a croniqueta do poeta Drummond, sobre o desabamento. Já vasculhei o papel impresso, já o apalpei, já o farejei, já o virei de pernas para o ar.

10 E o papel não diz nada. Mas como? O nosso poeta nacional escreve sobre a tragédia e não consegue dizer nada? Aí está dito tudo: — nada. Aliás, tudo, no seu escrito, está errado. Preliminarmente, uma catástrofe, para os seus largos movimentos, exige espaço, exige extensão. E a crônica miúda é um gênero próprio para o furto de galinhas. Duzentas mortes pedem a abundância de Jorge de Lima da *Invenção de Orfeu*. Ora, o poeta teria de dizer, em meia dúzia de linhas, verdades jamais concebidas. Não disse. E há, no meio da crônica, quase no fim, uma alusão, de passagem, a Paulo Rodrigues. Os dois se conheciam; Paulinho tremia de admiração pelo poeta; dedicou-lhe seu último livro, *O sétimo dia*. E Drummond faz-lhe a concessão de uma frase e repito: — Drummond pinga uma frase, e não mais, sobre os cinco corpos cravados na pedra. Gilberto Amado vem de longe e desembarca aqui, ferido de espanto. Sua primeira palavra é para Paulo Rodrigues, que ele "carregara no colo". E o poeta Drummond? Pôs, numa frase escassa, toda a aridez de três desertos.

3/3/1967

Capítulo 8

1 Já falei da louca, filha da lavadeira. Foi a primeira mulher nua que vi na minha infância. E, ainda agora, ao bater estas notas, tenho a cena diante de mim. Eu me vejo, pequenino e cabeçudo como um anão de Velásquez. Empurro a porta e olho. O espantoso é que sinto uma relação direta e atual entre mim e o fato, como se a memória não fosse a intermediária. A demente tem a tensão e o cheiro da presença viva. Mas como ia dizendo: — no fundo, encostada à parede, está a nudez acuada.

2 Eu já vira meninas nuas, de três, quatro, cinco anos. Mas a filha da lavadeira era uma mulher feita. Estou espiando; a doida me olha também, estrábica de medo. O corpo parado. Mas eis que se torce e destorce, numa súbita danação. A última imagem que fica em mim, cravada em mim, é de uma nudez que se enrosca em si mesma. Fujo, então, apavorado.

3 E o estranho é que, nunca, nunca, abri a boca para contar esse episódio de infância. Ninguém sabia. Eu jamais disse a um irmão, a um amigo, a ninguém: — "Aos seis anos de idade, vi uma doida nua." E como a moça não falava — era louca e muda — também ela não trairia o segredo inútil. Eis como, através das gerações, ninguém desconfiou, ninguém. Aos 54 anos de idade, começo as minhas memórias e decido: — "Vou contar." Feita a confidência, senti uma espécie de paz, tardia, mas reparadora.

4 Ela morreu há muito tempo. Uma demente e, ainda mais, filha de lavadeira (e viúva) morre mais que os outros. E essa nudez, entrevista por um garoto, é talvez o único vestígio de sua passagem terrena. Não deixou um nome, um

rosto, um gesto, um grito; é apenas, e para sempre, essa nudez acuada no fundo do quarto. Um ano depois, vi a segunda mulher nua de minha vida.

5 Estamos, ainda, na Rua Alegre, na mesmíssima Aldeia Campista. No fundo, à esquerda da minha casa, numa colina, o Instituto João Alfredo; mais longe, em Maxwell, a chaminé da "Fábrica Confiança". Tudo aconteceu nas imediações do carnaval. A cidade estava incendiada de batalhas de confetes. E houve uma na Praça Saens Peña. O carnaval era, então, um alto acontecimento erótico. Hoje, não. Hoje, com a nudez indiscriminada e frenética, os jogos do sexo não ardem mais. O último carnaval foi de uma aridez desesperadora na sua castidade absurda. Nunca a mulher foi tão pouco desejada.

6 Na minha infância, todos os nus estavam vestidos. Bem me lembro dos dominós, das caveiras, dos *pierrots*. O pudor não fazia concessão. E, uma noite, lá fomos nós, eu e outros meninos, levados por senhoras vizinhas. A Praça Saens Peña era uma beleza total. Em cima do meio-fio, eu olhava o lerdo escoamento do corso. Os carros abertos passavam, com meninas na capota, nos pára-lamas. E, súbito, ouviu-se um silêncio ensurdecedor. Lá adiante, vinha outro carro aberto, e dentro dele, em pé, uma odalisca.

7 Podia ser vinte vezes odalisca e não teria importância. O pior é que havia uma abertura na fantasia, por onde irrompia o cavo e deslavado umbigo. Eu falei em "nudez" e já retifico. Era uma modesta nesga de carne, insinuada no decote abdominal. Mas esse umbigo revelado era pior do que a nudez absoluta.

8 Poderão objetar que eu tivera, com a filha da lavadeira, uma experiência anterior. Mas aí é que está: — não me lembrava, honestamente, não me lembrava do umbigo. Ou por outra: — o umbigo da demente se diluía na nudez geral. E, além disso, ninguém sabia, ninguém. Ao passo que, ali, era o impudor público e radiante, era o escândalo insolente, glorioso. Repito: — para mim, foi uma agressão pior que a nudez da louca.

9 As vizinhas cochichavam entre si: — "Sem-vergonha! Indecente!" O carro já ia longe, levando, em triunfo, o insuportável umbigo. E, ao meu lado, as vizinhas ainda cacarejavam. Como era ressentido, furibundo, o pudor daquelas senhoras gordas, honestíssimas e cheias de varizes. Fui puxado, quase raptado: — "Vamos embora! vamos embora!" Nos dias subseqüentes, não se falou em outra coisa, na rua. "Mas não é possível!", diziam. Eu ia para o fundo do quintal e, lá, sozinho, ficava sonhando. O umbigo tinha qualquer coisa de irreal. E essa nesga de carne, vista, entrevista num segundo fulminante, comoveu e marcou toda a minha infância.

10 Até que, uns três meses depois, uma vizinha entra em casa, com uma furiosa dispnéia emocional. Lembro-me que a santa senhora tinha, no cangote, uma constelação de brotoejas. Hoje, as brotoejas atacam mais as crianças de colo. No meu tempo, floriam, de preferência, nas vizinhas obesas e machadianas. Ela entra e arqueja: — "Descobri a sem-vergonha!" Não se perguntou que sem-vergonha. Todos, em casa, inclusive eu, percebemos que era a odalisca e só podia ser a odalisca.

11 E, realmente, não me lembro se a própria vizinha, ou o marido, ou sei lá, localizara no tempo e no espaço a abominável senhora. Eu não saberia reconhecê-la, jamais. Para mim, a "sem-vergonha" não era uma pessoa, uma cara, um corpo e nem mesmo uma odalisca: era, apenas, e só o umbigo. (Esquecia-me de um dado fundamental: — a Fulana podia ter usado uma máscara ou, digamos, uma meia-máscara. Mas não. Fez questão do rosto nu.) A vizinha sabia de tudo. A odalisca morava na Rua Pereira Nunes, e pior: — estava-se mudando para a Rua D. Zulmira. Alguém faz a pergunta pânica: — "Rua D. Zulmira?" Confirmado: — "Rua D. Zulmira." A dois passos, portanto, lá de casa.

12 Era um novo escândalo, um novo ultraje, essa vizinhança. Mais uma semana, dez dias, e, finalmente, vi a própria. Ela mudara-se para um sobrado e apareceu na sacada, num fim de tarde. Eu ia passando e vi. Meu pequeno coração dava arrancos. Olhou para mim ou nem sei se olhou. Sorriu, talvez, sei lá. Comecei a correr, num deslumbramento atroz.

13 Ah, esquecia-me de dizer: — eu era um pequenino Werther. Minha infância está varada de paixões funestas. E quando gostava — e quase sempre senhoras de trinta, ou mais, e casadíssimas — quando gostava sonhava com a morte. Queria morrer de amor e por amor. Assim seria velado, florido e, talvez, beijado pelas bem-amadas. Só de vê-la, tão loura (era loura) na sacada, eu me tomei de tamanho amor.

14 Dias depois, outra vizinha entra em casa e também dispnéica. Chega e solta a notícia triunfal: — A odalisca traía o marido. Entre parênteses, eu já o conhecia. Não tinha um único e escasso fio de cabelo. Era só testa, uma testa que começava na frente e ia terminar cá atrás, no cangote.

15 Contarei, no capítulo seguinte, tudo o que aconteceu com a minha primeira paixão. Ali, eu estava conhecendo a mais antiga das figuras femininas: — a adúltera.

4/3/1967

Capítulo 9

1 Já era loura, louríssima, na batalha de confete. Mas só me lembrava do umbigo, tudo era umbigo, um umbigo irreal, fantasiado de odalisca. Era como se o carro aberto não levasse mais ninguém, nem chofer, só ela. Mas, agora, eu a via de perto, e tão loura, sardas no rosto e·pele de tordilha. Isso mesmo: — tordilha. No dia seguinte, passou por mim, juntinho de mim, olhou, sorriu e passou adiante.

2 Dois ou três dias depois, conheci o marido. Era terrível de ver a sua testa obsessiva, total, que vinha pela cara e a substituía; e, depois, subia pela cabeça, e só parava cá atrás, na nuca poderosa, vacum. Mais tarde, vi um Buda no *Eu Sei Tudo* e o achei parecidíssimo com o Fulano. O que me tortura, ainda hoje, é que ele continua sendo uma testa e não cara, e não um olho, e não um nariz. (E como uma testa podia ser o Buda do *Eu Sei Tudo*?) Muitos e muitos anos depois, abro uma revista recentíssima e vejo Sophia Loren em página inteira. Todo me ilumino, numa certeza radiante: — o Carlo Ponti, da estrela, era o marido da tordilha. Muito mais parecido, de uma semelhança muito mais taxativa. O sósia era o Carlo Ponti e não o Buda.

3 Ainda os vejo, de braço dado, na calçada da Rua D. Zulmira. E, súbito, completei a minha lembrança da batalha de confete. A odalisca não ia sozinha; lá estava a testa, lá estava o Carlo Ponti, dando ao umbigo uma solene cobertura familiar. Ainda hoje, quando penso nos dois imagino que a cara do marido pode influir no adultério. A cara, ou a obesidade, ou as pernas curtas, ou a papada, ou a salivação muito intensa. Lembro-me de uma senhora que também traía o marido. Quando lhe perguntaram por quê, ela alçou a fronte e respondeu, crispada de ressentimento: — "Porque ele sua nas mãos." Uma outra era infiel porque descobriu apenas o seguinte: — o marido tinha saliva ácida.

4 Às vezes, eu quero crer que foi uma dessas pequenas causas, um desses motivos insuspeitados, intranscendentes e, mesmo, humorísticos, que a induziu ao adultério. Eu me fixo na figura do homem. Era parecido com o Carlo Ponti. Muito bem. Mas o Carlo Ponti, da Sophia Loren, tem um gênio promocional capaz de fascinar a própria rainha de Sabá. E o outro, da Rua D. Zulmira, era gordo e ourives. Vejam: — gordo e ourives. Depois andaram dizendo que ele transpirava demais, tinha o suor grosso e elástico dos cavalos. Não sei o que havia de história ou de lenda nos mexericos da rua.

5 Não me recordo se, na mesma ocasião, havia outra infiel nas redondezas. Sabida, consagrada, não. A tordilha era a única. E as outras, todas as outras, se juntaram contra a adúltera. Deus me livre da virtude ressentida, da fiel sem amor. Eu estou vendo uma das nossas vizinhas. Andava com os tornozelos enrolados em gazes e ela própria explicava: —"São as minhas varizes! são as minhas varizes!" Essa, andava, de porta em porta, dizendo o diabo. Descobriram ou inventaram que o amante da tordilha era outro ourives. Essa coincidência profissional — e não sei por que — levou o ódio ao delírio. Se fosse um dentista, um agrimensor, um arquiteto, mas um colega! Ainda se falava muito num senador que, traído, matara a mulher, a tiro, e lhe cuspira na cova. Pois a gorda das varizes queria fazer o mesmo: — "Se morrer, cuspo-lhe no caixão."

6 E eu? Ficava de esquina, olhando a sacada. Se ela aparecia, já sabe: corria, numa vergonha brutal. Eu a via quase todos os dias, com o marido ou sozinha. Ninguém a cumprimentava, ninguém. E o prodigioso é que o falso Carlo Ponti era cada vez mais amigo da infiel, mais solidário, mais compadecido. A minha grande felicidade era me enfiar no fundo do quintal. E, só, engendrava as minhas fantasias de pequenino Werther. Sonhava, então, com a minha própria morte. Eu morria e ela chegava num luto feroz. E me imaginava, sem vida, com a cabeça no seu regaço. Claro que o morto estaria vendo e ouvindo tudo. Mamãe e papai, meus irmãos chorando por mim; e ela, junto do caixão, rezando. Só de pensar em tal velório, eu mergulhava no caldeirão das delícias ferventes.

7 Mas quem se matou foi ela. Um dia, acordo com alarido em casa e por toda a rua. Vizinhas iam de uma calçada para outra, de portão em portão, ou gritavam de janela para janela. A tordilha tomara um veneno e morrera na hora. O médico da Assistência só olhou e foi sumário: — "Morta." Dez minutos depois, fez-se, na rua, um folclore fulminante. O que se disse, o que se inventou. Uma das comadres jurou que o próprio marido a obrigara a tomar o veneno. Ela bebeu tudo e depois largou o copo, que se estilhaçou no chão. Eu a vira na véspera da morte. Estava de braço com o marido e parecia ver as coisas com a doçura atônita de um último olhar. Continuavam falando, sem parar. Um outro dizia que a mulher ainda agonizava e o marido acabou de matá-la a pontapés.

8 Hoje, há enterro até de Kombi. Naquele tempo, não. O da tordilha foi bonito como o de Inês de Castro. Vi quando o coche parou na porta, com seis cavalos de penacho. Não fui espiá-la no caixão. Mas da calçada ouvia o choro do Carlo Ponti, choro abaritonado, choro mugido. Na hora de sair o caixão, ele pôs-se a bramar: — "Canalha! canalha!" Como canalha não tem sexo, pensou-se que acusava a mulher. Mas logo se viu que o canalha era ele mesmo. E, de fato, o ourives promovia, ali, uma autoflagelação ululante.

9 Ninguém podia imaginar que aquela morte abria lesões, feridas na fragilidade indefesa do menino. Vi quando passaram os cavalos e os penachos. (Depois se disse que iam no mesmo táxi os dois ourives: — o marido e o amante.)

10 Vem assim dos meus sete anos casimirianos, toda a minha compaixão pela infiel. É um sentimento que sobe, que se irradia de não sei que profundezas. Muito mais tarde, já homem feito, escrevi um drama cujas raízes estão cravadas na Rua Alegre: — *Perdoa-me por me traíres.* Um dos personagens da peça, num arranco de *staretz* Zózimo, cai aos pés de uma adúltera e beija-lhe os sapatos. Eis o que aprendi em Aldeia Campista: — não se chama uma adúltera de adúltera, jamais.

5/3/1967

Capítulo 10

1 Volto aos meus quatro anos. E, de repente, os cegos apareceram. Ou por outra: — antes dos cegos, vi uma menina, de pé no chão. A menina corre, atravessa a rua e vai beijar a mão de um padre. Durante toda a minha infância, na Rua Alegre, havia sempre um padre e sempre uma menina para lhe beijar a mão. Mas como ia dizendo: — a pequena, dos seus sete anos, voltou para a calçada de cá. A batina continuou e sumiu, lá adiante, na primeira esquina.

2 A menina sumiu também, como se jamais tivesse existido. Anos depois, mudamos para a Tijuca, Rua Antonio dos Santos (depois seria Clóvis Beviláqua). Perto de nós, morava o juiz Eurico Cruz e, ao lado, o senador Benjamin Barroso. Eis o que quero dizer: — nos dois ou três anos de Tijuca, não vi um único e escasso padre. Havia uma igreja — e ainda há — na esquina de Barão de Mesquita com Major Ávila. Lembro-me da igreja, dos santos e não dos padres.

3 Fiz o parêntese e volto à Rua Alegre. Depois que o padre dobrou a esquina, os cegos apareceram. Eram quatro e um guia. Estavam de chapéu, roupa escura, colarinho, gravata, colete, botinas. Juntaram-se na esquina da farmácia e tocaram violino. Não acordeão, não sanfona, mas violino. Saí da janela, fiz a volta e fui ver, de perto, os ceguinhos. Eram portugueses. E o curioso é que, por muitos anos, só conheci cegos portugueses. Brasileiro, nenhum.

4 Fiquei, ali, na esquina, em adoração. E os cegos — todos de chapéu — tocaram uns vinte minutos. Lembro-me bem: — um deles tinha, atravessando o colete de um bolso a outro bolso, uma corrente de ouro. No fim o guia passou o pires. Cada um pingou seu níquel. E, então, voltei correndo para casa. Não falei com ninguém, meti-me na cama. Minha vontade era morrer. Fechei os olhos, entrelacei as mãos, juntei os pés. Morrer. Minha mãe entrou no quarto; pousou a mão na minha testa: — "O que é que você comeu?" Comecei a chorar, perdido, perdido.

5 E, de repente, uma certeza se cravou em mim: — eu ia ficar cego. Deus queria que eu ficasse cego. Era vontade de Deus. Mas falei em quatro anos. Engano, engano. Eu tinha seis anos e não quatro. Nasci em 1912 e isso aconteceu em 1918, na Espanhola e antes da Espanhola. Tenho certeza: — seis anos. Nunca mais me esqueci dos cegos e posso repetir, sem medo da ênfase: — nunca mais. Mas por que, meu Deus, por que pensava neles, dia e noite? Pode parecer uma fantasia de menino triste. E se disser que, já adulto, homem feito, a obsessão continuava intacta? Obsessões, sempre as tive. Mas essa nunca me abandonou. Aos 30 anos, 35, 40, eu sonhava com os cegos; e os via escorrendo do alto da treva.

6 Quando minha família já ia sair de Aldeia Campista para a Tijuca, aconteceu o seguinte: — um menino, que brincava muito comigo, apanhou um canário e picou com o alfinete os olhos do passarinho. Eu me senti, eu, aquele canário de olhos furados. E me imaginei cego, em casa, vagando por entre mesas e cadeiras. Meninas, senhoras, visitas teriam pena de mim, amor por mim. Na rua, diriam: — "Naquela casa, mora um menino cego."

Mas quando mudamos para a Tijuca, já não estava tão certo se seria mesmo eu o cego. Podia ser minha mãe, ou um dos meus irmãos. Talvez Roberto. Milton, não, nem Mário. Sempre imaginei que meu pai, jornalista de fúrias tremendas, morresse, um dia, assassinado. Já minha mãe tinha um problema de visão. Mas fosse eu, minha mãe, meu irmão, alguém ficaria cego, alguém. Eis a verdade: — ano após ano, me convencia de que os cegos do violino insinuavam um vaticínio. Meu Deus, não fora por acaso que, um dia, quatro cegos tocaram embaixo de minha janela, ou pertinho de minha janela. Tocavam para mim, não para os outros, não para ninguém, tocavam para um menino de seis anos.

7 Até os 10 anos, 12, não tive medo da treva. Houve um momento em que teria a vaidade de ser o único menino cego da rua. Mas o tempo foi passando. E o pavor veio com a idade. Adulto, eu não fazia mistério: — "Se eu ficar cego, meto uma bala na cabeça." Não "uma bala na cabeça"; daria um tiro no peito como Getúlio. Ah, Getúlio estourou o coração, mas preservou sabiamente a cara para a História e para a Lenda. Pelo vidro do caixão, o povo espiou o rosto, o perfil, intactos. Kennedy, não. A bala arrancou-lhe o queixo forte, crispado, vital. Tiveram que fechar o caixão. O povo precisa ver o seu líder morto. Nada, nem medalha, nem estátua, nem cédula, nem selo substitui o último rosto, o rosto morto.

8 Muitos anos depois, conheci Lúcia. Lembro-me que, numa de nossas conversas, falei-lhe assim: — "Desde criança, tenho medo de ficar cego. Mas se isso acontecesse, eu..." Fiz a pausa e completei: — "... eu meteria uma bala na cabeça." Isso era e não era uma agressão sentimental, uma espécie de terrorismo. Afinal, o amoroso é sincero até quando mente. No fundo, no fundo, as minhas palavras queriam dizer outra coisa ou seja: — "Mesmo cego, eu viveria se você me amasse." Por outro lado, sei que não é normal essa fixação numa fantasia infantil. Mas não tenho medo de confessar a minha morbidez, nem ela me envergonha. Eu a compreendo e a recebo como uma graça de Deus.

9 Mas estas notas não estariam completas se eu não lhes acrescentasse uma explicação. Quero dizer que o medo de uma cegucira utópica, apenas sonhada, me tornou humanamente melhor. Ou, se não me tornou melhor, me deu a vontade obsessiva de ser bom. Mas como ia dizendo, continuou o meu romance com Lúcia. Pouco a pouco, fui dizendo as coisas que são tudo para mim: — "Todo amor é eterno e, se acaba, não era amor." E dizia: — "Quem nunca desejou morrer com o ser amado não amou, nem sabe o que é amar." As nossas conversas eram tristes, porque o amor nada tem a ver com a alegria e nada tem a ver com a felicidade. Quando nos casamos, eu lhe disse: — "Nem a morte é a separação." Ela concordou que nada é a separação.

10 Depois, a gravidez. Ah, quando eu soube que ela só podia ter filho com cesariana. Não me falem em fio da navalha. *O fio da navalha* é um título de romance ou de filme. Mil vezes mais frio, e diáfano, e macio, e ímpio, é o fio do bisturi da cesariana. O marido, cuja mulher só pode ter filho com cesariana, terá de amá-la até a última lágrima.

11 "Se for menina, o nome é Daniela", disse Lúcia. Achei um nome doce e triste (gosto dos nomes tristes) de personagem de Emily Brontë. Uma noite, Lúcia foi internada, às pressas, na Casa de Saúde S. José. Parto prematuro. Minha mulher chega com Dr. Cruz Lima e D. Lidinha. Dr. Marcelo Garcia e Dr. Silva já estavam lá. Foi uma correria de médicos, enfermeiras, irmãs. Dr. Waldyr Tostes ia fazer o parto.

Naquela noite, pensei muito no *staretz* Zózimo. Sim, na bondade absurda, senil e terrível do personagem dostoievskiano. Há um momento em que somos o *staretz* Zózimo. Dr. Marcelo Garcia era o *staretz*, e o Dr. Silva Borges, e o Dr. Waldyr Tostes. Dr. Cruz Lima também era o *staretz* Zózimo. Tudo aconteceu numa progressão implacável. Daniela nasceu e não queria respirar. Dr. Marcelo Garcia fazia tudo para salvar aquele sopro de vida. De manhã, quase, quase a perdemos. A irmã, desesperada, batizou minha filha no próprio berçário. Dr. Cruz Lima, Dr. Marcelo, Dr. Silva Borges, lutaram corpo a corpo com a morte. Mudaram o sangue da garotinha. E ela sobreviveu.

12 Lúcia quis ver a filha no dia seguinte. E veio numa cadeira de rodas, empurrada por D. Lidinha. Voltou, chorando, e dilacerada de felicidade. Também fui espiar Daniela pelo vidro do berçário. Uma enfermeira aparece e me pergunta, risonhamente: — "O senhor é o avô?" Respondi, vermelhíssimo: — "Mais ou menos." Mais uma semana, Lúcia e Daniela vinham para casa. Tão miudinha a garota, meu Deus, que cabia numa caixa de sapatos.

Dois meses depois, Dr. Abreu Fialho passa na minha casa. Viu minha filha, fez todos os exames. Meia hora depois, descemos juntos. Ele estava de carro e eu ia para a TV Rio; ofereceu-se para levar-me ao Posto 6. No caminho, foi muito delicado, teve muito tato. Sua compaixão era quase imperceptível. Mas disse tudo. Minha filha era cega.

7/3/1967*

* Crônica republicada na edição de *O Reacionário* de 1977 com o título de "A menina".

Capítulo 11

1 Já contei o pedido que me fizeram na igreja. Depois da missa, uma senhora veio me dar os pêsames. E sussurrou o apelo: — "Não escreva mais sobre velórios." Eu não disse que sim, nem que não. A senhora passou adiante, e veio o seguinte da fila. E, depois, quando recebi o último abraço, saí para a rua. Mas aquilo continuava na minha cabeça. Não escrever mais sobre velórios, nunca mais.

2 Mas o que a senhora pedia era uma rigorosa impossibilidade. As nossas lembranças estão debruçadas sobre velórios e sobre cegos. E eis o que me pergunto, ainda hoje: — o que é a memória senão um pátio de milagres? Um pátio de agonias, e de gemidos, e lágrimas de pedra? No capítulo de hoje, vou falar da Espanhola, a epidemia fabulosa.

3 Falarei também do Carnaval que se seguiu à Espanhola. Esse Carnaval iria desfigurar a cidade, o seu povo, influir em nossos costumes, sentimentos, idéias, valores. Só não quero falar de cegos. Ou por outra: — vou dizer ainda uma palavra sobre minha garotinha. Terminei o capítulo anterior descendo com o Dr. Abreu Fialho, o oculista que examinara os seus olhos.

4 Ah, me lembro da grande viagem da Rua Visconde de Pirajá ao Posto Seis. Dr. Abreu Fialho guiava, ele mesmo, o carro; vou a seu lado, na frente. Ele fala. Estamos entrando em General Osório; mais adiante, começa Francisco Sá. As pessoas que passam são as mesmas da véspera, e de outras vésperas, e de todos os dias passados, presentes e futuros. Eu sinto a bondade contrafeita do médico, a sua compaixão não confessa, apenas insinuada. Minha vontade foi fazer-lhe, à queima-roupa, a pergunta: — "O senhor acredita na ressurreição de Lázaro?"

5 Vou dizer a verdade, toda a verdade. Dr. Abreu Fialho, apesar de toda a cerimônia, de toda a polidez exemplar, não dava uma esperança à minha filha, não concedia uma hipótese compassiva, nada, nada. Agora vem a verdade: — eu odiei o Dr. Abreu Fialho. Seu nome todo é Sílvio Abreu Fialho. Pois odiei o Dr. Sílvio Abreu Fialho. Odiei o oculista que não acreditava em milagre.

6 Ele fora à minha casa, a pedido de D. Lidinha, minha sogra. Examinara minha filha por bondade; e devia ter pena, quem não teria pena, mágoa de uma menininha cega? Quase, quase pedi: — "Dr. Abreu Fialho, quer me fazer um favor? Minta. Diga que talvez, quem sabe. Invente uma esperança, Dr. Abreu Fialho!" Mas não lhe disse nada, nem ele mentiu.

7 Deixou-me na porta da TV Rio. Eu estava tenso, mas calmo. Apertei-lhe a mão, agradeci a carona. E foi só. Mas minha decisão estava tomada. Eu não acreditaria na cegueira de minha filha. Não era cega. Para mim, não. Sei que certos casos são clinicamente óbvios. Mas se era óbvio o de minha filha, pior para o óbvio. Ao mesmo tempo, me preparei para uma batalha feroz com todos os oculistas do mundo.

8 Eles diriam (todos, todos) que minha filha é cega. Mas eu não acreditaria, jamais. Viessem todos à minha porta. Saltassem de ônibus, caminhões na minha porta. E fizessem alarido na minha porta, jurando que Daniela é cega. Eu responderia à massa ululante de especialistas: — "Mentira, mentira, quinhentas vezes mentira!" Lembro-me que, ao chegar em casa, à noite, Lúcia falou-me de tudo, menos da garotinha. Eu estava exausto de odiar Dr. Abreu Fialho, ou por outra: — já não o odiava mais. Olho minha mulher, sinto a sua calma intensa, a sua apaixonada serenidade. Eu sabia, ela sabia. Mas não lhe disse nada, nem ela a mim. Houve um momento em que Lúcia me perguntou: — "O que é que o Dr. Abreu Fialho te disse?" Menti: — "Aquilo mesmo."

9 No dia seguinte, fomos ao Dr. Paulo Filho. Minto. O Dr. Paulo Filho é que veio a nós. Era amigo do Dr. Cruz Lima e meu amigo. D. Lidinha o chamara. Nos braços da mãe, Daniela era infinitamente miúda. Dr. Paulo Filho pôs, em cada olho, a pequenina chama da lâmpada. Eu, ao lado, mudo. Ele acaba o exame e vai falar. Disse a sua verdade: — um olho, perdido; mas outro vivia. Pergunto: "Há esperança? há?!" Ele acreditava que, numa das vistas, a boa (ou melhor), a menina viesse ter uns vinte por cento de visão. Minha alegria morrera. Eu pensava: — "Está mentindo." Quando se despediu, me precipitei: — "Vou com o senhor."

10 Ainda no elevador, crispei minha mão no seu braço: — "Eu quero saber a verdade. Aquilo que o senhor disse é fato? Pode falar, doutor, não me esconda nada." E repeti: — "Quero a verdade e nada mais." Foi taxativo: — "É isso mesmo. Eu acredito que, na vista melhor, a menina venha ter uns vinte por cento de visão." Eu não queria mais do que os vinte por cento. Ou até dez. Dez por cento. Se Daniela tivesse dez por cento de visão, numa das vistas, ela seria para mim uma nababa de luz.

11 Hoje, minha garotinha tem três anos e meio. Eu a carrego e vejo os seus olhos. São de um azul doce, triste e diáfano. Ainda não enxerga. Não faz mal. Direi a todos os oculistas do céu e da terra: — "Não é cega." De vez em quando, tenho vontade de telefonar para o Dr. Abreu Fialho, e contar-lhe que, por um momento, fui colhido por um surto de ódio tremendo.

12 Aqui, deixo de falar dos cegos. Mas antes de passar para a Espanhola, quero dizer uma palavra final. O oculista que desenganar os olhos de minha filha estará fazendo como aquele menino da Rua Alegre. Sim, aquele menino que furou, com o alfinete, os olhos do passarinho. Bem. Vamos pensar na Espanhola.

13 Ora, a gripe foi, justamente, a morte sem velório. Morria-se em massa. E foi de repente. De um dia para o outro, todo mundo começou a morrer. Os primeiros ainda foram chorados, velados e floridos. Mas quando a cidade sentiu que era mesmo a peste, ninguém chorou mais nem velou, nem floriu. O velório seria um luxo insuportável para os outros defuntos.

14 Era em 1918. A morte estava no ar e repito: — difusa, volatizada, atmosférica; todos a respiravam. Na minha janela, da Rua Alegre, eu olhava à rua. As casas, tristes, inconsoláveis.

Mais adiante, em Pereira Nunes, morava Adolfo Bloch. Teria seus 10 anos, talvez. Andava perdido, pelas esquinas de Aldeia Campista, como um órfão total. Hoje, Adolfo mora num palácio; seu chão é de mármore. Vizinho do Copa, suas varandas pendem, por um lado, para a piscina; e, de outro lado, para o grande mar. Mas, em 1918, Adolfo era um menino miserável, e tão humilhado e tão ofendido.

15 Não, não. Estou fazendo confusão de datas. Em 1918, Adolfo ainda não estava em Pereira Nunes, nem no Brasil. Viria para cá em 1922, só em 1922. Mas como eu ia dizendo: — durante toda a Espanhola, a cidade viveu à sombra dos mortos sem caixão.

8/3/1967

Capítulo 12

1 Escrevi, certa vez, uma crônica meio cruel, e da qual me arrependi. Dizia eu que não há ninguém mais narcisista do que o defunto. Ele está sempre bem posto; é solene, hierático, como um mordomo de filme policial inglês. E me lembro que, na ocasião, contei um episódio de rara impiedade.

2 Eis o fato: — Pouco antes, morrera um pastor protestante do meu bairro. Residia a duas quadras lá de casa. De noite, desci do bonde e passei pela sua porta. Seria deselegante (vá lá o deselegante) não entrar. Tomei coragem e fui cumprimentar a viúva e demais parentes. E comigo entrou um bêbado, vejam vocês. O sujeito não conhecia ninguém, ali. Mas vira o ajuntamento e resolvera espiar. E, então, aconteceu esta coisa inédita e abominável: — ao ver o defunto de gravatinha borboleta, o pau-d'água começou a rir e continuou rindo, num crescendo pavoroso.

3 Suas gargalhadas iam de uma esquina a outra e atravessavam a noite. Imediatamente, cães da vizinhança responderam. E esse alarido canino propagou-se de quintal em quintal, acordando os galos, que, por sua vez, começaram a cantar fora de hora. Nos terrenos baldios, faunos e vampiros também esganiçavam o riso torpe. E só o morto, com sua gravatinha borboleta, permaneceu incomovível. O bêbado não alterou, em nada, a sua correção atroz de mordomo de filme policial.

4 Contei a fábula para chegar à Espanhola. Claro que, em 1918, isto aqui era um outro Rio, o Rio dos lampiões, dos bondes e dos enterros residenciais. Se não existiam mais as carruagens de Dumas pai, ainda se podia passear em tílburis machadianos. Botafogo era Machado de Assis puro.

5 E foi nesse Rio absurdo que a gripe desabou. Na fábula acima, vimos que o defunto no seu narcisismo obsessivo foi ao requinte da gravatinha borboleta. Mas a Espanhola não fazia nenhuma concessão à vaidade dos mortos. E o apavorante eram a solidão, o abandono e, sobretudo, a humilhação do cadáver.

6 Morrer na cama era um privilégio abusivo e aristocrático. O sujeito morria nos lugares mais impróprios, insuspeitados: — na varanda, na janela, na calçada, na esquina, no botequim. Normalmente, o agonizante põe-se a imaginar a reação dos parentes, amigos e desafetos. Na Espanhola não havia reação nenhuma. Muitos caíam, rente ao meio-fio, com a cara enfiada no ralo. E ficavam, lá, estendidos, não como mortos, mas como bêbados. Ninguém os chorava, ninguém. Nem um vira-latas vinha lambê-los. Era como se o cadáver não tivesse nem mãe, nem pai, nem amigo, nem vizinho e, nem ao menos, inimigo.

7 O sujeito morria sem vela. Nós sabemos o que é e como é o brasileiro. Acontece, aqui, uma coisa misteriosíssima e linda. Se o sujeito morre na rua, atropelado ou por motivo outro qualquer, surge, instantaneamente, uma vela ao seu lado. É automático. Não importa que seja na Presidente Vargas, no Mangue, na Avenida Brasil ou num descampado da Boca do Mato. Ninguém sabe, e não saberá jamais quem pôs a vela, e que fósforo a acendeu. A chama trêmula, que nenhum vento apaga, torna a morte mais amiga, mais compadecida e mais feérica.

8 Pois essa estrela dos atropelados, essa estrela de esquina, de meio-fio, de asfalto, não ardeu pelos mortos da Espanhola. Eu, da minha janela, espiava os caminhões passando. E não entendia mais nada. Antes da gripe, achava a morte rigorosamente linda. Linda pelos cavalos, e pelas plumas negras, e pelos dourados, e pelas alças de prata. Lembro-me que, na primeira morte adulta que vi, cravou-se em mim a lembrança dos sapatos, inconsoláveis, tristíssimos sapatos. A Espanhola arrancou tudo, pisou nas dálias, estraçalhou as coroas.

9 Diz alguém que a cama é um móvel metafísico, onde o homem nasce, sonha, ama e morre. Em 1918, a esquina, e o botequim, e a calçada, e o meio-fio seriam metafísicos também. Porque lá se morria, a toda hora. Mas eis o que eu queria dizer: — vinha o caminhão de limpeza pública, e ia recolhendo e empilhando os defuntos. Mas nem só os mortos eram assim apanhados no caminho. Muitos ainda viviam. Mas nem família, nem coveiros, ninguém tinha paciência. Ia alguém para o portão gritar para a carroça de lixo: — "Aqui tem um! aqui tem um!" E, então, a carroça, ou o caminhão, parava. O cadáver era atirado em cima dos outros. Ninguém chorando ninguém.

10 E o homem da carroça não tinha melindres, nem pudores. Levava doentes ainda estrebuchando. No cemitério, tudo era possível. Os coveiros acabavam de matar, a pau, a picareta, os agonizantes. Nada de túmulos exclusivos. Todo mundo era despejado em buracos, crateras hediondas. Por vezes, a vala era tão superficial que, de repente, um pé florescia na terra, ou emergia uma mão cheia de bichos.

11 Ninguém se lembraria de fazer uma missa de sétimo dia. O brasileiro é um homem de fé. Conheço patrícios que têm, ao mesmo tempo, três, quatro religiões. Pois, na Espanhola, ninguém acreditava em nada. O sujeito mal tinha tempo de morrer. E eu cada vez entendia menos aqueles enterros fulminantes, sem dourados, sem cavalos, sem penachos.

12 Por que a peste? Eu ouvia dizer que os culpados eram os mortos insepultos da guerra. O nome "Espanhola" realmente era um mistério. Lá em casa, todos caíram de cama, menos eu. Meu irmão Augusto, recém-nascido, era um pequenino esqueleto, com um leve, diáfano revestimento de pele. Mas não chorava, nem gemia. Tão quieto que mais parecia um martírio consentido. Houve uma noite, uma tarde, não sei, em que parecia agonizar. Mas, de repente, abriu os olhos, sorriu, numa euforia de anjo. E sobreviveu.

13 De repente, passou a gripe. Ninguém pensava nos mortos atirados nas valas, uns por cima dos outros. Lá estavam, humilhados e ofendidos, numa promiscuidade abjeta. A peste deixara nos sobreviventes não o medo, não o espanto, não o ressentimento, mas o puro tédio da morte. Lembro-me de um vizinho perguntando: — "Quem não morreu na Espanhola?" E ninguém percebeu que uma cidade morria, que o Rio machadiano estava entre os finados. Uma outra cidade ia nascer. Logo depois explodiu o carnaval. E foi um desabamento de usos, costumes, valores, pudores.

9/3/1967

Capítulo 13

1 E eis que o Hélio Pellegrino e o Mário Pedrosa foram passar três dias em Cabo Frio. O Mário tem, lá, uma casa selvagem. Eu os imagino na praia, ouvindo o silêncio das ilhas. Nada de jornal de manchete. Estavam espantosamente sós. E não leram, através das 72 horas, um único e escasso jornal, uma única e escassa manchete. Era uma solidão virginalmente analfabeta.

2 E, então, nos três dias e nas três noites, Hélio Pellegrino e Mário Pedrosa foram dois centauros e repito: — dois centauros esculpidos em areia, sal e vento. Depois voltaram, claro. Mas vinham convencidos de que asfalto é homicida e suicida. Na vida urbana o homem mata e se mata. Eis o que eu queria dizer: — também homicida e suicida foi o Carnaval de 1919, logo depois da Espanhola.

3 O Hélio Pellegrino não era nascido. O Mário Pedrosa, sim. Mas o Hélio Pellegrino não era nascido, nem o Otto Lara Resende e muito menos o Cláudio Melo e Sousa nem o Alfredo C. Machado. Mas já andava por aí o Álvaro Nascimento, que hoje escreve no *Jornal dos Sports* sob o pseudônimo de Zé de S. Januário. Na Espanhola, ele foi caçado, quase laçado no meio da rua. O nosso Álvaro só adoeceu no fim da gripe e quase morreu quando já ninguém morria. Como eu ia dizendo: — deram-lhe uma pá e disseram-lhe: — "Vamos enterrar defunto!"

4 E ele os enterrou, aos borbotões. Foi coveiro. E, ainda hoje, vê um morto, qualquer morto, como a um velho conhecido. Mas voltemos ao Carnaval de 18, aliás, 19. Hoje, temos um sociólogo, o Sérgio Mendes, que liga a tudo a epopéia industrial. Se a galinha pula a cerca do vizinho, se o caçula tem coqueluche, se usamos cabeleira à Búfalo Bill — está explicado. As coisas acontecem, e só acontecem, porque o Brasil se industrializa.

5 Mas eu me permitira insinuar que, em 1919, não foi bem assim. Começou o Carnaval e, de repente, da noite para o dia, usos, costumes e pudores tornaram-se antigos, obsoletos, espectrais. As pessoas usavam a mesma cara, o mesmo feitio de nariz, o mesmo chapéu, a mesma bengala (naquele tempo, ainda se lavava a honra a bengaladas). Mas algo mudara. Sim, toda a nossa íntima estrutura fora tocada, alterada e, eu diria mesmo, substituída.

6 Éramos outros seres e que nem bem conheciam as próprias potencialidades. Cabe então a pergunta: — e por quê? Eu diria que era a morte, sim, a morte que desfigurava a cidade e a tornava irreconhecível. A Espanhola trouxera no ventre costumes jamais sonhados. E, então, o sujeito passou a fazer coisas, a pensar coisas, a sentir coisas inéditas e, mesmo, demoníacas.

7 Estou aqui reunindo as minhas lembranças. Aquele Carnaval foi, também, e sobretudo, uma vingança dos mortos mal vestidos, mal chorados e, por fim, mal enterrados. Ora, um defunto que não teve o seu bom terno, a sua boa camisa, a sua boa gravata — é mais cruel e mais ressentido do que um Nero ultrajado. E o Zé de S. Januário está me dizendo que enterrou sujeitos em ceroulas, e outros nus como santos. A morte vingou-se, repito, no Carnaval.

8 Eu poderia fazer, aqui, todo um capítulo sobre o pudor. O comportamento do homem e da mulher até princípios de 1919 era medieval, feudal ou que outro nome tenha. Psicologicamente, ainda não ocorrera para nós a abertura dos portos. A mulher que ia ao ginecologista sentia-se, ela própria, uma adúltera.

9 E tudo explodiu no sábado de Carnaval. Vejam bem: — até sexta-feira, isto aqui era o Rio de Machado de Assis; e, na manhã seguinte, virou o Rio de Benjamin Costallat ou, ainda, do Theo Filho. — "Caímos muito de categoria", dirão vocês. Respondo que até um verso de jornal de modinha, ou uma manchete de *O Dia*, tem a sua dimensão sociológica. Desde as primeiras horas de sábado, houve uma obscenidade súbita, nunca vista, e que contaminou toda a cidade. Eram os mortos da Espanhola — e tão humilhados e tão ofendidos — que cavalgavam os telhados, os muros, as famílias.

10 Nada mais arcaico do que o pudor da véspera. Mocinhas, rapazes, senhoras, velhos cantavam uma modinha tremenda. Eis alguns versos: — "Na minha casa não racha lenha / Na minha racha, na minha racha / Na minha casa não há falta de água / Na minha abunda", etc., etc. As pessoas se esganiçavam nos quatro dias; e iam assim de paroxismo em paroxismo.

11 Nos carnavais seguintes, a cidade teve medo dos próprios abismos; houve um certo recuo. Mas o Rio de Machado de Assis, ou de Macedo, ou sei lá, estava morto. O que quero dizer, ainda sobre o carnaval da Espanhola, é que foi de um erotismo absurdo. Daí a sua horrenda tristeza. Disse não sei quem que o desejo é triste. E nunca se desejou tanto como naqueles quatro dias. A tristeza escorria, a tristeza pingava, a alegria era hedionda.

12 Mas escrevi que o desejo é triste. Vejam o último carnaval, o de 67. E nunca as mulheres se despiram tanto. Muitas usavam menos que a folha de parreira. Foi essa nudez difusa, multiplicada, oferecida, que matou todo o erotismo dos bailes das ruas. Os homens nem olhavam os nus; ou olhavam com surdo ressentimento e um tédio cruel. Era como se, de repente, nascesse uma incompatibilidade maligna entre os dois sexos. E, por isso, foi um salubérrimo carnaval, sem nenhuma obscenidade. O que víamos, nos bailes, nas ruas, nas avenidas, eram castíssimas multidões.

13 Todavia, de vez em quando, julgo perceber no Rio moderno o clima de 1919, logo após a Espanhola. Imaginem vocês que, há uns dez ou quinze dias, o Otto Lara Resende resolveu conhecer *A Noite*. Como se sabe, há toda uma promoção tenaz e profissional da *Noite*. Há sujeitos que pagam o leite do caçula e o sapato da mulher, escrevendo sobre a vida noturna. E o Otto traçou o itinerário sábio e proveitoso e invadiu a madrugada.

14 É ele próprio quem o diz. Voltou da *Noite* apavorado. Por exemplo: o Bateau. Todo mundo desgraçado, todo mundo no extremo limite da loucura e do suicídio. E uma excitação sem desejo. E uma obscenidade sem prazer. E um deserto interior, deserto inconsolável, sem uma pia, sem uma bica. De repente, o Otto viu um padre. Quem o trouxe, quem? Segundo o próprio Otto, ele veio pela mão de um velho conhecido nosso: — o Diabo. E podia ser também o próprio Satã, numa de suas inumeráveis caracterizações. De que igreja, ou de que Deus, seria essa batina que florescia, ali, numa mesa do Bateau? Súbito, a batina começou a se encharcar de uísque. Aquele só podia ser o sacerdote de uma fé defunta e de um deus também fenecido. E todo mundo, ali, tinha a cara vingativa dos suicidas. No seu canto, o religioso passava a mão na cara para sentir a própria hediondez.

10/3/1967

Capítulo 14

1 Foi o Hélio Pellegrino quem me chamou a atenção: — "Você intrigou o Otto com o Bateau!" Advertido pelo amigo fui reler o capítulo de ontem. Realmente, o querido Otto Lara Resende faz uma série de comentários amargos sobre *A Noite* ou, melhor dizendo, contra *A Noite*. E uma das referências recai, justamente, sobre o Bateau, que é apresentado como um caldeirão de falsas delícias.

2 Sem querer e sem saber, teria eu cometido uma dessas inconfidências supremas. O Hélio Pellegrino esteve com o Otto, certa vez, no Bateau. E foi uma testemunha visual e auditiva do seu prestígio na casa. Quando o Otto chega as paredes se abrem, as cadeiras disputam a sua preferência, os guaranás, as coca-colas e os sanduíches o atropelam. O Hélio estava a seu lado e viu tudo. O Otto passando por entre rapapés e os garçons, reverentes: — "Doutor, doutor!"

3 O brasileiro chamado de "doutor" treme em cima do sapatos. Seja ele rei ou arquiteto, pau-de-arara, comerciário ou ministro, fica de lábio trêmulo e olho rútilo. E só o Otto é chamado de "doutor" lá, na Praça Serzedelo Correia. Pois bem. E, súbito, sai, nas minhas Memórias, que o meu amigo acha o Bateau uma jaula onde estrebucham ou uivam todas as hienas da nossa depressão.

4 O pior não são as hienas. O pior é que o Otto viu lá uma batina. Eis uma presença estarrecedora. Ora, o Otto acredita no Diabo. Jantando comigo, o Zé Luiz, o doce Braga, o Armando Nogueira, o Sérgio Bernardes, ele foi interpelado. Sim, alguém perguntou-lhe se acreditava no abominável Pai da Mentira. Não fez nenhum mistério: — "Só acredito no Diabo."

5 Segundo o Otto, o padre fora ao Bateau levado pela mão de Satã. Ou, repito, era o próprio Satã, num dos seus inumeráveis disfarces. Como se vê, a hipótese é fascinante. Jean-Paul Sartre costumava ver lagostas fantásticas. Elas subiam-lhe pelas pernas, ou escorriam-lhe do peito, ou desciam-lhe da cartola. Certa vez, na Ópera, ele as viu, no lustre, de cabeça para baixo, como trapezistas.

6 Essas lagostas eram o Diabo que assim se multiplicava para confundir e atormentar o mestre. Outras vezes, o Príncipe das Trevas assume forma de pequeninos chacais, do tamanho quase de uma pulga. No caso de Otto, Satã preferiu fingir-se de padre. Sabia que o romancista ia ao Bateau, pôs uma batina e lá apareceu de repente. Ninguém o viu entrar, ninguém o viu sair. E, segundo consta, nem pagou a conta.

7 Todavia, ao escrever estas notas, sou assaltado por uma dúvida. Não sei, francamente não sei, se incorri ou não num engano auditivo. Eis o que me pergunto: o Otto falou no Bateau, no Bistrô? O fato é que o sacerdote estava na *Noite*, desgarrado na *Noite*, e ardia em mil danações.

Mas falei em batina e volto à minha infância. Meu Deus, eu queria acreditar, como acreditei. Aos oito anos de idade, tinha uma fé deslumbrante. Quando via um padre, ficava na dúvida: — se ia, lá, beijar-lhe a mão. Umas tias me levavam para a Igreja Protestante; outras, me arrastavam para a Igreja Católica. Mas sempre fiz, ao protestantismo, uma objeção grave: — eu queria santos, eu não dispensava santos. De mais a mais, não via padres, nem freiras protestantes.

8 Durante vários anos, quis ser coroinha. Mas como ia dizendo: — aos oito anos e, portanto, ainda na Rua Alegre, ocorreu um episódio que me feriu profundamente. Ainda outro dia, em conversa com o Carlos Tavares, na redação de *O Globo*, disse-lhe: — "Eu fui o maior pudor físico do Brasil." Ele achou graça, eu também e paramos por aí. Mas não mentia. O menino, que fui, não admitia, jamais, que o vissem nu. E, um dia, eu estava tomando banho. Estava tomando banho e...

9 O ferrolho da porta do banheiro tinha um defeito qualquer. De repente, alguém empurra e abre. Era uma velha tia que passava uns tempos lá em casa. Enfiou a cara e me viu. Logo voltou atrás e fechou tudo. Mas me vira, eis a verdade, me vira. Num segundo, na fração fulminante de um segundo, o menino pôs as mãos em folha de parreira. E nada descreve, e nada se compara ao sofrimento, infantil, e o espanto, e o ódio, e a cólera. Nunca houve uma nudez tão ofendida, tão humilhada, tão ressentida.

10 Reparem como, de vez em quando, ainda hoje falo em nudez. É uma tranqüila e, direi mesmo, confessa obsessão. O Paulo Francis há de achar uma graça superior e infinita no meu ressentimento contra o biquíni. Aí está: — o biquíni. Eu o vejo como uma nudez pior do que a nudez. Eis o que eu gostaria de explicar: — adulto, e já velho, ainda conservo muito do menino que foi visto, no banho, por uma tia que já morreu.

11 E o que me doeu é que vi, no seu olhar, faiscando no seu olhar, uma curiosidade divertida e maligna. Claro que isso não existia, só existia na minha imaginação. Mas a odiei. Fiquei, por toda a minha infância, com um sentimento de mácula na carne e na alma. Foi aí que pensei em ser coroinha, padre. E mais: — cheguei a pensar e a desejar minha crucificação.

12 Não entendia por que as meninas, os meninos não beijavam a mão de freiras, só de padre. Lembro-me das vezes em que entrei na igreja. Ninguém me chamava, ninguém me levava. Eu ia por mim mesmo; era quase uma predestinação. Nada me tocava mais do que os dourados das colunas e, por toda a parte, a palpitação de luzes e de sombras. Queria viver ali, não sair dali, olhando os santos vergados e o sono dos círios nos altares.

13 Há poucos anos, fomos eu, o Otto Lara Resende e o Hélio Pellegrino ao Mosteiro de São Bento. Os dois amigos já o conheciam e avisaram: — "Uma beleza, uma beleza!" Dom Marcos Barbosa, a quem fui então apresentado, nos conduziu. E, percorrendo a igreja, me senti o mesmo menino de 1920, sim, o menino que precisava purificar-se da nudez vista por uma porta entreaberta. Lembro-me que, de repente, começamos a pisar sobre túmulos de monges. Eram velhíssimas mortes de 100, 150, 200 anos. Meus amigos não perceberam nada e nem eu lhes disse nada. Mas desejei ser uma daquelas ossadas e estar ali enterrado, eternamente.

11/3/1967

Capítulo 15

1 Eis o que senti, na minha visita ao Mosteiro de São Bento: — o desejo de ser um punhado de ossos. Por cima, na pedra do túmulo, gravados um nome, uma data e uma cruz. A meu lado, Dom Marcos Barbosa sorria para mim, para nós; e seus dentes eram os de Manuel Bandeira. Mas eu não pensava em Dom Marcos Barbosa: queria ser uma fina, diáfana, meiga ossada de monge.

2 Ainda vimos uma missa, se não me engano das seis horas. Eu, o Hélio, o Otto, olhávamos, do alto, os padres que iam chegando de cabeça baixa. E era tão bonito que mais parecia uma missa de estúdio. Vinha não sei de onde um sol — não sei que sol — e a luz atravessava tudo; e a chama de um círio passava a outro círio; e os santos, e as toalhas e nós, todos tremíamos de beleza. Mas eu continuava tecendo a minha fantasia: — fora um monge, morrera há cem anos e o que restava de mim era um punhado de ossos.

3 Já disse que, em Aldeia Campista, a minha grande felicidade era sonhar no fundo do quintal. Aos nove anos, ou oito, sofri o grande encanto do cinema. Não havia então, que me lembre, nenhuma impropriedade. Se uma mãe resolvesse dar o seio ao recém-nascido na platéia — seria naturalíssimo. Era o tempo de Francesca Bertini, William S. Hart, Rolleaux, William Farnum, Tom Mix, e outros, e outros. Ia ao cinema e, no dia seguinte, estava no fundo do quintal, junto do tanque. Não queria ninguém perto. De cócoras, recriava tudo que a tela ampliara.

4 Eu me imaginava Tom Mix, e William Farnum, e William S. Hart. Dava tiros; matava e morria; depois fugia, levando a mocinha na garupa. Mas falo dos mocinhos, dos cavalos, dos tiros e estou esquecendo alguém, alguém que assombrou minha infância. Eis a verdade: — antes de ser Tom Mix, ou outro deslumbrante *cowboy* da época, me imaginei Cristo, fui Jesus. Tinha sete, oito, nove, dez anos e me via na cruz. E me crucifiquei mil vezes. Eu, Nazareno, eu, Filho de Deus, eu, de braços abertos, eu, de cabeça pendida, eu, Deus e sem rosto, eu, no regaço da Virgem.

5 Viva mil anos e não me esquecerei, jamais, do primeiro filme da *Vida de Cristo*. Esse primeiro filme é também o último. Continua sendo levado até hoje, com um descaro empolgante. Claro que, agora, só passa nos poeiras do subúrbio. E há sempre platéia de pobres-diabos para uma Vida de Cristo. Mas quando eu a vi, pela primeira vez, a cópia estava fresquinha e as pessoas que lá compareceram saíram em cacos.

6 Foi então que descobri esta verdade eterna do palco ou da tela: — a verdadeira vocação dramática não é o grande ator ou a grande atriz. É, ao contrário, o canastrão, e quanto mais límpido, líquido, ululante, melhor. O grande ator ou atriz é recente. Até poucos anos atrás, representava-se cinema e teatro aos uivos e às patadas. Era hediondo e sublime. Ao passo que o grande ator nada tem de truculento e nem berra. É inteligente demais, consciente demais, técnico demais; e tem uma lucidez crítica, que o exaure. O canastrão, não. Está em cena como um búfalo da Ilha de Marajó. É capaz de tudo. Sobe pelas paredes, pendura-se no lustre e, se duvidarem, é capaz de comer o cenário. Por isso mesmo, chega mais depressa ao coração do povo, deslumbra e fanatiza a platéia.

7 Mas já estou divagando, novamente. Eis o que eu queria dizer: — o rapaz que fez no filme o Cristo era justamente o canastrão nato e hereditário. E, porque era canastrão, feriu fundo a carne e a alma dos presentes. Também canastrões eram Pilatos, Madalena, José e todo o elenco. Não escapava ninguém. E o rendimento dramático foi uma loucura. Atracada às cadeiras, a platéia soluçava. A emoção vinha lá das profundezas e, eu quase dizia, vinha das tripas torcidas, retorcidas.

8 Bem me lembro que, ao sair do cinema, na esquina seguinte, vi dois garotos e um deles disse um palavrão. E o nome feio, depois do martírio, me cegou de espanto e de ódio. Já falei do meu pudor físico. Até os 11 anos de idade, não soltara, jamais, em momento nenhum, um palavrão. E nada se compara ao meu assombro e vergonha quando vi que os meus irmãos mais velhos diziam obscenidades horrendas. Ainda me ficou de Aldeia Campista um último pudor contra certas palavras. Uma delas: — "esculhambação". Esta me ofende, me humilha, me dilacera. Fui, por isso mesmo, um menino só. Não tinha amigos, porque os outros meninos soltavam palavrões como pequeninos canalhas.

9 Alguém há de perguntar por que uso eu palavrões no meu teatro. É uma velha história, que explicarei depois. Mas não pensem que me libertei do menino antigo. Ali, ele está cravado em mim. Ainda hoje me olho por dentro; e vejo em mim todo um movimento de padres, de santos, cristos, virgens e, até, coroinhas. Todo esse elenco não aceita os palavrões que, depois de adulto, venho largando pelo mundo. Ainda há pouco, passei por uma experiência reveladora. Foi o seguinte: tenho um amigo, de cinqüenta anos, que apanhou uma paixão como se apanha escarlatina (doença hoje obsoleta).

10 Aos 50 anos, o sujeito só tem paixões de ópera, de Vicente Celestino, de primeira página de *O Dia* e da *Luta Democrática*. A menina (era menina) ainda não fizera nem a maioridade. Alguns idiotas da objetividade chegaram a adverti-lo: — "Abre o olho que essa pequena é uma débil mental de babar na gravata!" Abrir que olho, se o meu amigo estava cego, surdo e mudo de desejo? E aquele sentimento tardio, funesto, ameaçava levar tudo de roldão, tudo. Quando brigava com a garota, o meu amigo chegava a pensar: — "Ou mato ou me mato." Um dia, eu o encontro numa depressão atroz. Pisca o olho: — "Hoje, estou bom de cintura." Não entendi a gíria: Ele, então, mostrou e revólver enfiado no cinto. Eu estava diante de um Tom Mix.

11 Como não a conhecia, fazia minhas suposições: — deve ser uma Maria Eduarda Mala aos 17 anos; ou, então, a Natacha, de *Guerra e paz*. Já o meu amigo se confessava um candidato forte a uma manchete de *O Dia* e da *Luta Democrática.*

Passei uma semana sem o ver. Até que, ontem, esbarro com ele, na Avenida. Quase pergunto: — "Mataste?" E, então, ali mesmo, em cima da calçada, me contou tudo. Na véspera, tivera uma discussão intranscendente com a musa. E, de repente, ela o alveja com uma rajada de obscenidades jamais concebidas. Ele ouviu palavrões que não conhecia, e que o próprio Bocage teria anotado no seu caderninho. E, ali, a paixão morreu e estrebuchou como uma víbora danada. Eu ouvia, sem uma palavra. E me deu um tédio brutal da humana nomografia. Passei o resto do dia achando que somos todos canalhas porque dizemos palavrões.

12/3/1967

Capítulo 16

1 Eu durmo, mas a úlcera, nunca. Essa está sempre em vigília. Espera, com maligna paciência, que passe a ação do leite, das papinhas, dos biscoitos sem sal e sem açúcar. E quando o estômago se esvazia, ei-la que se devora a si mesma. Quase todas as madrugadas a coisa se repete. Acordo, às três, quatro da manhã, com fogo nas entranhas.

2 Saio da cama; vou tropeçando nas portas, esbarrando nas mesas e cadeiras. Na cozinha está um prato de mingau coberto com outro prato. E a papa hedionda vai, pouco a pouco, pacificando a danação da úlcera. Ah, que coisa linda e que coisa santa quando a ferida deixa de doer. É a bem-aventurança. Foi o que aconteceu na noite de ontem. Às quatro da manhã sou acordado pela úlcera da madrugada. Como das outras vezes, fui tomar o mingau.

3 E quando, finalmente, a dor passou, comecei a pensar em Samuel Wainer. Não volto mais para a cama; vou para a janela, que se abre para o resto da noite. Samuel, Samuel. Num instante, todas as varandas da memória se debruçam sobre a *Última Hora*, não a atual, da Praça da Bandeira, mas a suntuária, da Presidente Vargas. Eu me lembro das nossas instalações. Na nossa frente estava o "Balança, mas não cai" ou "Mula Manca", com seus vinte e não sei quantos andares.

4 No meio de pardieiros espectrais, tendo por fundo uma favela, o edifício da *Última Hora* era um pavão enfático. Em capítulos posteriores contarei o que foi, do princípio ao fim, a minha experiência pessoal, humana, jornalística, com Samuel Wainer e o seu jornal. Entre parênteses, diria que essa experiência ainda não está cicatrizada em mim, Hoje, porém, o que me interessa é lembrar a ira de Carlos Lacerda, contra Samuel e contra a *Última Hora*.

5 Isso foi há, relativamente, pouco tempo. Mas como é antigo, senil ou mumificado o passado recente. Já me parece que tudo que aconteceu é anterior à primeira Batalha do Marne, anterior à vacina obrigatória. Todavia, antes de prosseguir, preciso dizer ainda duas palavras sobre o nosso prédio. Era um edifício narcisista por fora e por dentro.

6 Por fora, era um soco visual no transeunte. Quem passava pela Praça Onze, a pé, de ônibus, lotação ou bonde, tomava um susto. Aquele colosso agredia e humilhava o resto da paisagem. E, por dentro, a mesma coisa. Quando o *Diário Carioca*, ex-dono, saiu de lá, e passamos para o andar de cima, fiquei mais perdido. Sou um pobre nato e, repito, um pobre vocacional. Ainda hoje, o luxo, a ostentação, a jóia me confundem e me ofendem.

7 E, de mais a mais, eu vinha de redações pobres e, direi mesmo, famélicas. De repente, despertava na *Última Hora*. Aquilo mais parecia um feérico, suntuário pesadelo. Imaginem vocês um salão irreal, infinito. Dir-se-ia uma redação de estúdio, com um Cecil B. de Mille a manobrar suas massas. E eu não entrava no gabinete de Samuel sem uma certa dispnéia emocional. Lá dentro, havia um *décor* meio lúgubre. Sim, a única coisa que faltava no gabinete do diretor era uma cascata artificial, com filhote de jacaré.

8 Claro que nem Samuel, ou qualquer outro da *Última Hora* contribuíra com um vago e escasso enfeite para tamanha *mise-en-scène*. Tudo corria por conta do *Diário Carioca*, Horácio de Carvalho e sua equipe. Mas havia uma funesta coincidência entre a mania de grandeza de Samuel e aquela pompa. Samuel movia-se, ali, como um peixinho no seu aquário natal.

9 Vinha ele de experiências jornalísticas bem mais modestas. Milhares de vezes fora um pobre ser sem um tostão no bolso. E, agora, no palácio da Presidente Vargas, era o ex-pobre-diabo, o ex-Raskolnikov. O simples fato de estar ali, de sentar-se ali, parecia desagravá-lo de velhas humilhações. Mas era pouco para a sua fome. Sonhava com um império jornalístico.

10 E, de repente, veio Carlos Lacerda. O grande polemista sabe deflagrar uma catástrofe e, depois, administrá-la. Depende do seu exclusivo arbítrio e de sua técnica demoníaca, o movimento, a extensão, a profundidade da catástrofe. Um povo possui trevas, que convém não provocar. Em 48 horas, Carlos Lacerda mobilizou todas as nossas trevas interiores contra Samuel Wainer.

11 Aconteceu, então, o seguinte: — de repente, tornou-se uma vergonha trabalhar na *Última Hora*. Primeiro, foi apenas Carlos Lacerda. Em seguida, começaram a aparecer outros Carlos Lacerda, milhares, milhões de Carlos Lacerda. Mais tarde surge uma Comissão Parlamentar de Inquérito. Meu Deus, pode-se pendurar um sujeito numa forca, ou crivá-lo de balas, ou beber-lhe o sangue como groselha. Mas ninguém tem direito de fazer o que a Comissão Parlamentar de Inquérito fez com Samuel Wainer.

12 Eu estava lá, vi e ouvi tudo. Com uma fidelidade obtusa, fiquei atrás da cadeira de Samuel, pedindo pelo amor de Deus que me fotografassem. E, de fato, no dia seguinte, saía na *Tribuna da Imprensa* o clichê em três colunas com o título: — "A vida como ela é..." E o jornal ainda lhe acrescentou as reticências. Nunca vi ninguém tão humilhado e tão ofendido. Nem crueldade mais covarde.

13 Enquanto isso, *Última Hora* deixara de pagar. Nada descreve a pusilanimidade dos anunciantes. E foi uma fuga, também, de leitores. Todo o Brasil contra Samuel Wainer. Eu estava vendo a hora em que iam caçá-lo, no meio da rua, a pauladas, como uma ratazana prenha. Eu me perguntava: — "Por que ele não mata ou por que não se mata?" Essa formidável paciência foi um dos maiores espantos de minha vida.

14 Eu não teria a paciência de Samuel. Ninguém a teria. Outro qualquer meteria uma bala ou em si mesmo ou em Carlos Lacerda. Ou por outra: — em

Carlos Lacerda, não. O chamado escândalo de *Última Hora* fizera de cada qual um Carlos Lacerda. Samuel não podia sair por aí chumbando milhares, milhões de Carlos Lacerda. Mas eis o que eu queria dizer: — uma geração não basta para explicar tamanha paciência. Ela é anterior a Samuel, começou a ser elaborada, trabalhada, há seis mil anos. Eu me espantava; outros se espantavam. Samuel, não, em momento nenhum. O que ele via por trás dos deputados, de Lacerda, dos artigos, dos discursos e da cólera popular, era um velho conhecido: — o martírio.

15 Lembro-me de uma noite, em que chego em casa, tarde, dez e meia, quase onze horas. Vou ligar o rádio. Queria ouvir uma melodia qualquer intranscendente, de preferência um tango (sou um dos poucos nostálgicos do tango). Estou repassando as estações e paro numa delas. Alguém estava berrando: — "O tarado Nelson Rodrigues!" Claro, era o Carlos Lacerda.

14/3/1967

Capítulo 17

1 Eu só trabalhava na *Última Hora* e não recebia. Por que não morri então de fome? Explico: — porque juntara uns suados, sofridos, amargurados oitenta contos. Era dinheiro, para a época era dinheiro. O Vilaça, de *Os Maias*, diria que, apesar da catástrofe, eu ainda tinha uma fatia de pão e um pouco de manteiga para lhe borrar por cima. Mas gastei minhas economias, até o último e mísero vintém.

2 Disse que a *Última Hora* deixara de pagar. Não foi bem assim. Na *belle époque* do jornal, havia um departamento de concursos. O sujeito ia lá e via brindes pendurados até no lustre. Eis o que eu queria explicar: — enquanto durou a campanha, recebi, a título de salário, liquidificadores, panelas, colchões, cinzeiros, bandejas etc., etc. Era tão funda a minha depressão que me sentia remunerado com generosidade e abundância.

3 No caso da *Última Hora*, aprendi que toda a unanimidade é hedionda. Poderão objetar que estou generalizando. Exatamente: — estou generalizando. O Brasil inteiro, sem exceção, estava contra Samuel Wainer, contra a *Última Hora*. Carlos Lacerda conquistara a unanimidade e a manipulava. Se ele trepasse numa mesa e berrasse: — "Lincha!" —, estejam certos de que a unanimidade iria caçar Samuel no meio da rua. E sua carótida seria chupada como tangerina. E suas postas ficariam suspensas dos ganchos no açougue.

4 Realmente, a unanimidade nada tem a ver com a vida moral. Mas eu também sofri um massacre. Carlos Lacerda dizia de mim o diabo. Eu fazia, então, "A vida como ela é..." (durante dez anos, eu a escrevi, dia após dia, com uma pertinácia monótona e desesperadora). Se as novas gerações me perguntassem o que era "A vida como ela é...", diria: — "Era sempre a história de uma infiel."

5 Apenas isso. E o leitor era um fascinado. Comprava a *Última Hora* para conhecer a adúltera do dia. Claro que, na minha coluna, também os homens traíam. Mas o que o público exigia era mesmo a infidelidade feminina. Quando saí da *Última Hora*, e acabei "A vida como ela é...", o telefone não parava. Homens e mulheres queriam saber se não ia sair mais e por quê. Dir-se-ia que o problema do brasileiro é um só: — ser ou não ser traído.

6 Carlos Lacerda teve a paciência de selecionar trechos de um mês de minha coluna. Com uma pinça, catava uma frase ou um episódio e o isolava de seu ambiente e de sua justificação psicológica e dramática. O destaque feito valorizava o extrato ao infinito. E, além do mais, ele criava suspense, inflexionava, representava. No fim, até um "bom-dia" ficava obsceno.

7 Lembro-me de uma fala que ele selecionou para a antologia de "A vida como ela é...". Certo personagem dizia o seguinte: — "Amor entre marido e mulher é uma grossa bandalheira." A coisa dita assim, em tom de ópera, sem uma motivação lógica, causou o maior efeito na Câmara dos Deputados. Segundo me disseram, o então deputado Antônio Balbino teve um esgar de nojo supremo; e outros congressistas abriram os braços para o lustre, num mudo escândalo desolado.

8 A meu ver, porém, a coisa é menos abjeta do que parece. O personagem que dizia aquilo tinha lá a sua teoria. Segundo ele, no fim de certo tempo de rotina matrimonial, o amor, a paixão ou que outro nome tenha, é substituído por um sentimento mais sereno, mais estável, mais benigno. Digamos a palavra e o sentimento: a amizade. De sorte que um desejo inopinado que venha turvar a pura e desinteressada estima — é quase incestuoso.

9 Mas não é só meu personagem que pensa assim. Ainda outro dia, um amigo meu — que o Carlos Lacerda também conhece — apareceu-me, de olho rútilo e lábio trêmulo. Puxou-me para um canto e gemeu: — "Imagina, rapaz, imagina." Faz um suspense e continua: — "Fui com minha mulher à praia. Fui e me aconteceu uma que..." Parou, sem coragem de ir até o fim. Pergunto: — "E daí?" Ele explode: — "Desejei a mãe dos meus filhos!"

10 De fato, esse meu amigo (e de Carlos Lacerda) tem quatro filhos, sendo que o mais velho de 17 anos. Com 18 anos de vida conjugal, acha ele que o amor não cabe mais no seu lar. E o fato de desejar a esposa, ainda que por um segundo fulminante, o dilacerou de vergonha e de remorso. Sentia-se um desses faunos de tapete que, nos terrenos baldios, atropelam as ninfas desacompanhadas.

11 E o certo é que "A vida como ela é..." foi mais um pretexto para exasperar a unanimidade. Os vizinhos que me viam chegar em casa, com um liquidificador debaixo do braço, olhavam para mim com escândalo e ira. "Lá vai o tarado", deviam cochichar entre si. Eu podia abrir o embrulho e argumentar: — "Estão vendo esse liquidificador? É o meu salário." No fundo, no fundo, eu achava o seguinte: — aquele liquidificador provava minha pureza, provava minha inocência. O sujeito que recebe, como remuneração profissional, uma panela, uma fruteira, é quase um São Francisco de Assis.

12 Uso muito nas minhas crônicas de esporte a imagem do pobre-diabo que se senta no meio-fio e começa a chorar. Eis o que eu queria dizer: — essa figura me ocorreu, pela primeira vez, durante a campanha contra a *Última Hora*. E era eu o pobre-diabo, era eu o Marmeladov de *Crime e castigo*. Vendo que a unanimidade também se voltava contra mim, e me chamava de "obsceno", de "tarado", sentia exatamente a vontade de me sentar no meio-fio para chorar lágrimas de esguicho.

13 A verdade é que eu não tinha a paciência multimilenar de Samuel. Se ele fosse enforcado; se seu corpo pendesse de uma árvore; e se os urubus o devorassem — ainda assim ele sobreviveria. Samuel é de um povo que não morre. Mas era a primeira vez que eu via a face horrenda, a face obscena da unanimidade. Muitas vezes, eu ficava em casa, até duas, três da manhã, pensando. Punha a vitrola tocando valsas em surdina e ficava tecendo as hipóteses mais furiosas. Imaginava: — "E se eu matasse o Carlos Lacerda? Se lhe desse um tiro?" Via-o morto, com seu perfil de John Barrymore, e morto. Também imaginava a unanimidade uivando pelas ruas. Que faria ela, sem o líder que a criara e todos os dias a recriava? Mas sou muito mais suicida do que homicida. Só de me imaginar assassino de Carlos Lacerda, me sentia hediondo.

14 Mas Carlos Lacerda não morreu. Não. Quem morreu foi Getúlio. Com uma bala no peito, Vargas desfez a unanimidade. Ainda não morrera o som do tiro, e já a unanimidade sumia, até o último vestígio. Minto. Não sumiu. Simplesmente, mudou de dono. A *Última Hora* estava morta, enterrada. Foi exumada às pressas. A unanimidade queria agora o sangue de Carlos Lacerda.

15/3/1967

Capítulo 18

1 Qualquer devoção é linda. Não importa que o santo não a mereça. E mesmo que seja um santo falso (Quero Crer que também existam os santos canalhas.) Mas repito: — não importa. O belo, o patético, o sublime são as duas mãos postas e a fé ingênua e forte que se irradia de não sei que abismos radiantes. Também a solidariedade, a grande solidariedade, é comovente.

2 E, com Samuel e *Última Hora*, fui o solidário total. Era como se estivesse disposto a morrer com um e outro e por eles. Hoje, ninguém entende abnegação tamanha. O tempo passou e o tempo deu ao que parecia sublime um perverso e fatal toque humorístico.

3 O que me pôs a favor de Samuel foi a unanimidade contra. A verdade é que vinha, de longe, a minha admiração por Carlos Lacerda. Eu achava que o Brasil precisava, inclusive, dos seus defeitos. Ouvia dizer: — "É um louco!" Mas não via o menor inconveniente nas suas danações. Entre a mediocridade e a insânia (com uma orla de gênio), eu preferia a insânia. Sim, antes um possesso na Presidência do que os idiotas, passados, presentes e futuros.

4 Assim pensava eu. E, de repente, vem o insano genial e começa a berrar: — "O tarado de Nelson Rodrigues!" Por outro lado, quando se referia à equipe da *Última Hora*, ele clamava: — "Canalhas! canalhas!" Não concedia nem uma compassiva exceção ao pessoal da faxina. Seria ótimo se, por um forte movimento interior, eu passasse a achar o gênio da véspera a besta do dia seguinte.

5 Lembro-me que, de vez em quando, ligava o rádio para ouvi-lo. Dentro de mim, estava aberta a ferida, e repito: — a ferida pingava sangue. Mas o homem começava a falar e eu reconhecia, de mim para mim, numa amargura medonha: — "Como fala bem esse desgraçado! Que orador formidável! Rui não chegava nem aos pés! nem Joaquim Nabuco!" Se o meu nome surgia, eu desligava. Quantas vezes, disse, lá em casa: — "Um cachorro! Só dando um tiro na boca!" Bem que eu queria sapatear em cima da admiração como se esta fosse uma víbora.

6 Na manhã em que Getúlio se matou, vim para a *Última Hora* cedinho. Passara a noite em claro, ouvindo as notícias; e pasmara para a covardia de quase todo o Ministério. Apanho o ônibus, na esquina de Maxwell, e viajo em pé, pendurado numa argola. Todo o ônibus ali ria do baixinho.

7 Parecia consumada a renúncia. Ou por outra: — não a renúncia, mas a deposição mais deslavada. O pobre velho voltava para S. Borja. O máximo que sua humilhação inspirava era a piedade cínica da piada. O Brasil amadurecera para a voracidade de Carlos Lacerda. Sim, Carlos ia ser primeiro-ministro, presidente, rei; e se quisesse sairia de casa para o Catete montado num elefante como um rajá.

8 E, então, Getúlio meteu uma bala no peito. Eu o imagino apanhando o revólver. Fico tecendo minhas fantasias e imaginando que Vargas terá pensado na guerra civil. Ele apertou o gatilho e, antes que morresse o som do tiro, já Carlos Lacerda caía, lá de cima, do alto de sua ambição cesariana. Sim, Lacerda estava à beira da onipotência e subitamente a perdia.

9 Eu estava na *Última Hora* quando Heron Domingues irradiou a notícia. Sua voz era terrível. Aí é que está: — a voz de Heron Domingues transforma o fato, mesmo banal, em História. Olhei em torno. Lembro-me que Marita Lima, redatora de *Última Hora*, pulou na cadeira. Perto de mim, Samuel Wainer batia à máquina e continuou batendo à máquina. Tinha qualquer coisa de irreal aquela insensibilidade no momento em que o Brasil se preparava para matar ou para morrer.

10 Só depois me disseram que Samuel já sabia. Com furioso *élan*, estava datilografando a manchete, os títulos, os subtítulos da edição do suicídio. Para ele, para a *Última Hora*, era a salvação. Pouco depois entrava, ali, o meu caro e fraterno Albert Laurence. Disse-me, com um olhar de louco: — "Eu vou matar Carlos Lacerda!" Todas as emissoras estavam alucinadas. Sentei-me, num canto; e pensava: — "Vai começar a Guerra Civil!"

11 E Carlos Lacerda que era deposto antes do Poder? Eu continuava sonhando com uma guerra de secessão, com os brasileiros bebendo o sangue uns dos outros. Mas não pode haver secessão quando existe uma unanimidade. A mesma unanimidade que pedira a cabeça de Samuel Wainer agora queria beber o sangue de Carlos Lacerda. Eu a sentia por toda a parte. Carlos Lacerda era o assassino de um suicida. E a unanimidade a exibir a sua face escavada e hedionda.

12 Todos os jornais despejaram extras na rua. O cadáver de Getúlio ainda estava quente quando *Última Hora* lançou a sua edição especial. Pode-se dizer que Vargas acabou de agonizar em nossa primeira página. O gesto suicida me aproximou de Getúlio. Eu me sentia profundamente seu irmão. Por outro lado, queria me parecer que, no episódio, não havia apenas um morto; politicamente, Carlos Lacerda era outro cadáver.

13 De tarde, apanhei um ônibus. O chofer parou num jornaleiro e pediu, forte: — "Me dá aí a *Última Hora*, o jornal do homem!" No meu canto, eu fazia uma série de reflexões torpes: — o jornal ia ter dinheiro; não mais pagaria seu pessoal com liquidificadores, etc., etc. No mesmo ônibus, um passageiro dizia a outro que Carlos Lacerda devia se enforcar no próprio cinto.

14 Pouco depois, via eu e via todo o Brasil que Carlos Lacerda era um falso defunto político. Voltaria potencializado, da cabeça aos sapatos. Hoje, diz coisas e faz coisas absurdas. Mas antes o absurdo do que a imbecilidade. Outro dia, aconteceu uma que me parece lapidar. Carlos Lacerda estava num salão, sentado no meio de cavalheiros e damas da maior cerimônia. Os presentes sorviam, com inexcedível delícia, cada uma de suas palavras. Ele estava num desses momentos em que o sujeito não diz um "bom-dia", sem lhe pingar gênio. E, súbito, baixa, nele, um tédio macio, insidioso, mas irresistível. Carlos Lacerda ainda concede três ou quatro frases mais. Boceja. Ajeita-se na poltrona, estica as pernas, põe a cabeça para trás, entrelaça as duas mãos no ventre. Todo mundo acompanha, magnetizado, cada um dos movimentos. O sono veio instantaneamente.

15 Sim, o sono veio, brotou, sem nenhuma preparação. E, diante das visitas, lá estava a boca aberta, e tão aberta que se via o ouro da obturação mais recôndita. Os presentes se entreolham e não sei se contrafeitos ou maravilhados. Em seguida, veio o ronco. Há ainda alguns momentos de espera. Passada a surpresa, as visitas começavam a ver o fato na sua dimensão precisa. Eram vários casais. Cada qual se levantou e foi saindo, na ponta dos pés. Aquele ronco deslavado parecia caracterizar o grande homem e, ao mesmo tempo, profetizar o nosso De Gaulle sem esporas e sem penacho.

16/3/1967

Capítulo 19

1 Em recente capítulo, dizia eu o que me parece ser uma verdade exata e inapelável: — Samuel Wainer pertence a um povo que não morre; e, se morre, estejamos certos de sua ressurreição urgente e triunfal. O caso do próprio Samuel está aí, diante de nós, como uma lição de vida. Veio a Revolução e o cassou. Ei-lo sem direitos, sem nada; e, por fim, sai do Brasil como um enxotado.

2 Outro qualquer estaria liquidado. Vejam o Juscelino. Ah, o Juscelino do exílio é outro. Não tem nada daquele cafajeste dionisíaco que fascinava até os inimigos. Longe do Brasil, ninguém mais plangente, ninguém mais pungente. É um Juscelino desconhecido e terrível, esse que arrasta, pelos hotéis da Europa, a sua lúgubre e inconsolável nostalgia.

3 E das duas uma: — ou o deixam voltar ou ele não sobrevive. Para Samuel, o exílio nada tem de destrutivo. Está em Paris. Mas tanto faz Paris como o Cairo, ou Singapura, ou Tóquio, ou Constantinopla. Floresce em qualquer vaso. E se o colocarem num deserto, há de inaugurar uma bica, uma pia, em plena e brutal aridez. Entra nos cafés de Paris, tropeçando nas mesas e cadeiras. Em seguida, é visto em Atenas, filmando. E não pára. Alguém, que o cumprimentou em Londres, fala de suas sobrancelhas.

4 As sobrancelhas de Samuel! Segundo meu informante, estão mais agressivas que as cerdas bravas do javali. E não só isso: — não é a mesma cara que daqui saiu, uma cara não isenta de doçura. Lá fora, Samuel se tornou mais feio. Mas há nesse feio não sei que sortilégio ou luminosidade. Eis o que me pergunto: — de onde vem a magia de Samuel?

5 Ele não odeia ninguém, nunca. Lembro-me daquele sujeito de anedota que achava o ódio uma perda de tempo e de dinheiro. Samuel é mais ou menos assim, ou melhor dizendo: — é exatamente assim. Não há, nele, o desgaste do ressentimento. Quando era mais cruel a campanha contra *Última Hora*, Samuel não teve jamais um movimento de ira.

6 Esquecia-me de uma observação, que me parece vital: — naquela ocasião, a ira contra ele não era unânime. Há mulheres que estão sempre dispostas a enxugar, na fronte do humilhado, o suor do martírio. Fartei-me de atender a telefonemas desvairados. Uma das fanáticas soluçava: — "É um santo! é um santo!" Enquanto ele vagou, perdido e degradado, teve a devoção de uma meia dúzia. Mas quando o suicídio de Getúlio o reabilitou e promoveu, elas o execraram.

7 Mas eu falava da impotência de Samuel para o ódio. Antes da Revolução, encontrou-se ele com o meu amigo Otto Lara Resende. Foi, de parte a parte, uma efusão tremenda. Sentaram-se num bar e começaram a conversar. O Samuel a fazer charme para o Otto, e o Otto a fazer charme para o Samuel. Durante quatro horas, só falaram de um homem: — o abominabilíssimo Carlos. E o Samuel ainda sangrava de ultrajes não-cicatrizados.

8 Otto imaginou que o outro espumasse de ódio ou subisse pelas paredes como uma lagartixa profissional. Pelo contrário: — uma ternura evocativa inundou Samuel. Perguntava, nostálgico da conivência perdida: — "Como vai ele? Ainda tem aquele charme?... Continua bonito?" O Otto ia respondendo. O hediondo inimigo de Samuel já não era inimigo, nem hediondo. E, ali, numa conversa vadia, fazendo uma trama de lembranças, os dois acabaram montando um mito adorável. Samuel era só amor.

9 Talvez seja este o último capítulo que escrevo sobre a *Última Hora*. E eu queria contar, ainda, um episódio, que me espanta até hoje. Bem. Tudo começou quando me operei da vesícula. Fez a intervenção o Dr. Hugo Cota dos Santos, um virtuose do bisturi. Entre parênteses, o Hugo é doce como um irmão. E foi perfeito na prudência, lucidez, sabedoria e amor. Assistiu a operação, minha irmã, médica, Stella.

10 Ora, vesícula não assombra ninguém. Pouco antes de mim, um vizinho meu fizera a mesma operação. Três dias depois, estava na calçada, radiante; abria o paletó do pijama e mostrava a barriga cortada. Mas como ia dizendo: — fui operado, voltei para o quarto e, com pouco mais, começava a sofrer. Mas o meu sofrimento nada tinha a ver com a carne ferida. Era uma angústia como eu não conhecia. Suor, queda de pressão, o diabo. Ouço o meu próprio gemido: — "Ai meu Deus, ai meu Deus!"

11 Pânico no quarto, O Dr. Hugo veio correndo. Põe o olhar em mim e imagina: — "Quadro de enfarte." Eu via as pessoas entrando: — meus irmãos, Mário, Augusto, Milton, Paulo. E eu não sabia que um espírita avisara: — "Nelson vai morrer da operação." O Hugo está debruçado sobre mim: — "O que é que você quer que eu faça? Eu faço o que você quiser." Respondo: — "Quero água, água!" Alguém vai encher um copo. A minha voz continua: "Água." Apanho o copo com as duas mãos; bebo, em ânsias pavorosas. A água volta, como uma baba. Não consigo beber, a garganta está fechada.

12 De repente, sobe, do fundo da agonia, o apelo: — "Quero fazer pipi." Mais uns dez minutos e começo a melhorar. Não era enfarte. Eu não queria dormir, com medo de passar de um sono a outro sono mais profundo. Uma voz me dizia: "Precisa dormir; dorme, dorme." Finalmente adormeci como quem morre. Dois dias depois, vou para casa. E passei três meses com quarenta graus de febre.

13 Na primeira noite da minha volta, acordei com a Assistência na porta. Tivera um acesso de tosse tão espantoso que rebentara os pontos. O meu sangue vivo ensopava o lençol. As transfusões iam começar. Mas eis o que me pergunto até hoje: — por que a febre? Ela se irradiava das profundezas e parecia iluminar os cabelos. Nem sei quantos médicos me examinaram. Genésio Pitanga viu o problema pulmonar; Dauro Mendes, o estado geral;

Orlando Vaz, o bom Orlando Vaz; e o Hugo Cota não saía do meu quarto. — Nenhum médico, nenhum achou uma causa física para a febre que estava me matando.

14 Amanhã, vou contar como reagiu Samuel no caso de minha doença. Por hoje, desejo apenas dizer que ninguém me visitou. Estava morrendo e ninguém me visitava. Eu pensava: — "Ninguém gosta de mim. Não tenho amigos." E uma obsessão não me largava: — "Eles me acham um canalha." Até que, de repente, apareceu alguém para me ver: — Pinheiro Júnior, da *Última Hora.* Chegou com um fotógrafo e vinha me entrevistar. Eu estava com 39,9.

15 E me sentia tão perdido que, naquele momento, teria beijado a mão de qualquer visita. Entrevista? pois não, pois não. E queria que o Pinheiro ficasse muito tempo, ao meu lado, comigo, meu Deus. Se eu tivesse de morrer, queria que muitos, que todos viessem. Arquejei: — "Como é, Pinheiro? Tudo azul?" E sorria para o companheiro. Ele faz perguntas, que vou respondendo. Pinheiro curva-se para mim: — "Nelson, escuta. Se você tivesse de morrer, quais seriam as suas últimas palavras?" Suspense. Começo: — "Minhas últimas palavras?" E Pinheiro: — "Vamos fazer de conta. Suas últimas palavras." Digo: — "Põe aí. Mas publica mesmo, ouviu?" Ele jurou que publicava. Então direi: — "Que boa besta é o Carlos Marx!"

17/3/1967

Capítulo 20

1 Disse eu que, durante os três meses de febre (febre e dispnéia pré-agônica), não recebi uma única e escassa visita. Mas já retifico. Realmente, durante noventa noites e noventa dias, tive três visitas, não mais, três visitas. Sim, três amigos bateram à minha porta. Um foi um ex-contínuo, hoje sargento da Aeronáutica; outro, Paschoal Carlos; e o terceiro.

2 O Pinheiro Júnior lá esteve, profissionalmente. Não via em mim o amigo, o companheiro, o moribundo. Eu era o assunto, a fotografia, a chamada na primeira página. Mas e o terceiro, existiu mesmo o terceiro? Já quero crer que os três eram dois. Bem me lembro da tarde em que o Paschoal apareceu, num chapa branca lindo. Ele trabalhava com Juscelino; e tinha automóvel oficial com chofer, libré, o diabo. Vira a reportagem sobre mim na *Última Hora*.

3 Eu aparecera, na primeira página, de barriga aberta. Eram várias fotografias e todas de um mau gosto cruel, abominável. Alguém veio me dizer que tinha um ministro lá fora. Era o Paschoal, o ministro. E quando o vi, me veio um sentimento de gratidão selvagem. Para mim, que estava no fundo de uma cama, um simples "bom-dia" era um bem lancinante. Paschoal passou comigo uma hora ou duas, sei lá. E quando saiu, fiquei tecendo as fantasias mais lúgubres. Eis o que me passava pela cabeça: — "Talvez o Paschoal não me veja nunca mais. E, se eu morrer, pelo amor de Deus, não me enterrem em gaveta. Tudo, menos gaveta."

4 Também não queria um túmulo lá em cima do morro. No alto, não. Quem iria subir tamanha escadaria para me levar flores? Mas deixemos Paschoal e o S. João Batista. Não sei se o ex-contínuo me visitou antes de Paschoal ou depois. Eu não o via há séculos. Ele trabalhara comigo em Ponce & Irmão, na altura de 1933. Os Ponces representavam a RKO Rádio e eu fazia-lhes o noticiário dos filmes. E lá o meu visitante era contínuo. Vira também o meu retrato de barriga aberta.

5 Vejam como valorizo e dramatizo as duas visitas. Naquele momento, elas significaram muito para mim e, eu diria mesmo, significaram tudo. Quando ouço falar mal de Paschoal Carlos Magno, imagino: — "Foi me visitar." E isso, que parece pouco, é tanto, tanto. Quanto ao ex-contínuo, agora me lembro do seu nome: — é Ademar, isso mesmo, Ademar. Onde quer que esteja, Deus o abençoe, a ele e ao Paschoal.

6 E, de repente, a minha rua começou a sussurrar: — "É câncer, é câncer." Digo "minha rua" porque não tenho como individualizar. Eram tantos implicados no mexerico. E não pensem que minha rua era pior do que as outras. Já contei o que aconteceu na minha infância. Não sei se a Rua D. Zulmira, ou Luíza, ou Maria (era vizinha da Rua Alegre) induziu uma senhora ao suicídio. Notem bem: — a rua matou uma pobre adúltera (e talvez nem fosse adúltera).

7 O certo é que a rua amou o meu câncer. A Assistência parava lá de vez em quando; com as janelas escancaradas, eu me submetia a transfusões sucessivas. E, certa vez, sofri uma punção horrenda. Lembro-me de tudo. Sentei-me, seminu, de costas para o médico. E, então, ao lado do clínico Dauro Mendes, o Hugo Cota dos Santos enfiou-me, entre duas costelas, uma agulha enorme. O que senti foi, exatamente, a dor de uma punhalada. Nas costas e entre duas costelas. Nem gemi. Eis a verdade: — naqueles três meses, eu aceitava a dor com uma sujeição fatalista e alvar. Dr. Hugo, com pena, remorso, pergunta: — "Você agüenta outra vez?" Respondi: — "Agüento." Houve uma nova tentativa e uma terceira sem um gemido.

8 Mas o câncer explicava a febre, as transfusões, a vista turva, as pernas bambas, e todos os meus sintomas. Lembro-me que, um dia, fui me olhar no espelho. Era como se, por equívoco, o espelho estivesse retransmitindo outra imagem. Minhas olheiras eram tão fundas que pareciam feitas de rolha queimada. Só o vilão de cinema mudo tinha nos olhos aquele halo negro.

9 Vamos e venhamos: — a hipótese do câncer era extremamente persuasiva. E Samuel Wainer deve ter sabido. Deve, não: — soube. Soube e que fez ele? Foi me visitar? Apareceu lá em casa? Chorou por mim? Ou, por um momento, crispou-se de pena? Eu era o fundador de *Última Hora*. Desde o primeiro dia, eu me entregara ao jornal. Passava dias e noites na redação, trabalhando como um louco. Durante a campanha de Carlos Lacerda, sofri ultrajes inenarráveis. E que fez Samuel pelo meu falso câncer?

10 Onde estava a sua amizade por mim? Eis o que eu me perguntava: — do mesmo modo que é um impotente para o ódio, será também impotente para o amor? Digo amor porque amizade é amor. Muitos anos depois, quando morreu meu irmão Mário Filho, dizia-me, no caminho do cemitério, Carlos Heitor Cony: — "Tive amor por Mário." E Samuel não saberia amar o companheiro que agoniza? que morre?

11 Não foi me visitar nunca. Não me deu um telefonema perguntando: — "Já morreste?" Não me ofereceu um níquel, um vale, nada. E quando soube do câncer, reagiu assim: — mandando descontar as minhas férias; e já se preparava para suspender o salário. Com um suposto câncer, eu já não seria profissionalmente válido. Portanto, rua, rua. Disse ele, certa vez, se não me engano a Edmar Morel, que não podia se amarrar às suas eventuais gratidões.

12 Pode parecer que, ao contar o episódio, eu o esteja chamando de pulha. Mas não é bem assim, nem as coisas têm esta simplicidade estúpida. Não. Ele agiu assim comigo; não teve por mim esse mínimo de compaixão que se tem por um cachorro atropelado. Mas foi, em outros casos, de uma bondade perfeita, irretocável. Seria mentira apresentá-lo como um canalha integral.

13 Por exemplo: — o que Samuel fez por sua primeira mulher, Bluma Wainer. Estavam separados; não restara nenhum vínculo do matrimônio falhado. E nós sabemos que, normalmente, o homem e a mulher são dois ressentidos contra o ex-amor. Um dia, Bluma cai doente. Câncer. Eu não fui testemunha de nada. Mas o que me dizem é que ninguém foi mais doce, mais solidário, mais compassivo, e de mais funda e infeliz ternura. Eu me lembro de Samuel no dia em que Bluma morreu. Apareceu na redação. Estava transfigurado de compaixão e de amor. Andando de um lado pro outro, dando ordens de serviço, era um coração atormentado e puro. E houve um momento em que me pareceu pálido e varado de luz como um santo.

18/3/1967

Capítulo 21

1 "Eu te vingo", soluçou meu pai. Era o último a beijar o meu irmão Roberto. A família toda já se despedira: — os irmãos, as irmãs e minha mãe. Lembro-me que, de repente, um linotipista se arremessou; e beijou também o jovem morto. Então, alguém veio sussurrar: — "Doutor Mário, pode fechar? o caixão? pode fechar?"

2 Meu pai veio. Não era a primeira vez em que o via chorando. Quando perdeu uma filhinha de oito meses, Dorinha, também rebentara em soluços. E houve um momento em que fui até à esquina do largo. Era na Rua Inhangá, nos fundos do Copacabana Palace. E, de lá, eu ouvia o choro tremendo de meu pai. "Papai chora, também chora", eis o que eu pensava. Até então, eu não vira um adulto, homem feito, chorando. E me humilhou que os outros meninos vissem meu pai chorando.

3 Na morte de minha irmã Dorinha, eu tinha oito anos; e quando meu irmão Roberto morreu, já fizera 15. Agora o choro do meu pai não me humilhava. Eu queria que ele chorasse e cada vez mais alto, mais forte, e que todos vissem Mário Rodrigues chorando. Pedia a Deus que ele se demorasse muito — mais que os outros — beijando meu irmão. E, por fim, disse, cortando o choro: — "Eu te vingo." Que bem me fez, que bem ainda me faz, a fragilidade ferida do meu pai. Eu o via, ali, tão órfão do próprio filho.

4 Tenho comigo todas as sucessivas caras do meu pai na noite do velório. Alta madrugada, ele dizia para minha mãe: — "Estou com sono. Meu filho morreu. Não posso ter sono." Toda a cidade vinha abraçá-lo. Era uma procissão espantosa. Lembro-me de Paulo Magalhães. E, sempre que aparecia mais um, ele repetia: — "Essa bala era para mim." Dizia isso, gritava isso. Era verdade. Roberto morrera porque meu pai não estava. Nem meu pai, nem Mário Filho, que também foi procurado. Roberto era o terceiro na ordem de preferência. E se ele não estivesse, seria eu; e se não fosse eu, seria outro irmão, ou irmã, alguém que fosse filho de Mário Rodrigues, que fosse amor de Mário Rodrigues.

5 "Eu te vingo, eu te vingo" era o que estava em mim. Um dos funcionários, se não me engano o gerente Faria Lemos, quis tirar o revólver do meu pai. Todo o mundo, ali, achava que meu pai ia acabar metendo uma bala na cabeça. Ele agrediu o funcionário e retomou o revólver. Naquele momento, fechavam o caixão. O enterro ia sair. O vice-presidente da República, Melo Viana, segurou uma das alças.

6 Uma babá trouxera, no colo, o filho mais velho de Roberto, Serginho (o hoje arquiteto Sérgio Rodrigues). Mas preciso falar ainda de alguém. Quando o corpo do meu irmão veio para *Crítica*, eu era talvez o único da família que estava lá. Meu pai, meus irmãos viriam depois. Subi a escada do jornal e, ao entrar na redação, vi aquela senhora de preto, junto do caixão. Chorando, ela estava florindo o corpo de Roberto. Depois, soube que fora a primeira a chegar, que chegara antes do caixão; e já trazia não sei se braçadas de rosas ou dálias. Quando instalaram a câmara ardente, usara, primeiro, as suas flores e, depois, as outras. Beijara meu irmão; falara a seu ouvido. Quando chegaram minha mãe e minhas irmãs, ela recuou e ficou de longe, como se a simples presença de minha mãe a escorraçasse. Eu não parava; andava de um lado para outro; ia de redação para oficina; e quando voltava, eu a via, no seu canto, taciturna, inescrutável, o rosto erguido, os lábios cerrados; sua dor tinha uma dignidade pétrea.

7 (Meu irmão Roberto, pintor, escultor, ilustrador, era um Rimbaud plástico. E não vi jamais, no romance, no cinema e na vida real, um homem tão bonito. A morte parecia ser a sua utopia, mais doce e mais funda. Roberto punha a própria cara nos amantes, suicidas, enforcados de suas ilustrações. Anos depois de sua morte, dizia-me Carmem Miranda: — "Seu irmão era lindo." Inspirou paixões absurdas.)

8 A senhora de preto só se aproximava do caixão quando as mulheres da família saíam, por um momento, para o gabinete de meu pai. E vinha ela; deixava correr as lágrimas não choradas; passava a mão no rosto de Roberto. Ainda a vejo pondo uma dália no seu peito como uma estrela. Ela teria seus quarenta e não sei quantos anos, beirando os 50. E nunca a vira, em toda a minha vida, nunca. Mas era uma presença tão forte, tão obsessiva, que acabei perguntando a um repórter: — "Quem é? aquela ali. Quem é?" Naquele exato momento, minha mãe e minha irmã voltavam. A senhora de preto fugiu para o seu canto.

9 Na sua veemência cochichada, o repórter disse tudo: — "Não conhece? a sem-vergonha da Fulana?" Recuei o rosto como um agredido. O outro continuava, baixo e feroz: — "Fulana, a caftina!" Repetiu, na sua impiedade radiante: — "A caftina!" Segundo o repórter, era dona de pensão de mulheres, etc., etc. Disse mais: — "Tão cínica que vem pra cá. Nem respeita." Eu já sabia; larguei o repórter, que ainda rosnava, e continuei o meu itinerário desesperado, da redação para a oficina, da oficina para a redação.

10 Tudo o que o repórter me dissera me deixara ressentido contra o idiota. Até hoje, não sei quem era (nunca mais a vi). Mas estava chorando meu irmão; e o beijara. A própria palavra "caftina" era um som leve, tênue, remoto, quase inaudível. E fosse ela, além de caftina, leprosa, ah, poderia roçar os lábios de meu irmão com o seu beijo ferido. Isso aconteceu nos últimos dias de 1929; meu irmão caiu — e a bala cravou-se na espinha no dia 26 de dezembro; e morreu, dois dias depois. Portanto, trinta e sete anos me separam de sua morte. A senhora de preto deve estar morta. Mas se estiver viva, velhíssima e viva, eis o que eu queria dizer: — ela foi, na sua ternura furtiva, nas suas flores humilhadas, um momento de bondade desesperadora. A última vez em que a vi foi no cemitério, acompanhando o caixão. E imaginei que ela ia ficar, ali, abraçada a um túmulo, eternamente.

19/3/1967*

* Crônica republicada na edição de *O Reacionário* de 1977 com o título de "O sono dos círios".

Capítulo 22

1 Um dia, Lúcio Cardoso me disse: — "O assassinato de seu irmão, Roberto, está naquela cena assim, assim, de *Vestido de noiva*." Era verdade. Eu não sei se vocês se lembram de *Vestido de noiva*. Como todos os meus textos dramáticos, é uma meditação sobre amor e sobre a morte. Mas tem uma técnica especialíssima de ações simultâneas, em tempos diferentes. E, além disso, há, no seu desdobramento, na sua estrutura, o rigor formal de um soneto antigo.

2 Já minhas outras peças são muito mais selvagens. Mas o que tocou Lúcio Cardoso foi uma cena, ainda no primeiro ato, cena de uma mulher matando um homem. E, segundo o romancista, eu estaria fazendo, ali, uma imitação da vida. Era Roberto que morria outra vez, assassinado outra vez. E confesso: — o meu teatro não seria como é, nem eu seria como sou, se eu não tivesse sofrido na carne e na alma, se não tivesse chorado até a última lágrima de paixão o assassinato de Roberto.

3 Comecei pelo dia seguinte. E não falei da véspera e da antevéspera. Quero dizer que Roberto sempre me parecera muito mais um suicida. Teve sempre um olhar, uma atmosfera, um halo de quem vai morrer cedo. Vejam sua obra. Não sei se já escrevi que ele desenhava a própria cara nos bêbados, loucos e enforcados de sua ilustração. Lembro-me de uma ilustração: — um homem era esfaqueado; e a vítima era ele.

4 A vítima, a vítima. Era sempre ele que morria, assassinado pelos outros. E era sempre ele que pendia de uma forca; ou se deitava num caixão. Eu tive uma doce tia que, meses antes de morrer, unia, entrelaçava as mãos. A filha vinha corrigir o gesto fúnebre. Minha tia perguntava: — "Não é assim que se morre?" Eis o que eu queria dizer: — também Roberto ensaiou a própria morte.

5 Morrera antes, e muitas vezes, nas ilustrações, nos quadros, nas esculturas. E nunca, nunca, em momento nenhum, ele foi o que mata, ele foi o que fere. Era sempre o morto, sempre o ferido, e sempre o enforcado. Mas repito que jamais pensei no assassinato. Eu o via muito mais como o suicida (e era belo como o suicida).

6 Foi uma tragédia que quase destruiu minha família. Pensei, em certos momentos, que nenhum de nós sobreviveria; e que aquilo era o fim de cada um e de todos. Foi o fim de meu pai, que morria dois meses depois. A mesma bala que se cravou na espinha de Roberto, ah, matou o velho Mário Rodrigues. Mas o que preciso dizer, aqui, é que eu me sentia mais ferido do que os outros.

7 Minha mãe quase enlouqueceu; meu pai morria, em seguida. E meus irmãos e minhas irmãs uivavam — digo "uivavam" — de desespero e de ódio. Todos nós tínhamos vergonha de estar vivos e Roberto morto. Mas só eu vira e ouvira. Só eu fora testemunha ocular e auditiva de tudo. De vez em quando, antes de dormir, começo a me lembrar. Vinte e seis de dezembro de 1929. E as coisas tomam uma nitidez desesperadora. A memória deixa de ser a intermediária entre mim e o fato, entre mim e as pessoas. Eu estou em relação física, direta, com Roberto, os outros, os móveis.

8 São duas da tarde ou pouco menos. É a redação da *Crítica* na Rua do Carmo. Ao lado, há uma serraria; e, em seguida, um restaurante, chamado "Virosca" ou coisa que o valha. Estamos eu, Roberto, o chofer Sebastião, que servia meu pai há anos e anos; o detetive Garcia, que ia muito, lá, conversar fiado. Roberto acaba de tomar uma cajuada. Eu não me lembro do contínuo que fora buscar o refresco. É essa a única presença que me falta.

9 Ouço a voz perguntando, cordial, quase doce: — "Doutor Mário Rodrigues está?" Não ocorreu a nenhum de nós a mais leve, tênue, longínqua suspeita de nada. Como desconfiar de uma naturalidade total? O chofer Sebastião respondeu: — "Doutor, Mário Rodrigues não está." Nova pergunta: — "E Mário Rodrigues Filho está?" "Também não." Continua, perfeita, irretocável, a naturalidade de maneiras e de tudo. Vejo os passos que vão até a sala da frente. É empurrada a porta de vaivém. Ninguém lá. Os passos voltam.

10 A voz pede (e há um vago sorriso): — "O senhor podia me dar um momento de atenção?" Roberto está do outro lado da mesa, sentado. Ergue-se: — "Pois não." Enquanto ele faz a volta, passando por mim e por Sebastião, os passos vão na frente, entram pela porta de vaivém. Roberto entra, em seguida. Ele tinha 23 anos. Era pai de duas crianças, Sérgio Roberto e Maria Tereza. Sua mulher estava grávida (e Vera Maria seria a filha póstuma).

11 Enquanto Roberto caminhava para a sala, eu me dirigia para a escada. Ia ao café, na esquina da Rua do Carmo com Sete de Setembro. Lá dentro, não houve tempo para uma palavra. Roberto levou o tiro ao entrar. Parei com o estampido. E veio, quase ao mesmo tempo, o grito. Não apenas o grito do ferido, mas o grito de quem morre. Não era a dor, era a morte. Ele sabia que ia morrer, eu também sabia.

12 Todos corremos. Na frente, de revólver na mão, ia o detetive Garcia. Atrás, Sebastião, eu me lembro, agora me lembro: — um bom crioulo, o Quintino, cego de um olho. Eis o que vi: — Roberto caíra de joelhos; crispava as duas mãos na mão que o ferira. O detetive apontava o revólver. A voz estava dizendo: — "Vim matar Mário Rodrigues ou um dos filhos." Simplicidade, doçura. Matar Mário Rodrigues ou um dos filhos.

13 Naqueles cinco, seis minutos, acontecera tudo (e como, nesses momentos, a figura do criminoso é secundária, nula. Eu não me lembrei da ira; eu não pensei em também ferir ou em também matar. Só Roberto existia. Estava, ali, deitado, certo, certo, de que ia morrer. Pedia só para não ser tocado. Qualquer movimento era uma dor jamais concebida). Vinte e seis de dezembro de 1929. Nunca mais me libertei do seu grito. Foi o espanto de ver e de ouvir, foi esse espanto que os outros não sentiram na carne e na alma. E só eu, um dia, hei de morrer abraçado ao grito do meu irmão Roberto. Roberto Rodrigues.

21/3/1967*

* Crônica republicada na edição de *O Reacionário* de 1977 com o título de "O grito".

Capítulo 23

1 O espantoso no assassinato de Roberto é que não houve ódio. Ele não foi odiado em nenhum momento. Não foi o ódio que apertou o gatilho (e era um revólver pequenino, sim, um revólver liliputiano, que mais parecia de brinquedo). Não houve ódio e nem irritação, repito, nem irritação. Eu estou ouvindo a voz: — "Doutor Mário Rodrigues está? Doutor Mário Rodrigues está?"

2 Estou ouvindo a voz e, pior, lembro-me até do perfume. Trinta e sete anos depois, eis-me aqui pensando: — "Matar sem paixão, sem nenhuma paixão, simplesmente matar e nada mais." Podia ser Mário Rodrigues, pai, ou um dos filhos, ou filha, ou minha mãe. (E a polidez, a quase humildade da pergunta: — "O senhor podia me dar um minuto de atenção?" Roberto ergue-se: — "Pois não" — faz a volta da mesa. Mas já contei isso.)

3 Outra presença daquela tarde: — Carlos Cavalcanti, hoje crítico de arte, professor, ensaísta. Mas como ia dizendo: — Roberto estava deitado no soalho. Vários telefones ligando para a Assistência. O pessoal da serraria, ao lado, subira; redação invadida. Naquele momento, o nosso gerente, que almoçava com meu·pai, no Leblon, ligava para *Crítica*. Alguém berrou: — "Roberto levou um tiro!"

4 Como era jornal, a Assistência foi instantânea. O bom negro Quintino, com o seu olho vazado, dizia: — "Eu levo no colo! deixa que eu levo no colo!" A maca estava ali. E volto ao meu espanto: — não existia a figura do criminoso; estava ali, e era como se não existisse. Roberto não teve um olhar para ela, ou uma palavra, nada.

5 (A Rua do Carmo tinha então uma delegacia. Veio de lá um soldado.) Quintino curva-se para carregar Roberto. Meu irmão pede: — "Cuidado, cuidado." Eu tinha medo das brutais, inapeláveis hemorragias internas. E o crioulo Quintino levou Roberto nos braços e, com a ajuda de um e de outro, pôs o corpo na maca. Vozes dizendo: — "Sai da frente! sai da frente."

6 (Ah, o Quintino era um crioulão imenso. Com menos barriga, e nu, seria um plástico, elástico, lustroso escravo núbio de Hollywood. Sempre me impressionara, sempre. Desde menino que todo cego de um olho só me fascina. Eu achava que esse olho ferido era uma marca de funda, sofrida bondade.)

7 Lá foi Roberto de maca. Imediatamente depois, saía a criminosa, levada pelo soldado. E eu esperava alguém, o meu pai, ou um dos meus irmãos, para ir ao Pronto Socorro. Súbito, entra na redação o contínuo Evaristo. Subira as escadas, atropelando quem subia e quem descia. Chegou lá em cima, espalhando rútilas patadas como um centauro. Veio para mim; atirou-me o berro triunfal: — "Mataram o Souza Filho! Mataram o Souza Filho!"

8 Na sua euforia, tinha um bolinho de espuma no canto do lábio. Quase o agredi. Berrei-lhe: — "Sua besta! Roberto levou um tiro! Não interessa Souza Filho!" Evaristo era contínuo da noite. Viu morrer sua notícia; e sua cara tomou a expressão de um descontentamento cruel. Sem uma palavra, retirou-se para um canto. E, lá, num silêncio ressentido, ia tirando o paletó, humilhadíssimo. O paletó cheira a suor velho.

9 Era verdade. Quase no mesmo momento em que Roberto era ferido, Souza Filho caía, pouco adiante, assassinado. Morreu, se não me engano debaixo de uma cadeira ou mesa (não sei, ao certo; e talvez a mesa ou a cadeira seja uma alucinação da memória). E o que senti, ao receber a notícia dos crimes simultâneos, foi um despeito cruel. Eu queria que, naquele dia, não acontecesse nada; e que toda a cidade só falasse, e só vivesse a tragédia de *Crítica*. E a coincidência me deu uma ira impotente e absurda. Eu pensava, secretamente: — por que não matar Souza Filho na véspera ou dois dias antes, ou no dia seguinte, ou três dias depois?

10 Entra meu pai. Fizera a viagem, do mais profundo Leblon até a Rua do Carmo. O carro veio, pelo caminho, estourando todos os sinais. E meu pai entrava, mais gago do que nunca. Ah, meu pai. Eu o amava mais por ser gago e direi ainda: — desde menino, acho que o gago está certo e os outros errados. (Coisa curiosa! Tenho 54 anos e jamais encontrei uma mulher gaga.) Meu pai entrou na redação e começou a dizer o que iria repetir até morrer: — "Essa bala era para mim."

11 Esquecia-me de contar que quase fui na ambulância com Roberto. Mas um medo me travou: — se ele morresse na viagem? se eu o visse morrer? eu e ele sozinhos? Pedi que outro fosse no meu lugar. Faço a pergunta, sem lhe achar a resposta: — "Quem foi com Roberto na Assistência?" Depois do meu pai, chegaram Milton e Mário. Chamei um e outro: — "Vamos, vamos." Apanhamos um táxi na esquina.

12 Havia uma dúvida no Pronto Socorro: — opera já ou leva para uma casa de saúde? Meu pai deu a ordem pelo telefone: — "Opera já." Eu, Milton e Mário fomos para a varanda que se debruçava sobre o Campo de Santana. Parece incrível que se possa odiar uma paisagem. Pois sou, até hoje, um ressentido contra o Campo de Santana. Seus pavões foram expulsos. Mas olho, hoje, sem nenhuma bondade, seus gatos vadios, e suas furtivas cotias.

13 Roberto fora operado; sobrevivera. E, então, o Pronto Socorro se encheu de amigos. Um deles era Gondin da Fonseca. Agarrou Milton no corredor. E, quando soube que era um tiro na barriga, explodiu em soluços: — "Ele vai morrer! ele vai morrer!" Naquele tempo, bala na barriga era quase a morte certa. Alguém trouxe as últimas edições. Os jornais davam destaque, sim, à tragédia de minha família. Mas as manchetes eram de Souza Filho. E as letras garrafais no alto das primeiras páginas ofendiam e humilhavam a nossa desgraça.

14 Passei a noite em claro. De vez em quando, vinha para a varanda. Roberto passava bem. Perguntavam: — "Tem febre?" Não, não tinha febre; ou a febre era mínima. De qualquer lugar do hospital, eu ouvia os pavões estraçalhando no ar suas gargalhadas. E não só os pavões. Havia, no Campo de Santana, toda uma fauna triste e misteriosa de ruídos. Hoje, estou certo de que muito do que ouvi nas duas noites era pura alucinação auditiva. Na minha insônia, pensava: — "Se não fosse o assassinato de Souza Filho, as manchetes seriam de Roberto." Essa fixação idiota, ou vil, estava encravada em mim.

15 Muitos e muitos anos depois, eu visitei o túmulo do meu irmão. Uma cruz pobre e, por baixo, no mármore frio, o nome — Roberto Rodrigues. Não me ajoelhei com vergonha de me ajoelhar. E pensei que não há nada que fazer pelo ser humano. Disse, de mim para mim: — "O homem já fracassou."

22/3/1967*

* Crônica republicada na edição de *O Reacionário* de 1977 com o título de "A cruz perdida".

Capítulo 24

1 Não sei se escrevi que eu tinha 15 anos quando Roberto morreu. Engano, engano. Nasci em 1912, em agosto de 1912. Portanto, em dezembro de 1929 já completara 17 anos. Dezessete e não 15. Eis o que eu queria confessar: — o que me dá um certo pânico do adolescente é a minha própria adolescência. Eu fora um menino tenso, patético e repito: — um menino que vivia de paroxismo em paroxismo.

2 Esse o menino, esse o garoto. E o menino e o garoto se transformaram num péssimo adolescente. Aos seis anos de idade, ou sete, ou oito, eu teria vivido muito mais a morte, o espanto da morte. Bem me lembro que, na Rua Alegre, guri de calça curta, imaginava: — "Se papai morrer, ou mamãe, ou um irmão, eu me mato." Pedia a Deus para morrer antes dos outros. Se um de nós tivesse de ficar cego, eu queria ser o cego, ou leproso, eu queria ser o leproso.

3 Eis o que me fascina no menino que fui: — o pequenino suicida. E acho lindo, ainda hoje, esse amor pela morte que lateja no fundo de minha infância. Aí está por que não entendo os velhos que, hoje, adulam e chegam a lamber fisicamente a juventude. Leio, no Dr. Alceu, que a juventude é uma das potências da nossa época. Sim, todos querem estar bem com os jovens.

4 Pelo amor de Deus, não me falem da "Guarda Vermelha". Não é jovem, nunca foi jovem. Eis o óbvio ululante, que ninguém quer ver: — a "Guarda Vermelha" tem exatamente a idade de Mao Tsé-tung. Nada mais senil do que essa massa de adolescentes, a urrar de ódio apócrifo. Eis a palavra: — apócrifo.

5 Aos seis anos, eu era muito mais eu mesmo do que aos 17. E, por isso, uma das coisas mais vis que eu conheço é o que escreveu Jean-Paul Sartre sobre a própria infância. Seu livro *As palavras* é a cínica, a hedionda falsificação de um menino. Ou mais do que falsificação. É como se o adulto Sartre estuprasse o menino Jean-Paul, num terreno baldio.

6 Volto aos jovens. Eu os vejo montados, cavalgados por velhos e só por velhos. E suas palavras, seus ódios, seus punhos cerrados, seu palavrões — são apócrifos. (Ao mesmo tempo em que falo assim, me dilacero de compaixão pelo adolescente que fui. Mas não me acho, não me sinto, não me reconheço aos 17 anos. Só voltei a ser eu mesmo quase aos 30.)

7 De repente, Roberto piorou. Febre, angústia. Ventre crescido. Meu pai estava na redação, otimista, dilacerado de esperança, quando teve a notícia. O Dr. Castro Araújo apareceu no seu gabinete. Foi vago, mas ainda assim alarmante. Falou numa alteração de temperatura. Sem uma palavra, meu pai apanhou o paletó. Saíram para o Pronto Socorro. No caminho, Castro Araújo falou numa nova operação.

8 Estou vendo Castro Araújo, já de avental, lavando as mãos, os antebraços. Dr. Adayl Figueiredo fizera a primeira intervenção. Castro Araújo, como médico da família, faria a segunda. Tudo se resumia em colocar o dreno. Mas nem Castro Araújo, nem Adayl Figueiredo, ninguém no hospital acreditava em nada. A peritonite já se instalara, e, naquela época, peritonite era a morte. Presentes, meu pai, minha mãe, meus irmãos.

9 Vejo uma enfermeira aplicando uma injeção de óleo canforado no braço do meu pai. Minha mãe chorava. E eu, então, febril de insônia, deitei-me numa cama e adormeci. Acordei quase ao amanhecer. Sento-me na cama, espantado. Entra meu pai; pergunta a alguém: — "Nelson já sabe que ele morreu?" Ouço o choro de minha mãe. Meu pai está junto da cama; repetiu, soluçando: — "Morreu, morreu."

10 Deitei-me, novamente; tremia tanto como se todas as malárias estivessem no meu sangue, assanhadíssimas. Eu queria chorar, como os outros; queria soluçar como meu pai. Roberto morrera há horas. Minha mãe levara minha irmã Dulce, a caçula, então com dois meses. E, ainda no hospital, dera de mamar à Dulcinha, cobrindo o seio com um pano.

11 Um médico veio ver-me; examinou meu pulso. Vira-se para a enfermeira: — "óleo canforado". E todos nós, um por um, tomamos óleo canforado. E eu não chorava. Comecei a pensar numa menina que morrera, de febre amarela, na Rua Alegre. Eu era garotinho e ouvia tudo, lá de casa. A mãe da menina se esganiçava: — "Minha filha não morreu! minha filha não morreu!" Queria bater com a cabeça nas paredes; agredia os que a seguravam; e mordeu a cara de uma comadre. Assim varou toda a madrugada e assim amanheceu: — era um ataque depois do outro. E, na hora de sair o enterro, quis deitar-se no pequeno caixão de anjo.

12 Eu vira, nos jornais, a fotografia de Souza Filho no necrotério. Ainda tenho, na cabeça, a sua cara gorda e mais: — vejo também a pulseira de barbante, da qual pendia um cartão com a identidade e o número do cadáver. E essa pulseira, que põem em qualquer morto, como uma desfeita, uma humilhação — essa pulseira me dava cólera cega e inútil. Que fizessem isso com qualquer morto e não com meu irmão, não com um morto amado por mim.

13 (Quando, ao anoitecer do dia 26, Roberto acordara da anestesia, minha mãe estava a seu lado. Ele, ainda meio delirante, arqueja: — "Mamãe, mataram o seu filhinho." Os dois tinham um idioma só feito de diminutivos. Pouco depois, Roberto pedia para ver Dulcinha.)

14 Mas falei na menina da febre amarela e de sua mãe. Eu queria que minha dor tivesse igual demência. Queria estar gritando (e não queria ver Roberto no necrotério, com a pulseira do Souza Filho). Lembro-me da volta para casa. Morávamos na Rua Joaquim Nabuco, 62, se não me engano. Quando saíamos, em vários táxis, estava amanhecendo; e ainda não sumira a última estrela da noite.

15 Nunca vi uma manhã de uma beleza tão absurda, de um azul tão frenético, de uma luz tão inconcebível. E era como se a morte de Roberto estivesse abrindo os meus olhos para uma paisagem jamais sonhada. Foi, de repente, quando cheguei em casa, na Rua Joaquim Nabuco, que comecei a chorar. Sofria finalmente como um menino, era de novo um menino e me sentia atravessado, e tão ferido, pelo grito do meu irmão. Roberto estava morto, mas ficara comigo seu grito, para sempre.

23/3/1967*

* Crônica republicada na edição de *O Reacionário* de 1977 sem atribuir novo título.

Capítulo 25

1 O verdadeiro grito parece falso. Eu me lembro de uma certa manhã, há uns 10 anos, ou 12, ou 15, sei lá. E súbito, alguém começou a gritar. Grito grosso, quase mugido. Sim, um sujeito mugia, um sujeito fazia uma paródia vacum. Eu batia à máquina e interrompi meu trabalho. E não entendia a molecagem, em pleno expediente e numa empresa séria.

2 Mas eu soube, em seguida, de tudo. Não era alguém imitando a dor da carne ferida. Não. Um operário, insone e exausto de horas extras, cochilara no serviço; e lá deixara as duas mãos, inocentes e também insones e também exaustas. A guilhotina caiu, guilhotina de papel. Foi um golpe só, exato, e tão macio, quase indolor. O rapaz não sentira nada. O grito veio antes da dor; e veio porque ele via os braços sem mãos. Lá estavam elas, lado a lado, unidas, como duas amigas, duas gêmeas.

3 E, depois, o rapaz subiu das oficinas para a gerência. Atrás, vinha um companheiro, carregando, numa almofada de algodão, as mãos amputadas. E o desgraçado gemia grosso (e eu continuava com a mesma e absurda sensação de um falso grito, de um falso gemido e de um falso soluço).

4 Contei o episódio para concluir: — a verdadeira dor representa muito mal. Tem esgares, uivos, patadas, arrancos, modulações inconcebíveis. E me lembro das caras, na morte de Roberto. A do meu pai, de minha mãe, de minhas irmãs. Eu diria também que a grande dor não se assoa. Eis a verdade: — não se assoa.

5 Digo isso e penso na minha vizinha, citada por mim não sei quantas vezes. A filha, de cinco anos, morrera de febre amarela. Era ainda o Rio dos lampiões e da febre amarela. A menina morreu, e, durante meses, a mãe ainda chorava. Eu a vejo no meio de outras vizinhas. E o que me impressionou, a mim, garoto, era a coriza, o pranto nasal. De vez em quando, alguém oferecia um lenço, que ela repelia, furiosa. Nunca se assoou, nunca, como se enxugar a coriza fosse uma desfeita à pequenina morta.

6 Não vi meu pai usar o lenço. O soluço do gráfico — sim, do gráfico sem mãos — lembrou-me o choro do meu pai. E, agora, estou pensando em mim mesmo. Vejo a família entrando em casa. Subimos todos para o quarto de meu pai. Eu pensava: — "Não quero que me falem da autópsia."

7 Autópsia. Eu vivera uma experiência de reportagem policial. E sabia do martírio de um cadáver, no necrotério. Velhos, moços, meninas, mocinhas, garotos são espantosamente despidos. Ficam tão nus. Nas minhas memórias falo muito da nudez humilhada. Citei a demente da Rua Alegre, citei a Marilyn Monroe. Mas não há nudez mais humilhada, mais ofendida, mais ressentida do que a da autópsia. Ah, meu Deus, os nus violados do necrotério.

8 Também vira, nas fotografias dos jornais (*O Globo*, *A Noite*), Souza Filho na mesa do necrotério. Não era mais o político, o deputado, o importante. Era apenas e tão somente o cadáver numerado. E me subia, de negras entranhas, uma náusea cruel contra a burocracia hedionda que despe os mortos e exige a autópsia. Fui, ao meio-dia, meio-dia e pouco, para a *Crítica*.

9 Eu precisava chorar e pensava: — "Chego lá e choro." E estava disposto a não ouvir uma palavra sobre a autópsia. Na porta, vejo um grupo de funcionários do jornal e, no meio, um repórter de Polícia. Estava excitado, o olho rútilo. Alguém me trava o braço e sussurra: — "Meus pêsames." E o repórter estava dizendo, enquanto os outros ouviam: — "Não puderam tirar a bala. Tiveram que serrar a espinha."

10 Deu-me um ódio cego, uma vontade de partir a boca que dizia aquilo. E, então, vim subindo os degraus. Era uma escada antiga, que velhas gerações tinham gasto. No meio, paro; encosto-me ao corrimão. Mãos batem-me nas costas: vozes estão dizendo: — "Meus sentimentos", "Meus pêsames". Um velho pára. Abraçou-me: — "O nosso Roberto." E eu só pensava na nudez crucificada da autópsia.

11 O repórter vira tudo. Conhecia o médico-legista e cada funcionário do necrotério. Não saía de lá; e, mesmo em dia de folga, comparecia, por hábito e prazer de estar com os defuntos desconhecidos. Momentos depois, passei por ele. Dizia a um outro: — "Serraram a espinha." Fugi.

12 Hoje, a dor não justifica nem uma gravata preta. Ninguém põe luto. Ainda outro dia, eu ouvia uma mocinha: — "O sentimento não está na cor." Está. O sentimento está, sim, no terno chegado da tinturaria. E no vestido negro. Em 1929, minha família vestiu-se pesadamente de luto. Meu pai, minha mãe, todos os meus irmãos. Cheguei a pensar em nunca mais tirar o luto, nunca mais.

13 Quatro ou cinco dias depois da morte de Roberto, eu ia para a redação. E, lá, apanhava a coleção de jornais. Queria ler tudo que saíra sobre a morte de Souza Filho. Fora também assassinado, quase na mesma hora. Eu revia a sua fotografia no necrotério. Ficava olhando a cara gorda, com as pessoas em torno, posando. As manchetes, os títulos, todo o noticiário — davam-me uma satisfação maligna. Souza Filho também andara no necrotério.

14 Comecei também a ler anúncios de missas. Abria um jornal e ia, direto, aos avisos fúnebres. Não se morria só na nossa família. Roberto estava no S. João Batista; mas os outros estariam lá, mais cedo ou mais tarde. Sim, outros continuavam morrendo; a toda hora e em todos os idiomas, alguém morria. E os anúncios de missa eram, para mim, uma espécie de reparação.

15 Três anos depois, descobri o teatro. De repente, descobri o teatro. Fui ver, com uns outros, um *vaudeville*. Durante os três atos, houve, ali, uma loucura de gargalhadas. Só um espectador não ria: — eu. Depois da morte de Roberto, aprendera a quase não rir; o meu próprio riso me feria e envergonhava. E, no teatro, para não rir, eu comecei a pensar em Roberto e na nudez violada da autópsia. Mas, no segundo ato, eu já achava que ninguém deve rir no teatro. Liguei as duas coisas: — teatro e martírio, teatro e desespero. No terceiro ato, ou no intervalo do segundo para o último, eu imaginei uma igreja. De repente, em tal igreja, o padre começa a engolir espadas, os coroinhas a plantar bananeiras, os santos a equilibrar laranjas no nariz como focas amestradas. Ao sair do *vaudeville*, eu levava, comigo, todo um projeto dramático definitivo. Acabava de tocar o mistério profundíssimo do teatro. Eis a verdade súbita que eu descobrira: — a peça para rir, com essa destinação específica, é tão obscena e idiota como o seria uma missa cômica.

24/3/1967*

* Crônica republicada na edição de *O Reacionário* de 1977 sem atribuir novo título.

Capítulo 26

1 Bem me lembro que, em janeiro de 1930, pensei muitas vezes naquela mãe de Aldeia Campista. Sim, a mãe da menina que morrera de febre amarela. Chamava-se D. Laura e era mulher de "seu" Clementino. Ao lado, moravam três mocinhas: Odete, Nair e Dulce (estou escavando a memória e desenterrando nomes como velha prata). A menina morrera (de febre amarela, já disse); estava no caixão pequenino, de arminho e vestida de anjo.

2 Vinte anos depois, uma das personagens de *Vestido de noiva*, diria, lânguida e nostálgica: — "Enterro de anjo é mais bonito que de gente grande." Esse personagem era Alaíde, a heroína da tragédia. Também se chamava Alaíde a filha mais velha de D. Laura e, portanto, irmã da menina morta. Eis o que eu queria dizer: — remontei, em *Vestido de noiva*, o velório de minha infância. E, por todo o meu teatro, há uma palpitação de sombras e de luzes. De texto em texto, a chama de um círio passa a outro círio, numa obsessão feérica que para sempre me persegue.

3 Ouço D. Laura gritando para o anjo de cera: — "Minha filha não morreu! minha filha não morreu!" Não morrer e nunca morrer. Em 29, quando saí do cemitério, baixou em mim esta certeza: — Roberto não estava morto, Roberto não morrera, Roberto não era o morto que acabava de ser enterrado. E logo veio outra e furiosa certeza: — um dia, eu veria Roberto, eu me encontraria com Roberto e diria muitas vezes o seu nome, eternamente o seu nome.

4 Há poucos meses, fui, com o Hélio Pellegrino, de automóvel, à Barra da Tijuca. É diante do mar que gosto de tecer as minhas fantasias fúnebres. No meio do caminho, paramos o carro e descemos. Ficamos do alto, olhando, sem palavras.

5 E eu, então, comecei a pensar nos que morreram e nos que vão morrer. Um dia, despertaremos entre os mortos. Eu veria Roberto. E veria minha avó, mãe do meu pai. Minha avó sabia fazer aquarelas; tinha um álbum de versos; pintava em pratos. Eu me lembro da uma de suas figuras: uma escrava, loura, de sandálias; outra: — uma morena de cântaro no ombro. E minha avó era linda. Dizem todos: — linda.

6 E morreu de parto, quando meu pai tinha oito anos de idade. Uma cesariana a teria salvo. Naquele tempo, porém, não se fazia cesariana no Brasil. Minha avó morreu e tão lúcida. As tias mais antigas contam a sua agonia. Gritou três dias e três noites. Morria, sabendo que morria. Primeiro, gritava: — "Não quero morrer." E depois, exausta, não tinha mais forças para o grito. Mas repetia numa voz inaudível como o hálito: — "Não quero morrer."

7 Ao lado do Hélio Pellegrino, eu pensava, novamente, em Roberto. Poucos dias depois de sua morte, passei na avenida onde ele morava. Vi sua capa vazia; os chapéus; gravatas. E, de repente, me lembrei que, no Pronto Socorro, eu o vira com um lenço na mão. Por que não pensei em furtar o seu lenço usado? Depois da morte, por que não escondi o seu lenço, não o limpo, mas o sujo? Também não pensara em roubar o pijama que ele despira para a segunda e inútil operação? Que pobre ou que parente de enfermeira ganhara o último pijama, o pijama embebido de sua agonia e de sua morte?

8 Quinze anos depois, estava eu no consultório de um tisiólogo: — Aloísio de Paula. Minha irmã, Stella, médica, me levara lá, por indicação, do clínico Isaac Brown. Vejo Aloízio de Paula examinando a minha chapa, contra a luz; mostrava a lesão a Stella. Infiltração bem discreta. Por outras palavras: — era a tuberculose que tinha, então, o nome lindo, nupcial, de "peste branca". Mais uma semana e eu entrava nos sanatorinhos de Campos do Jordão. Fiquei, não num quarto particular, mas numa enfermaria de quinze ou vinte leitos.

9 Num instante, todo o sanatorinho dizia: — "Tem um jornalista aí." O jornalista era eu. Um dia, um dos internados, Oswaldo não sei de quê, avisou: — "Meu irmão chega amanhã." E chegou mesmo. Eu o vi entrar, carregado, já com a dispnéia pré-agônica. Vinha para morrer e estava morrendo.

10 Ah, o irmão de Oswaldo tinha tantas cavernas que o fato de estrebuchar era um milagre respiratório. Eu me lembro de Oswaldo abrindo as malas e tirando as roupas, as camisas, as gravatas. Antes da doença, o moribundo era elegantíssimo. Setenta e duas horas depois, ele foi levado da enfermaria para o isolamento. Lá morreu, no mesmo dia. Não sei, não me lembro se teve ou não uma agonia de sangue.

11 Oswaldo foi enterrar o irmão e voltou, correndo, do cemitério. Eu o vejo chegar, com as ventas arregaladas. Arremessou-se para as roupas do morto e as possuiu, ali mesmo, à nossa vista. Atracava os paletós, as calças, as camisas, como um sátiro brutal; e dizia, arquejando de euforia: — "Foi Deus que mandou meu irmão para cá. Eu estava sem roupa. Andava de calça furada." Virou-se e mostrou os fundilhos. O remendo aparecia, deslavado. No dia seguinte, estava ele namorando com o guarda-roupa do irmão.

12 A cena de Campos do Jordão pôs diante de mim a morte de Roberto. Eu tinha, de novo, 17 anos. Já disse e aqui repito que sou um ressentido contra a minha adolescência. Não me vejo, não me reconheço nos meus atos, sentimentos e paixões adolescentes. Em 29, 30, fui outro e não eu mesmo. Fiz coisas que não se pareciam nada comigo. Por exemplo: — herdei ternos e gravatas de Roberto. Quando acabou o luto, eu os vesti. E o chapéu era dele também. A roupa parecia feita sob medida para mim. Não tive pena, nem remorso de andar vestido de Roberto. Ou por outra: — talvez, no primeiro momento, tenha sentido uma certa angústia, mas tão rala, tão escassa.

13 A angústia veio quinze anos depois, em Campos do Jordão. Por trás de Oswaldo estava eu, adolescente. Eu experimentando o paletó, eu escolhendo a gravata de Roberto. Metia a mão nos bolsos de Roberto e não me ocorria esta verdade doce, persuasiva e fatal: — eram os bolsos de Roberto. (Por que, ao menos, não guardara, para sempre, o lenço usado?)

14 Continuava, ali, diante do mar, com o Hélio Pellegrino. Depois o amigo me chama. Entrei no automóvel e pensando que era "outro", e não eu, que vestira os ternos de Roberto. Eu sabia mais do que nunca que, um dia, verei todos os mortos da família, inclusive a avó que pintava, na louça, escravas de sandália. Mas onde, onde os verei? Talvez eu os encontre nas absurdas profundidades marinhas, onde as águas têm frio e sonham.

26/3/1967*

* Crônica republicada na edição de *O Reacionário* de 1977 com o título de "O paletó".

Capítulo 27

1 Conheci, na minha infância, o Brasil dos velhos. Hoje, não. Hoje, por toda a parte, o que se vê e o que se ouve é o alarido dos jovens. Não há velhos ou por outra: — ninguém quer ser velho. Sujeitos de 70 anos adulam a juventude. Ainda ontem dizia-me um septuagenário: — "O jovem tem razão, sempre."

2 O ancião falava assim e tinha o olho rútilo e a salivação intensa. Achei graça, ou, por outra, não achei graça nenhuma. Não me ocorreu uma palavra, uma objeção, nada. Num escândalo mudo, apenas ouvia. E, de repente, passa por nós um rapaz, um latagão eufórico, solidamente belo como um bárbaro. O velho pareceu lambê-lo com a vista. Saiu atrás, num deslumbramento alvar.

3 Confesso: — esse pequeno episódio deixou-me uma impressão profunda. Penso em certos velhos que fazem uma promoção frenética dos novos. Pergunto: — não há, em alguns casos, uma certa pederastia retardatária, utópica, idealizada? Não estou afirmando nada; insinuo tão-somente um tema para a meditação dos outros.

4 Volto à minha infância. Na Rua Alegre, não era ainda degradante ser velho. O sujeito podia ter, impunemente, 70, 80 anos. Conheci crioulos de 100 anos. Ah, os veteranos da Guerra do Paraguai! Eram velhinhos ainda tesos. Estavam sempre mascando fumo-de-rolo e cuspiam negro. Eu com sete, oito anos, achava os velhos muito mais fascinantes do que os jovens. Um dos nossos vizinhos era um ancião hemiplégico. Até a doença me parecia linda.

5 E a rua, os bondes, as sacadas, tudo era uma paisagem de velhos. Quando penso no Brasil de minha infância, me lembro, sem querer, de Confúcio. Vocês conhecem a história. Um dia, em certo jardim, uma virgem sonhava. De repente, veio um raio de sol e tocou-lhe o ventre. Assim nasceu Confúcio, filho de uma virgem com um raio de sol. Mas nasceu com 90 anos, já de sapatos e já de guarda-chuva.

6 Para mim, garoto de calça curta, acontecera algo parecido com Rui Barbosa. Era como se ele tivesse nascido com 70 anos, e já conselheiro, e já "Águia de Haia". E, hoje, me dá uma certa pena notar que não há mais, como outrora, os septuagenários natos.

7 Em 1919, ia muito, lá em casa, um amigo do meu pai, também jornalista. Chamava-se Nepomuceno e, se não me engano, trabalhava no *País* ou na *Gazeta de Notícias*. Era velhíssimo. Vocês conhecem o nosso contemporâneo Salim Simão. Só fala aos berros, e o seu suspiro é ainda um berro. Quando entro no Estádio Mário Filho e não ouço o seu berreiro, me sinto um frustrado.

8 Nepomuceno era um Salim Simão das velhas gerações. Igualmente ululante, seu "bom-dia" era uma agressão. E, quando aparecia, eu vinha para perto, como um pequenino magnetizado. E o Nepomuceno dizia uma coisa que marcou toda a minha vida. Ainda o vejo, no meio da sala, atirando patadas e bramando: — "A Opinião Pública é louca! louca!" Isso dito aos arrancos, me assombrava. E eu, meio acuado pelos berros, acreditava piamente na demência tão rumorosamente anunciada.

9 E para demonstrar a loucura da Opinião Pública, Nepomuceno falava da Vacina Obrigatória. Ouvi a mesma história umas cem vezes. Mais tarde, fui ler, nas velhas coleções da Biblioteca Nacional, o que acontecera na época. E, de fato, toda a cidade se levantara a favor da peste contra a vacina; a favor das ratazanas contra Oswaldo Cruz; a favor da varíola contra a saúde.

10 O que se disse de Oswaldo Cruz, nos lares, esquinas, botecos e retretas. Ninguém a seu favor e todos contra. Foi chamado de escroque, moleque, ladrão e analfabeto, Cada geração tem um "inimigo do povo" de feitio ibseniano. Oswaldo Cruz foi o da sua. E, até hoje, não se entende por que o povo não o caçou, no meio da rua, a pauladas, como uma ratazana prenha. O clamor popular não era bastante. Houve um levante armado. E tudo por quê? Porque a Opinião Pública, repito, estava com a Peste e disposta a matar e a morrer pela Peste.

11 Anos depois, morria Oswaldo Cruz de morte natural. Mentira. Não foi natural. Morreu assassinado pela Unanimidade. E através dos anos, nunca mais me esqueci de Nepomuceno. Quando vejo o Salim, tenho vontade de dizer-lhe: — "Conheci um que berrava tanto quanto você." Mas o tempo passou, e, hoje, posso dizer que tive várias e patéticas experiências pessoais com a Opinião Pública.

12 O assassinato do meu irmão Roberto. O julgamento coincidiu com o meu aniversário. Eu fazia, se não me engano, 18 anos no dia 23 de agosto de 1930. Meses antes morrera meu pai; pode-se dizer que a mesma bala assassinara os dois. Meu Deus, não havia muito que discutir. Eis a questão: — podia alguém "matar Mário Rodrigues ou um dos seus filhos? Temos direito de matar o filho, ou a filha, ou a mulher do nosso inimigo?".

13 Não assisti ao julgamento. Fiquei, em casa, ouvindo pelo rádio. Eis a verdade: — a Opinião Pública achava que se podia matar um dos filhos de Mário Rodrigues; não diretamente o próprio Mário Rodrigues, mas um dos filhos, e tanto podia ser Roberto como Mário, Mário como Milton, Stella como Nelson ou, até, a recém-nascida Dulcinha. Lembro-me de um jornal que resumia, no título, um Juízo Final: — "Justo Atentado." E, em casa, antes de dormir, eu ficava pensando: — e a espinha serrada, por que não conseguiram extrair a bala? E o algodão nas narinas? E a filha ainda por nascer? E o meu pai morto?

14 O júri fez o que a Opinião Pública exigia. Eu estava, no meu canto, em casa, esperando o pior. E veio o resultado: — absolvição, por uma maioria de três votos, se não me engano, três votos. O locutor dava berros triunfais. E o resultado mereceu uma ovação formidável. Um clima de auditório de rádio, de TV e mais de rádio do que TV. Naquele momento, instalou-se em mim uma certeza, para sempre: — a Opinião Pública é uma doente mental. E pensei numa fuga impossível. Viver e morrer numa ilha selvagem, só habitada pelos ventos e pelo grito das gaivotas.

28/3/1967*

* Crônica republicada na edição de *O Reacionário* de 1977 sem atribuir novo título.

Capítulo 28

1 "Pára, pára!" berrou meu irmão Joffre para o chofer. O táxi vinha de Copacabana, Rua Sousa Lima, e entrara em Sete de Setembro, pela Praça Quinze. A *Crítica* era, justamente, na Rua do Carmo, quase esquina da Sete. E víamos, de repente, a multidão. O jornal estava sendo empastelado. Enquanto Joffre mandava parar, eu berrei: — "Continua, continua!"

2 Era a revolução. 24 de outubro de 1930. Naquela madrugada eu voltara para casa às três, três e pouco. Vínhamos eu e Aldemar Baía, quando dobramos na esquina do Hospício, a caminho do Túnel Novo, olhei e não vi um soldado. Noite quieta, passiva; as ruas lívidas e mais longas, e, por toda a parte, um silêncio de cidade abandonada. O túnel vazio também.

3 O táxi me deixou em casa. E o Baía, que voltou sozinho, já encontrou o túnel ocupado. O 3º Regimento saíra e, numa progressão fulminante, ocupava todas as posições. Em casa, sem desconfiar de nada, eu fazia a minha ceia solitária. E, depois, apanhei um romance e li, se tanto, umas dez páginas. Fui dormir. Comecei a sonhar, imediatamente. Ouvia gritos; mulheres alucinadas se esganiçavam nas sacadas; buzinas acordavam os galos; e o medo escorria das paredes.

4 Acordei e continuava ouvindo. Joffre veio correndo: — "Revolução!" Pulei da cama. Fomos para a janela, olhar a rua. O pânico era só de mulheres, algumas de camisola na sacada. Do lado, um vizinho punha uma trouxa de roupa no automóvel. Carros passavam em pânica velocidade. Sujeitos na calçada, berrando. Eu, Joffre, os outros irmãos, numa exaltação, numa euforia, como se a Revolução fosse uma festa delirante.

5 E não tive medo. Minha mãe acordou, minhas irmãs, e todas sem medo. Não percebemos que, aquilo, para nós, era a catástrofe. Só senti o medo, o grande medo, a solidão brutal, horas depois, quando passamos, de automóvel, pela esquina da Rua do Carmo. Estavam empastelando o jornal; e, então, o medo baixou em mim. Joffre, não. Nunca o vi ter medo de nada e de ninguém. Queria saltar e brigar, sozinho, contra a multidão enlouquecida.

6 O chofer reduzira a marcha. Vinham dois sujeitos pela calçada e um deles disse: — "Olha os filhos de Mário Rodrigues!" — Berrei para o chofer: — "Depressa! depressa!" Outros jornais eram empastelados também: — *A Noite*, *Jornal do Brasil*, etc., etc. Eu me crispava dentro do automóvel; cerrava os dentes. E se o automóvel parasse? E se nos reconhecessem? E se eu fosse linchado? Linchado pela multidão. A meu lado, Joffre explodia em palavrões.

7 O grande medo. Não era a primeira vez que o sentia na carne e na alma. Meses atrás, vivera um desses momentos de pavor que ninguém esquece. Foi quando meu irmão Roberto levou um tiro e gritou. O que senti, naquele momento, e antes do amor, da compaixão, da infinita solidariedade — antes de tudo, foi o medo. Durante anos, eu o escondi de mim mesmo; dei-lhe outro nome. Não era medo, era outra coisa. E me imaginava apenas solidário, apenas compassivo, e só possuído de amor. Foi muito depois, em Campos do Jordão, que eu admiti para mim mesmo a verdade.

8 Eu estava na minha cama da enfermaria. Dez e meia, onze da noite. Um frio atroz; os meus cabelos estavam gelados. E, de repente, alguém grita na cama do lado: — "Sangue! sangue!" Era um rapazinho, estrábico, chamado Tico-tico. Outro pula e acende a luz. E vimos o Tico-tico, sentado, com um olho prodigiosamente azul e atônito. As golfadas vinham, umas atrás das outras, e o afogavam no próprio sangue. "Vou morrer", pensava ele, "vou morrer." E tinha medo.

9 Enquanto Tico-tico agonizava, e só então, confessei a mim mesmo o medo de 26 de dezembro de 1929. Um medo maior que o amor, que a pena, maior que todos os outros sentimentos somados. E, de novo, à 3 de outubro, quase um ano depois, eu o sentia cravado em mim, profundamente. Já disse e repito: — olho toda a minha adolescência sem nenhuma ternura, nenhuma indulgência. Naquele tempo, eu era outro.

10 Voltamos, desta vez pelo Túnel Velho. Tudo ocupado pelo Exército. Soldados faziam parar o carro, olhavam a cara dos passageiros e davam passagem. E, então, comecei a me sentir salvo. Meu pai fizera toda a campanha de Júlio Prestes; e, depois de sua morte, *Crítica* seguira a mesma linha. E eu não imaginava que a vitória de Getúlio Vargas era quase a destruição de minha família.

11 Meus irmãos, Milton e Mário, diretores de *Crítica*, podiam ter fugido. Mas não acreditaram na prisão. No dia seguinte, Danton Jobim apareceu lá em casa. E, no meio da conversa, entra uma das minhas irmãs, apavorada: — "Polícia! polícia!" De fato, uma meia dúzia de tiras estava no portão. Milton, Mário e Danton saíram pelos fundos e pularam o muro do vizinho.

12 Morava, ao lado, uma família amiga. O dono da casa, porém, não teve uma dúvida, um escrúpulo. Viu os três no seu quintal e veio correndo chamar a Polícia: — "Estão aqui! Estão aqui!" Danton pôde sair, porque não era Rodrigues. Milton e Mário passaram quase arrastados. Minha cunhada, Célia, estava na calçada, ainda de luto por meu pai e por Roberto. Viu o marido com um tira em cada lado. Atirou-se nos seus braços, aos soluços. Mário dizia, pálido: — "Escuta, Célia, escuta. Olha. Calma, Célia." Finalmente, entrou no carro. Milton foi na frente. E o automóvel partiu, a toda velocidade.

13 Foi Cândido Pessoa que os soltou. Avisado por um de nós, invadiu a Chefatura. Portou-se, lá, aos berros e arrancos, como um Tartarin paraibano. Falou de dedo na cara; e exigia a liberdade imediata. João Pessoa, companheiro de chapa de Getúlio, fora assassinado por um Dantas. Como Cid, que mesmo depois de morto ainda vencia batalhas, assim o morto político tem mais Poder do que em vida. Pessoa. Ao simples som desse nome, as paredes se abriam, os edifícios se agachavam. Milton e Mário voltavam, cerca de meia-noite. Pouco depois, Getúlio entrava na cidade. Era o suicida.

29/3/1967

Capítulo 29

1 Eu me lembro da chegada de Getúlio (o que nos sobrara da *Crítica* eram oitocentos mil-réis. Sim, oitocentos mil-réis de uma última cobrança. Por acaso, meu irmão Mário Filho ficara com o dinheiro. Durante dois anos, uma família de doze pessoas ia viver de oitocentos mil-réis). Toda a cidade pôs um lenço vermelho no pescoço, para receber o chefe da Revolução.

2 Disse lenço vermelho. E não foi só. A cidade vestiu-se de cáqui, de botas, até de esporas. Getúlio lembrava a chegada de Nilo Peçanha, ou a passagem de Gago Coutinho e Sacadura Cabral. Mas era o suicida. Muitos anos depois, conversei com João Neves da Fontoura. E este falou, com um cordial desprezo, do tiro no peito.

3 João Neves, já surdo (não ouvia ninguém, nem a si mesmo), fingia uma inteligência que não tinha. Segundo ele, Lacerda, major Vaz, Gregório, mar de lama, tudo fora mero pretexto. Em verdade, Getúlio trazia uma clara predestinação. Sua morte era anterior a Lacerda, à *Última Hora*. Só por milagre, não se matara antes. E, se não fosse Lacerda, seria outro, e outro, e outro. Getúlio sempre fora um fascinado pelo suicídio.

4 Ouvi João Neves e nada objetei. Mas não acreditei em nenhuma de suas palavras. Ou por outra: — ele estaria certo se generalizasse. A verdade é que a vocação suicida existe, pré-existe, em qualquer um. Quem não pensou em se matar? Claro que sempre há um Carlos Lacerda, sempre há um Gregório, sempre há uma *Última Hora* para cavar o abismo. Mas as pessoas mais serenas, mais equilibradas, têm, de vez em quando, uma brusca e violenta nostalgia da morte.

5 E nem se pense que temos medo da morte. É mentira. Ou por outra: — é um falso medo, um medo induzido por uma série de injunções morais, sociais, religiosas. A verdade é que o nosso cotidiano está cheio de pequenas imprudências, de pequenos vícios, de riscos propositais. O cigarro que se fuma, ou a cerveja que se bebe, o que exprime senão a secreta vontade da autodestruição?

6 Insisto em Getúlio porque, muitas vezes, de 30 a 35, pensei na morte e a desejei. Não a morte natural; essa, não. Lembro-me de um jornalista que, logo após a Revolução de 30, foi a Paquetá, com a família, num amorável piquenique. Levou a mulher e toda a filharada. E voltou de Paquetá carregado. Comera um pastel estragado, ou uma coxinha, não me lembro bem, e assim morreu. Há na morte por intoxicação alimentar um inevitável toque humorístico que humilha o cadáver e compromete o velório.

7 Mas escrevi que nos sobrou da *Crítica*, exatamente, os oitocentos mil-réis de uma última cobrança. E éramos doze pessoas, inclusive a caçula, Dulcinha, que vivia e sobrevivia do leite materno. Claro que os homens não iam cruzar os braços. Os mais velhos eram válidos, tinham experiência profissional, relações. Uma semana depois, e com todo o *élan* do nosso otimismo, fomos bater, de porta em porta. A única coisa que sabíamos fazer era jornal. Eu tinha apenas 18 anos, mas fizera a minha iniciação jornalística aos 13. No fim de um mês de tentativas diárias, fazíamos a amarga constatação: — todas as portas estavam fechadas para nós.

8 Ninguém queria empregar os filhos de Mário Rodrigues. Em vida de meu pai e enquanto circulou a *Crítica*, tínhamos amigos por toda parte. Eu era tratado, desde os 13 anos, como um pequeno gênio. Mas morto Mário Rodrigues e morta *Crítica*, os rapapés sumiram até o último vestígio. Ninguém era amigo. E adquiri, naqueles dias, uma experiência de Balzac. Todo mundo tinha medo e ódio do meu pai. E ódio era amável, era risonho, era cínico por causa do medo.

9 Todos desempregados e os oitocentos mil-réis viviam os seus últimos tostões. E, então, para não morrer, fisicamente, de fome, nós começamos a vender tudo. Falei dos pratos pintados pela minha avó paterna (a escrava de sandália e a morena de cântaro no ombro). Pois bem: — os pratos foram oferecidos e humilhados com a recusa. Mas havia a vitrola.

10 A nossa vitrola. Era, para a época, um móvel esplêndido, em forma de catedral liliputiana. E uma maravilha de som. Em 1930, não saía lá de casa um rapaz, Carlinhos, que foi um amigo prodigioso de nossa família. Já era tuberculoso. (De vez em quando, passava o lenço no lábio e espiava o sangue.) Pois vivia para a nossa família e morreu por nós. Carlinhos saiu para vender a vitrola.

11 Ele achou que o grande mercado era o Mangue. E foi para lá. Ah, em 1930, o Mangue era feérico como uma Broadway. Em cada janelinha, uma mulata de Di Cavalcanti. E mais: — as francesas, e as polacas que também eram francesas. Hoje, não há mais *mon chéri, mon chéri*. Carlinhos andou por lá oferecendo a vitrola às donas, às meninas, aos botequins. Achou um luso e tentou o luso. Pôs a vitrola nas nuvens. E arrancou oitocentos mil-réis.

12 Lembro-me, exatamente, da quantia: — oitocentos mil-réis, a mesma que sobrara de *Crítica*. Quando ele chegou em casa foi uma festa tremenda. Era dinheiro. A casa já estava sem luz, sem gás; não havia manteiga para o pão. Tínhamos dinheiro, contadinho, para o bonde. E os oitocentos mil-réis eram, para cada um de nós, a própria ressurreição. Tratamos primeiro de comprar pão, manteiga e bolachinha de água e sal.

13 O diabo era o emprego. Os oitocentos mil-réis da vitrola iam acabar como acabaram os outros, da *Crítica*. A esperança era *O Globo*. Conhecíamos Roberto Marinho de cumprimento, de sorriso; e trabalhava lá uma bela figura humana, o Costa Soares. Mas antes de falar no *O Globo*, eu queria dizer alguma coisa sobre Carlinhos.

14 Vinha ele do tempo de meu pai e de Roberto. Os dois ainda viviam, quando um sujeito, por outro jornal, insultou a minha avó paterna. Por conta própria, e só por amor a meu pai, Carlinhos apanhou o revólver e foi procurar o sujeito. Encontrou-o na Rua Sete, em hora de movimento. Deu-lhe um tiro na nádega e fugiu. Preso, finalmente, foi submetido a torturas inimagináveis. A Polícia queria que dissesse: — "Foi Mário Rodrigues que mandou." Carlinhos respondeu até o fim: — "Não, não e não." Quando saiu, era um homem liquidado. Passou dias e dias vomitando sangue.

30/3/1967

Capítulo 30

1 De pé, ó vítimas da fome. Mas eu ia aprender muito com a miséria. Por exemplo: — aprendi que a fome não deixa ninguém de pé, ninguém. Eu a conheci, minha família a conheceu. Enquanto duraram os oitocentos mil-réis, ainda tivemos pão e manteiga para o pão; e bolachinha de água e sal; e almoço e janta. Por algum tempo, ainda fizemos as três refeições ou por outra: — quatro, se acrescentar o lanche.

2 A bolachinha era para o lanche. Bolachinha (com manteiga) e café com leite. De vez em quando, eu ficava, no meu canto, perdido, meio alado. E ninguém podia imaginar que estava pensando no destino da nossa vitrola. Muitas vezes, pensei em dar um pulo no Mangue. Queria ver a vitrola na rua das mulheres. Segundo o Carlinhos, ela tocava dia e noite. Como o novo dono era luso, só punha fados. E a pungência, a plangência dos fados apaziguava o desejo do povo.

3 Até que gastamos o último tostão dos oitocentos mil-réis. Nada de emprego, nada. Fui, um dia, falar com o Costa Soares, na redação de *O Globo*. Era um bom homem e nos daria a mão, se pudesse. Na varanda, que pendia sobre o Largo da Carioca, pedi-lhe um emprego, qualquer um. Costa Soares foi de uma polidez irrepreensível; e eu podia sentir, por trás de suas palavras, a inútil compaixão. Mas me desiludiu. Por enquanto, nada, nada era possível. Lá adiante, numa mesa, Roberto Marinho lia um jornal. Aquele tinha tudo e eu, nada — foi o que pensei.

4 E veio a fome. Começamos a vender garfos, facas, pratos, terrinas, toalhas, o diabo. Mas era a fome. Catava-se, lá em casa, tudo que era possível de venda.

Lembro-me da última lata de azeite. Azeite serve de manteiga, azeite finge de manteiga. E, então, nós passávamos azeite no pão. Ótimo, ótimo. Até que a lata ficou vazia. Foi virada, revirada e não pingou nada. Então, passamos a comer pão sem manteiga e sem azeite (enquanto houve pão).

5 E nem imaginávamos que Euricles de Mattos teria de morrer para que um de nós (Mário) entrasse no *O Globo*. Mas eis o que queria dizer: — foi a fome mais desfibrada que se possa imaginar. Lembro-me do carnaval. Para economizar três tostões, vim a pé da cidade até o Leme. No Leme, apanharia o bonde e gastaria cem réis. E compraria três pães de tostão.

6 Se cruzasse como Walter Moreira Salles, eu o olharia sem revolta, ira ou inveja. Bem sei que, naquela ocasião, o Walter Moreira não seria Walter Moreira Salles. Mas, admitindo que passasse por mim num carro suntuário, seria incapaz de odiá-lo. Eis a verdade: — a fome varre, a fome raspa qualquer sentimento forte. O ódio exige boa alimentação, e repito: — para odiar o sujeito precisa um sanduíche, pelo menos, um sanduíche.

7 Lembro-me que, certa vez, encontrei o André Romero, velho jornalista, que trabalhara comigo na *Manhã*, primeiro jornal do meu pai. Romero veio para mim de braços abertos. Ora, tamanha era minha depressão que um sorriso, ou um bom-dia, me empolgava. Crispei a mão no seu braço, numa emoção absurda (eu ia acabar chorando, meu Deus, eu ia acabar chorando). E o grande momento do nosso encontro foi no fim, quando ele propõe: — "Vamos almoçar? Te convido. Vamos!"

8 Foi fígado. Eu preferia, confesso, bife com batatas fritas. Mas a fome não é muito seletiva. Comeria qualquer coisa, até pão sem manteiga. Pão sem manteiga é triste, mas eu o comeria. Ah, me lembro da travessa imensa, com fígado e cebolada. Era uma casa de pasto, ali, atrás da Lapa. Nunca vi tanta mosca na minha vida. E, de repente, um casal de moscas amou à nossa vista. Comecei a comer. Viro-me para o garçom: — "Quer me trazer pires com manteiga?" E a minha voz, a minha inflexão, a minha cara, tudo devia ter a humildade abjeta da fome.

9 Comi com um furioso *élan*. E, de repente, pensei em minha mãe e nas minhas irmãs. Tinha mais pena das mulheres da família. Minha mãe ainda dava o seio à caçula. E eu punha mais manteiga no pão, arquejante de volúpia. Continuava pensando nas meninas, lá em casa, sem azeite para passar no pão. Acabei, afrontado. E me dilacerava de felicidade. E, ao mesmo tempo, não me saíam da cabeça minha mãe e minhas irmãs.

10 Não sei se houve sobremesa. Se bem me lembro, Romero vira-se para mim e fala: — "Não quero sobremesa. Você quer?" Respirei fundo: — "Não." E, ao mesmo tempo, começava a ter náuseas do fígado. Saímos. Em casa, não disse uma palavra sobre o almoço. Lembro-me que, nessa noite, acendi a vela e olhei: — um percevejo. Depois, viriam os outros. Mas aquele estava ali, sozinho.

11 Não confundam percevejo com asseio. É a fome que o fabrica. Um Walter Moreira Salles, mesmo imundo, não será mordido por um percevejo. O último que eu vira era ainda de Aldeia Campista, nos primeiros anos da minha infância. Depois, meu pai tornou-se diretor de jornal, dono de jornal. Passamos da Rua Alegre para a Tijuca, e, mais tarde, para Copacabana. Nossa vida mudou. A casa em que moramos, na Rua Joaquim Nabuco, era um palácio. E tínhamos hábitos e despesas de família milionária. Uma vez, o Roberto Marinho dizia a mim e a Mário: — "Vocês tomavam táxi para atravessar a rua." Era uma verdade exagerada, violentada, mas uma certa verdade.

12 Não matei o percevejo. Era tão pouco Raskolnikov, e minha fome tinha tal impotência para a reação, que não o esmaguei na unha. Eu o aceitei com um fatalismo quase doce. No dia seguinte, passei na *Noite Ilustrada*. Conhecia lá o Aquarone e pedi-lhe um emprego. Nada, nada. Ofereci-me para escrever de graça artigos assinados. Nem assim.

13 Continuou o desemprego. Muitas vezes senti as faces ardendo como um esbofeteado. Era apenas a febre da fome. Minha distração era ir para a Praça Mauá. Ficava olhando o perfil dos navios, o mastro. Nunca me ocorreu a idéia de ser faxineiro, de lavar pratos. Só queria jornal. Pensava no *O Globo*. Quantas vezes estive para falar com Roberto Marinho. Mas ouvia dizer que ele não mandava nada. *O Globo* era Euricles de Mattos. Lá dentro, sua vontade era a lei. Certa noite ouvi o Eloy Pontes esbravejar, no meio da escada de *Crítica*: — "Roberto Marinho, que é um cretino, ganha mais do que eu!"

14 Estou vendo Eloy Pontes. Sua cara era a própria máscara mortuária de Beethoven. E de Euricles de Mattos sabia apenas o seguinte: — um probo. Ninguém mais incorrupto. Era, porém, um jornalista de velhas gerações. Fazia um jornal honrado como ele, e de uma mediocridade desesperadora, como ele. Um dia, Euricles de Mattos morreu e Roberto Marinho assume a direção. Era a esperança.

31/3/1967

Capítulo 31

1 *O Globo* tinha vinte e poucos dias (se não me engano) quando morreu Irineu Marinho. Minha família morava, então, na Rua Inhangá, nos fundos do Copacabana Palace. Lembro-me do telefonema para meu pai, dando a notícia. Irineu Marinho morrera, pela manhã, no banho. E, como demorasse, alguém foi bater na porta. Nenhuma resposta.

2 Foram chamar Roberto, o filho mais velho. E ele, com vinte e poucos anos, forte (remava no Boqueirão do Passeio), meteu o ombro e arrombou a porta. O pai estava morto. A pessoa que telefonou lá para casa ainda fez o comentário: — "O Geraldo tem uma sorte danada. Agora *O Globo* fecha. Fecha."

3 O Geraldo Rocha estava com *A Noite*, e Irineu Marinho era o seu único concorrente. Para ele, Geraldo, aquela morte, antes da consolidação de *O Globo*, era a sorte grande. Irineu Marinho fundara *A Noite*, jornal que é, digamos, talvez um caso único em toda a história jornalística. Lia-se não por necessidade, mas por amor. Sim. *A Noite* foi amada por todo um povo.

4 Penso nas noites, de minha infância, em Aldeia Campista. O jornaleiro vinha de porta em porta. Os chefes de família ficavam, de pijama, no portão, na janela, esperando. E lá, longe, o jornaleiro gritava: — "*A Noite, A Noite*." Ainda vejo um sujeito, encostado num lampião, lendo, à luz de gás, o jornal de Irineu Marinho. Estou certo de que se saísse em branco, sem uma linha impressa, todos comprariam *A Noite* da mesma maneira e por amor.

5 Um dia, Irineu Marinho saiu de *A Noite* e fundou *O Globo*. Lá ficou Geraldo Rocha, baiano demoníaco, de uma empolgante falta de escrúpulos. Morre Irineu Marinho, ótimo. Segundo me contaram, houve quem pensasse em Roberto para a direção. Mas o próprio foi de um senso comum magistral. Disse: — "É Euricles, tem que ser Euricles, só pode ser Euricles."

6 Euricles (não sei se com "i" ou com "y") era um homem de bem. Aí está dito tudo. Inútil procurar outras virtudes. Minto. Euricles tinha, sim, a outra virtude: uma capacidade de trabalho quase desumana. Fisicamente pequeno, cara amarrada, era o chamado pé-de-boi. Mas essa taciturna, áspera probidade foi vital para *O Globo*.

7 E, de repente, também Euricles morreu. Da mesma redação, saía o segundo defunto. *O Globo* parecia um jornal condenado. Logo se soube que Roberto Marinho seria o novo diretor. Foi um escândalo. E os velhos profissionais não sabiam qual era pior para *O Globo*, se a morte de Euricles, se a direção de Roberto.

8 Hoje, os jornais têm toda uma rapaziada nova e irresistível. Meninas de 16 anos fazem estágio nas redações. Naquele tempo, não. Bem me lembro de uma vez em que fui ao *O Globo*, ainda em vida de Euricles. Lá não se dava um passo sem esbarrar, sem tropeçar numa figura trêmula e nostálgica. Era a geração ainda da vacina obrigatória, de Primeira Batalha do Marne. O próprio Euricles estava ali como um sobrevivente dos velhos tempos. E Roberto? Que vinha ele fazer com a sua ultrajante vitalidade? Muitos daqueles homens o tinham carregado no colo. E eis que o antigo garoto punha-se a dar ordens, a visar matérias.

9 No tempo de Euricles, nenhum Marinho tinha autoridade para tirar uma cadeira do lugar. E as virtudes possíveis e imprevisíveis de Roberto estavam inéditas. Sabia-se que freqüentava o Boqueirão e lá remava; que, ainda no Boqueirão, treinava boxe com o fotógrafo Moacir Marinho, seu primo; era visto guiando automóveis, em disparadas suicidas. Bem. Para diretor de um jornal grave, como era *O Globo*, tais dados biográficos prometiam pouco.

10 Fosse como fosse, Roberto Marinho significava para nós uma esperança viva. Ao bater estas notas, não me lembro se foi ele que nos chamou ou se fomos nós que aparecemos, lá, oferecendo o nosso trabalho. O certo é que o meu irmão Mário interessava ao *O Globo*. Eu me lembro da nossa primeira conversa, na Rua Almirante Barroso, na porta dos fundos do jornal.

11 Em pé, na calçada, depois do expediente, Roberto explicou o seu papel. No *O Globo*, ninguém cuidava de espanar o pó do tempo, o pó que, desde *A Noite*, cada geração legava à geração seguinte. Ele estava disposto justamente a usar o espanador. Mas sem assombrar os redatores antigos. Queria também mudar, sem choque e gradualmente, a página de futebol. Mas confessou que tinha medo dos nossos exageros. Disse mesmo: — "Vocês, um dia, puseram a fotografia de Jaguaré no penico."

12 Não era verdade, claro. Puro folclore. Em suma: — queria ele que o Mário começasse a trabalhar imediatamente. Saímos de lá numa gratidão selvagem. Mário era casado, mas combinou com a mulher o seguinte: — enquanto os irmãos não se empregassem, ele daria à minha mãe todo o ordenado de *O Globo*. No dia seguinte, tivemos um encontro com Costa Soares, que vinha combinar tudo, em nome de Roberto Marinho. Ficou assentado que, para dirigir a página de esporte do *O Globo*, Mário ganharia quinhentos e cinqüenta mil réis mensais. Para a época, era um salário de primeiríssima ordem.

13 Eu não ganhava um tostão e continuava desempregado. Mas, para ajudar meu irmão, passei a trabalhar como qualquer funcionário de *O Globo* e mais que qualquer funcionário de *O Globo*. Chegávamos eu e o Mário às sete da manhã; e saíamos às cinco da tarde. Eu estava curioso de ver o comportamento de Roberto como diretor.

14 Já contei o desabafo ressentido de Eloy Pontes. "Ganha mais do que eu! Mais do que eu!", dizia ele. Na sua opinião, Roberto era um cretino. Outros colegas falavam na "besta do Roberto". Na própria redação de *O Globo*, homens e até móveis, até relógios, amavam a rotina de Euricles, que era, exatamente, o homem de rotina. Roberto ameaçava posições e hábitos mumificados. Mas eu veria, com o tempo, que ele potencializava e salvava *O Globo.*

15 Um ano depois, comecei a ganhar. Eis o meu primeiro ordenado: — duzentos mil-réis. E, então, aconteceu esta coisa prodigiosa: — enquanto não recebi um tostão, era gratíssimo a Roberto. Tinha-lhe afeto: olhava-o como a um irmão. Mas remunerado, passei a olhar com ressentimento, despeito, o jovem diretor. Foi aí que eu aprendi que os sentimentos fortes, como a ira, como o ódio, a inveja, exigem um salário.

1/4/1967*

* Crônica republicada na edição de *O Reacionário* de 1977 com o título de "Memória".

Capítulo 32

1 Roberto Marinho estava me pagando duzentos mil-réis por mês. E entrei na folha, como redator esportivo de *O Globo*. Mas a minha fome continuou, eis a verdade, minha fome continuou. Só almoçava de vez em quando, só jantava de vez em quando. Todo o dinheiro que recebia deixava em casa. De manhã, na hora de sair, minha mãe dava o dinheiro do bonde e só.

2 "Minha fome continuou", disse eu. E já retifico: nem tanto, nem tanto. Pelo menos, tomava o café da manhã, com pão e manteiga. E, em certos dias, ousava um vale de dois mil-réis, que o Roberto visava, e ia apanhar o dinheiro na caixa. Com dois mil-réis, almoçava no Reis. Meia porção custava mil e duzentos réis; pão, duzentos réis; banana, gorjeta e ainda me sobravam dois tostões.

3 Entre parênteses, no tempo do desemprego e, portanto, da fome maciça, compacta, tinha as minhas compensações. Ia para a Praça Mauá ou Praça Quinze; e a minha alegria era passar horas olhando e só olhando. Esse prazer visual, intensíssimo, me fazia esquecer de mim mesmo. Lembro-me que, certa vez, na Praça Quinze, fiquei espiando uma tangerina que boiava. Para mim, eis a questão: — por que não afundava a tangerina?

4 Ao mesmo tempo, me pergunto: — vi mesmo essa tangerina boiando no mar da Praça Quinze? Já não sei, porque a fome é, por vezes, delirante. Naquela época, as coisas, as pessoas e mesmo as palavras tinham, em certos momentos, um halo intenso e lívido. Outras vezes, ficava passando a mão na barriga, como se pudesse prender a náusea. Mas vomitar o que não comera?

5 Um dia, eram quatro ou cinco horas da tarde, e vi uma cara surpreendente. Ou por outra: — não era bem a cara, mas o nariz inverossímil. Parecia um falso nariz, carnavalesco, de papelão. Comecei a suar de angústia. "Não estou vendo aquilo", eis a minha certeza. Aproximei-me da pessoa. O nariz continuava como um bico encarnado, recurvo, quase obsceno. Desesperado, fui me debruçar na amurada.

6 Mas não disse que a minha felicidade absurda eram os barcos. Eu os via de todos os feitios, partindo, chegando, ou simplesmente parados. Para mim, ainda hoje, não há nada mais bonito do que um nome de barco. Há pouco, passei na Praça Mauá. Vi, encostado, um transatlântico. Olhei o nome: — "Andréa Dorya." Pareceu-me um nome azul, lunar e, ao mesmo tempo, ressoante como uma concha marinha.

7 Fecha aqui o parênteses. O que me importa, no momento, é valorizar e dramatizar o salário. Enquanto não tive ordenado, assumia, diante de Roberto Marinho, uma atitude de humildade, de subserviência. Eis a palavra e a verdade: — subserviência. Se ele me batia nas costas ou simplesmente sorria, sorria para mim, me crispava de alegria. E o pior foi quando, certa vez, no fim do expediente, ele perguntou: — "Vais pra Copacabana? Eu te levo."

8 (Copacabana. Até hoje, não sei por que não saímos de lá. Minha família passava fome em Copacabana. E jamais ocorreu a um de nós mudar para o subúrbio. Podíamos morar no Méier, Encantado ou Brás de Pina. Seria tão fácil alugar uma casinha em Todos os Santos, ou em Padre Miguel. Mas nenhum de nós teve a modéstia de pensar num aluguel barato. Morríamos agarrados a Copacabana. Ou Copacabana ou Ipanema. Essa fidelidade obsessiva à praia, ao mar, à Avenida Atlântica quase nos destruiu, quase.)

9 Realmente, ainda não ia para casa. Mas respondi, trêmulo: — "Vou sim, vou." Saímos, lado a lado, pelo corredor ladrilhado da antiga redação (*O Globo* estava, ali, no edifício do Liceu). Meu coração batia mais forte; a felicidade, naquele momento, deu-me uma violenta dispnéia. Ele próprio guiava o automóvel. Eu ia, na frente, conversando. Imaginava o momento em que, em casa, diria: — "O Roberto me deu carona." E, de fato, ele me deixou na porta de casa. Entrei e disse, pálido: — "O Roberto me deu carona."

10 E, por muito tempo, quis ao diretor de *O Globo* um bem enorme. Comecei a fazer o seguinte: — na hora de sair, eu, na esperança de uma nova carona, ia rondá-lo. Não era a gratuidade da condução. O que queria era a companhia do diretor. Era a intimidade que ia nascendo. Outros o chamavam de "Doutor Roberto" e eu de Roberto. Não invejava os seus carros, a sua casa, os seus ternos (eu tinha um terno único; usava a mesma camisa três, quatro dias).

11 Não sei se isso que estou contando é ingênuo ou humilhante. E, por vezes, ao bater estas notas, me pergunto: — "Não estarei me rebaixando?" Não, não. Assim como não me reconheço na adolescência, também não me reconheço na fome. Durante aquele período, a fome apagou minha identidade. Eu não era eu mesmo. Ou só era eu mesmo olhando os barcos e à sombra dos barcos. Tinha que ir à Praça Quinze ou à Praça Mauá. E, então, olhando o nome dos barcos, eu voltava a ser, por um momento, eu mesmo (estou pensando na tangerina, que não se afogou).

12 E, súbito, comecei a ganhar de *O Globo*. O salário mudou tudo. Duzentos mil-réis no fim do mês. De um momento para outro, voltavam a mim os sentimentos antigos do homem. Aí, aprenderia, como já disse, que o Raskolnikov exige um salário. O ódio que leva o sujeito a matar uma usurária, ou a dinamitar um czar, precisa de um ordenado. Mesmo o homicida sexual tem que ser um remunerado. Ou então não chega nem ao desejo. (Um Raskolnikov desempregado convence menos.)

13 Eis o que eu queria dizer e não encontrava palavras: — durante o meu desemprego, e, portanto, durante a fome total, não desejei ninguém. Não pensava em mulher. De vez em quando, procuro me lembrar se, naquela fase, em algum momento daquela fase, quis alguma mulher. Não me lembro de nenhuma figura feminina, nenhuma, nenhuma. Só me lembro da minha castidade.

14 E, agora, o sexo, a luta de classe, o amor, o ódio, a inveja, os pecados capitais ou subsidiários trabalhavam novamente a minha carne e a minha alma. E repito: — fui, por muito tempo, uma espécie de Raskolnikov de Roberto Marinho. Odiei a sua casa, as suas varandas, os seus automóveis, os seus ternos, os seus cristais.

2/4/1967

Capítulo 33

1 E eis que o brasileiro está fazendo a sua autocrítica. Toda semana, alguém faz o próprio retrato, a convite de *Manchete*. Seria fascinante que um dos convidados declarasse à queima-roupa, alçando a fronte: — "Eu sou um pulha." Isso, dito assim, dessa forma sucinta, translúcida, inapelável, havia de arrepiar o leitor e, ao mesmo tempo, deslumbrá-lo. Até agora, que eu saiba, ninguém se dispôs a essa sinceridade abnegada e brutal. Cada autocrítica tem a imodéstia de um necrológio redigido pelo próprio defunto.

2 O sujeito se apresenta, em *Manchete*, como se fosse, no mínimo, o Disraeli. O último a falar foi um dos nossos autores mais ilustres, o único talvez de ressonância mundial: — Pedro Bloch. E, desde a primeira linha, verificamos que ninguém ama tanto Pedro Bloch como o próprio Pedro Bloch. O fato de ser um Pedro Bloch nato devia dar-lhe a naturalidade de um velho hábito. Em absoluto e pelo contrário: — não há tal hábito. Pedro Bloch está cada vez mais nervoso, mais fremente, mais dispnéico de ser ele mesmo e não outro qualquer.

3 Li e reli sua autocrítica. E só esbarrei, só tropecei em virtudes. Não tem defeitos? Exatamente: — nenhum defeito. No meio da leitura, só uma coisa espanta o público: — por que Pedro Bloch não se demite da vida prática e não se transfere, de sandálias, para um vitral? Sim, um vitral atravessado de luz?

4 Falo da autocrítica de Pedro Bloch e penso nos primeiros tempos de *O Globo*. Tudo em mim era turvo, envenenado, cruel, vingativo. Ou por outra: — tudo, não. Por vezes, queria amor, dar e receber amor. Mas o amor era um momento, e tão breve, tão escasso. Fui, já disse, naqueles tempos, o Raskolnikov de Roberto Marinho.

5 Por vezes, deixava de trabalhar e, punha-me de esguelha, a olhar "o querido diretor", como o chamávamos, (hoje, na TV Globo, é "o mais velho", nome que dá uma sensação de velho chefe índio). Eu era ressentido até contra os sapatos de Roberto Marinho. E, além dos sapatos, os ternos, as camisas, as gravatas. Eu tinha um único terno; um único par de sapatos. Durante três ou quatro anos, não pensei, em momento nenhum, na minha aparência pessoal. Andava de sapatos sem meias, porque não tinha meias. E já contei que passava três, quatro dias com a mesma camisa.

6 Talvez o meu ressentimento tenha começado contra o guarda-roupa de Roberto Marinho. Um dia, soube que ele ganhava, por mês, sete contos e quinhentos. Não sei por que associei as duas imagens: — Roberto Marinho e o Rei da Abissínia. Depois de vários anos de *O Globo*, houve um episódio desses que o homem não esquece nunca mais. É uma experiência que se tornou obsessiva para mim e que se incorporou à minha literatura.

7 Mas vamos ao fato: — um dia, Roberto Marinho chama meu irmão, Mário, e os dois conversam naquela varanda que dava para o Largo da Carioca. Roberto começa a falar de mim. Disse que eu precisava cuidar mais de mim mesmo. Falou do meu desleixo, do meu cabelo, da minha roupa. Eu andava de barba por fazer. E, por fim, disse tudo: — "Ontem, o seu irmão estava cheirando mal."

8 Mais tarde, numa mesa do Café Nice, junto do espelho, Mário teve uma conversa comigo. Com muito tato, muita doçura, foi falando: — "Roberto me disse isso, assim, assim." Recebi um baque no peito. Ninguém sente o próprio cheiro; mas acreditei. Olhei-me no espelho e pensava: — "É isso mesmo. Deve ser verdade."

9 Daí a pouco, levantei-me. Queria ficar só. Fui, a pé, até a Praça Mauá. Eis o que dizia a mim mesmo: — "Não sou eu. É o terno. É o terno que cheira mal."

O que ainda hoje me espanta é que a minha humilhação não foi, de momento, tão funda e tão desesperadora. Eu viria sofrer, em verdade, mais tarde. Agora mesmo, sofro ainda.

10 Naquele tempo, não me importaria de me cobrir de trapos imundos. A minha obsessão era trabalhar para dar dinheiro em casa. E só. Disse que a minha vida não tinha amor, nenhum amor. Não é bem assim. O dinheiro que levava para minha mãe era amor. O meu trabalho era amor. E o que me espantava, a caminho da Praça Mauá, era que eu não estava ofendido, eu não estava humilhado. Cheirava mal e não começara a sofrer.

11 Na verdade, na verdade, estava muito mais ferido do que imaginava; e ferido para sempre. Através dos anos, e já trabalhado pelo sofrimento, transpunha o episódio para o conto, o romance, e ainda hei de remontá-lo no teatro. No meu livro *O casamento*, há um Xavier que um amigo chama de lado e começa: — "Olha. Vou te dizer uma coisa. Mas promete que não fica zangado?" O Xavier prometeu. E o outro continua: — "É o seguinte: — talvez porque você só use um terno (eu vejo você sempre com este terno), o fato, é que..." Suspense de uma pausa e a palavra definitiva: — "Você, às vezes, até cheira mal."

12 O Xavier põe no outro um olho de puro terror. Eis o que eu queria dizer: — esse pobre-diabo de um terno só sou eu. Numa história de "A vida como ela é...", um sujeito diz ao outro: — "Não sei se é porque você usa sempre o mesmo terno. O fato é que você, às vezes, cheira mal. Queria te avisar, porque sou teu amigo." A vítima suspira: — "Obrigado, Fulano." E como acaba a história?

13 O sujeito do terno só aceita, como verdade última e eterna, que cheirava mal mesmo. Era cobrador de uma firma. Acabava de apanhar dinheiro no banco para o pagamento do pessoal. E decide ficar com dois mil contos e não sei quantos quebrados. Chama um táxi e diz para o chofer: — "Você está por minha conta. Dinheiro há, dinheiro há." Desde menino, o táxi era a sua mais doce e secreta utopia. Andou um mês de táxi. E, no fim, fez as contas com o chofer e brada: — "Vamos dar a última volta." O carro parte. E, então, ele puxa o revólver de cobrador (tinha porte de arma), enfia o cano na boca e puxa o gatilho.

14 Aí estão os dois reescritos, em não sei quantas páginas: — eu e Roberto Marinho. Até que caio doente. Doente para morrer. Minha cama dava para o espelho. Via em cada olho um halo negro; as minhas faces estavam escavadas; e tinha a sensação de que olhava o meu próprio cadáver. Pedi, pelo amor de Deus, que cobrissem o espelho com um lençol. E foi aí que Roberto Marinho me salvou a vida.

4/4/1967

Capítulo 34

1 De vez em quando, me pergunto: — "Que fim levou o Dr. Isaac Brown?" Era médico e, ao mesmo tempo, chefe de taquígrafos da Câmara. Em 1934, quando caí doente, foi chamado por minha irmã Stella. E lá vinha ele, a qualquer hora do dia e da noite, da Tijuca para Ipanema. Morávamos, então, na Rua Prudente de Morais, sobrado, quase esquina com Montenegro.

2 Bem sei que a medicina é, hoje, um voraz, um escorchante sacerdócio. E Brown nunca me cobrou um tostão, nunca. Vinha da Tijuca, o que era quase outro país, quase outro idioma. Lembro-me da primeira vez em que entrou lá em casa. Era de uma bondade grave, quase triste. Pôs o ouvido nas costas, de um lado e de outro. Eu o vejo, ainda mais grave e ainda mais triste, dizendo: — "Sinais discretos."

3 O que se escondia, ou, por outra, o que não se escondia por trás da suavidade da voz e das maneiras, era uma doença mortal. Eu estava tuberculoso. E o Dr. Brown foi, na minha vida, um momento da bondade humana. Ao entrar na sala, vira a miséria; no corredor, a miséria; no quarto, a miséria. Falou com o radiografista, que não cobrou a chapa; falou com o Aloízio de Paula, que também não me cobrou a consulta. E ainda arranjou remédios, tudo de graça.

4 Com 35, 40 de febre, ninguém tem medo. Naquela época, os jornais chamavam a tuberculose pelo nome nupcial, voluptuoso e apavorante de "peste branca". Hoje, não. Hoje, há lesões que somem em 15 dias. Em 1934, porém, havia ainda o terror. Lembro-me de um vizinho que apanhou, como então se dizia, uma "fraqueza". Ao saber que estava tuberculoso, chorou três dias e três noites. Nem começou o tratamento. Ao amanhecer do quarto dia, meteu, como Getúlio, uma bala no peito. E seu feio medo descansou na morte.

5 Se me perguntarem por que fiquei doente, diria apenas: — fome. Claro que entendo por fome a soma de todas as privações e de todas as renúncias. Não tinha roupa ou só tinha um terno; não tinha meias e só um par de sapatos; trabalhava demais e quase não dormia; e, quantas vezes, almocei uma média e não jantei nada? Tudo isso era a minha fome e tudo isso foi a minha tuberculose.

6 E mais: eu estava sem auto-estima. Não tinha amor, nenhum amor por mim mesmo. Certa vez, descia as escadas de *O Globo* e cruzo com um *boxeur* e meu amigo de infância, o Camarão. Ele solta o berro jocundo e fraternal: — "Filósofo! filósofo!" Os outros também me chamavam de "filósofo" por causa do meu desleixo agressivo e constrangedor. E ainda outros perguntavam, numa curiosidade séria: — "Esse cara é maluco?"

7 Brown e Aloízio de Paula achavam que eu devia ir para Campos do Jordão. Segundo se dizia, inclusive os dois médicos, o clima de lá era uma maravilha. Aloízio de Paula tinha uma dramática experiência pessoal. Fora doente pulmonar e curara-se em Campos do Jordão. Imediatamente Brown escrevia para os sanatorinhos pedindo uma vaga gratuita. Vejam vocês: — gratuita.

8 Ele achava que eu não podia pagar nada. Seu amigo de Campos do Jordão, e interno do Sanatorinho, Dr. Hermínio, respondeu dias depois: — "Arranjei uma vaga de indigente. Pode mandar o homem." Era eu o indigente; e teria o meu teto, a minha cama e meu pão, sem pagar nada, graças à minha indigência. Bem me lembro do dia em que subi. Talvez não voltasse, talvez morresse lá.

9 Mas havia uma dúvida: — e Roberto Marinho? Ele teria que dar licença, com vencimentos integrais. Mas eu imaginava: — "Apenas licença e sem vencimento, não serve." Não podia subir, sem um tostão no bolso. Meu irmão Mário Filho foi falar com o "querido diretor". Na mesa grande, Roberto ouvia e, ao mesmo tempo, fazia desenhos, a lápis, num papel. Mário disse tudo. E, quando acabou, Roberto, sem parar de desenhar, respondeu: — "Claro. Continua recebendo, do mesmo jeito. O tempo que for preciso. Quero que fique bom. O resto não interessa."

10 Na viagem de trem, tive remorso e vergonha. Quase todos os dias, ia para o arquivo, e, lá, dizia horrores do diretor. Era uma besta, um analfabeto, um cretino e não sei mais o quê. Roberto fizera outro jornal, não-euclidiano. Antes dele, página de esporte de *O Globo* era algo de antigo, obsoleto, nostálgico, como o primeiro espartilho de Sarah Bernhardt. Roberto chamou Mário Filho e tudo mudou. O futebol, o boxe, o basquete, encontraram todo um novo tratamento plástico, lírico, dramático.

11 Isso aconteceu no esporte e no resto. Mas Roberto não mudou sem ferir, sem humilhar uma rotina sagrada. Os velhos, os velhos. Eles ficavam no canto, rosnando os seus rancores ou entretidos com velhíssimas nostalgias. Dizia-se de Roberto: — "Não entende nada, não sabe nada." E agora, no trem, vinha-me uma vergonha tardia, um remorso inútil. Ao mesmo tempo pensava na morte. E se eu morresse em Campos do Jordão?

12 Só não queria a morte de sangue. Já em Campos do Jordão, fui, certa vez, testemunha de uma cena que ainda hoje está em mim. Vejo uma moça entrando numa sala. Ela pára. O rádio tocava, se bem me lembro, uma rumba. A mocinha faz um movimento de dança. Ia visitar o namorado. Mas como eu ia dizendo: — dá uns passos e sente um gosto esquisito. Põe o dedo na língua e olha: — saliva e sangue! A hemoptise começava. Veio a primeira golfada. Nunca imaginei que o sangue pudesse ser tão vermelho. Todos correram. A moça foi carregada, deitada numa cama. Quando o médico veio, pedia, entre uma golfada e outra: — "Doutor, me salve, doutor!" O sangue não parava, nem parou. Morreu ao amanhecer. Estava morta, e teve uma última golfada de vida.

5/4/1967*

* Crônica republicada na edição de *O Reacionário* de 1977 com o título de "Os mortos em flor".

Capítulo 35

1 A fome é casta. Era isso que repetia para mim mesmo, a caminho da montanha. Fiz baldeação em Pindamonhangaba (nem sei se é assim que se escreve). Lá tomaria o bondinho. A castidade da fome era minha experiência recente. E ia aprender, em Campos do Jordão, que não há doença mais erótica do que a tuberculose.*

2 Bem. Agora, não é assim. Falo do tempo em que a tuberculose tinha o nome parnasiano de "peste branca". Em 1934, ainda não se esgotara a boa época do pneumotórax. E, se não me engano, saltei em Pindamonhangaba em abril. O frio já começara em Campos do Jordão. Mas falei nas tremendas fixações eróticas da velha tuberculose. E vou contar, rapidamente, certo episódio do Sanatório.

3 É o caso de um cantor de tango que veio de Santos para a montanha. Cantor de tango, mas brasileiro de Jaboticabal. Tinha uma cavidade num dos pulmões e fazia pneu. Ganhou uma cama de canto, na minha enfermaria. No meio do tratamento, apanhou uma pleuris. Mais um pouco e a água virou pus.

4 E aí começou o martírio. Era queimado, ao meu tempo, pelo frio e pela febre. 39, 40, 39, 40. Tinha uma mulher, uma filhinha, e não recebia carta de ninguém. Repetia, dia e noite: — "Ainda não morri e já me esqueceram." Falava como se o tuberculoso fosse o mais traído dos seres. Uma noite,

* Crônica republicada na edição de *O Reacionário* de 1977 com o título de "A montanha mágica" e a inclusão, no início do primeiro parágrafo, de uma breve contextualização: "Tomo o bondinho para Campos do Jordão. 1935."

ouve-se o seu grito: — "Sangue, sangue." Alguém acende, rapidamente, a luz. Era a hemoptise. Veio o médico de plantão. Ainda me lembro do olho enorme do medo.

5 Depois soube que ele cantava tango em cabarés ordinaríssimos de cais. Mas não tinha salário; punha um pires ou um prato no chão, como um cego, e os crioulões da estiva, marinheiros louros e as prostitutas bêbadas pingavam, lá, a sua moeda. Mas ele estava morrendo. E, súbito, começou a odiar a mulher. Cachorra, cachorra. Xingou-a de todos os nomes. Era terrível de se ver a sua agonia pornográfica.

6 Quiseram levá-lo para o isolamento. Reagiu, babando sangue: — "Morro aqui, aqui." Queria morrer no meio dos outros, olhando alguém, alguém. E, então, foi deixado em·paz. Horas antes de morrer, deixou de odiar a esposa. Agora o ódio era um desejo triste, tardio, inútil. A enfermaria toda, numa unanimidade homicida, queria a sua morte. Nenhuma pena e só irritação. E o que assombrava era que ainda tivesse sangue para jorrar no balde.

7 Bem me lembro de sua última manhã. Só os olhos viviam, só os olhos vazavam luz. Cerca de umas 9, 10 horas, entra a crioula, baiana, D. Maria, que todas as manhãs varria a enfermaria. O médico e o enfermeiro tinham acabado de sair. Os outros doentes estavam na varanda, tomando sol nas pernas. E, na enfermaria, o moribundo levantava-se do fundo de sua agonia. Via a preta (magra e velha), varrendo, mudando os lençóis e as fronhas. Saltou da cama e veio, cambaleando, atropelar a criada. Esta pula para trás, desprende-se, uma fúria. As canelas finas e espectrais não sustentam mais o moribundo. Quando os outros entraram, viram, no chão, a ossada aluída. Era, sim, apenas uma ossada com uma pele diáfana por cima.

8 A baiana apanhara a vassoura, a mãos ambas, e ia fender-lhe o crânio. Os outros carregaram o homem de Jaboticabal, enquanto a arrumadeira esganiçava palavrões. E, ali, morreu o cantor, agarrado ao seu último desejo. Daí a pouco, o corpo era retirado para a capelinha. Mas a agonia lasciva contaminara toda a enfermaria. Não se falou em outra coisa, só de mulheres. E cada qual teve uma súbita e inconsolável nostalgia de antigos, espectrais namoros. Um era viúvo; e pôs-se a falar, com sombrio *élan*, da falecida. Era gorda. E, na enfermaria, o sujeito, lembrando os desejos fenecidos, gabava as graças físicas da mulher. E dizia-lhe do seio: — "Parecia gelatina." A saudade carnal dava-lhe uma salivação intensa.

9 Mas tudo isso que contei acima aconteceu muito depois. Preciso falar do primeiro dia de Campos do Jordão. Salto na estação e sou ferido pelo frio. Lembro-me de um sujeito que me dizia: — "Em Campos do Jordão, até os pardais são tuberculosos." Pois bem. Tomo o táxi: — "Me leva no Sanatório Popular." O chofer diz: — "Ah, o Sanatorinho." Eu estava tão abatido que o diminutivo me fez bem. Sanatorinho. Gostei da ternura inesperada do nome. Sanatorinho.

10 Da estação até lá era uma distância bem pequena: — talvez uns cinco minutos. Mas ia olhando, pessoas, casas, árvores, animais, com uma curiosidade intensa, devoradora. De 1934 para cá, já rolaram 33 anos. E tudo está vivo, tenso, em mim. Ainda hoje tenho de pinheiro, de certos verdes, de penhascos, uma espécie de ódio paisagístico. É que não perdôo nada em Campos do Jordão, nem seus luares, nem suas estrelas e céus.

11 Salto no Sanatorinho. Era todo construído em madeira. Imaginei, apanhando o troco do chofer: — um incêndio, ali, havia de lamber, tudo, num minuto. Pouco depois, estava apertando a mão do Dr. Hermínio, o amigo do Dr. Brown. Dou-lhe a carta. Estou vendo a cara de Hermínio cheia de espinhas (naquele tempo, o brasileiro tinha mais espinhas). Ele acabou de ler; guarda a carta. E começa.

12 "O Brown diz que você não pode pagar nada. Você não pode pagar?" Um escrúpulo doeu em mim; mas tomei coragem e respondi, vermelho, mas firme: — "Não posso pagar." Hermínio enfiou as duas mãos nos bolsos do avental: — "Você vai ficar na enfermaria de indigentes." Acho que fiquei branco. No Rio, ouvira falar em "indigente". Mas a palavra me soara impessoal; havia entre mim e ela uma distância; não me sentira "o próprio indigente". Agora a indigência me tocava, e comprometia, e feria. Vamos andando eu e o Hermínio para a outra ala. Ele ia explicando: — "Lá, os doentes em bom estado, como você, varrem a enfermaria, mudam a roupa de cama. Serviço leve." Paro: — "Quer dizer, Dr. Hermínio, que vou ter que varrer, mudar a roupa de cama, não é, Dr. Hermínio? É só?" Ele completou: — "Uma vez por semana, serve à mesa."

6/4/1967

Capítulo 36

1 A ala dos indigentes era do outro lado. Parei no meio do corredor. Na dispnéia da fúria, comecei: — "quer dizer, Dr. Hermínio, que eu, eu vou ter que varrer, mudar a roupa de cama, e, ainda por cima, servir à mesa?" O médico dizia, risonhamente: — "Mas é o que todos fazem. Quem precisa, faz." Disse "quem precisa faz" de uma maneira cordial, quase doce e, ao mesmo tempo, firme, inapelável.*

2 Até aquele momento tudo me parecia irreal. Irreal, a tuberculose; fantástico, Campos do Jordão. E o próprio Sanatorinho, feito de madeira, como se fosse de brinquedo, era tudo falso. Olhei em torno. Nunca me esqueço: — vi um doente apanhando e desatarraxando uma escarradeira de bolso e lá cuspindo. Comecei a detestar o Dr. Hermínio, os internados e até a tarde que descia, invisível, sobre os pinheiros.

3 Todo mundo me olhava. E a nossa conversa, no fim do corredor, era a vida real. Comecei a viver, e só então, a minha tuberculose. Disse-lhe: — "Dr. Hermínio, vamos fazer o seguinte. Quanto é que se paga aqui por mês?" E me imaginava mudando a fronha dos travesseiros e varrendo a enfermaria. Dr. Hermínio respondeu: — "Bem. Tem quarto particular e enfermaria. Enfermaria, 150 mil-réis." Ergui o rosto: — "Pago os 150 mil-réis. Pago."

* Crônica republicada na edição de *O Reacionário* de 1977 com o título de "A casa dos mortos" e, da mesma forma que a crônica anterior, a inclusão de uma breve contextualização no início do primeiro parágrafo: "Volto a 1935. Estou no Sanatorinho, de Campos do Jordão."

4 Ele me olhava com uma simpatia divertida: — "Como quiser." Havia um leito vago na enfermaria. Pouco depois, vinha a mala e fui ocupar a minha cama. Ficava numa extremidade, junto da janela. O Dr. Hermínio explica, sumariamente: — "Café na mesa, das sete às nove; almoço; às onze e meia; repouso absoluto, de uma às três; jantar às seis; silêncio, às nove." Era a casa dos mortos. Casa dos mortos.

5 Na enfermaria, existiam todas as formas da doença: a mais comum, pulmonar; de laringe; óssea e outras, sei lá. Hoje, o tuberculoso nem tosse; e não deixa a sua casa, os seus móveis, os seus afetos. Ainda outro dia, me dizia um tuberculoso recente: — "Eu não sei o que é tosse, o que é expectoração, o que é febre." Mas em 34, fui encontrar, na enfermaria, lesões de 15, 10, oito anos; e, à noite, era, uma fauna misteriosa e tristíssima de tosses.

6 Saiu Dr. Hermínio e fiquei, junto da cama, mudando a roupa. Vesti o pijama de lã e, por baixo deste, um suéter grosso. Troquei as meias por outras de lã. E sentei-me na cama. Tinha medo, eis a verdade, tinha medo. Nunca houve um homem tão só, homem mais só. Pensava: — "Se eu piorar, desço imediatamente; Quero morrer em casa."

7 Vou comparar outra vez o velho doente e o novo. O tuberculoso de hoje, salvo os casos agudos, namora, casa, beija. Naquela época, havia o pavor do contágio. Eu me lembro que, nos primeiros dias de Campos do Jordão, perguntei aos médicos: — "Entre marido e mulher; há contágio?" Dependia. Falaram em contágio maciço. Beijo era contágio maciço.

8 Dizia eu, num capítulo recente, que o tuberculoso era, então, o mais traído dos seres. Na minha segunda ou terceira noite de sanatório, conversamos sobre o nosso feio destino. Lembro-me de um baiano, comerciante em jóias (não sei se em jóias, se em espelhos). Fizera, há pouco, toracoplastia, a monstruosa operação. Sem várias costelas, ele adernava para um lado. E dizia numa fúria de mutilado: — "O sujeito, aqui, recebe carta na primeira semana; menos na segunda; menos ainda na terceira; e nada, a partir da quarta."

9 Agora me lembro: — chamava-se Lemos. Falava muito nas próprias costelas: — "O sujeito que faz essa operação não pode amar nu." E havia, por trás de suas palavras, uma vaidade absurda do ombro aluído e da cicatriz. Levantava a camisa e mostrava o corte, radiante. Suspirava: — "Vou ficar aqui, morrer aqui. Se descer, mato a minha mulher. Mato." Estava casado, continuava casado. E há dez anos não recebia uma carta, um bilhete, um recado, nem da mulher, nem dos filhos. Lembro-me que, certa vez, no almoço, comendo cozido, afirmou com uma satisfação terrível: — "Eu estou morto, eu morri."

10 A partir de certa hora, na treva, começavam as tosses da madrugada. Eis o que queria dizer: — as tosses tinham o seu horário como o canto dos galos. E me lembro que, por vezes, a enfermaria ficava acordada, até tarde, tecendo no escuro as suas fantasias eróticas. Um dizia: — "Eu preciso de um romance. Um romancezinho. Sem romance, não vai." E, uma noite, me perguntaram: — "E você?" Queriam a minha opinião. Como jornalista, redator de *O Globo*, era muito ouvido e muito adulado.

11 Diziam de mim: — "Tem o intelectual muito desenvolvido." Respondi: — "Eu sou do amor eterno." O baiano da toracoplastia teve um riso feroz: — "Você fala assim porque tem todas as costelas. Eu, não. A mim dão bola de cachorro." Ah, o desejo era triste no Sanatorinho.

12 Eu estava lá há um mês, um mês e pouco, quando aparece uma égua, em nosso mato. Lindo, lindo animal. E, como era uma figura plástica, elástica, ornamental, e de nariz fino, e crinas violentas, alguém disse: — "Cavalo árabe." Até que, uma tarde, aparece, no mesmo terreno, um cavalo. Era o casal. Por certo, o recém-chegado não era bonito, nem elástico, nem escultural, como a companheira. Mais vira-lata do que árabe. Tinha russo manchado e as orelhas pendiam humilhadíssimas.

13 Já tocara o repouso absoluto. Duas e tanto da tarde. E todos os doentes, inclusive os febris, apinhavam as janelas. Fui um dos que subiram na cama e espiaram a cena. O cavalo rondava, grave e triste, a companheira. Entre os dois, uma distância de uns 10 metros. Os doentes esperam cinco, 10, 15 minutos. Um de nós grita: — "Vai, seu bobo!" Outro esbraveja: — "Não quer nada!" Houve um momento em que o animal se afastou. Rompeu um desespero no Sanatorinho.

14 Ele está longe, olhando para o fundo da tarde. Até que, de repente, volta. O Sanatório, em peso, deixa de respirar. Ardiam, em todas as janelas, as fomes de sexo. O desejo anônimo e geral também pastava. Ninguém dizia nada. Um internado, que ia morrer dois dias depois, agarrava-se ao vidro, na dispnéia pré-agônica. Não sei quanto tempo passamos, ali, com as sacadas debruçadas sobre aquele amor. Depois, ainda olhamos o cavalo que se retirava, levando a tristeza grave da posse acrobática. Os doentes saíram das janelas, numa desesperada euforia. Só o baiano da toracoplastia teve uma prodigiosa crise de choro. Soluçava: — "Vou descer pra Salvador. Vou matar minha mulher." Ninguém disse nada. O sonho subia de nossas entranhas como uma golfada.

7/4/1967

Capítulo 37

1 "Se disser mais uma palavra, te parto a cara!" O chofer esbravejava, cara a cara com Simão. Era um comovente e lúgubre cabaré do interior paulista. E o outro espetava o dedo no peito do Simão: — "Tu não é homem. E quando me encontrar, atravessa a rua!" O homem disse isso, enche o peito e olha, uma por uma, as caras que o rodeiam. Ao lado de Simão está a sua pequena, vestida de amarelo. Na mesa, uma garrafa de cerveja, dois copos. E, súbito, o chofer apanha o copo e atira a cerveja na cara do Simão.

2 Imaginei que aí, encharcado de cerveja, haveria reação. Nada, nada. A enfermaria estava ouvindo a história do Simão, contada pelo próprio Simão. Ele vinha de uma cidadezinha paulista (só não me lembro o nome). Sua cama era ao lado da minha. Alguém perguntou: — "E você? Você?" A cerveja escorria da cara, descia pelo pescoço, entrava por dentro do colarinho. E Simão não fez nada. Baixou a cabeça e começou a chorar.

3 Ele passou uma hora contando, sem parar. Todos nós ouvimos, sem uma palavra, e fascinados pela covardia do Simão. A coisa começara meses atrás. Simão e o outro gostaram da mesma prostituta e ao mesmo tempo. E a pequena o escolheu. Assim começara o ódio. Onde quer que o chofer visse o Simão, vinha desfeiteá-lo.

4 Nunca, em momento nenhum, alguém foi tão humilhado. E o chofer dizia: — "Te dou na boca! Na boca!" Até que, um sábado, Simão apareceu na casa de mulheres. Veio a pequena e sentou-se a seu lado. Pouco depois, entra lá o chofer. Entra, olha e vem direto. Diz, alto, forte: — "Simão, levanta para apanhar na cara." Simão ergue-se: parecia oferecer o rosto. Disse: — "Bate."

5 E o outro bateu. Simão esperava pela bofetada, desejava a bofetada. Deu um pulo para trás. Ao voltar, tinha o revólver na mão. Foi atirando. Primeiro, na barriga, depois no peito, na barriga novamente e outra vez no peito. Continuou atirando. Mulheres de verde, amarelo, vermelho tinham ataques. O chofer girou sobre si mesmo e ainda levou duas balas nas costas. Sua cara era de espanto, apenas de espanto e não de medo. Morreu de bruços. Espantado.

6 Só quando Simão contou o crime é que se desfez a tensão desesperadora dos ouvintes. Uma alegria feroz inundou a enfermaria. Uns sentaram-se na cama; outros acenderam, com a mão trêmula, o cigarro; e um paraibano, com cara de sagüi, riu em falsete como índio de filme. E todos se sentiam os felizes co-autores do crime antigo.

7 A enfermaria tinha um jornalista, que era eu; um negociante de espelhos; um ator de circo, Scaramouche; um cantor de tango; um farmacêutico; um campeão de bilhar francês; o Tico-tico, que não era nada, senão tuberculoso mesmo e estrábico; e um assassino, o Simão. Era espanhol e deixara, na cidadezinha, uma portuguesa, que era seu amor. Há nove ou 10 anos, ele estava em Campos do Jordão. Era outro que dizia: — "Se eu sentir que vou empacotar, desço. Quero ser chorado por minha mãe."

8 Um dia, o Simão me chamou: — "Vem ver. Olha ali." Era uma mulher, atarracada, descalçada, que subia o caminho do morro. (Diante do Sanatorinho havia um morro. Os doentes em bom estado podiam ir até lá em cima, pela manhã e à tarde.) Lembro-me que, de repente, a mulher parou e acenou para o Sanatorinho. Não sei quantas janelas retribuíram. E o curioso é que, desde o primeiro momento, Simão saltou: — "É minha. Vi primeiro."

9 Uns oitenta doentes tinham visto, ao mesmo tempo. Mas o Simão, era um assassino. Como ele próprio dizia, sem ódio, quase com ternura, "matei um".

E o crime pretérito intimidava os demais. Constava que trouxera, na mala, com a escova de dentes, as chinelas, um revólver. Naquela mesma tarde, foi para a cerca, esperar a volta da Fulana. E conversaram na porteira. Simão voltou, desatinado. Conversara a Fulana. Queria um encontro, na manhã seguinte, no alto do morro.

10 A outra não prometera nada. Ia ver, ia ver. Simão estava possesso: "Dez anos!" e repetia, quase chorando: — "Dez anos não são dez dias!" Campos do Jordão estava cheio de casos parecidos. Nada mais cruel do que a cronicidade de certas formas de tuberculose. Eu conheci vários que haviam completado, lá na montanha, um quarto de século. E o próprio Simão falava dos dez anos como se fosse esta a idade do seu desejo.

11 Pouco antes do toque de silêncio, entrou na enfermaria um dos enfermeiros. Se não me engano, chamava-se Aparecido. (Guardei do Sanatorinho muitas caras e pouquíssimos nomes. Lembro-me também de pijamas, de chinelões e mais: — de um copo de prata, de atarraxar, e com flores desenhadas em relevo. Mas não era copo, era escarradeira de bolso.) O enfermeiro entra e senta-se na cama do Simão, começa: — "Não te mete com aquilo. É doida. Já esteve internada." O outro reagiu: — "Doida é melhor. Não faz mal. Igual às outras." De noite, o Simão quase não dormiu. De vez em quando, até alta madrugada, eu o via, no escuro, acender o cigarro. Virava-se, revirava-se, debaixo de cinco, seis cobertores.

12 Na manhã seguinte, foi o primeiro a acordar. Quando fui, de toalha no pescoço, para o banheiro, estava lá, na pia, escovando os dentes, com feroz *élan*. Depois, na enfermaria, apesar do frio, mudou a camisa de meia. Antes, lavara com álcool debaixo do braço. Pôs um suéter, de quadradinhos, presente da portuguesa. Nunca o usara, nunca. Alguém disse: — "Estás cheiroso pra burro." Ele saiu dizendo que ia se casar.

13 Havia uma tosse da madrugada e uma tosse da manhã. Eu me lembro daquele dia. Nunca se tossiu tanto. Sujeitos se torciam e retorciam asfixiados.

E, súbito, a tosse parou. Todo o Sanatorinho sabia que, no alto do morro, o Simão ia ver a tal mulher do riso desdentado. E, justamente, ela estava subindo a ladeira. Como na véspera, deu adeus; e todas as janelas e varandas retribuíram. Uma hora depois, volta o Simão. Foi cercado, envolvido: — "Que tal?" Tinha uma luz forte no olhar: — "Tem amanhã outra vez." Durante todo o dia, ele quase não saiu da cama: — sonhava. Às seis, seis e pouco, um médico entra na enfermaria. Falou para todos: — "Vocês não se metam com essa mulher que anda por aí, uma baixa. Passou, hoje de manhã, subiu a ladeira. É leprosa." Ninguém disse nada. O próprio Simão ficou no seu canto, uns dez minutos, quieto. Depois, levantou-se. No meio da enfermaria, como se desafiasse os outros, disse duas vezes: — "Eu não me arrependo, eu não me arrependo."

8/4/1967

Capítulo 38

1 Eu me tornei, e cada vez mais, amigo de Simão, o assassino. Mas se era assassino, não devia ser seu amigo. Depois da morte de Roberto, eu vivia dizendo: — Tudo, menos assassino. Seria amigo do canalha, amigo do ladrão, do cáften. Admitiria todas as abjeções. Abraçaria o pulha integral. Não o assassino. E, quando Simão falou dos seis tiros, pensei na bala única que matou Roberto.

2 Mas ouvira Simão dizer: — "Quero morrer junto de minha mãe, chorado por minha mãe." E se ele falava assim, e sentia assim, talvez não fosse tão assassino. Ainda, agora, batendo na máquina penso no chofer varado de balas. O sujeito que leva seis tiros não tem tempo para o grito. E o chofer há de ter sentido apenas o espanto, sem entender aquela constelação de estampidos. Era covarde o Simão; mas, de repente, a covardia tornara-se homicida e cuspia fogo.

3 E, quando ele falou em morrer em casa, imaginei a minha própria morte. Ao subir para Campos do Jordão, e durante toda a viagem, repetia para mim mesmo: — Se eu morrer, quero morrer em casa. Não no Sanatório, em casa. E me imaginava segurando a mão de minha mãe e minha mãe chorando por mim. Eu me lembro de meu irmão Joffre. Tempos depois, ele estava morrendo em Correias, no sanatório de lá. Disse, do fundo do seu delírio: — "Quero morrer em casa." É o que o Simão queria, o que todos querem.

4 No Sanatorinho, aprendi a olhar no fundo da nossa brutal e indefesa fragilidade. Ninguém é forte. Essa vontade de ser chorado geme em nós. Ah, os meus amigos atuais: — o Hélio Pellegrino, o Otto Lara Resende, o Borgerth da Ducal e o Cláudio Mello e Sousa. Eu os quero e eles me fascinam porque são débeis, e tão meninos. Certa vez, há um ano, ano e pouco, o Cláudio viveu uma dessas provações que ninguém esquece. O caso é que ele passa na caixa do *Jornal do Brasil* para receber. Enfiou a cara no guichê com uma boa-fé lancinante. E soube de tudo: — estava demitido. Ainda gaguejou, branco: — "O quê? Como?" Essa demissão, à queima-roupa, sem nenhuma insinuação anterior, devastou-o. O pânico baixou, ali mesmo. Era como se ele visse, cara a cara, a própria morte. Desceu não sei se pela escada, não sei se pelo elevador. Em baixo, rangia os dentes de orfandade. Olhava em torno. Era como se até os edifícios o espreitassem para esganá-lo.

5 A cara do Cláudio demitido. Era assim que olhavam no Sanatorinho os que iam morrer, os que estavam morrendo e os que simplesmente tinham medo. De vez em quando, vejo, no Otto, no Hélio, no Borgerth, e por um brevíssimo momento, a mesma cara de espanto que faziam em Campos do Jordão. E o olhar de quem está pedindo que alguém os chore, imediatamente?

6 Bem. Eu me perdi e volto ao Sanatorinho. Quando o médico falou em "leprosa", toda a enfermaria parou (e o Simão estava no seu canto acuado). Mas ninguém duvidou, nem o próprio Simão. A verossimilhança era irresistível. Aquela mulher, que ia buscar lenha todas as manhãs, tinha, sim, orelhas, nariz, beiços mais que suspeitos. E o pior eram as bochechas de máscara de carnaval. Ninguém disse nada. O médico ainda foi de cama em cama, olhando o gráfico da temperatura. Disse a um que estava com 38 de febre: — "Repouso absoluto. Come na cama."

7 Quando o Dr. Hermínio saiu (com as duas mãos enfiadas no avental), três ou quatro correram para o lado do Simão. Lembro-me que o baiano dos espelhos teve uma comichão no braço. Passou as unhas na coceira imaginária, coceira induzida. Foi aí que o Simão disse e repetiu, num desafio maligno: — "Eu não me arrependo, eu não me arrependo."

8 Não houve horror. Um espanto moderado, uma pequena angústia. Em 1934, o tuberculoso só era fiel, estritamente fiel, à própria doença. Uma tosse mais intensa soltava todos os nossos pavores. Estávamos, ali, numa construção de madeira e tão frágil, quase de palito. Muitas vezes, na mesa, na cama, na varanda, me sentia indigente. Era pagante, mas aí é que está: — me senti indigente. A maioria não esperava nada da vida, nem de ninguém. Eu me lembro como se morria no Sanatorinho. O sujeito mandava chamar a mãe, a mulher, o filho. E não vinha ninguém. O próprio Sanatorinho desaconselhava à família: — "É melhor não vir. Não adianta."

9 E ninguém vinha. Minto. Certa vez, apareceu, lá, a mãe de um garoto. Mas chegou tarde: — o filho já estava enterrado. E o que nos preservava era um desespero cínico, um fatalismo jocundo. Vejo um sujeito, junto da pia, escovando os dentes; e dizendo: — "Eu acredito na minha mãe e só na minha mãe." Havia, na ala dos indigentes, um finlandês que, de vez em quando, vinha visitar os pagantes. Naquela manhã, apareceu lá; disse, com alegre impiedade: — "Tuberculose ou lepra é a mesma coisa." Essa autoflagelação radiante fez todo mundo rir. Mas o riso puxava tosse. O doente procurava disciplinar-se para não chegar jamais à gargalhada.

10 Na manhã seguinte, estava todo mundo na varanda. E, de repente, ouve-se o grito: — "Lá vem ela!" Era a Fulana que subia a ladeira. Durante vários meses, nós a veríamos passar, todas as manhãs, mesmo na geada. E foi um alarido nas janelas e nas varandas. A mulher fazia gestos, esganiçava o riso, pulava como um índio de cinema. O médico da véspera passou; viu aquilo e disse: — "Vocês não têm vergonha." Mas ele próprio sabia que ninguém, ali, podia ver mulher. E depois que a Fulana sumiu no alto do morro, houve, de repente, um silêncio. Rompia de todos os cantos uma voluptuosidade triste.

11 Alguém veio perguntar ao Simão: — "Você teria coragem?" Ele estava na cama, debaixo de uns cinco, seis cobertores. Respondeu outra coisa: — "Estou com temperatura." Tiritava. Fui perguntar: — "Quanto?" ele respondeu: — "38 e meio." Passou o dia todo de termômetro na boca: — 39, 39 e meio, 40, 38. Esteve, de tarde, na radioscopia. O Dr. Hermínio espiou e disse: — "Uma pequena piora." Ao voltar para a enfermaria, Simão dizia: — "Vou chamar minha mãe." Sentei-me na cama: — "Mas que é isso e por quê?" Ele sabia que, em Campos do Jordão, a morte não esperava. O sujeito corado da véspera, gordo da véspera, podia ser o defunto do dia seguinte.

12 Meu amigo, Simão, o assassino. Um insinuou: — "E a portuguesa?" Respondeu, arquejando: — "Não interessa a portuguesa. Quero minha mãe." No dia seguinte, telefonaram para a velha espanhola: — "O Simão pediu para a senhora subir." Tudo aconteceu numa progressão fulminante. Os médicos explicavam que eram velhas doenças não curadas da mocidade. E o pulmão estava pegando fogo. Estou vendo o médico entrar e dizer para o Simão: — "É melhor você ir para o isolamento." Lá se foi o Simão. No corredor, e na cama empurrada, repetia: — "Quero minha mãe." Quando estive no isolamento, ele agarrou minha mão: — "Não morro antes da minha mãe chegar." Sua dispnéia era de se ouvir no fundo do corredor. Mas a velha espanhola chegava de vestido preto, magra, uma cara pétrea de dor. Simão não enxergava mais. Com os olhos de cego, pediu: — "A mão, a mão." Apanhou a mão, guardou-a no peito. E, de repente, a sua agonia ficou tão doce, e tão mansa. Quando ele morreu, foi a velha que entrelaçou as mãos do filho, e com que estremecido amor.

9/4/1967

Capítulo 39

1 Com a morte do Simão, o assassino, tudo ficou mais triste. De repente, mais triste. Comecei a achar que o Sanatorinho era feito de madeira de caixão. E também os pinheiros, e a lenha que a leprosa ia buscar no alto do morro. Tudo era madeira de caixão.

2 Vejo a mãe de Simão na volta do cemitério. Entrou na enfermaria. Apertou a mão dos doentes, um por um (e sua mão era áspera e máscula). Deu-me a sensação de que tinha um olho maior que o outro e que o olho enorme não pestanejava. Disse para mim: — "Apareça." E, de preto, firme, ereta, a fronte alçada, parecia uma velha morta há muito tempo. Defuntos os seus modos, e vestido, e meias, e sapatos, e o coque antigo.

3 Já não sei se disse "apareça". Por que diria "apareça", eis o que me pergunto, por que diria? Ela apanhou as coisas de Simão, nem tudo. A escova de dentes estava num copo. Mas por que levar a escova de dentes? (e, ao mesmo tempo, teve por um momento a tentação de levá-la). Depois, fomos olhar a sua partida. O táxi a esperava. Enquanto a vimos, Simão parecia menos morto. Mas entrou no táxi, sem dar adeus, com as coisas do filho num embrulho (embrulho amarrado com barbante).

4 E, quando o automóvel arrancou, sumiu mais adiante, sentimos como se o Simão estivesse morrendo, outra vez. O pior foi a cama sem lençol, sem travesseiro e o colchão tão nu e cada vez mais nu. Foi nessa noite, de repente, que começou a minha gratidão por Roberto Marinho.

5 Quando morria um doente antigo, a tosse da madrugada vinha mais cedo. Sim, vinha antes do canto dos galos. (Eu não me lembro de nenhum galo e o Sanatorinho não tinha galos. Mas eu ouvia o seu canto subindo na noite.) Simão estava lá há muitos anos; dava-se com todo o Sanatorinho. E, além disso, era assassino, o único assassino entre duzentos ou trezentos doentes. Duas, três da manhã, e começou a tosse.

6 E tossindo o sujeito tinha medo. Ouço um companheiro dizer, numa cama próxima: — "Estou com um gosto horrível de sangue." Outros sentavam-se na cama para tossir melhor. Alguém gemia: — "Meu Deus, meu Deus." Havia um menino na enfermaria, dos seus 14 anos; começou a chorar. Enquanto os outros tossiam, eu pensava em Roberto Marinho.

7 Na minha insônia, imaginava as hipóteses mais cruéis. Via Roberto Marinho chamando Mário e dizendo: — "Vou suspender o dinheiro do Nelson. *O Globo* está fazendo economia, etc., etc." Se Roberto dissesse isso, cortasse o meu ordenado, eu estaria morto. Poderia passar para a ala dos indigentes. Novamente me imaginei varrendo o chão, mudando a roupa de cama, fazendo pequenos serviços. E o que mais me humilhava era servir mesa.

8 "Não faço isso", eis o que decidia. E, ao mesmo tempo, comecei a imaginar outras e outras cenas. Caso fosse despedido, desceria imediatamente. Desceria e iria falar com Roberto. Eu me via entrando em *O Globo*. Todos me fariam festa. Na mesa, estaria o Manoelzinho Gonçalves. Mais adiante, o Rafael Barbosa reescrevendo a matéria alheia.

9 Ninguém, ali, imaginaria o meu ódio. E eu diria: — "Roberto, você me despediu. Eu vou morrer, mas você vai morrer comigo." Faria com o Roberto o que Simão fizera com o chofer. E me imaginava, em plena redação, ali no antigo Edifício do Liceu, atirando, atirando. Bem me lembro que, naquela ocasião, dizia o Sodré Viana: — "Se me despedirem, e se minha família passar fome, mato o patrão. Mato." E o patrão ou era o Moses ou era o Roberto.

10 Passei a noite em claro. Fiz a minha fantasia homicida com toda a sorte de variações. Se eu desandasse a dar tiros, que fariam os redatores? Sim, como reagiria Horácio Cartier, o estilista? Cartier andava pela redação chamando todo mundo de "minha flor". E que faria ele se eu começasse a dar tiros? Subiria na mesa? E os outros derrubariam cadeiras?

11 Depois, eu preso. Alguém berrando: — "Chama a Assistência." E, de repente, o crime imaginário ficava tão parecido com o assassinato do meu irmão. E quando arrancaram o queixo de Kennedy com um tiro, era o meu irmão que morria. Onde quer que matem alguém, é ainda meu irmão que morre, assassinado, eternamente assassinado.

12 Fumando no escuro, ouvia agora a voz de Roberto Marinho: — "O que me interessa é que o Nelson fique bom." E, de repente, enquanto o Sanatorinho tossia, começou a minha gratidão. Ali, descobri subitamente tudo: — sou muito mais suicida do que homicida. Ainda hoje, não posso chegar numa janela alta. Basta olhar para baixo. E me vem o apelo doce, persuasivo, da morte. Pergunto: — "E se me atirasse?" Se me atirasse, começaria para mim o tempo dos mortos: eu seria um deles; e ficaríamos unidos, mortos e unidos, docemente mortos e irmãos.

13 (Trinta e tantos anos depois, o Roberto Marinho me chama. Conversamos no seu gabinete da Rua Irineu Marinho. E ele me disse: — "Nelson, vou fazer o seguinte. Estive pensando e vou transferir as minhas ações do *Jornal dos Sports* para o Paulinho." Ainda conversamos algum tempo. Ali, estava, na minha frente, com seus 62 anos, Roberto Marinho, e era menino, tragicamente menino.)

14 Na manhã seguinte ao enterro do Simão, o diretor de *O Globo* deixara de ser a "besta do Roberto", o "cretino do Roberto". Ainda hoje, há quem o chame de pulha, de canalha. E eu o vejo inclinar-se para meu irmão Paulo com tanto amor. E comigo? Passei três anos sem trabalhar. Ele me deu cada tostão do meu tratamento. No fim do segundo ano, eu já estava bom. Mas meu irmão Joffre caiu doente. Joffre era amado por mim como um filho. Quis acompanhá-lo. Roberto Marinho me disse: — "Vai, vai." Passei sete meses em Correias, ao lado de Joffre. Só desci quando ele morreu. E Roberto Marinho solidário, momento a momento. E, quando muito mais tarde passou para Paulinho as suas ações, saí do seu gabinete arrasado. Lembro-me que alguém, que vinha passando, quis sair comigo. Eu disse: — "Vou ali um instantinho." Fui chorar no mictório.

11/4/1967*

* Crônica republicada na edição de *O Reacionário* de 1977 com o título de "As ações".

Segunda Parte

Capítulo 40

1 Se me perguntarem quando é que comecei a ser Nelson Rodrigues, eu diria que foi na Escola Prudente de Morais, na Tijuca. Eu estava, se não me engano, no quarto ano primário. A escola ficava perto do Hospital Evangélico. E, um dia, houve, na aula, um concurso de composições.

2 Geralmente, escrevíamos sobre vacas de estampa. Desta vez, porém, a professora deu-nos liberdade de assunto. E houve, ali, entre meninos e meninas, uma furiosa competição. Era o tempo em que eu me apaixonava, obrigatoriamente, por todas as professoras. Já disse que fui, por toda a minha infância, um Werther, pequenino e cabeçudo. No dia em que me matriculava, eu começava a amar minha professora. Ainda não a conhecia, não a tinha visto, e me crispava de amor.

3 Houve o concurso e ganharam dois alunos: — eu e outro garoto. Por coincidência, os vencedores eram os dois gênios da classe. O meu rival escrevera sobre um rajá, que passeava num elefante. Não acontecia nada, rigorosamente nada. Ou por outra: — só acontecia o passeio. Mas julguei notar, no texto inimigo, um lapso grave: — seu rajá não tinha um diamante na testa, o diamante que eu poria se fosse o autor.

4 Minha composição era todo um gesto de amor desesperado. Eu escrevia para a professora, isto é, para o ser amado. E me lembro de que começava assim: — "A madrugada raiava sangüínea e fresca." Confesso que fiz o plágio com um secreto terror. E se a professora gritasse: — "Esse 'sangüínea e fresca' é do Raimundo Correia!"? Seria a humilhação feroz, a vergonha total. As meninas já me chamavam de maluco. E que diriam elas se eu fosse pilhado saqueando o pobre soneto?

5 Eu não sabia que também Raimundo Correia furtara de um outro. E, na verdade, o que eu cometi, aos sete anos, foi o plágio de um plágio. Mas a "sangüínea e fresca" madrugada havia de doer, por muitos e muitos anos, na minha consciência literária. Já adolescente, descobri que o poeta patrício metera a mão no pombal de Théophile Gautier. E, mais adiante, verifiquei que o plágio é menos incomum de que imaginavam os meus sete anos.

6 Falo do nosso Carlos Drummond de Andrade. Quem não conhece os seus "mortos de sobrecasaca"? Versos maravilhosos, não há dúvida. Mas a imagem final, admirável, suscitou-me uma vaga ou, por outra, uma obsessiva dúvida. De onde a conhecia? E quanto mais relia, mais aquele som me parecia familiar e comprometedor. Até que, subitamente, baixa uma luz e um nome brota da minha perplexidade: — Victor Hugo.

7 Eis a verdade: — a imagem do Drummond era uma goiaba que o nosso poeta nacional fora caçar no pomar hugoano. Feita a constatação, eu me aliviei, e para sempre, do sentimento de culpa. Mas a professora não percebeu nada. Parou na primeira frase. Disse, pondo o dedo na imagem: — "A madrugada raiava sangüínea e fresca." Estava deslumbrada (ainda a vejo. Tinha papada e eu a amava). O menino do rajá olhou para mim com um ódio adulto. E as meninas, que me chamavam de maluco, já sorriam. Se eu quisesse, se não fosse fiel à professora, teria arranjado uma duas namoradas por conta do plágio.

8 Em seguida, porém, veio o pânico. Eu passava do soneto para a mais deslavada "A vida como ela é..." E, por isso, escrevi que, ali, comecei a ser Nelson Rodrigues. "A vida como ela é..." é muito anterior à *Última Hora*, a Samuel Wainer. Data de 1922; nasceu de um plágio, na sala do quarto ano primário da escola pública. Com oito anos incompletos, eu contava um adultério, com todos os matadouros. O marido saía e a mulher, nas barbas indignadas dos vizinhos, chamava o amante.

9 Eu era um moralista feroz. E não fui, confesso, nada compassivo. Um dia, o marido volta mais cedo. Ao entrar em casa vê aquele homem saltar da janela, pular o muro e sumir. A mulher caiu-lhe aos pés, soluçando: — "Não me mate! Não me mate!" O marido agarrou-a pelos cabelos. E o que houve, em seguida, foi uma carnificina. Lembro-me de que a composição terminava assim: — "Acabou de matá-la a pontapés."

10 A professora acabou de ler e olhara para mim, aterrada. Depois, levantou-se e foi mostrar o texto à diretora. Daí a pouco apareciam, na porta, a professora e mais duas ou três. Uma delas perguntou, baixo: — "É aquele? Da cabeça grande?" Era eu, sim. Fui chamado. Levantei, vermelhíssimo. Todo mundo estava interessado no erotismo e na crueldade da história e dos personagens. No elogio, não. Quase me farejaram como se eu fosse um pequeno tarado.

11 Mas era ainda um escândalo risonho, um escândalo terno. Riam entre si. Perguntavam: — "Como é que você tem essas idéias?" Eu baixava a vista, rubro de vergonha. E amei, como nunca, a professora da papada. Depois, veio o resultado: — eu e o garoto do elefante em primeiro lugar. Desprezei o rival, que não tinha posto o diamante na testa do rajá.

12 E, de repente, comecei a sentir que ninguém me compreendia. O plágio me reabilitou, por um momento, aos olhos das meninas. Pouco depois, porém, voltavam a me chamar de maluco. E, uma vez, eu escutei uma conversa de professoras. A minha estava dizendo: — "Ele me olha como se. De um jeito que." E outra baixava a voz: — "Não é normal." Quando me viram, eu senti o julgamento. Era como se eu estivesse nu e todas me olhando.

13 E não sabiam de nada. Não imaginavam que eu era de uma pureza desesperadora. É certo que, uma vez, eu vira uma demente nua. E a pobre, humilhada e feia nudez fora meu espanto e meu medo. Eu amava a minha professora. Mas não olharia no buraco da fechadura o seu banho. Sempre, sempre, quis um amor eterno; e que nem a morte fosse a separação.

14 Aos sete anos e, aos vinte e tantos, no Sanatorinho, eu queria amar para sempre e não trair. Mais tarde, eu saberia que trair um amor é uma impossibilidade. Mesmo com outra mulher, é o ser amado que estamos possuindo. Ainda na Escola Prudente de Morais, eu li, certa vez, no jornal, o pacto de morte de um rapaz e uma menina. E pensei então, por outras palavras: quem nunca morreu com o ser amado não sabe o que é amor e é um impotente da alma.

12/4/1967

Capítulo 41

1 "Mário Rodrigues era um passional", disse Carlos Lacerda, acrescentando: — "E morreu de paixão." Conversávamos na casa do José Luís Magalhães Lins, que fazia anos, ontem. Fomos uns vinte ou trinta amigos abraçar o aniversariante e comer-lhe a feijoada inexcedível. O curioso é que, ao comer a feijoada, eu me sentia abissínio e até agora me pergunto: — por que abissínio?

2 Cheguei lá, graças à fraterna carona do Otto Lara Resende. E todos, ali, eram meus amigos, desde o Almeida Braga, o doce Braga, até o Miguel Lins, o Armando Nogueira, o Celso Bulhões, o Adolfo Bloch. (Ah, o velho Adolfo da *Manchete*, com o seu perfil de Nero.) Eis o que eu queria dizer: antes do almoço, Carlos Lacerda começou a falar de Mário Rodrigues, o jornalista que fascinara a sua infância.

3 Ora, meu pai é, na minha vida, uma figura obsessiva. Eu não seria o que sou, não teria escrito uma frase, uma linha, uma peça, se não fosse seu filho. Estou todo embebido de sua violência e de sua fragilidade. Ainda agora, eu o vejo, doente, na cama, com a face escavada pela agonia. Eu me lembro de sua última noite. Da esquina, já se ouvia a sua dispnéia.

4 Morreu há 37 anos. Eu direi tanto tempo depois: — Mário Rodrigues foi o maior jornalista brasileiro de todos os tempos. Desde os sete anos, eu lia os seus artigos e me crispava de beleza. Ainda hoje, eu os releio: e eles preservam, através das gerações, o verbo fremente de justiça e de procela. E, no entanto, ninguém fala de Mário Rodrigues. Nas histórias jornalísticas, o seu nome não aparece. Há um silêncio e repito: — um vil silêncio.

5 Eu diria que o silêncio iníquo é também a glória. No almoço de ontem, Carlos Lacerda lembrou um episódio que o feriu de espanto, quase de medo. Foi, se bem me lembro, em 1925. Carlos era então um menino de calças curtas e eu também um menino de calças curtas. Ele entra na Rua Treze de Maio e vê um espetáculo, desses que ninguém esquece. Sim, a Rua Treze de Maio estava transformada num súbito, gigantesco pátio de milagres.

6 E, então, aconteceu uma cena muito parecida com um pesadelo: mutilados largavam as muletas, ou as erguiam, para aclamar um homem: — Mário Rodrigues. Mas que fizera este homem para que, de repente, os aleijados, os cancerosos, os tísicos se prostrassem diante de sua imagem como de um santo?

7 O pátio de milagres não se instalara ao acaso, debaixo de nossas sacadas. Meu pai premeditara tudo; ele chamara, pelo jornal, os pobres da cidade. E por quê? Imaginem vocês que meu pai fazia, na ocasião, uma campanha feroz contra o governo de Pernambuco.

8 O governador era, então, Sérgio Loreto. E Mário Rodrigues não escrevia uma linha sem paixão. Hoje, o profissional de imprensa pode ser um péssimo jornalista, mas é sempre um exímio datilógrafo. Naquele tempo, não. Meu pai jamais bateu no teclado de uma máquina. Escreveu milhares de artigos e tudo à pena. Eu o vejo na mesa enchendo tiras e tiras de papel almaço. E era, sempre, um Zola.

9 Mesmo escrevendo sobre um cano furado, tinha, sim, as iras de um Zola. Dizia horrores de Sérgio Loreto. Dizia horrores de Sérgio Loreto e de sua administração. Primeiro, foi ameaçado. A política pernambucana ainda se nutria de ódios shakespearianos. E eu não me esqueci, nunca, do caso de Trajano Chacon.

10 Durante toda a minha infância, eu ouvira falar de Trajano Chacon. Era um jornalista pernambucano “sem papas na língua”, como se dizia. Desafiou a onipotência de um poderoso local. Uma noite, foi cercado por quatro ou cinco sujeitos. E o mataram, ali mesmo, num canto de rua. O pior é que não foi a faca, nem a tiro, nem a navalha. Os assassinos usaram cano de chumbo. Eu me lembro de alguém contando, lá em casa, o crime. Era um velho, que fazia o cigarro de palha e explicava: — "Trajano estava morto e ainda batiam. Os ossos ficaram que nem mingau."

11 Durante a campanha contra Sérgio Loreto, eu só pensava em Trajano Chacon. E se viessem capangas do Recife? E se matassem meu pai a cano de chumbo? Nas minhas fantasias infantis, eu imaginava as ruas, as esquinas dizendo: — "Mataram Mário Rodrigues!" E meu pai teria um enterro como nunca se viu no Rio de Janeiro. Quando passasse o carro de penacho, o povo havia de chorar em cima do meio-fio.

12 Mas o governo de Pernambuco não queria matar meu pai. Mandou um conhecido perguntar: — "Quanto você quer?" Era um Geraldo não me lembro de quê. Meu pai pensa, pensa e começa: — "Bem. Depende. Eu paro se..." E acabou pedindo uma quantia que, para a época, era astronômica. O intermediário toma um susto; objetou que "os outros" eram muito mais baratos. Mostrou recibos de altas figuras da imprensa. Meu pai encerrou a discussão: — "Ou isso ou nada." O sujeito saiu, prometendo uma resposta para o dia seguinte.

13 O fulano não voltou. Quem apareceu foi Souza Filho, esse sim, amigo de meu pai. Fechou o negócio. E meu pai recebia, em seguida, o dinheiro. Não precisaria escrever nada a favor; apenas não seria contra. E, com efeito, não houve, na época, um silêncio tão bem remunerado. No dia seguinte, *A Manhã* abre, em festa, as suas manchetes, contando todo o processo do suborno; e, ainda, nos cabeçalhos garrafais, meu pai anunciava que ia distribuir o dinheiro, até o último tostão, entre os pobres do Rio de Janeiro.

14 Daí o pátio de milagres que, em 1925, assombrou o menino Carlos Lacerda. Alguém que passasse por lá e visse aquela massa apavorante havia de imaginar que éramos uma população de mutilados, de entrevados, de cancerosos. Quando meu pai surgiu, lá em cima, ergueu-se da multidão um gemido grosso, vacum. Eu estava também na sacada. E quando o dinheiro começou a ser distribuído começou um lúgubre alarido. Foi dado, como já disse, até o último tostão. Eu vi seres incríveis que, em vida, apodreciam em chagas. No fim, meu pai tirava o dinheiro do próprio bolso e dizia: — "Dá, vai dando."

15 E assim, ao cair da noite, desfez-se o pátio de milagres embaixo das sacadas de *A Manhã*. Meu pai desceu, então; o Ford, de bigodes, o esperava, na porta. Na calçada, parou, um momento, olhando a rua. E, então, alguém, agachado na treva, pula sobre meu pai. Eu me lembro apenas de um olho que era uma chaga. Tudo aconteceu tão depressa. Uma cara baixou e beijou a mão do meu pai. Depois, eu vi a sombra fugir, rente à parede. Não sei por que, mas quando penso nesse beijo ferido, eu acredito mais em mim mesmo e nos outros.

13/4/1967*

---

* Crônica escolhida por Nelson Rodrigues para encerrar a edição de *O Reacionário* de 1977 com o título de "Meu pai".

Capítulo 42

1 Bem. Vamos falar de teatro. Começarei perguntando: o que é reputação? Eis a verdade: — o que nós chamamos de reputação é a soma de palavrões que inspiramos através dos tempos. Não sei se em toda parte será assim. No Brasil, é. Nada mais pornográfico, no Brasil, do que o ódio ou a admiração. E uma das minhas experiências dramáticas mais consideráveis foi a seguinte.

2 Era ali, no antigo Teatro Serrador. A companhia da minha irmã Dulce Rodrigues estava levando a minha peça *A mulher sem pecado*, remontada por Rodolfo Mayer *(A mulher sem pecado* fora o meu primeiro texto teatral). Silêncio total na platéia. A peça vivia esse ponto de crise, que um poeta chamou de tensão dionisíaca. Eis o que acontecera no palco: — o personagem central, que passara, até então, por paralítico, ergue-se da cadeira de rodas. "Não sou paralítico, nunca fui paralítico", é ele próprio quem o diz.

3 Pois quando o mistificador se levanta, e confessa, ele próprio, a farsa crudelíssima, acontece o absurdo. Uma senhora da platéia — e que comia pipocas na primeira fila — deixa escapar um palavrão. E não em surdina. Foi, realmente, um palavrão nítido, límpido, inequívoco. Como havia um silêncio de morte, o som torpe ocupou todo o espaço acústico do teatro. Foi ouvido da primeira à última fila, inclusive no palco.

4 Todo o elenco olhou a espectadora, gorda como uma viúva machadiana. E, como fazia calor, alguém julgou perceber, no seu pescoço, um colar de brotoejas. O falso paralítico, que se mata no final, ao encostar na fronte o cano do

revólver, ainda a olhava, num mudo escândalo desolado. Eis o que eu queria dizer: — a obscenidade não foi, de modo algum, um protesto.

5 Pelo contrário: — era a adesão mais frenética ao espetáculo. Há um momento, numa peça, em que rompe, das profundezas da platéia, um êxtase cálido, irresistível. E o palavrão da gorda marcou, justamente, o instante de graça plena. Na minha perplexidade, quis parecer-me que só a admiração pornográfica é válida.

6 Muito tempo depois do espetáculo, e com o teatro já vazio, ainda estava no ar o palavrão em flor. Contei o episódio para concluir: — fora montado, na cidade, e no resto do país, todo um folclore pornográfico em torno do meu nome e de minha obra. Sim, durante muito tempo a minha glória foi a soma de todos os palavrões que eu merecia das salas, esquinas e botecos.

7 Tudo começou quando? A partir de *Álbum de família*, continuando em *Anjo negro*, *Senhora dos Afogados*, até meu texto mais recente, *Toda nudez será castigada*. Diziam de mim o diabo. Lembro-me de uma senhora que afirmou o seguinte: — eu dormia, vejam vocês, eu fazia a minha sesta num caixão de defunto. E se o ouvinte fazia um esgar de dúvida, logo a santa senhora jurava: — "Pela vida dos meus filhos!" Uma outra descobriu que eu sou necrófilo.

8 Eu me imaginava pulando o muro do cemitério e violando túmulos recentes. Ou, então, de mãos entrelaçadas, num caixão, ensaiando a minha própria morte. Tudo, rigorosamente tudo, eu devo ao meu teatro. Sim, a imagem que as minhas peças vendem do autor é a de um sujeito agarrado às abjeções mais tenebrosas. Certa vez, um garoto perguntou festivamente ao meu filho Joffre: — "Teu pai é pederasta?" Joffre, ainda adolescente, teve de agredir, fisicamente, o amigo ingênuo.

9 Lembro-me também da estréia da minha peça *Perdoa-me por me traíres*, no Municipal (foi produtor do espetáculo, e um dos intérpretes, o ator Gláucio Gil, que morreria, anos depois, diante das câmeras e microfones, fuzilado por um enfarte). Metade da platéia aplaudia, outra metade vaiava. E, súbito, num dos camarotes, ergue-se o então vereador Wilson Leite Passos. Empunhava um revólver como um Tom Mix. Simplesmente, queria caçar meu texto, à bala.

10 Não creio que haja, no drama, desde os gregos, outro exemplo de um original dramático quase fuzilado. Aos 54 anos de vida, eu paro um momento e penso nos amigos e inimigos dos meus textos. Sempre os tive, uns e outros, em generosa abundância. E ainda não sei, francamente não sei, qual o mais pernicioso para o artista, se o que admira, se o que nega. Ou por outra: — sei.

11 Eu devo muito e, quase dizia, eu devo tudo aos que me chamam, por exemplo, de "cérebro doentio". Quando o vereador puxou o revólver, eu me senti justificado, teatral e humanamente. Eu estava no palco, representando (embora sabendo que sou o pior ator do mundo, quis me unir à sorte de uma peça que eu sabia polêmica). Eu me lembro de que, a propósito de *Perdoa-me por me traíres*, o Dr. Alceu Amoroso Lima escreveu: — "Uma peça cuja abjeção começa pelo título."

12 Quando li isso no Dr. Alceu, fui possuído por uma certeza feroz: — "Estou certo." Certo, moral, social, dramaticamente certo. E mais certo ainda como cristão. O Tristão, que anda escasso de Jesus, indigente de Cristo, disse isso. Eu me lembrei de meu pai, que, na sua justiça muito mais lúcida e mais compassiva, escrevia: — "Quantas mulheres existem sem o direito de se conservarem fiéis?"

13 Mas dizia eu que devo muito aos inimigos e muito pouco, ou quase nada, aos admiradores. Os meus admiradores quase me perderam. Quando escrevi *Álbum de família*, Manuel Bandeira declarou, em entrevista a O *Globo*, entre outras coisas, que eu era, "de longe, o maior poeta dramático que já apareceu em nossa literatura". É, como se vê, um elogio de ardente seriedade. E quem o assina é um dos maiores poetas da língua.

14 Mas não sei se, hoje, Manuel Bandeira diria o mesmo. Há anos e anos que deixei de merecer o seu louvor. E é maravilhoso que assim seja. Os admiradores, inclusive o poeta, quase provocaram a minha morte artística. Eis a amarga verdade: — durante algum tempo, eu só escrevia para o Bandeira, o Drummond, o Pompeu, o Santa Rosa, o Prudente, o Tristão, o Gilberto Freyre, o Schmidt. Não fazia uma linha sem pensar neles. Eu, a minha obra, o meu sofrimento, a minha visão do amor e da morte. Tudo, tudo passou para um plano secundário ou nulo. Só os admiradores existiam. Só me interessava o elogio; e o elogio era o tóxico, o vício muito doce e muito vil. Pouco a pouco, os que me admiravam se tornaram meus irresistíveis co-autores. E, quando percebi o perigo, o aviltamento, comecei a destruir, com feroz humildade, todas as admirações do meu caminho.

14/4/1967*

* Crônica publicada na edição de *O Reacionário* de 1977 com o título de "O vício doce e vil".

Capítulo 43

1 Já falei do cantor de tango que foi parar no Sanatorinho. Era, em Santos, uma espécie de Gardel ou, mais modernamente, de Hugo del Carril. E cantava por esmolas, como um cego. Anos depois, vim a conhecer os falsos cegos da vida literária. Eles faziam o seu romance, o seu poema, o seu conto, a sua peça. Em seguida, corriam o pires, recolhendo e embolsando os elogios.

2 Por exemplo: o doce e formidável Jorge de Lima. Era um cego, meu Deus, docemente cego, como um que toca acordeão, na Rua do Ouvidor. Outro dia, fui ver o Zé Luís, no Banco Nacional de Minas Gerais. O ceguinho tocava, na sanfona, a *La cumparsita*. E Jorge de Lima era exatamente assim. Quando saiu *Invenção de Orfeu*, ele andava de pires, esperando que cada qual pingasse o seu ditirambo.

3 A meu ver, ele era, e é, o maior poeta brasileiro. E, no entanto, comportou-se na vida literária como o ceguinho da Rua do Ouvidor ou o falso cego do Sanatorinho. Quando percebi que ele estava de pires na mão, fiz-lhe os elogios mais alucinados. Lembro-me de que, certa vez, respondendo a uma enquete de Paulinho Mendes Campos, disse: — "Depois de *Invenção de Orfeu*, o Brasil está cheio de ex-grandes poetas." E Jorge de Lima retribuiu logo, crispado de gratidão. Mandou-me um livro e me chamou, na impulsiva dedicatória, de "o grande" Nelson Rodrigues.

4 Eis o que eu queria dizer: — eu também andei de chapéu, ou de pires na mão, pedindo pelo amor de Deus que me elogiassem. Se me perguntarem se eu fiz os papéis mais humilhantes, eu direi que fiz, sim, os papéis mais humilhantes. Tudo o que eu escrevia saía mostrando, de porta em porta. Eu me lembro de minha primeira peça, *A mulher sem pecado*. Minha intenção inicial, e estritamente mercenária, era fazer uma chanchada e, repito, uma cínica e corajosa chanchada caça-níqueis.

5 Todavia, no meio do primeiro ato, começou a minha ambição literária. E o curioso é que, até então, eu me sentia romancista e não teatrólogo. Era a história de um paralítico que, nos seus delírios eróticos, induzia a mulher ao adultério. No fim, apelei para uma solução dramática que não estava nos meus cálculos: — o paralítico não era paralítico. Simplesmente, testava a fidelidade da mulher. E quando, finalmente, ergue-se da cadeira de rodas, era tarde, tarde demais. A mulher fugira com o chofer.

6 Com o texto debaixo do braço, eu pensei menos nos direitos autorais. Pouco importava que o meu texto fosse ou não remunerado. Eu queria o elogio, não simplesmente falado, cochichado. Queria o elogio impresso. Certa vez, eu vira o Marques Rebelo entrar no *Globo* com o volume de *Três caminhos*. Ofereceu não sei a quem e lá deixou um retrato. Eu também queria ver a minha cara no jornal.

7 Eu me vejo entregando o original a Henrique Pongetti ali no Palácio Tiradentes. Dois dias depois, voltei. Ia desesperado. Pensava: — "Pongetti não vai gostar. Vai achar uma porcaria." Eu me imagino trêmulo (e abjeto) de humildade. Pongetti me devolveu a cópia, dizendo: — "É uma peça universal." Essa opinião, sucinta, taxativa, inapelável, me assombrou. Senti as faces em fogo como um esbofeteado. Minha úlcera crispou-se como uma víbora (ou por outra: — eu ainda não tinha úlcera). Saí de lá borracho, como se dizia nos velhos tangos. Desci a Rua São José e me sentia um Ibsen.

8 Eu era, então, cronista esportivo. E me humilhava, e me ofendia estar escrevendo sobre futebol. Saíram vários retratos meus, mas ao lado de nadadores, de jogadores e do Homem Peixe. Sodré Viana me dizia: — "Você tem que deixar o esporte, rapaz." Uma tarde, levei o Roberto Marinho para a sacada e pedi-lhe para ser crítico literário de O *Globo*. Ele achou, no meu pedido, uma graça compassiva. E eu continuei fazendo futebol.

9 Minto. Já trabalhava, então, no *Globo Juvenil*. Era uma revista de história em quadrinhos, que estava fazendo um impressionante sucesso. E eu me sentia mais seguro de mim mesmo, porque escrevera uma peça e porque saíra do futebol. O problema agora era a representação. Foi meu irmão Mário quem me disse: — "O Vargas Netto manda no Abadie." Abadie era diretor do Serviço Nacional de Teatro, que subvencionava uma companhia oficial: — a Comédia Brasileira.

10 Corri ao Vargas Netto. Ele não conhecia nem o autor, nem a peça. Mas gostava do Mário e escreveu ao Abadie com uma larga e cálida efusão. Entregou-me a carta e dizia: — "Fui eu que dei o emprego ao Abadie." Estávamos em pleno Estado Novo. Ao nome de Vargas abriam-se as paredes, assanhavam-se as cadeiras. Pobre Abadie. Sem ler uma vírgula de *A mulher sem pecado*, incluiu-a no repertório e ainda atuou na estréia. O êxito fulminante deu-me uma dispnéia: eu arquejava, ouvindo o diretor do SNT.

11 E, então, comecei a apelar para as minhas relações jornalísticas. Agredia os conhecidos no meio da rua: — "Escreve, escreve." Esse impudor voraz irritava alguns. Um redator do *Correio da Noite*, que então circulava, reagiu: — "Não te conheço!" E quando saía uma notícia, eu ia, pela redação de *O Globo*, mostrando de mesa em mesa. No ensaio geral de *A mulher sem pecado*, eu pensava muito em Gilberto Amado.

12 Por que em Gilberto Amado, se ele não tinha nenhuma relação com o teatro? Eu explico: — aos doze anos de idade, eu lia de José do Telhado a Dumas pai, de Xavier de Montepin a Zola. E, um dia, apanhei *A chave de Salomão*. Na terceira, quarta página, descobri esta imagem: — "O Pão de Açúcar tinha qualquer coisa de humoristicamente nu dentro da luz." Reli, atônito de beleza. E aquilo não me saía dos ouvidos. O Pão de Açúcar, humoristicamente nu, e dentro da luz, foi meu espanto e meu deslumbramento.

13 Mais adiante, outra imagem: — "A luz tremia como uma pétala sensível." E voltei à pedra colossal e à sua nudez humorística. Repeti, a meia voz, fascinado pelo som: — "O Pão de Açúcar." Posso dizer que a frase de Gilberto Amado, lida aos doze anos, foi o afrodisíaco auditivo que me potencializou para a vida literária. Ali, eu quis ser escritor, bom, péssimo, medíocre ou formidável, mas escritor.

14 Eu me lembro do grande dia. *A mulher sem pecado* ia estrear. Lembrome de que, às seis, seis e pouco da tarde, eu fiquei um momento, só, na platéia. Os artistas estavam no camarim comendo sanduíches. No palco, o *décor* feito. E, então, baixou a mim o medo. Eu senti que só é sagrado o teatro de cadeiras vazias. *A mulher sem pecado* era ainda uma leve, ágil, diáfana pirueta. O grande salto mortal seria *Vestido de noiva*.

15/4/1967

Capítulo 44

1 Nós sabemos que o sujeito mais livre do mundo é o leitor. Nada interfere no pudor, na exclusividade e na inocência de sua relação com a obra de arte. Está *só*, espantosamente *só*, com o soneto, o romance ou com o drama. Já o espectador é o mais comprometido, o mais impuro e, por outra, o menos inteligente dos seres.

2 Eu percebi isso, de repente, na estréia de *A mulher sem pecado*. Não foi um texto que me fez autor; nem a representação, nem o *décor*. Eu não era ainda autor no ensaio geral. Foi preciso que, de repente, o público invadisse o teatro. Lembro-me de uma senhora gorda, de chapéu, e que entrou — comendo pipocas. Naquele momento, eu descobri uma verdade jamais suspeitada: — o teatro é a menos criada das artes, a mais incriada das artes.

3 Gide tinha horror do teatro, porque este é a síntese de todas as artes. Nem isso. O teatro não chega a ser arte. E a senhora gorda, devoradora de pipocas, tinha um prodigioso valor simbólico. Afinal, eu escrevera para ela e pensando nela; e não só eu. Dos gregos a Shakespeare, de Ibsen a O'Neill, todos escrevem para a senhora gorda. Portanto, eu diria, ainda hoje, que ela é co-autora de cada texto dramático.

4 Um Shakespeare é apenas co-autor de si mesmo; o outro co-autor é cada sujeito da platéia. Seria válido o público, se tivesse uma função estritamente pagante; ou, mesmo sem pagar, se fosse passivo e grave como uma cadeira. Mas o público pensa, sente, influi, aplaude e vaia. O autor não tem nada a *ver* com o sucesso. Quem o faz é o público.

5 Mas dizia eu que o espectador jamais consegue ser inteligente. Está inserido na multidão: é um contra os demais. Essa inferioridade numérica esmaga um gênio. Como se pode ser lúcido se, ao lado, está a tal senhora gorda comendo pipocas? Nada mais obsessivo do que o *movimento* de suas mandíbulas. Eu tive essa experiência na primeira noite de *A mulher sem pecado*. Estava perdido no meio de umas quinhentas pessoas.

6 Durante duas horas e meia de representação, nunca se tossiu tanto. Até hoje, não sei se a tosse geral existiu mesmo ou se foi uma alucinação auditiva do autor. Deu-me a vontade pueril absurda de pedir: — "Não tussam, não tussam!" De resto, eu vinha do Sanatorinho. Lá, aprendera que só há uma tosse admissível: — a nossa.

7 De repente, começo a pensar: — "Estou chato! Estou chato!" Essa constatação me devastou. No palco, o paralítico berrava: — "A fidelidade devia ser facultativa." Achava eu que tal frase devia ser um impacto. Mas a platéia não teve uma reação, nada. Novo surto de tosse. Eu me afundei na cadeira, desvairado.

8 No meio do segundo ato, estava mais do que nunca convencido de que é o público que faz do teatro uma arte bastarda, uma falsa arte. Comecei a imaginar uma representação utópica, ideal, para cadeiras vazias. Só seria autor, ou atriz, ou ator aquele que estivesse disposto a trabalhar para ninguém. A peça aproximava-se do fim e eu devaneava, furiosamente. Comecei a achar que também as igrejas vazias são as mais belas. O que comprometia e debilitava a fé eram os fiéis. E, de repente, o paralítico pula da cadeira de rodas.

9 A surpresa geral deu-me uma satisfação maligna. Houve, no teatro, um momento sem tosse. Alcei a fronte. E o que me humilhou é que ninguém, por perto, viu em mim o autor. Imbecis, imbecis. Agora estava com medo. Convidara parentes, vizinhos, conhecidos. E se não me chamassem à cena? Em outras peças, inclusive chanchadas, três ou quatro sujeitos punham-se de pé, aplaudindo e berrando: — "À cena, o autor! À cena, o autor!" E quem me aplaudiria de pé? Quem me chamaria, quem?

10 Baixou o pano e subiu. Realmente, não apareceu vivalma chamando o autor. Na saída, um vizinho veio me abraçar. Disse: — "Gostei." Sorri, pálido. Pouco depois, estou numa leiteria próxima, com a família, tomando média. Comendo pão com manteiga, eu pensava: — "O teatro não existe. O que existe é a platéia." E, depois, enxugando a boca com o guardanapo de papel, concluía: — "O teatro já morreu."

11 (Uns vinte anos depois, tenho uma conversa com o Vianinha, ou, por extenso, Oduvaldo Vianna Filho. O colega tomava cerveja e eu, água da bica. E o Vianinha, depois de lamber a espuma dos bigodes imaginários, dizia-me, com uma convicção forte: — "Teatro é platéia." Deixei passar um momento e perguntei, com a minha timidez de velho: — "Você tem certeza, Vianinha, que teatro é platéia?" Primeiro, o Vianinha fala com o garçom: — "Traz outra." Em seguida, vira-se para mim e confirma que teatro é, sim, duzentas senhoras gordas comendo pipocas, com um pavoroso trabalho de mandíbulas.)

12 Ao voltar para casa, de bonde, eu já pensava em *Vestido de noiva*. Mais dois ou três dias e tinha tudo na cabeça. Ressentido com o público, estava disposto a agredi-lo. A dúvida era o título. Véu de noiva? Ou vestido? Preferi "vestido", porque queria um título sem nenhum ornato. E comecei a escrever a peça. Eu trabalhava, como já disse, no *Globo Juvenil*. Foi lá que, uma tarde, bati à máquina a primeira tira de *Vestido de noiva* (tudo em espaço um). E, súbito, vem o secretário da revista, Djalma Sampaio, espiar por cima do meu ombro. Viu que era um texto teatral e pulou: "Fazendo teatro aqui? Aqui?"

13 Passei a trabalhar em casa. Eu imaginara, para *Vestido de noiva*, o processo de ações simultâneas, em tempos diferentes. Uma mulher morta assistia ao próprio velório e dizia do próprio cadáver: — "Gente morta como fica." Morrera, assassinada, em 1905, e contracenava com uma noiva de 1943. Eu acreditava no êxito intelectual, mas acreditava ainda mais no fracasso de bilheteria.

14 "O público não vai entender nada", era o que eu pensava, numa euforia cruel. Como da vez anterior, saí, de porta em porta, com o original debaixo do braço. Escrevera *Vestido de noiva* com uma seriedade desesperada, suicida. Mas sonhava com o elogio supremo. O primeiro a ler foi Manuel Bandeira. Dois dias depois, telefonei: — "Leu?" Ele ia respondendo: — "Li. Achei muito mais interessante do que *A mulher sem pecado*." Disse ainda: "O que me agrada é que não tem nenhuma literatice." Atraquei-me ao telefone: — "Você escreve? Escreve?" E, ao mesmo tempo, eu sentia asco do meu próprio apelo.

16/4/1967*

* Crônica publicada na edição de *O Reacionário* de 1977 com o título de "A arte das senhoras gordas".

Capítulo 45

1 Ainda ouço a minha voz e, sobretudo, o tom insuportável, a humildade transida e infeliz: — "Você escreve? Escreve?" E se Manuel Bandeira respondesse como o outro: — "Nem te conheço. E não escrevo sob pressão." Imaginei O poeta batendo com o telefone. Mas ele foi amigo, solidário, quase terno. Primeiro, suspirou: — "Caso sério, caso sério." E foi acrescentando: — "Ainda bem que você tem talento. A gente pode escrever sobre você." Eu disse, trêmulo de gratidão: — "Muito obrigado, ouviu? E um grande abraço."

2 Saí do telefone varado de luz. Com o lançamento de *A mulher sem pecado*, fora marcado por duas crônicas: — uma de Álvaro Lins, em *Diretrizes*, outra de Santa Rosa, no *Diário Carioca*. Ambas altamente elogiosas. Mas era pouco para minha fome. Eu ainda me sentia fora, marginal da vida literária. Lúcio Cardoso, que fora meu vizinho e era meu amigo de infância, merecera todo um rodapé de Álvaro Lins no *Correio da Manhã*.

3 Doeu-me que Álvaro Lins escrevesse sobre mim em *Diretrizes* e não no *Correio da Manhã*. Antes isso do que nada, claro. Mas era óbvio que o crítico não valorizara, não dramatizara minha estréia. "Um rodapé, todo o rodapé de Álvaro Lins", eis a utopia que comecei a cultivar na minha angústia. Entre *A mulher sem pecado* e *Vestido de noiva*, vivi todo um período de frustração e ressentimento.

4 Qualquer êxito literário me agredia e me humilhava. Não perdia um rodapé de Álvaro Lins. De véspera, eu me perguntava: — "Vai escrever sobre quem?" Se elogiava, havia em mim todo um surto de inveja. Inveja mesmo, sem nenhum disfarce, nenhum pudor. Eu não aprendera ainda a posar para mim mesmo, a retocar ou a idealizar meus sentimentos.

5 Entre as duas estréias, de *A mulher sem pecado* e *Vestido de noiva*, escrevi, certa vez, uma croniqueta que marcou a minha vida. Era Edmundo Lys que tomava conta da coluna de rádio de *O Globo*. Coincidiu que Joracy Camargo escrevesse e lançasse, com grande *élan* promocional, uma novela radiofônica. Eu odiava Joracy Camargo.

6 Claro que era um sentimento, ou ressentimento, de origem estritamente literária. Joracy escrevera *Deus lhe pague*, que eu não vira, nem lera; e eu não perdoava o sucesso tremendo. *Deus lhe pague* era uma espécie de *Dama das camélias* do teatro brasileiro. Onde quer que a levassem, no Municipal ou no Circo Dudu, as pessoas aplaudiam de pé e só faltavam pedir bis como na ópera.

7 Eu desculparia, talvez, a bilheteria prodigiosa. E, com efeito, *Deus lhe pague* era representado, sempre, para casas lotadas. Mas vá lá. O que me ofendia, me desfeiteava, era a consagração intelectual. Não me esquecia de um almoço de literatos ao autor. E, lá, Gilberto Amado teria dito que *Deus lhe pague* era "a única peça universal do teatro brasileiro". Esse elogio causou-me um intolerável dano físico.

8 A novela caía do céu. E cometi, então, sem a menor dúvida, uma pequena vileza. Confesso que o elogio de Gilberto Amado, mais que o sucesso de *Deus lhe pague*, serviu-me de maligno afrodisíaco. E saiu uma nota extremamente eficaz na sua perversidade inexcedível. Ao redigi-la, eu tinha um ressentimento de Raskolnikov.

9 Pergunto: — assinei a torpeza? Não. A minha assinatura teria sido, sim, uma atenuante. Mas usei um pseudônimo. Para todos os efeitos, era um vago leitor, um Zezinho dos Anzóis Carapuça. Fui falar com Edmundo Lys e o convenci a publicar aquela miséria. Quando a croniqueta saiu foi um espanto, um escândalo na redação. No dia seguinte, apareceu lá o Vadeco, o genro da vítima. Vinha falar com Edmundo Lys, com Roberto Marinho. Estava arrasado.

10 Ninguém entendeu a gratuidade da agressão. Mas Joracy Camargo não foi o único. Contra o autor de *Deus lhe pague*, escrevi; e, contra os outros, falava nas esquinas, nos cafés e nas redações. Eu não admitia um nome do teatro brasileiro, fosse do passado, fosse do presente. Lembro-me de que Renato Viana era outro. Tinha uns restos de prestígio intelectual; uma meia dúzia de fiéis ainda o adulava. Certa vez, disse-me o Schmidt: — "Ninguém consegue ser nada no Brasil se não acreditou, um dia, em Renato Viana."

11 Todas as manhãs, eu saía de casa, furioso, como se fosse destruir o teatro brasileiro e os grandes nomes literários. Não deixava em pé um único autor dramático: — Raymundo Magalhães Júnior era uma besta; Joracy Camargo, outra; Roberto Gomes, já morto, uma terceira besta. E assim os outros, todos os outros.

12 E só respeitava os que tinham gostado ou de *A mulher sem pecado* ou de *Vestido de noiva* ou de ambas. Bandeira era o maior poeta brasileiro, porque admirava as minhas duas peças; outro "maior poeta brasileiro" era Carlos Drummond de Andrade, que me dizia: — "*Vestido de noiva* é mais complexo do que *A mulher sem pecado*." Ou o sujeito gostava do meu teatro ou era uma besta, um cretino.

13 Naquele tempo, *A Manhã* anunciava, de véspera, o artigo assinado do dia seguinte. Estou me lembrando do telefonema do irmão Augusto: — "O Manuel Bandeira vai escrever amanhã sobre *Vestido de noiva*." Saí do telefone, desatinado, para o jornaleiro. Na primeira página de *A Manhã*, vinha anunciado "Amanhã: — *Vestido de noiva*, de Manuel Bandeira." Branco ou vermelho, não sei, o coração em arrancos, eu vivia um dos maiores momentos da minha vida.

14 Parecia pouco, mas era muito, era demais. Comecei a me sentir, fisicamente, com febre. E não dormi, nessa noite, não dormi. E o pior, ou melhor, é que se tratava de uma frase, de uma referência. Não. Manuel Bandeira escrevia todo um artigo sobre mim, sobre a minha peça. No dia seguinte, antes do padeiro, antes do leiteiro, comprei o jornal. Lá estava o artigo, grande, sobre *Vestido de noiva*. Perto do jornaleiro, em cima do meio-fio, li o artigo. Não encontrei uma restrição. O "maior poeta brasileiro" — e mais do que nunca "o maior poeta brasileiro" — fazia um elogio total. Ofegante, vim caminhando. E sentia que Manuel Bandeira estava abrindo para mim as portas, as paredes, os muros da vida literária.

18/4/1967

Capítulo 46

1 No primeiro momento, a glória é casta. Desde garotinho, a minha vida fora a desesperada busca da mulher primeira, única e última. No período da fome, o amor passara a um plano secundário ou nulo. Mas a glória é ainda mais obsessiva, mais devoradora do que a fome. Eis o que eu queria dizer: — com o artigo de Manuel Bandeira, só eu existia para mim mesmo. Tudo o mais era paisagem.

2 Saí, mostrando a opinião de Manuel Bandeira. Todo O *Globo* a leu. Antes, mostrara em casa, à minha mãe, meus irmãos. A encenação de *A mulher sem pecado* não bastara. E *Vestido de noiva*, ainda inédita, era a glória fulminante e jamais sonhada (se Álvaro Lins tivesse publicado o seu artigo no *Correio da Manhã*, e não em *Diretrizes*, eu tremeria de igual deslumbramento).

3 Sim, ainda me lembro do primeiro dia do artigo de Manuel Bandeira. Depois do trabalho, fui para casa. Tranquei-me no quarto como se fosse praticar um ato solitário e obsceno. Comecei a reler o poeta. Primeiro, repassei todo o artigo, da primeira à última linha. Depois, reli certos trechos. O final dizia assim: — "*Vestido de noiva*, em outro país, consagraria um autor. No Brasil, consagrará o público." Antes de mais nada, o poeta influiu na minha auto-estima.*

* Crônica publicada na edição de *A cabra vadia* (1970), com o título de "Os meninos", e na edição de *O Reacionário* (1977), com o título de "E disse a noiva: — As mulheres só deviam amar meninos de 17 anos". Em ambas as republicações da crônica foram inseridos dois parágrafos nos quais Nelson lembra de reler a cópia datilografada da peça, sua "primeira tragédia carioca": "Quis ler certos momentos do texto. No segundo ato diz Madame Clessy: — 'As mulheres só deviam amar meninos de 17 anos.' Ainda no primeiro ato, Alaíde sonha: — 'Tão fácil matar um marido.' É ainda de Madame Clessy esta fala: — 'Eu acho bonito duas irmãs amando o mesmo homem. Não sei, mas acho.'" E Nelson continuava: "Quando o bonde passou pelo antigo Jardim Zoológico, eu relembrava outras frases e imagens de *Vestido de noiva*. No velório de Madame Clessy, Alaíde suspira: — 'Enterro de anjo é mais bonito do que de gente grande.' Quando o bonde passou pelo Ponto 100 Réis, eu imaginava *Vestido de noiva* representada na Broadway, depois filmada em Hollywood. Se Norma Shearer não estivesse tão velha, faria uma Alaíde inesquecível.

4 Se eu morresse naqueles dias, alguém poderia gravar no meu túmulo: — "Aqui jaz Nelson Rodrigues, assassinado por um artigo de Manuel Bandeira."* No dia seguinte, saí de casa, com o recorte do poeta no bolso. E ninguém poderia imaginar que eu estava prodigiosamente embriagado de mim mesmo. Eu, eu, eu, eu. Se a mulher amada me aparecesse, não a reconheceria; e, se a reconhecesse, passaria adiante.

5 Agora era tratar da encenação. Corri à Dulcina e, depois, a Jayme Costa; outro: — Odilon Azevedo. Dulcina não quis; nem Odilon, nem Jayme Costa. Alguém, irritado com a estrutura da peça, esbravejou: — "Perca essa mania de ser gênio incompreendido." Já Abadie Faria Rosa foi mais generoso. Ou porque o autor fosse amigo de um Vargas, ou porque, realmente, gostasse da tragédia, disse: — "Muito interessante, muito interessante."

6 Quanto a Pongetti, o descobridor de *A mulher sem pecado*, abominou *Vestido de noiva*. Via, no meu texto, o puro e desvairado caos. Ninguém podia pôr de pé semelhante espetáculo. Fui ao Schmidt. Este não lia nada, ou por outra: — passava a vista numa frase aqui, outra frase ali, e pronto. Mas era de uma leviandade fascinante. Vira o artigo de Manuel Bandeira, falou-me em Proust, achou a peça proustiana. Comecei: "Schmidt, é o seguinte: — eu estou fazendo um teatro difícil. Sabe como é: — preciso de apoio. Você podia escrever um negócio sobre *Vestido de noiva*."

7 Excelente Schmidt! Escreveu-me uma carta, na qual me chamava de "inovador e renovador". E mais adiante: — "*Vestido de noiva* é mais que uma peça: — é um processo e uma revolução." José César Borba escreveu, no suplemento literário de O *Jornal*, um fremente artigo. E cada elogio que pingava no meu pires estendido me pagava de velhas e santas frustrações. Minha vida era um território só ocupado por mim mesmo.

---

* Neste trecho, foi incluído: "Não sei se me entendem. Mas o artigo do poeta passava a ser mais importante e vital do que *Vestido de noiva*."

8 E, de repente, eu me encontro com Os Comediantes, o grupo de Brutus Pedreira e Santa Rosa. *Vestido de noiva* estava comprometido com a Comédia Brasileira do Abadie. Mas Brutus Pedreira leu a tragédia e me procurou: — "Te pago dois contos e você dá a peça aos Comediantes." Dois contos eram, na época, uma dessas quantias utópicas, estarrecedoras. Todavia, um escrúpulo me travou: — "Preciso falar antes com o Abadie." Para Brutus, Abadie era um cretino e o próprio teatro brasileiro, uma massa de imbecis de ambos os sexos.

9 Quando eu ia ao Serviço Nacional de Teatro, Abadie punha em mim um olho enorme de terror. O que via ele, por trás de mim, era a onipotência dos Vargas. Mas, quando pedi para tirar a peça da Comédia Brasileira, o bom velho, transido de alegria, balbuciou: — "Nelson, por mim, não há dúvida. Eu faço o que você quiser." Só então percebi que *Vestido de noiva* era a sua abominação secretíssima. E, assim, o texto foi salvo (a Comédia Brasileira seria a perdição da minha peça).

10 Dois dias depois, conheci Ziembinski, o diretor polonês. Viera para o Brasil fugido da guerra. E era um outro Ziembinski, quase louco. O público o vê, hoje, fazendo o velho mágico da novela da TV Globo. Mas, em 1943, era um ensaiador em furioso estado de graça. Quantas vezes o vi, nos botecos, berrando, na sua ferocidade jucunda: — "Jouvet é uma besta."

11 Quanto ao teatro brasileiro, Ziembinski não deixava um nome de pé. Derrubava tudo e ainda sapateava em cima dos cacos. Percebeu, instantaneamente, o potencial plástico de *Vestido de noiva*. Ele sonhava com um grande espetáculo; e a minha tragédia deu-lhe espaço para soltar todas as suas fantasias cênicas. Durante os seis, oito meses de trabalho, Ziembinski ardeu em mil e uma danações.

12 (Ah, foi uma luta arrancar os dois contos de Carlos Perry, então tesoureiro dos Comediantes. Por vício da função, ele chorava cada vintém. Sua posição era o seguinte: — eu devia dar o texto de graça. Os Comediantes eram amadores etc. etc. Mas Brutus e Santa Rosa queriam me pagar; e o primeiro havia empenhado sua palavra. Perry, embora furioso, acabou dando o dinheiro.)

13 Ninguém entendia como eu, sem nenhuma obra anterior, e num país sem tradição dramática — pudesse ousar a experiência formal de *Vestido de noiva*. Queriam saber quais os meus autores preferidos. Eu falava por alto: — "Gosto dos gregos." Lembro-me de que alguém me perguntou: — "Você lê muito Shakespeare?" Bocejei e fiz um gesto de quem leu todo Shakespeare. Se me falavam dos modernos, eu respondia: — "Gosto" ou "Gostei". Certa vez, pediram a minha opinião sobre Giraudoux. Disse: "Perfumaria."

14 Minha experiência teatral começou a criar deveres penosos. Vinha uma companhia francesa e eu precisava ser visto no Municipal. Nos intervalos, era interrogado por um, por outro: — "Estás gostando?" Olhava para outro lado: "Mais ou menos." Um dia, sentou-se ao meu lado uma velha de nariz adunco. Era outra companhia francesa. Começa a representação e a velha me pergunta: — "O que ele disse?" Vacilo: — "Não ouvi direito." Daí a pouco, nova pergunta: — "E agora? O que é que ele disse?" Desesperado, reajo: — "A senhora não sabe francês?" Retruca: — "E o senhor, sabe?" Apelei para o desaforo: — "Não é da sua conta." A velha desinteressou-se do palco. Não tirava o olho de mim. Por fim, aderna para o meu lado e sussurra: — "Analfabeto."

15 Isso foi em 1943, princípio do ano. Vinte e quatro anos depois, o meu amigo Luís Eduardo Borgerth me pergunta: — "Você lê francês, não lê?" Respondi, num escândalo risonho: "Mas claro." E, ao mesmo tempo, pensava na velha do Municipal. No dia seguinte, Borgerth ofereceu-me, num maravilhoso volume branco, a obra completa de Camus. Agradeci e não tive coragem de confessar que não sei francês, não falo, não leio francês. Lá está o presente do caro Luís Eduardo na minha estante. Não será jamais lido por mim.

19/4/1967

Capítulo 47

1 O ensaio geral de *Vestido de noiva* foi o próprio inferno. Ziembinski tinha, então, uma resistência quase infinita. Os intérpretes sabiam o texto, as inflexões e cada movimento. Durante oito meses; à tarde e à noite, a peça fora repisada até o extremo limite da saturação. Mas faltava ainda a luz.

2 Não posso falar da luz sem lhe acrescentar um ponto de exclamação. E, com efeito, o velho teatro não era iluminado artisticamente. Havia, no palco, uma lâmpada de sala de visitas, e só. E a luz fixa, imutável — e burríssima — nada tinha a ver com o texto e com os sonhos da carne e da alma. Ziembinski era o primeiro a iluminar poética e dramaticamente uma peça.

3 Bem me lembro de Alaíde, quando apareceu, pela primeira vez, de noiva. Ficamos atônitos com a beleza. Dentro da luz, era um maravilhoso e diáfano pavão branco. Ziembinski exigira dez ensaios gerais. Era pedir demais ao nosso Municipal. Os dez foram reduzidos a três. Por três dias e por três noites, o bárbaro polonês esganiçou-se no palco.

4 Ninguém faz uma idéia da paciência e martírio do elenco. A 27 de dezembro de 1943 e, portanto, véspera da estréia, atrizes e atores tinham, em cada olho, um halo negro. Alguém que, de repente, entrasse ali havia de imaginar que os intérpretes levavam olheiras de rolha queimada. Ziembinski tinha a obsessão da luz exata.*

---

* Crônica publicada na edição de *A cabra vadia* (1970), com o título de "Estréia", e na edição de *O Reacionário* (1977), com o título de "Pessoas, mesas e cadeiras boiavam no caos". Em ambas as republicações, a modificação mais importante feita por Nelson foi a inserção que fez no início quarto parágrafo: "Sem sair jamais do teatro, Ziembinski não comia. Ou por outra: — seu almoço, ou jantar, eram dois ovos quentes, num copo. Tomava aquilo; e, por vezes, a gema escorria-lhe da boca como baba amarela."

5 Meia-noite e todos presentes. Eu me lembro de um figurante que, de repente, começou a chorar. Perguntaram: — "Que é isso? Não faça isso." E ele, num gemido maior: — "Estou cansado! Estou cansado!" De fato, a exaustão enfurecia e desumanizava os presentes. Os intérpretes passaram a se detestar uns aos outros.

6 E, por fim, às cinco da manhã, houve entre Ziembinski e Carlos Perry um bate-boca quase homicida. Não lembro qual foi o motivo, nem sei se houve motivo. Já amanhecendo, o simples cansaço enlouquecia autor, diretor, artistas, contra-regra, eletricistas. E Ziembinski e Carlos Perry andaram por um fio. Quando subi ao palco, estava certo de que não ia haver estréia, não ia haver nada.

7 Vejo Ziembinski saindo do teatro e jurando que não voltaria para o espetáculo. Fui para casa, desatinado. Já me parecia que Pongetti tinha razão: — *Vestido de noiva* ia se perder no puro e irresponsável caos. A caminho de casa, uma súbita certeza instalou-se em mim: "*Vestido de noiva* vai ser vaiada!" A peça estava dividida em três planos: — em cima, realidade; embaixo, memória e alucinação.

8 O meu processo — de ações simultâneas, em tempos diferentes — não tinha função no Brasil. O nosso teatro era ainda Leopoldo Froes. Sim, ainda usava o colete, as polainas e o sotaque lisboeta do velho ator. E ninguém perdoaria a desfaçatez de uma tragédia sem "linguagem nobre". Ao entrar em casa, eu não acreditava mais em mim mesmo. E me perguntava: "Como é que fui meter gíria numa tragédia?"

9 Dormi pouco. Depois do almoço, corri para a cidade. Mas era um ex-Narciso, que tinha agora horror da própria imagem. Eis o que eu pensava: — "Foi por isso que o Álvaro Lins escreveu em *Diretrizes* e não no *Correio da Manhã*." Baixou em mim a certeza de que jamais teria o rodapé de Álvaro Lins. *Deus lhe pague* já ia para três mil representações.

10 Quanto a Ziembinski e Carlos Perry, fui encontrá-los mais unidos, mais solidários do que nunca. Ainda me vejo no Municipal, andando sozinho pelos corredores ainda vazios, mas já iluminados. O teatro ia abrir as portas às oito horas. E eu estava presente quando os porteiros, ainda com o uniforme do princípio do século, olharam o relógio. Por fim, um deles, de bigodões espectrais, abriu o primeiro portão. Ninguém para entrar.

11 Minto. Alguém vinha subindo, lentamente, a escadaria. Crispei-me ao reconhecê-lo, e numa emoção tão doce e tão funda. Era Manuel Bandeira. Vim para ele, transido de felicidade: — "Ah, Manuel! Grande figura, grande figura." No *hall*, conversando com o poeta, eu tiritava. Um súbito otimismo dava-me febre como a maleita. Voltei a acreditar num rodapé sobre mim, mas todo um rodapé. Sim, um rodapé com o mesmo título do artigo de Manuel Bandeira: — "Vestido de noiva."

12 O poeta foi comigo até a porta da caixa. Lá, apertou a mão de José Sanz, que, vestido de médico, faria uma ponta. Mas o público começava a entrar; despedia-me de Manuel Bandeira; ele ainda me perguntou: — "Animado?" Rangi os dentes de terror: — "Mais ou menos." E o poeta saiu para sentar-se na segunda fila (enxergava bem, mas ouvia mal.)

13 E começou a peça. Nove e meia, se bem me lembro. Fiquei eu no fundo de um camarote. Platéia, balcões nobres, frisas e camarotes lotados (Carlos Drummond viria no segundo dia; Schmidt, meses depois). Eu não via, nem queria ver nada. Estava desvairado de pusilanimidade. E o pior foi o silêncio do público durante todo o primeiro ato. Ninguém ria, ninguém tossia. E havia qualquer coisa de apavorante nessa presença numerosa e muda.

14 Termina o primeiro ato. Três palmas, se tanto, ou quatro ou cinco, no máximo. Gelado, imaginei que seriam aplausos das minhas irmãs, de meus irmãos. Continuei, no fundo do camarote, agarrado à cadeira. Repetia para mim mesmo: — "Fracasso, fracasso." Comecei a me lembrar do almoço que André Romero me pagara, num restaurante da Lapa. Era a época da fome. Bem que eu queria bifes com batatas fritas; qualquer brasileiro ama o bife com batatas fritas. Mas Romero, com a autoridade de quem paga, pediu fígado, com cebolada, para dois. E, na minha estréia de Municipal, eu me sentia aquele mesmo sujeito comendo numa casa de pasto abjeta.

15 Termina o segundo ato. Menos palmas. "Até minhas irmãs têm vergonha de aplaudir." Pongetti tinha razão. *Vestido de noiva* era o caos. A platéia estava furiosa com o caos. Até que baixa o pano sobre o terceiro ato. Silêncio. Ninguém bate palmas, nem minhas irmãs.

20/4/1967

Capítulo 48

1 Ainda silêncio. E, de repente, começaram palmas escassas e esparsas. Um aplaudia aqui, outro ali, um terceiro mais adiante. Atracado à minha cadeira, me sentia perdido, perdido. Mas comecei a sentir a progressão. Focos de palmas, em muitos pontos da platéia. E, súbito, todos acordaram do seu espanto. Ergueu-se o uivo unânime.

2 Os aplausos subiam até a cúpula e multiplicavam as cintilações do lustre. Era como se o grande Caruso tivesse acabado de soltar um dó-de-peito. Os artistas iam e voltavam; veio Ziembinski, arrastado; em mangas de camisa, com o suor do gênio pingando da fronte alta. E, súbito, uma voz (possivelmente de José César Borba) se esganiça: — "O autor, o autor!" Não foi só um grito. Muitos outros, inclusive mulheres, pediam, exigiam: — "O autor, o autor!"

3 Minha irmã Helena veio me puxar. Eu, que me esvaía em suor, gemi: — "Não, não!" E ela: — "Vem, vem!" Não podia, ali, explicar que eu entrara no teatro um pobre-diabo; e ainda não me sentia o autor glorioso. Helena, porém, crispada de vontade, arrancou-me da cadeira. Rindo, apareci na varanda do camarote.

4 Esperava eu, e esperavam minhas irmãs, que a platéia se voltasse para mim e todos gritassem: — "Ele! Ele!" Mas o que aconteceu foi muito parecido com um pesadelo humorístico e crudelíssimo. Estava o autor, em pé, pronto a receber a apoteose. E ninguém me olhava, ninguém. Era como se eu não existisse, simplesmente não existisse.

5 A platéia exigia o autor, mas virada para o palco. Senti como se fosse um puro espírito que vagava invisível, inaudível, por entre os vivos. Veio-me a vontade gritar: — "Sou eu! Sou eu!" E nada. Por todo um minuto sem fim, fui excluído da apoteose e me senti um marginal da própria glória. Recuei novamente para o fundo, dilacerado de vergonha e frustração.

6 Quando saí do camarote, o primeiro a me abraçar, radiante, foi Roberto Marinho. Em seguida, o maestro Piergile. Todos diziam: — "Formidável! Formidável!" Mas, fora Roberto e Piergile, ninguém mais viu em mim o autor. Uma senhora ia na minha frente; dizia uma das falas da peça: — "As mulheres só deviam amar meninos de dezessete anos."

7 Desço a escadaria e, embaixo, sou envolvido, abraçado, quase beijado. Vejo Álvaro Lins, José César Borba, e outros, e outros. Álvaro Lins puxou-me pelo braço: — "Vem cá, que eu quero te apresentar a Paulo Bittencourt." Lembro-me, exatamente, das palavras de Paulo: — "Sua peça é extremamente interessante." Alguém ciciou no meu ouvido: — "Genial!" Isso, dito baixinho, como se fosse uma obscenidade, deu-me vontade de chorar.

8 Fui para a caixa. Precisava abraçar Ziembinski, o elenco. Quando entrei, vi uma multidão. Ziembinski berrou: — "O autor! O autor!" Recebi uma tremenda ovação. Estava exausto, emocionalmente, as pernas bambas, a vista embaciada. Abraço, longa e desesperadamente, Ziembinski. Ah, o polaco dera ao que parecia o caos uma ordem translúcida e implacável. Depois de Ziembinski, saí abraçando os intérpretes, um por um: Evangelina Guinle Rocha Miranda, uma Alaíde inesquecível; Stella Perry, uma admirável Lúcia; e Carlos Perry, Graça Mello, Expedito Porto, Carlos Mello, Isaac Paschoal.

9 Da caixa do teatro até a porta dos fundos, não dei um passo sem esbarrar, sem tropeçar numa admiração patética. Uma senhora, enchapelada, me atropelou: — "Parece Pirandello." Quis saber se eu gostava de Pirandello e eu, que jamais o lera, assumi um ar de pirandelliano nato e hereditário. Passo a passo, ouvi a mesma pergunta: — "É sua primeira peça?" Só então percebi que *A mulher sem pecado* era solidamente ignorada. Naquela época, acontecia o seguinte: — qualquer peça de um nível mínimo, que não fosse débil mental, tinha de ser pirandelliana, a muque.

10 (Eis a verdade: — até a estréia de *Vestido de noiva*, eu não lera nada de teatro, nada. Ou por outra: — lera, certa vez, como já disse, *Maria Cachucha*, de Joracy Camargo. Sempre fui, desde garoto, um leitor voracíssimo de romance. Eu me considerava romancista e só o romance me fascinava. Não queria ler, nem ver teatro. Depois de *A mulher sem pecado* é que passei a usar a pose de quem conhece todos os autores dramáticos passados, presentes e futuros. Na verdade, sempre achei de um tédio sufocante qualquer texto teatral. Só depois de *Vestido de noiva* é que tratei de me iniciar em alguns dramaturgos obrigatórios, inclusive Shakespeare.)

11 Finalmente, desvencilhei-me dos admiradores e cheguei à rua. Estou andando pela calçada da Avenida, atravesso a Rua Almirante Barroso, caminho na direção da Galeria Cruzeiro. A glória era recente demais. Uma hora antes, eu não passava de um pobre rapaz que ganhava setecentos mil-réis no *Globo* (quinhentos na folha e duzentos por fora). E as coisas me pareciam de uma irrealidade atroz. Até a Avenida era irreal e os edifícios, os transeuntes, os carros, tudo irreal.

12 Perto, no próprio edifício do Liceu de Artes e Ofícios, quase ao lado de *O Globo*, havia uma casa que era, a um só tempo, leiteria e restaurante. Lá, serviam um prato chamado almoço Nevada, típico da classe média. Era um bife, que podia ser acompanhado de batatas fritas ou dois ovos estrelados; e mais: — manteiga, pão e pudim de sobremesa. Tudo ao preço compassivo, generoso, de doze mil-réis. Entrei na leiteria deserta, sentei-me num canto. Disse, sem olhar o menu: — "Traz um almoço Nevada, com batatas fritas."

13 O garçom trouxe o pão e a manteiga. Comecei a comer com sombrio *élan*. Tinha na imaginação o lustre do Municipal, ardendo em cintilações inumeráveis. Eis o que eu pensava: —"Agora o Álvaro Lins escreve o rodapé."

Manuel Bandeira fora o primeiro a entrar e o primeiro a sair. Álvaro Lins estava apaixonado por *Vestido de noiva*. (Anos depois, quando saiu em livro *Álbum de família*, o crítico do *Correio da Manhã* escreveu um rodapé contra. Minha reação foi odiosa. No meu ressentimento, escrevi textos ferozes, e os publiquei, com o nome de amigos meus. Eu nunca assinava, nunca assumia a responsabilidade. Minha vaidade tinha alguma coisa de suicida e de homicida. Simplesmente, queria destruir Álvaro Lins.)

14 Vinha o garçom. Pôs o prato na mesa. Digo-lhe: — "Traz mais pão, que eu pago por fora. Manteiga também, sim?" Eu continuava febril de sonho. Mas o prato estava diante de mim. O bife era a vida real.

21/4/1967

Capítulo 49

1 Passei a noite em claro. Fechava os olhos e via a cúpula incandescente do Municipal. Ouvia ainda o grito de José César Borba: — "O autor! O autor!" E me lembrava de que a apoteose começara no uivo da platéia. Eu morava, então, na Rua Joaquim Palhares, entre Paulo de Frontin e o Estácio. Era uma casa de avenida, que dava fundos para uma garagem. E, quando chovia forte, a água enchia a sala, o quarto, a cozinha. Tínhamos que trepar nas mesas, nas cadeiras; e víamos as caixas de sapatos boiando, boiando.

2 No dia seguinte, vim para a cidade, cedinho. Dei "bom-dia" aos vizinhos com uma desesperada euforia. Mas ninguém, na avenida, sabia de nada. E tive uma pena tardia de não ter convidado toda a vizinhança. Tomei, na esquina, o bonde: — Lapa-Praça da Bandeira. Veio o condutor e paguei. Era outro que não sabia. E as esquinas, as ruas, os outros bondes estavam cheios de sujeitos que também não sabiam.

3 Quarenta e oito horas depois, saíram as primeiras notas. Dizia o *Correio da Manhã*, num texto não-assinado de Álvaro Lins, que, com *Vestido de noiva*, pela primeira vez o teatro brasileiro entrava na literatura. Também no *Correio*, embaixo do artigo de fundo, Paulo Bittencourt escrevera um tópico em que celebrava minha estréia "como o nascimento do moderno teatro brasileiro".

4 E o pior é que a celebridade era, para mim, uma tensão permanente quase intolerável. Quando saiu o rodapé de Álvaro Lins (rodapé mais esperado do que um messias), eu o li em ânsias, numa dispnéia que me asfixiava. E quando José César Borba fez uma série sobre *Vestido de noiva*, também senti palpitações, falta de ar.

5 O tempo passava e a glória não era, na minha vida, um hábito, uma rotina, quase um tédio. Não. Eu me comovia com os elogios impressos, como se fosse a primeira vez, sempre a primeira vez. A verdade é que eu estava muito mais comprometido com as velhas renúncias, as antigas humilhações. O Sanatorinho ainda vivia em mim. De vez em quando, na Rua Joaquim Palhares, eu sonhava com uma tosse. Acordava e a tosse continuava. Ficava tenso, escutando. Mas ninguém tossia. Era uma alucinação auditiva.

6 (A minha angústia diante da fama não foi uma reação individual. O brasileiro não sabe ser glorioso. Aí está o nosso Guimarães Rosa. Ele inspira, nos suplementos literários, os mais veementes rapapés críticos. É chamado, no mínimo, de "o maior prosador do Brasil". Se não me engano, Sérgio Milliet jurou que o *Grande sertão* é o maior romance do século. Se fosse inglês, francês, alemão, o Guimarães Rosa estaria farto de promoção tamanha. Mas é brasileiro. Ainda outro dia eu o vi na rua, com o Otto Lara Resende. De cara empinada, as duas mãos cruzadas nas costas, ele é o Guimarães Rosa em fremente lua-de-mel com Guimarães Rosa. A gente tem vontade de pedir-lhe: — "Seja Guimarães Rosa com mais naturalidade.")

7 Todavia, continuei sofrendo. Meu nome estava em todos os jornais. Por essa época, o Getúlio, impressionado, perguntou ao então ministro Capanema: — "O que é que há com o teatro, que os jornais só falam em teatro?" Capanema respondeu: — "São os Comediantes e é *Vestido de noiva*." Mas eu andava na rua e ninguém me conhecia, ninguém me apontava. E aí estava a duplicidade alucinante: — eu era nominalmente célebre e fisicamente desconhecido. Minha cara não significava nada para ninguém.

8 Uma semana depois da estréia de *Vestido de noiva*, aconteceu um pequeno e assombroso episódio. Imaginem vocês que entrei na Rua Alcino Guanabara. Vinha andando e passei por uma porta de engraxate. Olho e vejo, sentado, engraxando os sapatos, alguém que eu conhecia. Era Gustavo Capanema, ministro de Getúlio. Eu ia passar adiante sem nenhuma veleidade de cumprimentá-lo. Mas foi o ministro que tomou a iniciativa: — abria o riso. Estava de chapéu e, se não me engano, tirou o chapéu (mas não afirmo que tenha tirado o chapéu). Por um lapso fulminante, esqueci-me da apoteose recente, do uivo da platéia e do lustre pingando diamantes. Eu me crispei de humildade diante do ministro. Mas Capanema inverteu tudo, impulsivamente: — era ele quem fazia questão do cumprimento, questão do riso, questão de ser reconhecido. Fora de mim, vermelhíssimo, acenei. Apressei o passo, como se fugisse. Sentira no ministro toda uma cálida humildade diante do artista.

9 Fui andando e ia dilacerado de alegria. E, então, comecei a pensar no futuro. O cumprimento de Capanema deu-me uma sensação de plenitude. Imaginei que *Vestido de noiva* ia ser traduzido em não sei quantos idiomas, representado em Tóquio e na Broadway, filmado em Hollywood. Bom sujeito, o Capanema. O episódio do engraxate tocou-me como se fosse um momento da bondade humana.

10 Mas eu era outro. Três ou quatro dias depois da estréia, o telefone me chama no *Globo*. Era David Nasser: — "Nelson, o Freddy Chateaubriand quer falar contigo." Ainda perguntei: "Sobre quê?" E David: "Só conversando." Havia um restaurante na Rua Rodrigo Silva. Podíamos almoçar lá, no dia seguinte. E assim se fez. Almocei com Freddy Chateaubriand, David, Millôr Fernandes e Geraldo de Freitas. Freddy chamou-me para trabalhar nos Diários Associados. Dava-me um ordenado muito maior; e oferecia-me a direção de duas revistas: — *Detetive* e *O Guri*. Comendo meu bom bife, que o Freddy ia pagar, senti que, por trás do convite, estava *Vestido de noiva*, e estava o berro do José César Borba chamando o autor, o autor. E, ali, passando a manteiga no pão, eu era o autor.

11 Roberto Marinho deixou-me ir e ainda me deu, a título de indenização amiga, dez contos. Quando entrei na antiga redação de *O Cruzeiro*, a revista começava sua formidável ascensão. Mais tarde, eu diria que a equipe daquele tempo era uma geração tão brilhante como fora, em Portugal, a dos Vencidos da Vida. Lá estavam David Nasser, Millôr Fernandes, Franklin de Oliveira, Hélio Fernandes, Geraldo de Freitas, todos reunidos sob a fraterna e inteligentíssima autoridade de Freddy Chateaubriand. Imediatamente depois da minha chegada, Accioly Netto publicava quatro páginas sobre *Vestido de noiva*. Se não me engano, David escreveu o texto.

12 Minha peça teria uma promoção natural. Mas ainda era pouco para o meu desesperado narcisismo. Lembro-me de que, eu mesmo, escrevi não sei quantas páginas sobre minha própria obra. E pedia ao companheiro mais próximo: — "Posso botar teu nome?" O outro assinava e a matéria saía em três, quatro páginas. Até que, um dia, sinto um gosto esquisito. Penso: "Não volto para o Sanatorinho." Levanto-me, caminho até o fundo do escritório. Repetia a mim mesmo: — "Sanatorinho, não." Tranco-me e examino: — veio sangue na saliva. Lembrei-me da mocinha que, em Campos do Jordão, sentiu o mesmo gosto. A princípio, fora uma mancha vermelha ou, nem isso, rósea. Em seguida, começara a hemoptise. No dia seguinte, ao amanhecer, morria a menina, boiando no próprio sangue. Na velha redação de *O Cruzeiro*, disse para mim mesmo: — "É a hemoptise."

22/4/1967

Capítulo 50

1 Quando vi o sangue na saliva, voltei para a redação e avisei: — "Vou ao médico." Saí. Descendo a rampa, comecei a pensar: — "Pode ser da úlcera e não do pulmão." Eu tinha uma úlcera que, por vezes, se torcia e retorcia como uma víbora. Mas a hipótese pulmonar era a mais provável. Sanatorinho, não. Tomei um táxi e fui ver Genésio Pitanga, no sétimo andar do edifício Cineac.

2 Mas não falarei, hoje, da minha visita ao tisiólogo famoso. No momento, o que me interessa é contar a minha primeira experiência sexual. Desde que comecei as memórias, penso, e de uma maneira obsessiva: — "Preciso contar a minha primeira experiência sexual." Já falei da demente, filha da lavadeira, que eu vira, por um momento fulminante, nua, encostada na parede e nua. Ainda vejo a nudez crispada diante do menino.

3 Eu tinha meus seis, sete anos. E acreditava, até então, que só os meninos e as meninas ficam nus. A nudez adulta me parecia absurda. Daí o meu espanto quando vi a doida, mulher feita, completamente nua. Lembro-me de que, de noite, no quarto atormentado de percevejos, pensava que as senhoras, as tias, as vizinhas, as visitas também ficam nuas. Comecei a ter medo e asco.

4 Também contei que, aos quatro anos, fui proibido de entrar na casa da vizinha. Lá havia uma menina da minha idade ou pouco menos. Devo ter feito algo com a garota, de que não me lembro. Portanto, o meu primeiro feito erótico é anterior à memória e à vontade. (Estou repisando certos momentos de vida para chegar à minha primeira experiência sexual.)

5 Estou, novamente, na Rua Alegre. Quando eu queria tecer as minhas fantasias, ia para o fundo do quintal, junto do tanque. Lá, ficava horas, falando sozinho ou calado e sonhando. Lembra-me de que, uma vez, comecei a imaginar uma mulher. Absurda, mas ideal, que jamais ficasse nua. Ela poderia tirar toda a roupa, toda, e ainda assim não estaria nua. Essa mulher, de nudez impassível, tomou as feições e toda a figura da professara que era, no momento, o meu grande amor.

6 Depois, tive outra professora e esqueci a anterior. Mas, por vários anos, continuei agarrado à minha utopia da Rua Alegre. Queria para mim a nudez impassível. Mas fui crescendo; meus amigos diziam palavrões, meus irmãos diziam palavrões. Chegou um momento em que tive horror dos outros e de mim mesmo. Foi então que um moleque da rua falou-me do Mangue.

7 Eu tinha doze anos, quando um outro, pouco mais velho, me perguntou: — "Vais?" E eu, branco: — "Aonde?" Respondeu: — "Lá." Eu sabia que era o Mangue. Não sei o que respondi, nem se respondi. Já me lembro; disse: — "Não sou maluco." No outro dia, perguntei: — "Lá é cama?" O garoto contava as coisas mais espantosas.

8 Um dia, meu pai trouxe para casa o *Crime e castigo*, de Dostoievski. Lembro-me de que ele escreveu, sabre Raskolnikov, um artigo chamado "Paradoxas vermelhas". Fui ler o livro no quarto trancado. Comecei às sete da noite, antes do jantar, e não jantei. Não parei mais. O que me feriu não foi o crime de Raskolnikov. Claro que me assombrou a morte da velha usurária e de sua irmã. O que me doeu mais, porém, foi a figura de Sônia. A princípio, não percebi tudo. O livro falava em "livrinho amarelo". Não entendi e voltei atrás. Acabei entendendo que era prostituta. Sônia, prostituta! Comecei a sentir uma pena absurda, e tão funda, e tão doce, uma pena que nascera comigo, que existia antes de mim.

9 Fui um menino capaz de todas as paixões. A revista daquele tempo, mensal, era *Eu Sei Tudo*. Amei, como um perdido, retratos de *Eu Sei Tudo*. E Sônia foi, desde o primeiro momento, o meu dilacerado amor. Lendo Dostoievski, eu pensava que ela se despia por dinheiro; e imaginava que devia ter uma nudez infeliz e crispada como a da demente. Não, como a da demente, não. Eu sonhei uma nudez de menina para Sônia. Bêbados, velhos, doentes a possuíam; e ela se entregava por pena dos irmãos e da madrasta tuberculosa.

10 E, como ela amava Raskolnikov, eu passei a ser assassino da usurária. Tremi de beleza quando os vi no quarto e sem que um desejasse o outro. Era uma ternura desesperada, um querer bem sem esperança nenhuma, nenhuma. Súbito, há o lance de ópera ou pior, pior — de Rádio Nacional. Raskolnikov ajoelha-se aos pés da prostituta e brada: — "Não foi diante de ti que me ajoelhei, mas diante de todo o sofrimento humano." Chorei ao ler isso; e chorava por Sônia, pelo assassino e por mim.

11 Depois, através dos anos, reli, muitas e muitas vezes, a mesma cena. Adulto, e já com um mínimo de lucidez crítica, pude perceber o mau gosto hediondo. Mas aí é que está: — a grande ficção nada tem a ver com o bom gosto. Acabei de ler o *Crime e castigo*. Eram oito horas da manhã, ou nove, quando os deixei na Sibéria. Ou por outra: — era eu que estava na Sibéria, e Sônia comigo. E era um amor sem desejo, nada lascivo, cálido como um martírio.

12 Vivessem os dois mil anos e jamais se possuiriam. Eu tinha, então, treze anos e começava a freqüentar, de calças curtas, o jornal do meu pai *A Manhã*. Ia para a redação de manhã e voltava à tarde. E comecei a achar que o adulto é um canalha. Via os redatores, os repórteres, os fotógrafos, os revisores em feroz e permanente euforia pornográfica. No Glória, teatro do bairro Serrador, estava a companhia de Jardel Jercolis, *Tro-Ló-Ló*. No fim de cada espetáculo, o pessoal da redação ia atropelar as atrizes, coristas e bailarinas.

13 Eu voltava para casa, ferido pelas gargalhadas, palavrões e gestos obscenos. Vejo o fotógrafo Vítor Teófilo, de revólver na cinta, perguntando: — "Por que você não usa calças compridas?" Estava na moda um vício hoje obsoleto, nostálgico: — a cocaína. Dois ou três, na redação, eram cocainômanos. Certa vez, um sujeito, cara de índio, fumando de piteira, perguntou-me: — "Você é filho do Mário?" Era o famoso Zeca Patrocínio, filho do abolicionista. Uma noite, Zeca cheirou cocaína e deixou-se fotografar, seminu, bêbado de êxtase, e tinha um olhar absurdo de santo.

14 Até que, um dia, entro, na redação, de calças compridas. Estava de roupa nova, chegada do alfaiate. Foi um sucesso. Alguém bateu-me nas costas: — "Agora sim. Você está vestido de homem." Andei algum tempo na redação, falei com um, com outro; e, por fim, disse: — "Vou ao cinema." Não era cinema; eu ia, pela primeira vez, ao Mangue. Desejo nenhum, não era desejo. Eu procurava o amor.

23/4/1967

Capítulo 51

1 Quando o ônibus passou pela praça Onze, começou a minha angústia de menino. Teria que saltar dois postes adiante. A noite já caía sobre a torre da Brahma. Desde a véspera, eu só pensava na demente da Rua Alegre e na sua nudez cravada na parede. Mas não queria ter medo. Disse de mim para mim: "Vou pensar em fulano."

2 Fulano era um caricaturista de *A Manhã*, que se matara no Leblon. Eis como tudo aconteceu: — o rapaz sentou-se na areia, tirou os sapatos, as meias, o paletó; depois, arregaçou a calça até o meio da perna. E, então, caminhou para o mar, descalço, de fronte alta. A minha imaginação o via entrando no mar (e ninguém sabia por que se matara o caricaturista sem talento).

3 Assim desapareceu, "tragado pelas ondas", como dizia o jornal. Durante três dias e três noites, o corpo andou perdido. No ônibus que me levava ao Mangue, imaginei a solidão do afogado. O cadáver boiando na corrente e só velado pelo grito das gaivotas. E quando o rapaz tornou à praia eu e outros da redação fomos vê-lo. Estava seminu, de calça e cinto. E ainda vejo a sua cara. Muitos anos depois, fiz esta imagem para uma das minhas tragédias: — "O afogado tem os olhos brancos e a boca obscena." Era o caricaturista morto, na areia.

4 Saltei no segundo poste. E, como pensava no afogado, já não tinha medo. Atravessei a avenida do Mangue, e era menino, tão menino. Na redação falavam muito na Rua Benedito Hipólito, que teria as mulheres mais bonitas. "Elas te chamam", explicavam. Cinco mil-réis. Eu tinha vinte no bolso. E ia olhando tudo, dilacerado de curiosidade.

5 A Rua Benedito Hipólito era cheia de janelas feéricas. Vou de uma esquina a outra e volto; tudo incendiado de lâmpadas. E era como se, em cada casa, ardesse a chama dos velórios. Ainda vejo uma prostituta velha, lendo, na janela, um romance da coleção das moças (se não me engano, de Guy de Chantepleure). Passam caras de nortistas; lembro-me de um português alto, de chapéu, colarinho, gravata. Passeava e baixava os olhos para as mulheres. Seu desejo era triste e humilde.

6 E, de repente, comecei a pensar no afogado boiando na corrente. Imaginei uma gaivota furando os seus olhos. Mas os olhos não estavam feridos: — estavam brancos. Vi o português entrar, como um suicida, numa porta; ele passou e uma mulata gorda (mulata de Di Cavalcanti, antes do Di Cavalcanti) fechou a porta. Sumiram os dois.

7 Na esquina, parado, comecei a pensar que deveria escolher uma velha. Numa janela próxima, vi a leitora da coleção das moças. Teria pena de mim; perceberia que era a primeira vez que eu. E se eu fosse embora? Na redação, contavam que um paraense, conhecido não sei de quem, fora à rua das mulheres em Belém. Depois viera para o Rio, num navio da Costeira. No último ou penúltimo dia de viagem, vira, no pescoço, uma espinha; no dia seguinte, outra. Desembarca no Rio e as espinhas se multiplicaram. Que é isso, meu Deus? Depois, uma das espinhas floresceu; e era triste e lívida como uma gangrena. Acabou indo ao médico de pele. Fez exames e foi saber do resultado; O médico o recebeu por último e ainda mandou embora a enfermeira. E, então, sozinho com o cliente, tirou o avental. O nortista perguntou: — "E então, doutor?" O médico respondeu com outra pergunta: — "Tem família aqui? Onde mora seu pessoal?" Atônito, ia respondendo. Apanhando o resultado dos exames, o médico começou: — "Está vendo? Positivo." Silêncio. Insistiu: — "Positivo." O paraense custou a perceber que estava morfético.

8 Só conseguia pensar no paraense. Se eu passasse uma hora com uma daquelas mulheres (inclusive a velha da coleção das moças). Saí da esquina e vim caminhando. Não havia ninguém mais só, ninguém tão só. A velha do romance me trataria como um menino; teria pena de mim; e me chamaria de “meu filho”. Mas, se eu estivesse com uma delas e se, dois dias depois, descobrisse espinhas, muitas espinhas, no meu corpo? Iria ao médico; e este, olhando o resultado dos exames, diria: — “Positivo.”

9 Meu irmão Roberto falava nas leprosas do Mangue. Entrei num café e pedi uma média. Pão com manteiga. Do outro lado da rua, uma das mulheres se esganiçava na janela: — “José! Traz uma Cascatinha!” O José vai na geladeira Ruffier, apanha uma garrafa. Vejo o garçom, em mangas de camisa, gravatinha-borboleta, atravessando a rua. Depois da média, pago e saio.

10 “Essa não tem cara de leprosa”, imagino. Paro, no meio da calçada. Sorriso da mulher (vinte e poucos anos); ela abre a porta; e continua sorrindo. Entro, o coração dando arrancos. Devia ter preferido a velha. Sim, a velha me sentaria no colo; e, depois, tiraria os meus sapatos. Entro por um corredor; divisões de madeira. Grito de mulher, ao lado. A minha cochicha: “É a Ariete que está apanhando.” Fecha a porta.

11 Quando voltasse à redação diria a todo mundo: — “Fui ao Mangue.” Quero tirar o paletó. A mulher ralha: — “Não tira a roupa.” Já me tinham falado do cheiro de sabonete. Mas não é de sabonete. A demente da Rua Alegre. Ah, quando ela me impediu de tirar o paletó, vi que não era Sônia. Não era cheiro de sabonete, nem de Lysol, nem de nada. No quarto ao lado, o homem está dizendo: — “Engole o choro, engole o choro.” Puxo o dinheiro do bolso: — “Está aqui. Não estou me sentindo bem.” A mulher apanha a cédula. Fujo.

12 Estou na rua. Vou depressa, quase correndo e quase gritando. Por detrás da torre da Brahma, vi uma constelação erguer-se em todo o seu patético esplendor. E, de repente, rompe em mim uma desesperada alegria. “Não volto mais”, eis o que penso. Parado, na esquina do ônibus, sonho com a missa da minha infância. Lá estava o coroinha, e, por trás do padre, o sono dos círios nos altares. Imaginei-me velho e vestido de monge, monge para ser enterrado no chão das igrejas.

25/4/1967

Capítulo 52

1 Tomo o ônibus, de volta. Sento-me no último banco. Numa felicidade absurda, pago a passagem. Não vira ninguém parecido com Sônia. A mulher não me tocou, não me passou nenhuma doença. O meu corpo está puro, limpo, branco, sem uma mácula. E foi ao dobrar a Avenida que, de repente, nasceu o desejo — tardio, cruel, desesperado.

2 E veio também, com a volúpia fora de hora, a humilhação de ter falhado. Se soubessem na redação? Ninguém podia saber, nem eu diria a ninguém. Podia ter ido para casa, mas saltei na Galeria Cruzeiro. Entrei no jornal e vi o Pimentel, chefe da revisão. "Vem cá, vem cá", chamei-o. Fomos para a sacada. Baixo a voz: — "Fui ao Mangue."

3 Pimentel chama os outros. Fui cercado por uns quatro ou cinco. Menti. Disse que era francesa. Uma beleza. Um corpo, que corpo. Já não pensava em Sônia, nem nos monges enterrados no chão das igrejas. Voltaria no dia seguinte. E, num instante, a notícia foi de mesa em mesa, chegou à revisão, às oficinas. Bem me lembro de um redator velho, míope, que tinha uma dilatação da aorta. Disse: — "Mas cuidado." Um outro sabia de um remédio, uma bisnaga, a última palavra.

4 Pouco depois, tomo um ônibus para Copacabana; e ia pensando: — "Amanhã, volto." Desta vez, não precisava escolher; seria a mesma da véspera. E, ao mesmo tempo, eu pensava na velha que lia, na janela, o romance da coleção das moças. Além de velha, era feia. Eu achava que a feia é mais doce, paciente, compassiva. E tinha medo das bonitas. No ônibus, me sentia com uma vontade áspera, forte, de adulto. Saltei na avenida Atlântica, esquina de Joaquim Nabuco. E mudei de opinião: — "A velha, não; a moça." A moça talvez viesse a gostar de mim. E me deitei com aquilo na cabeça: — ser amado por uma mulher do Mangue.

5 Minto. Não me deitei imediatamente. Quando chegava tarde, fazia a volta na casa e olhava, por fora, o banheiro das criadas. Se havia luz, subia na árvore, em frente. Os galhos fortes pendiam sobre o banheiro. Lá em cima, eu ficava olhando o banho de uma criada qualquer. E, ao mesmo tempo, sabia que ia me arrepender, ia ter nojo de mim mesmo. Passei pelo banheiro das empregadas: — apagado. Só então subi para o quarto.

6 Dormi até o meio da madrugada; e, de repente, acordei. Minha cabeça estava cheia de imagens de uma voluptuosidade triste e vil. Apanhei um cigarro; fumava no escuro e pensava: — "Chego lá e digo a ela que é a primeira vez." Se ela soubesse que era a primeira vez, talvez não cobrasse nada. E me imaginava, na redação, dizendo aos outros: — "Ela não cobra. Comigo faz de graça." Se ela começasse a gostar de mim, eu diria: "Você vai ter de deixar essa vida." Estava na janela. Joguei fora o cigarro e voltei para a cama.

7 Todas as manhãs, eu fazia um pequeno saque nos bolsos do meu pai. Ele acordava tarde; geralmente, saía dez e meia, onze. E eu podia apanhar, no bolso da calça, dez mil-réis, quinze, até vinte. Desta vez, tirei vinte. Se a mulher tiver pressa, direi: "Te dou dez mil-réis." Não, quinze — dez. Ou oito. É melhor dez. A pressa me dava uma sensação aguda de orfandade.

8 Saí de casa depois do almoço, com os vinte mil-réis furtados. E pensava: — "Podia ter tirado cinqüenta." A moça estava escolhida definitivamente. Eu imaginava a velha, na janela, lendo o mesmo livro, eternamente. Não olhava para os homens, não os chamava, nem lhes dizia *mon chéri*. Pois bem. Comecei a imaginar as minhas longas conversas com a moça. "Você tem que sair dessa vida! Tem que sair!" E ela chorando. Depois, talvez eu arranjasse um emprego de datilógrafa no jornal do meu pai.

9 Mas, quando o ônibus entra na Avenida, tive a certeza súbita e inapelável: — ia falhar como na véspera; e se voltasse no dia seguinte, a mesma coisa de sempre. Em seguida, passei a outra certeza: — eu iria fracassar até com uma namorada. O medo bateu em mim. Passei pela torre da Brahma e não saltei. Fui até a praça da Bandeira. Os redatores de *A Manhã* não tinham a minha angústia. E comigo acontecia sempre a mesma coisa: o desejo ia morrendo à medida que me aproximava do Mangue. Da praça da Bandeira, voltei para a redação.

10 E foi aí que vi, ou melhor dizendo, ouvi uma história que me feriu tão fundo. Na redação, estava o Valdemar, no meio de um grupo, falando do caricaturista sem talento. A princípio, ninguém entendera o suicídio. Dizia-se: — "Um homem cheio de mulheres." E, de fato, antes de ficar noivo, o caricaturista parecia ter uma amante em cada esquina. O Valdemar, confidente do morto, explicava tudo.

11 Simplesmente, o caricaturista estava amando. Amando de verdade e amando para sempre. Ele desabafava com o Valdemar: — "Pela primeira vez, amo." Pediu a mão da menina; e deixava o tempo passar, como se a solução fosse um noivado eterno. O futuro sogro começou a fazer a pressão. E, um dia, o caricaturista agarra o Valdemar, que, por sinal, era também investigador. Disse: — "Quando amo, não desejo. Até hoje, não dei um beijo na boca da pequena." Ele não entendia que alguém pudesse desejar o ser amado. Pensava, por outras palavras: "Todo desejo é vil." Agarrou o investigador pelos dois braços e o sacudia: — "Desejo qualquer vagabunda, menos a minha noiva."

12 A conselho do próprio Valdemar, foi ao médico. Contou todo o problema. O médico olhou, impressionado com aquela face escavada de angústia. Em arrancos, o caricaturista perguntava: — "Isso é doença, doutor? O que é que é isso?" O médico não dizia nada; por fim, o desgraçado fez o apelo: — "Pelo menos, doutor, receite uma injeção, uma pastilha. Alguma coisa pra eu tomar na noite de núpcias. Pelo amor de Deus!" O outro tirava os óculos e passava nas lentes o lenço fino. Suspira: "Meu filho, não vou receitar nada." Atônito, o caricaturista sentiu-se num abandono total. O médico repôs os óculos e completou: — "Isso é amor! O amor é assim."

13 O caricaturista saiu de lá, numa dilacerada euforia. Estava agora certo de que ninguém deve possuir o ser amado. Uma tarde, procurou o Valdemar. Falou num tom de folhetim antigo: — "Acabei de assinar a minha sentença de morte. Estou morto. Morri." O outro não entendia: "Como? Como?" E o caricaturista, pálido como um santo: — "Marquei a data do casamento." Espanto do Valdemar: — "E daí?" Explodiu: — "O que é que eu vou dizer à menina na noite do casamento? Ela não vai entender, ninguém vai entender." No dia seguinte, o pobre-diabo entrava no mar, com a calça arregaçada até o meio da perna. E morreu. Eu ouvia, mudo e atônito. E, naquele momento, achei, como o afogado, que nenhum homem deve possuir a bem-amada.

26/4/1967

Capítulo 53

1 A morte do caricaturista me persegue até hoje. Como esquecer esse rapaz doce e apavorante que podia desejar qualquer uma, menos a mulher amada? E tão comovente como o suicida é o médico que o atendeu. Médico que jamais conheci, nem de vista, nem de nome, nem de nada. Por uma leviandade de ficcionista, eu o descrevi de avental e óculos. O avental é provável. Mas não sei se usava os óculos.

2 Realmente, é fascinante um médico que justifica e promove uma impotência, dizendo: — "É amor." O caricaturista ouviu, numa euforia total. Saiu purificado, reabilitado de toda a vergonha, de toda a humilhação. Só ele estava certo, os outros estavam errados. Do consultório, partiu para o suicídio.

3 E assim morreu, certo de que o mundo não é a casa do amor. Mas como eu ia dizendo: — a história do caricaturista está encravada em mim, para sempre. Ouvi o Valdemar e saí, numa perplexidade que me dilacerava. Desci as escadas da redação e fui tomar sorvete de creme no Ponto Chic (na pequena Rua Bethencourt da Silva). A sorveteria tinha um delicado e evocativo clima de *belle époque*.

4 Eu pensava que o amor não é o amor. Ou por outra: — o amor, como o imaginamos e como o fazemos, é tão falso, tão vil e, pior, tão sem amor. "Não possuir o ser amado", dizia o médico do suicida. E não desejar o ser amado, nunca. Eu ouvia falar muito nos instintos. Não me lembro se cheguei a concluir, aos 13 anos, que o amor começa depois dos instintos e contra os instintos.

5 (A natureza nos dotou de instintos por lapso, engano, leviandade ou sei lá. Ainda me pergunto por que os temos e por que os suportamos.) Quarenta e um anos depois, estou eu, na casa de um amigo comum, conversando com Antônio Gallotti e Aloísio Salles. E os dois me contaram um episódio que me ensinou, que me ensinou tudo. Imaginem vocês um grande escritor brasileiro, ensaísta, romancista, poeta, jurista, o diabo.

6 E, um dia, no Velho Mundo, ele conhece o amor. Normalmente, o brasileiro vive atolado em cavas depressões. Não esse. Esse vive de paroxismo em paroxismo. Tem, a qualquer hora, uma luminosidade de sátiro vadio. E, além disso, tinha o ambiente ilustre. Na Europa, ama-se com paisagem. Por trás do homem e da mulher, tudo tem mil anos: — as pontes fluviais, as igrejas, os telhados, as flores e os pombos.

7 O nosso patrício tremia de beleza como se cada momento fosse o último e o primeiro. Não dava um bom-dia à mulher amada sem lhe pingar gênio. Até que, um dia, marcam um encontro num interior secretíssimo. E o brasileiro queria amar aquela mulher como o D'Annunzio dos bons tempos, isto é, dos tempos em que era uma honra ser amante de D'Annunzio.

8 Ora, para o brasileiro não há nada mais solene do que o primeiro momento da intimidade carnal. E outra verdade decisiva: — podemos ter todas as modéstias, menos a sexual. O brasileiro finge um desejo indiscriminado e voraz por todas as mulheres, vivas ou mortas. E o grande escritor foi para o encontro, ébrio de si mesmo; e jamais houve, na Terra, um ser exalando tamanha luminosidade.

9 Há o encontro. Estão sós, maravilhosamente sós, como se fossem o primeiro e último casal da Terra. Ela espera, com ardente paciência; e nada. O brasileiro usa todo o seu gênio verbal. Palavras, palavras e mais palavras. Mas eis a verdade: — ele tem amor e não desejo. Duas horas, três, toda uma tarde. Diga-se que, depois dos primeiros quinze minutos, ela percebe tudo; ama-o mais por isso, porque sente todas as fragilidades luminosas do homem amado.

10 Durante um mês, repetiu-se, todas as tardes, o insucesso nítido, límpido, inequívoco. Chegou um momento em que ele foi apenas o espectador atônito. Era ela, com sábia obstinação, quem ousava tudo o que nenhuma outra mulher imaginaria. Por trinta vezes, o brasileiro foi a humilhação mais violenta; a vergonha mais crispada do mundo.

11 Terá pensado no suicídio? Não sei. Em ocasiões semelhantes, a primeira idéia do brasileiro é meter uma bala na cabeça. Até que, uma tarde, vai o grande escritor a um médico da Itália. Ele estava não sei se em Roma ou Florença ou Veneza (prefiro Florença). Entra no consultório, conta tudo e pergunta: — "O que é isso, doutor?" Disse o outro: — "Amor." Simplesmente amor. Apenas amor.

12 A história acaba aqui. O que houve depois interessa pouco. E o que importa é a semelhança entre as duas histórias, do caricaturista e do escritor. Com o suicida dos meus treze anos aprendi para sempre. Aprendi, entre outras, esta verdade tão evidente e jamais suspeitada: — pode-se amar sem posse, e amar até a última lágrima de paixão e de vida. Lembro-me de uma jovem senhora que me dizia: — "Meu amor acabou na primeira noite do casamento".

13 Engano. O amor que acaba não era amor. Todo amor é eterno. Eu diria que a nossa tragédia começa quando separamos o sexo do amor. Vejam as doenças da carne e da alma, do câncer no seio às angústias sem consolo. Os nossos males têm quase sempre esta origem fatal: — o sexo sem amor.

14 Mas estou divagando, e desculpem. Quero contar, em seguida, a minha grande viagem pelo Mangue. Eu ia conhecer uma figura que não morrerá jamais: — a prostituta, que, segundo um poeta, "pertence à mais antiga das profissões". A mulher de um homem só é recente na história do coração humano.

27/4/1967

Capítulo 54

1 E, de repente, descobri a prostituta vocacional. Ou por outra: — não foi de repente. Primeiro, tive de passar por uma série de experiências, de tentativas, de agonias, de espantos. Queria encontrar Sônia. Três vezes por semana, estava eu na Rua Benedito Hipólito. Via um entrar e, depois, outro, mais outro. Só eu não tinha coragem.

2 Certa vez, houve um tiroteio. Eu passava pela porta de um café, quando um sujeito puxou o revólver. Descarregou a arma. Tiro quase à queima-roupa. E tudo isso dentro do café. O outro, ágil, elástico, acrobático, saltava por cima das mesas, das cadeiras, do balcão. Corri alucinado de medo.

3 E, já na Avenida do Mangue, parei um momento junto à palmeira. Naquele momento, me senti perdidamente menino. "Não volto mais", decidi. Comecei a pensar no banho noturno das criadas. Não havia o perigo de uma bala perdida, ou de uma doença, e eu não sentia nem a vergonha, nem o medo. Nessa mesma noite, chego em casa e passo pelo banheiro das empregadas: — iluminado. Subo na árvore, instalo-me e fico de olhar parado como um cego.

4 Dias depois, começo a trabalhar no jornal de meu pai. Se bem me lembro, foi o meu irmão Mílton que me mandou para a reportagem policial. *A Manhã* saíra da Rua Treze de Maio, passara para a Avenida, em frente à Galeria Cruzeiro. Ainda me vejo, na redação, com os meus treze anos, nome na folha e ordenado de trezentos mil-réis, escrevendo a minha primeira nota.

5 Não vou me esquecer nunca: — era uma notícia de atropelamento. Um rapaz, ao atravessar a Rua São Francisco Xavier, fora apanhado por um automóvel. Eu me torturei como Flaubert fazendo uma linha de Salambô. E a prosa saiu-me concisa, precisa, objetiva, como a atual.

6 Comecei pelo nome, claro. Escrevia à mão. E procurei, inclusive, trabalhar a caligrafia. "Fulano de tal, de 27 anos" (não sei se era essa a idade). O morto era preto. Muito bem: — preto. Mas a reportagem policial tinha, então, certos achados estilísticos. Por exemplo: — preto era pardo. E eu continuei: "Pardo, solteiro." Realmente, o estado civil do atropelado está na minha memória. Não há a menor dúvida: — solteiro. E fui adiante: — "Pardo, solteiro, foi colhido." Ninguém era simples e crassamente atropelado, e sim "colhido".

7 "Colhido e morto", parei. Tinha uma dúvida: — "Colhido e morto por um automóvel" parecia-me escasso e frouxo. Penso, penso e não me ocorre nada. Sim, é pouco "colhido e morto por um automóvel". Faltava algo. Desde que me destinaram à reportagem policial, eu andava lendo, relendo e meditando as notas de atropelamento. Puxo pela memória. E, de repente, baixa uma luz e completo a frase: — "Colhido e morto por um automóvel em disparada."

8 Para o repórter de polícia, era sempre um automóvel "em disparada" que atropelava o brasileiro. E o resto. Desde a primeira audição de "Danúbio azul" que a nota de atropelamento é espantosamente igual a si mesma. Muda a vítima e nunca as palavras. Todavia, o "disparada" lisonjeou-me como se fosse uma criação minha. Estou parado. "Como é que acabo a nota?", é o que me pergunto.

9 E, súbito, brota uma idéia que a mim próprio surpreendeu. No Brasil, quando alguém morre na rua, aparece uma vela acesa, ao lado do cadáver. Ninguém sabe, e jamais saberá, quem a pôs ali, quem riscou o fósforo, quem deixou aquela chama que vento nenhum apagará. É um uso brasileiro, que as gerações preservam, piedosamente. E eu me lembro de terminar com uma menção à vela.

10 Primeiro, eram só a vela e a respectiva luz. Em seguida, comecei a enriquecer a idéia. Podia dizer que uma senhora, vestida de preto, acendera uma vela etc., etc. "Senhora de preto" era bom. Ou, em vez de "senhora", mulher de preto? Mulher, mulher. Fosse como fosse, era a primeira vez, absolutamente a primeira vez, em que se punha uma vela numa nota de atropelamento.

11 Faltava muito pouco para concluir a notícia. Bastava um empurrão e pronto. Mas comecei a duvidar de mim mesmo. Mais tarde, fazendo meus textos teatrais, sentiria, por vezes, o mesmíssimo medo de trair uma rotina sagrada. E terminei limpa e honradamente assim: — "O chofer fugiu." Foi esta a minha primeira pusilanimidade de ficcionista.

12 A coisa parecia estar concluída. Não. Faltava o título. E, então, sofri, na carne e na alma, um tédio cruel, quase o asco do trabalho jornalístico. O título era uma outra batalha. Já me sentia até fisicamente cansado. Imagino: — ponho "Atropelado e morto". O som era bom: — "Atropelado e morto." Mas quem? Alguém seria o "atropelado e morto". Por um instante, entrego-me a uma meditação ardente e vazia. E tenho uma idéia: — Por que não simplesmente "Atropelamento"? Só. Escrevi, com um novo e triunfal *élan*: — "Atropelamento." Isso mesmo. É a solução.

13 (Anos depois, fiz *Vestido de noiva*, a minha primeira tragédia carioca. A princípio, em vez de "carioca", pensei em defini-la como "tragédia de costumes". E o mesmo medo que me impediu de incorporar uma vela, uma pobre vela, ao meu primeiro texto jornalístico — o mesmo medo, dizia eu, impediu-me de inaugurar um gênero dramático. Precisei de vários anos para, com *Perdoa-me por me traíres*, lançar a primeira "tragédia de costumes". Voltando a *Vestido de noiva*: — o ponto de partida da peça é, justamente, uma notícia de atropelamento. Aliás, em toda a minha obra teatral, o repórter de polícia é uma presença obsessiva.)

14 Entreguei a notícia ao Costa Ramos, que substituía o Costa Soares na chefia da polícia. Ainda perguntei: — "Que tal?" Respondeu: — "Bom." Saí feliz, realizado; o atropelamento soou-me como a minha estréia literária. Foi nesse momento que um repórter me puxa pelo braço; pergunta: — "Vamos ao Mangue?" Minha alegria morreu ali. Digo, com um princípio de angústia: — "Não tenho dinheiro." E o outro, rápido: — "Te empresto." Começo: — "Vamos fazer o seguinte." Interrompe: "Ou tens medo?" Reajo: — "Já fui lá umas cinqüenta vezes."

15 Odiei aquele sujeito. Das outras vezes, eu era o único espectador da minha própria humilhação. Ninguém me vira fugir sem ser tocado. E, agora, teria uma testemunha. No ônibus, o repórter me dizia: — "Vamos numa que eu vou te mostrar. Corpo formidável. Te deixo ir primeiro. Depois vou eu." Eu ouço e calo. E o outro tirando a mão do bolso: — "Toma. Dez mil-réis. Dá dez mil-réis."

28/4/1967

Capítulo 55

1 Bem me lembro do repórter, no ônibus, a caminho do Mangue. Não parou de falar. Ainda vejo a cara forte, o olho rútilo, o movimento das mandíbulas e a saliva espumando nos dentes. Eu era levado; ele me carregava. E, de repente, começou a falar da própria família. Disse: — "Vou te contar uma, que vais ficar besta." O cobrador apareceu e ele teve um gesto radiante: "Deixa que eu pago." Pagou as duas e embolsava o troco. Riu: — "Sabe o que eu fiz?"

2 O cobrador passava adiante. E o repórter continuou: "Moramos numa casa velha, na Tijuca. Perto de onde morou um almirante. Não me lembro do nome: — um almirante." A conversa me distraía do medo do Mangue. E ele, baixo, crispado: — "Então, fiz o seguinte. Subi no forro e abri um buraco em cima do banheiro." Parou, espiando a minha reação; repetiu: — "Bem em cima do banheiro." Limpa um pigarro e continua: — "Se vê tudo, percebeu? Tudo. Subo lá, de manhã, quando as minhas irmãs vão tomar banho."

3 As irmãs. Foi como se ele me enfiasse o pé no peito. Não primas, ou tias, mas irmãs. Quis duvidar: — "Irmãs?" E ele, feliz: — "Irmãs. Tenho quatro irmãs. Você se lembra de Zezé Leone? A que foi miss?" Fiz que sim; prosseguiu: — "A minha irmã mais velha é a cara dela, a cara. Igualzinha." E, sem transição, agarra o meu braço; pergunta, num apelo: — "Queres ir lá? Olha: — tu vais e eu faço outro buraco no forro. Dormes lá e, de manhã, subimos e já sabe."

4 Digo, no meu desespero: "Depois a gente fala." Tenho vontade de mudar de banco; e dizia a mim mesmo, crispado: — "Se fossem primas e não irmãs. Primas." Olho-o, de lado, como se o visse pela primeira vez. Durante a semana, aquele rapaz vagava, por entre mesas e cadeiras, como obscuro repórter, transido de humildade. Como é que aquele sujeito, ao passar a mão na cara, não sente a própria hediondez?

5 Só nos sábados é que mudava até fisicamente. Agora eu sabia: — sábado era o dia ou a noite do Mangue. Quando saltamos, perto da Brahma, digo, impulsivamente: — "Com a tua não vou." O outro pára; parecia um desfeiteado: — "Não vai por quê?" Respondi, com raiva: — "Escolho uma. Por que a tua?" Olho, sem pena, o canalha dos sábados.

6 Ou por outra: — não só dos sábados. Era mais canalha todas as manhãs, quando as irmãs iam tomar banho, antes do café. Ainda me convidava para espiar também no buraco do forro. Atravessamos a avenida do Mangue, discutindo e, ao mesmo tempo, fugindo dos automóveis. Ele insistia, indignado; quando entramos na Rua Benedito Hipólito, perdeu a fúria. Pediu, implorou.

7 "Você vai primeiro", repetiu. Parecia um daqueles chefes índios, ou esquimós, que, num arroubo de anfitrião, oferece a própria esposa ao visitante. Mas, se eu fosse na tal fulana, teria duas testemunhas: — o próprio repórter e a pequena. Ele trataria de saber, com a outra, tudo. E eis a verdade: — estava certo de que ia fracassar outra vez. "Vou fazer feio", repetia para mim mesmo. Imaginei o repórter entrando depois e fazendo perguntas sobre o menino que acabara de sair. "Não sou besta", penso. Em suma: meu plano era deixar o meu companheiro entrar e, só então, escolher uma qualquer, que não conhecesse nem a mim nem a ele.

8 Caminhamos, lado a lado, numa das calçadas da Rua Benedito Hipólito. Ele, mudo, ia numa tristeza total. Sumira toda a sua euforia dos sábados. E, passo a passo, fui me saturando das luzes, das sombras, dos risos, das caras. De repente, me imaginei no forro, espiando, pelo buraco, o banho das meninas. A imagem está em mim, e com uma nitidez tão intensa que o meu coração bate mais rápido. Penso numa ideal nudez molhada, com as gotas estilhaçadas nas costas e no seio.

9 E sinto uma voluptuosidade cruel e tão vil. Pela primeira vez, no Mangue, o desejo se irradia por todo o meu ser. Falo com uma voz que parece de outro e não de mim mesmo: "Onde é tua pequena?" Teve um movimento tão vivo de surpresa, de alegria, que esbarrou num marinheiro que vinha em sentido contrário. Disse, transfigurado: — "É ali. Está vendo? Ali." Voltava a ser o feliz canalha dos sábados.

10 Caminhamos mais depressa e mais eufóricos. O banho das meninas não me saía da cabeça. Eu, no forro, espiando (deu-me vontade de perguntar: "E se vê bem?"). Agora era varado pela certeza inversa: — Não ia fracassar. Mas precisava pensar muito no banho. Enquanto pensasse no banho, estaria salvo do medo. De repente, o repórter estaca. Bate em mim com o cotovelo: — "Aquela. Olha. A morena." E, de fato, era morena, cheia de corpo, as ventas de forte e plebéia volúpia.

11 Pergunta: — "Que tal?" Continuo me imaginando no forro. Eis a fantasia que me queima: — Uma moça que interrompe o banho para apanhar, no ladrilho, o sabonete que escorregou da mão. Vejo o dorso curvado, o movimento do músculo puro e elástico. O repórter baixa a voz, no apelo: — "Vai, anda, vai." Ainda vacilo. Ele tem medo que outro se antecipe. As calçadas estão inundadas de gente. Ouço a voz: — "Vou depois. Anda, anda." Digo: "Calma, calma". E ele, em ânsias: — "Deixa de ser chato!"

12 (Boa época em que "chato" era palavrão.) E, então, tomo coragem. Caminho por entre os que passavam. A morena abre a meia porta. Não há palavras. Vai na frente. Pequenas divisões de madeira. Sigo atrás. Não direi que é a primeira vez, porque ela contaria ao repórter. Entro no pequeno quarto. Ela cantarola de costas para mim. Desfaz um laço. Ouço a minha própria voz: — "Te dou dez mil."

13 Estou saindo e não penso mais no banho. O repórter me espera, em cima do meio-fio. Assim que me vê, corre ao meu encontro. Balbucia: — "Que tal? Que tal?" Respondo: — "Sei lá." E ele, com a boca encharcada: — "Me espera, me espera." Agora sou eu que estou parado, no meio-fio. Fico lá uns dez minutos, se tanto. Já ia-me embora quando o repórter aparece.

14 Seguimos, calados, para a avenida do Mangue. Num silêncio torturado, o outro puxou um cigarro. Mais adiante, começou a falar: — "Olha aqui. Aquilo que te disse é mentira. Não olhei banho nenhum das minhas irmãs. Mentira. Só uma vez, quando garotinho, espiei, pelo buraco da fechadura, uma tia. Empregadas, sim. Minhas irmãs, nunca. Juro, nunca." Pausa. Repete, olhando para mim: — "Eu não faria isso." E começou a chorar.

29/4/1967

Capítulo 56

1 Vi o repórter cobrir o rosto com uma das mãos. Escondeu-se detrás de uma palmeira, como se os automóveis, em disparada, pudessem vê-lo. E, ao mesmo tempo, trincava as palavras nos dentes: — "Não é nada, não é nada." Eu, em pé, apoiado nas grades do canal, olhava para a torre da Brahma. (E há sempre uma estrela que sobe por trás da torre da Brahma.)

2 Tive asco — e nenhuma pena — daquele pranto de adulto. Ele tirava um lenço; assoava-se. E ainda o detestei mais por causa do lenço. O outro tentou um riso: — "Sou uma besta! Sou uma besta!" Enfiou o lenço amarrotado no bolso traseiro. Tinha vinte anos e eu era um menino. O rapaz vira-se para mim, trêmulo: — "Vamos embora?" Mais adiante, tomamos o ônibus. E, então, ele me perguntou: — "Gostou da pequena?" Seu olho era de uma humildade insuportável. Respondi, crispado: — "Interessante."

3 Talvez porque eu fosse o filho do diretor, ele insistia: "Mas não achou formidável?" Respondi: — "Gostei", olhando para outro lado. E, porque eu não a achara formidável, o outro calou-se, numa frustração cruel. De repente, me lembrei da dívida. Disse: — "Te pago amanhã." Protestou, desesperado: — "Não tem pressa. Paga quando puder, e se quiser." Ajuntou, sofrido: — "Você foi meu convidado."

4 Saltou muito antes de mim; e continuei, sozinho, até o posto 6. Desde que deixara a mulher, estava decidido: — "Não voltarei mais, nunca mais." Enquanto o repórter chorava, detrás da palmeira, eu repetia para mim mesmo: — não voltar, nunca. Desta vez, fizera o que todos fazem. Não saíra corrido de vergonha. Não. E me considerava um canalha. Tinha nojo do repórter, de mim mesmo e da mulher (mais tarde, veria as ventas da mulher nas cópias de Gauguin).

5 No banco do ônibus, me via no pequeno quarto. Ao lado da mulher, não pensava na mulher, não, não. Não me saía da cabeça a cena do banho utópico, ideal. Imaginava a nudez molhada e as gotas deslizando por entre seios. E ao entrar em casa, naquela noite, eu tinha asco, não de uma mulher, mas de todas, de todas. Lembro-me da minha casa, em Joaquim Nabuco. Entrei pelo portão do lado; havia uma pequena rampa, que subi devagar. Normalmente, eu teria contornado a casa para ver se tinha luz no banheiro das empregadas. Naquela noite, passei ao largo.

6 Minto. Fiz o caminho de sempre. Vi luz, sim, no banheiro. Mas não fui olhar, não quis olhar. E estivessem lá, amontoadas, todas as irmãs do repórter, eu não lhes daria, pelo vidro, um único olhar. Entrei em casa; subi a primeira escada, apoiado no corrimão. E parei, de repente. Lembrei-me de que, ao me inclinar para a morena, ela fugira com o rosto, dizendo: — "Não gosto de beijo." Seu rosto, ao dizer isso, era uma máscara vingativa.

7 Essa recusa, que, na ocasião, mal percebera, agora me fazia sofrer. Parado, no meio da escada, senti a humilhação tardia e tão funda. Ao mesmo tempo, percebi o que ainda hoje me parece ser uma verdade eterna do amor: — a verdadeira posse é o beijo na boca, e repito: — é o beijo na boca que faz do casal o ser único, definitivo. Tudo mais é tão secundário, tão frágil, tão irreal.

8 Subo a primeira escada. Ainda passei na copa e fui beber água gelada (e tive nojo da água). Comecei a subir a segunda escada. Mas ia sem pressa nenhuma de chegar ao quarto. Sabia que ia me virar horas na cama, com todas as danações da insônia. Chego em cima. Algo de mim morrera na Rua Benedito Hipólito. Eu não seria nunca mais o mesmo. Tivera uma delícia fulminante e vil; e me vinha uma pena cruel de mim mesmo.

9 Fui dormir com a sensação de que um pouco de mim morrera no Mangue. Deixara de ser eu mesmo e começava a ser um outro. Pensei em Sônia e Raskolnikov; nenhuma voluptuosidade entre eles; até o fim do *Crime e castigo* os dois não têm um movimento erótico. E, como Sônia não beijava nenhum homem na boca, era a prostituta jamais possuída. Não voltar ao Mangue, nunca mais.

10 No dia seguinte, vou cedo para a redação. Quando entro, vejo o Danton Jobim num canto, recortando, com a tesoura, uma fotografia. Danton com menos quarenta anos. Era grave, sempre foi grave (naquele tempo, fazia versos. Escreveu, certa vez, um soneto que terminava com o velado esplendor de estrelas mortas). Mas, como ia dizendo: — entrei e logo começo a falar, numa euforia desesperada e maligna. No meio de quatro ou cinco, contei tudo: — "Pequena formidável." Virei-me para o repórter, que lia jornal num canto. Gritei-lhe: — "Vem cá, vem cá."

11 O outro veio, do fundo da redação, meio atônito. Não era mais o dionisíaco canalha dos sábados. Assumia agora a sofrida humildade dos dias úteis. Explorei o seu testemunho subserviente. Puxei-o: — "Conta aqui. Não é formidável? A tal pequena. Não é? Fala, rapaz." Ah, ele confirmaria tudo o que eu dissesse. E fui mais longe: — "A zinha não queria nem receber."

12 Naquele momento, resolvi que, na próxima vez, diria: "Não aceitou o meu dinheiro. Faz de graça, comigo." E, ao mesmo tempo que falava, gesticulava, eu era um observador espantado e infeliz de mim mesmo. Não me reconhecia nas minhas palavras e nas minhas gargalhadas. Era como se outro falasse e risse por mim. E pensava, com desesperada volúpia, nas irmãs do repórter e no seu banho encantado. Se alguém me visse, havia de pensar: — "Eis um jovem pulha." Mas sofria, eis a verdade, eu sofria.

13 Falei na prostituta vocacional. Eu ia conhecê-la. Dois ou três dias depois, voltei. E já sabia que voltaria outras vezes, todas as vezes. Por um momento, pela tal delícia fulminante e vil, o homem mata e se mata. Assim aprendi que o homem começa a morrer na sua primeira experiência sexual.

30/4/1967

Capítulo 57

1 Eu falava no telefone com o comissário e via, no fundo da redação, o caricaturista Álvarus (na véspera Álvarus tivera um bate-boca com um repórter francês, se não me engano de Marselha. Discute daqui, dali, e Álvarus deu-lhe um soco na boca). Dizia o comissário: — "Vem logo. Chispa. Morreram agorinha."

2 Hoje, ninguém imagina o que eram as velhas gerações românticas da imprensa. Mudaram o jornal e o leitor. No ano passado, houve uma chuva inédita, uma chuva bíblica, flagelando a cidade. Desde Estácio de Sá, não víamos nada parecido. E todo mundo morreu e desabou, e se afogou, menos o repórter. Pasmem: — Não houve uma única baixa na reportagem. Fez-se toda a cobertura do dilúvio e ninguém ficou resfriado, ninguém espirrou, ninguém apanhou uma reles coriza.

3 Por aí se vê que há, entre a nossa imprensa moderna e o fato, uma distância fatal. O repórter age e reage como um marginal do acontecimento. Antigamente, não. Antigamente, o profissional sofria o fato na carne e na alma. Podia morrer no incêndio como um bombeiro; e, se era um naufrágio, o sujeito podia se afogar briosamente. Havia o risco e, não raro, o martírio.

4 Saímos dois, ou três, e mais o fotógrafo. Antes, um de nós passou na caixa e apanhou o vale do táxi. Partimos em disparada. Naquele tempo, ainda cultivávamos a utopia do "furo"; queríamos chegar antes dos outros. Mas era quase impossível "furar" *A Noite*. Nada acontecia sem que *A Noite* soubesse. Alguém telefonava, avisando. Lembro-me de um sujeito que ligou para o fabuloso vespertino; e disse: — "Vou matar minha mulher. Pode vir." Deu nome, endereço, o diabo. A reportagem chegou quase com o primeiro tiro.

5 A rigor, eu, menino de 13 anos, não discriminava o reles atropelamento e a grande, hierática tragédia passional. Tudo me chispava; e era como se, naqueles dias, eu estivesse descobrindo o ser humano. Havia, porém, um acontecimento policial que me fascinava mais que os outros: — o pacto de morte. Lembro-me de que, nos meus sete anos, dois namorados se mataram numa mata de Santa Teresa. E li, como um fanático, tudo o que se publicou a respeito. A polícia só descobriu o jovem casal uma semana depois da morte.

6 A imprensa, hoje, numa afetação de ética e bom gosto, evita a fotografia de morto. Defunto só no caixão e bem-vestido como um mordomo de filme policial. Em 1926, tais escrúpulos não existiam. Bem me lembro dos namorados. O jornal abria um primeiro plano das caras comidas pelos urubus. Não o fígado, o baço, mas a cara exatamente, a cara.

7 Eis o que eu queria dizer: — nascia, imediatamente, entre mim e os suicidas de amor um vínculo tão íntimo, tão sofrido, uma espécie de parentesco ardente e desesperado. Era como se eu tivesse feito a mesma coisa em vidas passadas. E assim fui para Aldeia Campista ou Andaraí. Já não me lembro se era a Rua Pereira Nunes ou Maxwell. Em Pereira Nunes, Adolfo Bloch vivera a sua infância humilhada e ofendida; e passara fome. À noite, a rua era lívida e comprida como a ponte Buarque de Macedo. Mas como ia dizendo: — saltamos, primeiro, na porta da menina.

8 Já da esquina, ouvíamos gritos de mulher. Era a mãe da morta, as irmãs e até vizinhas. Sempre digo que, para além da praça Saenz Peña, os mortos são muito mais chorados. E mais ainda naquele tempo. Hoje, pode-se dizer que o ataque está entre os velhos e fenecidos usos cariocas. Nem a catástrofe justifica o ataque. Ninguém tem mais clima interior para bater com a cabeça nas paredes e agredir portas, mesas e cadeiras.

9 Fomos encontrar mulheres rolando por cima umas das outras em ataques; e, de repente, uma solteirona (soube depois que era solteirona) entrou lá e começou a rir. Estraçalhava no ar a própria gargalhada como os pavões. Um latagão a segurou pelos pulsos. Alguém explicava: — "Histerismo! Histerismo!" E eu, andando de um lado para outro, desatinado, tinha vontade de chorar também.

10 A pequena estava no fundo do quintal, coberta com um lençol (enquanto não vinha o rabecão). Ouvindo aqui e ali, vizinhos, parentes, criadas, a reportagem soube de tudo. A menina parecia mais alegre do que nunca; sentou-se no colo da mãe, brincou com as irmãs. Houve um momento em que disse: "Mamãe, se eu morrer, quero que meus vestidos fiquem para fulana." A fulana era uma parenta pobre; não sei se prima; e, se não era parenta, era vizinha. Todos acharam graça e passou. Pouco depois, ela vai ao telefone e fala com o namorado. Sai do telefone e se tranca no quarto.

11 De repente, começou a gritar. Corre-corre na casa. Ela própria abre a porta e passa, correndo. Ardia como uma estrela. Embebera o vestido em querosene, ou álcool, riscara o fósforo e rompera em gritos. Numa chama só, corria, tropeçando nas cadeiras. Uma tia foi buscar um cobertor ou toalha. E ela fugia, agora, pelo corredor. Foi morrer no fundo do quintal — e negra.

12 Agora, o pai andava pelos cômodos da casa como um demente; e só repetia: — "Eu vi a gordura escorrendo. A gordura escorrendo. Era minha filha." E, então, desesperado, comecei a perguntar pelo rapaz. Contaram que os dois tinham combinado morrer, ao mesmo tempo, cada qual na sua casa. Marcaram uma hora exata e acertaram os relógios. E, como moravam na mesma quadra, ele há de ter escutado os gritos da bem-amada, e ela os gritos do bem-amado.

13 Peguei uma vizinha gorda (há sempre uma vizinha gorda como uma viúva machadiana). Fiz-lhe a pergunta: — "Por quê?" Ninguém se mata de graça, pelo puro gosto de morrer. Eu queria o motivo. Eis a verdade: — ninguém sabia, nem havia motivo. Estavam noivos e de casamento marcado. Nenhuma oposição familiar, nada. Então por quê?

14 Quando já íamos voltar, um senhor veio cochichar para a reportagem: — "A menina era débil mental. Tinha manias." O outro falava chiando e aos arrancos, como um asmático. Não me convenceu. Ora, isso acontecia no tempo em que Adolfo Bloch passava fome. E, agora, tantos anos depois, eu penso: morremos tão pouco de amor, e nos matamos tão pouco de amor. Não quererá isso dizer que somos uns pobres, uns desgraçados impotentes do sentimento?

4/5/1967

Capítulo 58

1 Quando voltamos, no mesmo táxi, começou a chuva. Relampejou. No alto, abriu-se um clarão de espanto. Os ventos assanhavam as sombras das esquinas. E eu com os outros, no táxi, sofria e tinha medo. Um de nós andara no quarto da suicida — remexendo gavetas e roubando retratos. Tremi diante da verdade súbita, jamais suspeitada: — o suicida não precisa de motivo, nenhum, nenhum.

2 Inútil perguntar por que uma moça ou um rapaz fere a própria vida. É um gesto de graça plena e nada mais. Continuei pensando, pensando. Cada qual tem a sua própria morte, ou por outra: — cada qual é o seu próprio cadáver (só o Mário Faustino não foi cadáver, nunca. Ia para a Europa. Europa, não. Ia para os Estados Unidos. Seu jato bateu numa montanha. Tudo se desintegrou, terno, sapatos, obturações, o anel. O poeta, o crítico, o editorialista Mário Faustino morreu e não foi jamais cadáver).

3 Lembro-me de que, mais tarde, em casa, sonhei a noite toda com o pacto de morte. Os dois olhando o relógio e morrendo na hora marcada: — ele, tomando formicida, ela, "ateando fogo às vestes". E, depois, o diálogo de gritos. O rapaz gritou menos, porque morreu antes. Podia ter apenas gemido. Mas uivara para ser ouvido. Foi a noite toda assim. A gordura pingava, a gordura deslizava. Banha humana.

4 Acordei exausto de sonhar. E assim fui me tornando cada vez mais íntimo dos suicidas. Antes de prosseguir, porém, devo explicar que justaponho, de propósito, as minhas experiências de Mangue e da reportagem policial. Umas e outras me ensinaram muito e, eu quase dizia, me ensinaram tudo; e, mais tarde, iam influir em todo o meu teatro. Reparem que falo no Mangue e não na Rua Conde Lage. Esta última era uma prostituição aristocrática, melíflua, bem educada, com jardins antigos e caramanchões nostálgicos.

5 Muitos anos depois, estou presente a um dos ensaios de *Vestido de noiva*. Não sei se vocês se lembram. A tragédia começa num lupanar, digamos lupanar. A heroína fora atropelada na altura do relógio da Glória; fratura do crânio, do braço, escoriações generalizadas. Quase agonizando, ela se imagina num prostíbulo.

6 E o ambiente é muito mais a Rua Conde Lage do que o Mangue. Antes de morrer, a jovem e exemplar senhora precisava viver o seu momento de prostituta. Eis o que eu queria dizer: — o deslumbramento com que, em todos os tempos, a atriz representa a meretriz. Num dos ensaios de *Vestido de noiva*, uma das intérpretes gritava: — "Quero um papel de prostituta." Bem me lembro da paixão com que dizia isso.

7 A Alaíde de *Vestido de noiva* precisou morrer para realizar a sua mais doce e secreta utopia. E não há uma atriz que não queira usar o vestido, os modos, as caras, as inflexões, os risos das "filhas da desgraça". Isso aqui, em toda parte e em todos os idiomas. Deve ter sido assim no tempo dos gregos e antes dos gregos. Não importa que a atriz seja uma mulher fidelíssima, mãe de não sei quantos filhos, dona de casa etc., etc. As meninas que apareciam no vestíbulo também tinham, na vida real, um comportamento irretocável, imaculado.

8 Mas, representando a prostituta, elas se transfiguravam. Bem me lembro dos ensaios, que acompanhei com a pertinácia fanática dos estreantes. Percebia-se que estavam crispadas de sonho, doentes de voluptuosidade. E tinham a naturalidade, e a graça, e o movimento exato, e a inflexão certa. Era como se, naquele momento, cada uma estivesse cumprindo um imortal hábito feminino.

9 Depois das estréias, uma peça perde muito da sua potência. A presença do público, isto é, a presença de duzentas senhoras comedoras de pipocas — compromete o mistério, o sortilégio e a sabedoria de um texto. Já nos ensaios, aparece em seu furioso estado de graça. Eu vi isso durante os meses em que Ziembinski, como um demente, preparava *Vestido de noiva.*

10 Era a cena inicial, do prostíbulo, que me fazia tremer. Eu ficava, no meu canto, tecendo inumeráveis fantasias. Eis o que pensava, observando o meu próprio elenco: — não há atriz, por mais inepta, mais incompetente ou medíocre, que represente mal a prostituta. Aí está o papel irresistível. A meretriz do teatro é perfeita. Não importa que a intérprete seja uma canastra. De repente, ela se põe a dizer, a inflexionar, a gesticular como uma Duse.

11 Citei o poeta que falou na mais antiga das profissões. Não sei se será bem assim. Minha experiência de Mangue, de repórter e de dramaturgo insinua outra verdade, ou seja: — a primeira prostituta não era mercenária. Fazia o que fazia por um dom, por uma graça, quase por uma destinação poética. Talvez seja mais válido falar-se na mais antiga das vocações.

12 O êxito de *Vestido de noiva* foi, para mim, outra experiência decisiva. Já expliquei que, até a estréia, achava impossível um sucesso de público. Com seu processo de ações simultâneas, em tempos diferentes — a peça devia ser hermética para o espectador médio. E, no entanto, a bilheteria de *Vestido de noiva* foi de estarrecer.

13 Realmente, a multiplicidade de planos estonteava a platéia. Raros conseguiam dar uma ordem ao caos. E, apesar disso, a tragédia fascinava. Lembro-me de senhoras que saíam trêmulas, de beleza. E por quê? Em primeiro lugar a pergunta: — o que é *Vestido de noiva*? Um delírio põe a heroína num prostíbulo. Logo se percebe que ela estava ferida pela nostalgia da prostituta. Alaíde procura madame Clessy, a meretriz antiga e fenecida. E assim o mito da prostituta se irradiava para a platéia e cada espectadora ficava tensa de sonho.

5/5/1967

Capítulo 59

1 Escrevi que fui, no Mangue, um menino à procura de amor. E, em seguida, na reportagem de polícia só o amor me fascinava. Lembro-me de um desastre de trem que assombrou a cidade. Morreram oitenta, cem pessoas. Quando nós, da reportagem, chegamos, muitos ainda agonizavam; e uma moça, com as duas pernas esmagadas, pedia pelo amor de Deus: "Me matem, me matem!" Tinha eu 13 anos, ainda não completara os 14. Via os vagões trepados uns aos outros; lá estava a locomotiva entornada. Era espantoso: — um trem cavalgando outro trem. E, ainda pior, a promiscuidade de feridos e mortos. De vez em quando, uma mão brotava das ferragens; e um repórter tropeçou numa cabeça — uma cabeça sem corpo.

2 Cem mortos, não sei quantos feridos. Mas faltava o amor. Houve um momento em que me encostei num poste e tranquei os lábios, crispado de náusea. Faltava o amor, disse eu. E a massa de gemidos, mutilações e agonias — me feria menos do que um simples pacto de morte. Para mim, mais patético do que cem mortos é o casal que se mata de amor e por amor.

3 Ainda agora, quando sei que alguém ama, simplesmente ama, paro, espantado. (Hoje, estaremos no banquete a Gilberto Amado. Os oradores vão dizer tudo, menos o que essencialmente importa: Gilberto Amado ama. Mesmo que não tivesse escrito uma linha, merecia essa homenagem e outras. É um brasileiro que chega aos oitenta anos e ama. Oitenta anos — portanto mais velho do que o século — e ama. Estamos salvos, estamos salvos. É como se Gilberto Amado amasse por todo um povo.)

4 Rapidamente, deixei de ser apenas o repórter do atropelamento. Escrevera sobre o pacto de Pereira Nunes uma boa meia página. Desta vez, mais seguro de mim mesmo, inundei de fantasia a matéria. Notara que, na varanda da menina, havia uma gaiola com um canário. E fiz do passarinho um personagem obsessivo da história.

5 Descrevi toda a cena: — a menina, em chamas, correndo pela casa, e o passarinho, na gaiola, cantando como um louco. E era um canto áspero, irado, como se o canarinho estivesse entendendo o martírio da dona. E fiz a coincidência: — enquanto a menina morria no quintal, o pássaro emudecia na gaiola.

6 Quase, quase matei o canário. Seria um efeito magistral. Mas como matá-lo se a rua inteira ia vê-lo, feliz, vivíssimo, cantando como nunca, na sua irresponsabilidade radiante? O bicho sobreviveu. E foi um sucesso no dia seguinte. Lembro-me de que me perguntaram muito: — "Quem escreveu a história do passarinho?" Eu era apontado. Muitos vinham perguntar: — "Mas aquilo foi verdade mesmo?" Respondia, cínico: — "Claro!"

7 Entre parênteses, a idéia do passarinho não era lá muito original. Eu a tirara de uma velha e esquecida reportagem de Castelar de Carvalho. Anos atrás, ele cobrira um incêndio. Mas o fogo não matara ninguém e a mediocridade do sinistro irritava o repórter. E, então, lembrou-se ele de inventar um passarinho. Enquanto o prédio era lambido e, depois, comido, o pássaro cantava, cantava. Não parou de cantar. Só emudeceu para morrer.

8 O brasileiro gosta do horror e a nossa cidade é emotiva como uma senhora gorda. A deslavada invenção de Castelar fez a massa tremer de pena e de beleza. Não se falou em outra coisa. E o Castelar, fascinado pelo próprio êxito, não pensou duas vezes: — a partir de então não fazia um incêndio sem lhe acrescentar um passarinho. Sim, um passarinho que morria cantando e repito: — que emudecia morrendo.

9 Hoje, a reportagem de polícia está mais árida do que uma paisagem lunar. Lemos jornais dominados pelos idiotas da objetividade. O repórter mente pouco, mente cada vez menos. A geração criadora de passarinhos acabou em Castelar. Eis o drama: — o passarinho foi substituído pela veracidade que, como se sabe, canta muito menos. Daí por que a maioria foge para a televisão. A novela dá de comer à nossa fome de mentira.

10 Houve, naquela época, uma tragédia (nós chamávamos tragédia) que apaixonou a cidade. (Eu continuava dentro dos meus 13 anos.) Um deputado, ou senador, desconfiou da mulher. Ao contrário do que pretende a ópera-bufa, o marido é o primeiro a saber, exatamente o primeiro. Antes da mãe, da sogra, do vizinho, do fornecedor — o marido sabe. Eis como o senador percebeu tudo. Uma noite, chega em casa e, como fazia sempre, inclinou-se para beijar a mulher na boca. Beijava de leve, mas nos lábios.

11 Muito bem. E o senador, que se julgava uma espécie de Disraeli, cumpriu o hábito doce como todos os hábitos. Aconteceu então o seguinte: — ao ser beijada, a esposa desvia ligeiramente o rosto. Em vez de oferecer a boca, deu a face. Só fora um movimento quase imperceptível. E tanto bastou para o nosso Disraeli. Pensa, imediatamente: — "Me trai."

12 Senta-se para o jantar, mas já começava a sofrer. Durante a sopa, o ensopadinho, o bife, aquilo não lhe saía da cabeça. Era traído. Como, quando e com quem, não sabia, ou por outra: — ainda não sabia. "Evitou o beijo na boca", repetia para si mesmo. O curioso é que jamais, em momento nenhum, aquela senhora tivera um gesto, ou sorriso, ou olhar suspeito. Nada. Mas o marido estava prodigiosamente certo do adultério.

13 E, por influência da traição hipotética, mudou até fisicamente. Em casa, mesmo de pijama, parecia estar de sobrecasaca. De vez em quando, parava, ereto, perfilado, como se ouvisse o Hino Nacional. E, com essa desesperada pose, ele se compensava da vergonha e do ridículo. Começou a vigiar os passos da mulher, a espreitá-la. Até que, um dia, a viu entrar numa porta.

Prédio de três andares, com uma sorveteria embaixo. Por uma dessas intuições exatas e fulminantes, achou que ela ia pecar no terceiro andar e não no segundo ou no primeiro. Como sofria do coração, subiu devagar as escadas, descansando de três em três ou de quatro em quatro degraus. Ainda ficou um momento, junto à porta, preocupado com os arrancos cardíacos. E foi então que veio, lá de dentro, um som abominabilíssimo: — era o riso da mulher, riso agudo, cantante, de soprano.

14 O nosso Disraeli chegara a duvidar. Era velho, e os velhos perdoam. Mas o som o enfureceu. Puxa o revólver e faz saltar, à bala, a fechadura. Em seguida, invade o quarto. O amante se enfiou debaixo da cama. Mas a adúltera, mais ágil, mais elástica, mais acrobática, quase alada, teve tempo de se atirar do alto do terceiro andar. Por aí se vê que ela pecava por sexo e não por amor. O sexo corre e sobrevive. E se fosse amor, ela se deixaria varar de balas como uma santa; e ainda morreria agradecida.

6/5/1967

Capítulo 60

1 Terminei o capítulo com a adúltera pulando pela janela. Era na cidade, dia útil, hora de movimento. Se me perguntarem se ela morreu, eu lembrarei Machado de Assis. Segundo este, é melhor cair das nuvens do que de um terceiro andar. Pois a infiel caiu de um terceiro andar em cima de um toldo. Foi um assombro na rua. De repente, todos viram aquela mulher voar pela janela, virar duas cambalhotas e derramar-se dois andares abaixo.

2 E vinha de camisola, aí é que está, vinha de camisola. Hoje, não há nada mais intranscendente do que o ato de se despir. A mulher faz dois ou três gestos e a nudez brota, instantânea. Se, em nossos dias, uma senhora cair de um terceiro andar e de camisola — será um escândalo total. Todos hão de perguntar, numa amarga perplexidade: — "Por que a camisola?" Naquele tempo, o pudor era obrigatório no jogo amoroso e entrava nas devassidões mais frenéticas.

3 Era uma senhora gorda, e, portanto, de uma beleza um tanto pesada. Tinha os flancos fortes, potentes de fecundidade. E, todavia, o toldo suportou o baque e não houve morte, nem fratura, nada. A adúltera foi recolhida, salva. Alguém lhe deu uma capa, que ela vestiu por cima da camisola. Quanto ao amante, nós o deixamos debaixo da cama. No quarto, está um marido armado e homicida. A adúltera saíra pela sacada e o amante devia ser a vítima obrigatória.

4 E, no entanto, aconteceu o seguinte: — a partir do momento em que a mulher se atirou de cabeça, o amante passou a ser um pobre-diabo secundário, irrelevante e, eu diria mesmo, inexistente. O nosso Disraeli foi na sacada espiar o resultado da queda. Do alto, viu a mulher, de camisola, esperneando em cima do toldo. E voou pelas escadas. O que houve depois qualquer um pode imaginar. O amante saiu, de gatinhas, vestiu-se, calçou-se, pôs o chapéu, desceu e sumiu, para sempre. Não deixou, atrás de si, um vestígio de identidade. Até hoje, ninguém sabe quem foi esse único e escasso amante, como era, qual o feitio do seu nariz, o número do seu sapato ou se usava pérola na gravata.

5 Dois ou três latagões retiraram a adúltera do toldo. Rouca de pavor, só dizia: — "Ele quer me matar! Ele quer me matar!" Perguntaram: — "Quem? Quem?" Disse: — "Meu marido." E era uma menina de medo: — "Não quero morrer! Não quero morrer!" Eis que surge, ali, o marido, arquejante. Ainda empunhava o revólver, mas era evidente que passara toda e qualquer intenção agressiva. Passa a outro a arma. Em seguida, ele se lançou nos braços da mulher, ela nos dele, os dois aos soluços.

6 Esse perdão fulminante causou, entre os presentes, um escândalo mudo. O senador (ou talvez deputado) não teve uma palavra dura, nada. Ela é que, atracada ao marido, gemia: — "Você me perdoa? Perdoa?" O outro retrucou, nobremente: — "O que passou, passou." O pior foi quando os dois embarcaram num táxi. Juntara gente, e nós sabemos que o povo não entende o perdão e prefere o tiro. O casal partiu debaixo de uma vaia triunfal.

7 Disse eu que, num fim de certo tempo, o repórter de polícia adquire uma experiência de Balzac. Com um ano de atividade profissional eu conhecera todas as danações do homem e da mulher (é forte dizer "todas", mas vá lá). E, sobretudo, tinha um prodigioso elenco de adúlteras. Sempre que, na reportagem de polícia, cruzava com uma infiel, eu me perguntava: — "Por quê?" E ia com uma tenaz e não sei se compadecida ou perversa curiosidade — apurando todas as causas de adultério.

8 Umas traíam por vingança, outras por passatempo, ou tédio, ou experiência erótica, ou dinheiro. Uma pequena e seletíssima minoria era infiel por amor.

Eis o que aprendi lidando com o sangue e excremento da crônica policial: — o marido enganado perdoa muito menos o adultério por amor. Se a mulher vive uma aventura estritamente física, carnal, se trai por um, digamos assim, capricho erótico, ele sofrerá menos. Mas o amor ofende, agride muito mais.

9 Ainda no meu primeiro ano de repórter de polícia, trabalhei num caso que me empolgou. Imaginem vocês um rapaz e uma menina que se casam, ela com 16, ele com 18 anos. Já pelas duas idades, percebemos que tal casamento fracassou na primeira noite e não poderia nem ter lua-de-mel. A mulher pode ter qualquer idade. Não o homem. O homem não pode ter 18 anos, ou 15. Aos 18 anos, não sabemos nem como se diz "bom-dia" a uma mulher e não podemos fazê-la feliz, em hipótese nenhuma. Para o homem, o amor não é gênio, não é talento, e sim tempo, *métier*, sabedoria adquirida. Fiz as considerações acima para concluir: — o homem devia nascer com trinta anos feitos.

10 O amor do adolescente casal morreu na primeira noite. No dia seguinte, bem cedinho, a menina queria voltar para a casa dos pais. Claro que a mãe de um lado, a sogra de outro, e o pai servindo de coadjuvante, impediram a separação. Dois dias depois, segundo o testemunho dos vizinhos, ela já estava flertando com um, com outro. Moravam na Rua Barão de Bom Retiro. E contam que, ainda não fizera um mês de casada, e já atirava beijos para os desconhecidos que passavam no bonde. Mais um pouco e tinha o primeiro amante. E os outros viriam, às dúzias.

11 Passou de mão em mão e sem gostar de ninguém. O marido soube, a mãe, o pai, a sogra, todos souberam. Mas a própria abundância quantitativa era uma espécie de desculpa: — se tinha tantos, não havia amor. E só uma coisa horrorizava os vizinhos, os conhecidos: — o marido manso, que ia para a sinuca, enquanto a mulher o traía até com desconhecidos.

12 De repente, ela mudou. Começou a ficar triste, não ria alto, nem atirava beijos aos homens dos bondes e dos automóveis. Deixou de se pintar. Uma noite, vira-se para o marido: "Ou você dorme na sala ou eu." O outro não entendeu nada. Passou a dormir na sala. E começou a ter um pudor feroz do marido. Até que, num final de tarde, foi vista, não sei onde, passeando com um desconhecido, de mãos dadas. E tudo ficou espantosamente claro. Era agora a mulher de um homem só. Amava. E, porque era amor, houve ódio do marido, da sogra, dos cunhados. O ser amado era já um senhor, grisalho e triste. E, então, a sogra passou a telefonar; e dizia-lhe palavrões. E, uma noite, estava sentada diante do espelho, pondo papelotes no cabelo. Súbito, o marido puxa o revólver. Ela não fugiu, nem gritou. Nenhum medo. Ainda o desafiou: — "Atira." O outro puxou o gatilho três vezes. A menina crispou-se por um momento. Depois, a cabeça tombou; e quando os outros entraram, ela estava quieta na sua morte, pendida de sonho.

7/5/1967

Capítulo 61

1 Por vício de velho, vivo eu a fazer comparações entre a imprensa antiga e a nova. Sou do tempo em que o diretor do jornal era tudo e o resto, paisagem. Bem me lembro do meu pai, na *Manhã* e na *Crítica*. Quando ele estava presente, o riso era escasso e os redatores cochichavam os palavrões.

2 Ninguém ousaria uma gargalhada plena, livre, deslavada. E meu pai era tratado de "Dr. Mário" as 24 horas do dia. Quando um redator o chamava pelo nome, eu me sentia duramente ultrajado. Daí o meu horror a Danton Jobim. Danton era, na época, um rapazola de vinte, vinte e poucos anos. Chamava meu pai de "Mário", de "você". E essa intimidade soava para mim como uma desfeita. (Só depois é que me tornei seu amigo fraterno.)

3 Já o José Jobim, atual embaixador, dizia: — "Dr. Mário." E assim a maioria dos funcionários. Hoje, não. Hoje, não há mais doutores na direção dos jornais. Minto: — há o Britto. Certa vez, estava eu no terceiro andar do *Jornal do Brasil*, quando ouvi o Mário Faustino falar em "Dr. Britto". E como o simples som me pareceu antigo, obsoleto, espectral.

4 Tive a curiosa sensação de que o "Dr." Britto era um contemporâneo de Evaristo da Veiga, Zé do Pato e Quintino Bocaiúva. Imaginei-me a espanar, na sua figura, o pó de velhas gerações. Mas eis o que eu queria dizer: — o antigo diretor era como as imagens santas que os barcos levavam esculpidas na proa. Diante dele, até as procelas se prostravam para lamber-lhe as botas.

5 Ao passo que, em nossos dias, todos mandam num jornal, inclusive o diretor. A figura deste perdeu o halo intenso; vaga por entre as mesas e cadeiras como um qualquer. Mas citei o Dr. Britto e volto a ele. Certo dia, um anunciante forte dirigiu-se ao *Jornal do Brasil*. Chegou e foi recebido na diretoria, se não me engano, no oitavo andar, com larga e cálida efusão.

6 Sim, envolveram-no em rapapés, os mais encomiásticos. Ofereceram-lhe água gelada, cafezinho, o diabo. E, então, o homem tirou do bolso um recorte. Era um artigo anticomunista, publicado não sei onde, nem importa. Lá se dizia que os poetas russos eram laçados, no meio da rua, pela carrocinha de cachorro.

7 E o anunciante tivera a idéia de republicar aquilo nas colunas do *Jornal do Brasil*. A reação do Dr. Britto foi esplêndida. Desmanchou-se: — "Pois não, pois não, claro." O outro, radiante, achou que escolhera o jornal certo. Nenhum outro mais apropriado para apresentar, em forte e crespo relevo, uma matéria anti-soviética. O visitante levantou-se; tinha que sair, pois a sua senhora o esperava (disse senhôra, com acento circunflexo). O Dr. Britto o acompanhou ao elevador.

8 O anunciante desceu achando um lindo jornal, onde uma condessa entra na redação como num jardim. E ficou o Dr. Britto com o recorte na mão. Agora era publicá-lo. Aqui, começa uma página de *Os Maias* ou uma carta que o Fradique teria assinado, sem lhe tirar ou acrescentar uma vírgula.

9 Na velha imprensa, nada mais intranscendente do que a publicação de uma notícia, fosse ela sublime ou vil. Bastava o visto do diretor. A casa não pagava, mas havia respeito, hierarquia, subserviência. Mal remunerado, o funcionário vergava os ombros até os sapatos. Agora, tudo mudou.

10 E o Dr. Britto começou a se perder no labirinto de sua própria organização. O leitor, que é um simples, não pode imaginar a sombria complexidade de uma redação. O *Jornal do Brasil* tem uma antologia de editorialistas, uma frota de *copy desks*, um Departamento de Pesquisas, um Departamento Feminino, uma suntuária seção esportiva, uma indescritível seção de polícia. Só falta ter psicanalista próprio, bombeiro particular, cascata artificial (com filhote de jacaré).

11 O Dr. Britto, para publicar a nota, precisou enfrentar essa tremenda, complexa e implacável estrutura. Eu não estava lá e só conheço de ouvido o abominável episódio. Mas eis como me contaram os fatos: — o itinerário da matéria anticomunista começou no editor geral, se não me engano o Dines; deste passou para não sei quem; e a coisa foi rolando, de escalão em escalão.

12 Todos os dias, o Dr. Britto, ainda em casa, abria o *Jornal do Brasil* e lia, de fio a pavio. Nada. E mal sabia ele que a matéria caminhava, de mão em mão. Foi lida pela equipe de *copy desks*, essa mesma equipe que é capaz de reescrever o Proust, se por lá aparecer o Proust. Também foi repassada pelo Departamento dc Pesquisas, o mesmo que descobriu alface na Hungria, o mesmo que afirmou, fremente de certeza: — Lisboa é a capital portuguesa!

13 Todo mundo leu a matéria e ninguém a publicou. Eis a verdade deprimente: — ninguém a publicou. Todo santo dia, o Dr. Britto reclamava do Dines; o Dines reclamava do chefe de redação; e este de não sei quem e, assim, sucessivamente, até o último dos últimos. Assim os dias e as semanas iam passando, rumo à eternidade. As manhãs do Dr. Britto eram amarguradas pela mesma frustração. Lia o seu jornal (e agora descobria que era falsamente seu) e não encontrava nada.

14 O anunciante estava furioso; a mulher do anunciante, idem; e o Dr. Britto, não furioso, mas humilhadíssimo. De repente, começou a baixar nele uma humildade total; já se considerava contínuo de si mesmo. Os menos informados poderão achar uma graça cruel no episódio. Mas aí está a dessemelhança entre o velho jornal e o novo: — antigamente, o redator não pensava. Morria de fome e simplesmente não pensava. Se vendessem a hiléia amazônica, ele havia de bocejar, num tédio cesariano. Na redação moderna, todo mundo pensa; a menina estagiária pensa; o faxineiro pensa; e todo sujeito tem no bolso a sua ideologia feroz.

15 Dizia eu que a condessa entra na redação como num jardim. E cada um é uma flor das esquerdas; os reacionários formam uma minoria acuada e impotente. Resultado: — não saiu a nota anticomunista. Aquela estrutura suntuária rosnou para o Dr. Britto e o devorou.

9/5/1967*

* Crônica publicada na edição de *O óbvio ululante* de 1968 com o título de "Velhas e novas gerações".

Capítulo 62

1 Outro dia, passo por um guardador de automóveis. Ao me reconhecer, ele se pôs a berrar: — "Óbvio ululante! Óbvio ululante!" Volto-me e faço um aceno amigo. E, então, ele pergunta, numa luminosa humildade: — "Está certa a pronúncia?" Fiz que sim com a cabeça. Assim nos separamos: vim para a redação, enquanto o guardador, iluminado, ia passar estopa num pára-lama.

2 Contei o episódio para completar: — ali estava um admirador anônimo e jucundo. Quando um deles se atravessa em meu caminho, me sinto enriquecido, denso; e é como se uma luz súbita pousasse na minha vida. Essas admirações de rua, de esquina, de boteco dão ao artista uma sensação de plenitude. Já os admiradores literários causam um desgaste homicida.

3 Volto a 1944. Depois das primeiras representações de *Vestido de noiva*, fui um narciso extremamente maligno, que se dispôs a destruir todas as outras imagens. Para mim, só eu devia existir. Nada de Joracy Camargo, Magalhães Júnior, Fornari e outros, e outros. Pouco me interessava a qualidade dramática ou poética dos competidores; o que me ofendia, como uma desfeita, direta e crudelíssima, era o sucesso alheio.

4 Antes de *Vestido de noiva*, Magalhães Júnior fizera *Carlota Joaquina*, peça histórica, quase uma ópera. Vi nele ressentimento, abominei o autor bem-sucedido. Paulo Magalhães era outro que fazia sucesso. Só me referia a ele assim: — "cretino", a "besta", o "cavalo" do Paulo Magalhães.

5 Ao mesmo tempo, todos os suplementos literários falavam de mim. Álvaro Lins abriu meia página do *Correio da Manhã* sobre *Vestido de noiva*. Dizia: — "Nelson Rodrigues ocupa no teatro brasileiro uma posição excepcional e revolucionária como a de Carlos Drummond na poesia." Só esse paralelo era de causar vertigem. Eu e Carlos Drummond, lado a lado. Pompeu de Sousa lançou toda uma série de artigos. Em São Paulo, outros escreviam, e com a mesma exaltação.

6 "Sou um gênio", eis o que me dizia, "sou um gênio". Lembro-me de que Carlos Drummond foi ver a segunda representação de *Vestido de noiva*. No final, estava eu à sua espera. Atropelei-o no meio da escada. "Desiludido?", foi a minha pergunta. E aquele magro, aquele áspero, teve uma luz na sua aridez; respondeu: — "Formidável!"

7 Nas minhas atuais crônicas de futebol, digo que certos jogadores são carregados na bandeja, e de maçã na boca, como um leitão assado. Essa metáfora também me cabia nos tempos de *Vestido de noiva*. Por vezes, me sentia carregado numa prodigiosa bandeja. Todas as noites, antes do sono, baixava em mim uma obsessão linda: — "Hollywood vai me descobrir."

8 Eu, na Broadway, eu, em Tóquio. Lembro-me de que, certa vez, fui, à tarde, ao Teatro Municipal, fazer não sei o quê. Parei um momento no palco imenso e vazio. E, de repente, uma tensão dionisíaca inundou o teatro deserto. No alto, a cúpula estava ressoante das palmas espectrais. O lustre apagado ardia em cintilações frenéticas. Ouvi de novo a voz de José César Borba chamando: — "O autor!" Saí do teatro, febril de glória.

9 Mas não conseguia fazer a minha segunda peça. Comecei e recomecei umas cinqüenta vezes. E não escrevia sem pensar nos meus admiradores. Eis o que me perguntava: — "O que dirá o Álvaro Lins? E o Manuel Bandeira? E o Pompeu? O César Borba? E o Drummond?" Um belo dia, descobri que todos os citados, e mais outros, e outros, seriam meus co-autores fatais. Eu era um território ocupado pelos bandeiras, álvaros, pompeus, borbas, prudentes. Cada admiração me comprometia ao infinito.

10 O heróico da minha descoberta é que o elogio não perdera, para mim, a sua graça plena. Ver o meu nome no jornal ainda me fascinava. Mas e eu? E eu? Eis a verdade que, em tempo, percebi: — o elogio era uma falsa e perversa delícia. Ainda agora, vejo a figura ameaçada de Guimarães Rosa. Não sei se ele fará algo que se pareça ao *Grande sertão*. Das nossas figuras literárias, é, que eu saiba, a mais acuada pela horda bestial dos admiradores. Quando ouço alguém dizer do Rosa que é o "nosso maior prosador", tenho vontade de pedir, pelo amor de Deus: — "Não o matem antes do tempo." —

11 O nosso romancista está em crise de solidão. Falta-lhe solidão. Tem de sair, de picareta, ceifando, demolindo as admirações que hão de corrompê-lo fatalmente. Foi isso, pouco mais ou menos, que fiz, depois da apoteose de *Vestido de noiva*. O furioso *Álbum de família* foi, sim, uma tentativa de solidão, de ruptura, de aniquilamento.

12 Concebi uma peça em que todo mundo era incestuoso. Vejam bem: — não um único incesto, mas cinco, seis, sete. Essa "abundância numérica", como a chamou Álvaro Lins, teria que levantar contra mim a fúria crítica. Eu queria e não queria agredir o bom gosto literário. Queria, para sobreviver como poeta dramático; e não queria, porque ainda estava ferido pela nostalgia de *Vestido de noiva*.

13 Uma meia dúzia aceitou *Álbum de família*. A maioria gritou. Uns acharam "incesto demais", como se pudesse haver "incesto de menos". De mais a mais, era uma tragédia "sem linguagem nobre". Em suma: — a quase unanimidade achou a peça de uma obsessiva, monótona obscenidade. Augusto Frederico Schmidt falou na minha "insistência na torpeza". O Dr. Alceu deu toda razão à polícia, que interditaria a peça; meu texto parecia-lhe da "pior subliteratura".

14 Assim comecei a destruir os meus admiradores. Foi uma carnificina literária. Mas não me degradei, eis a verdade, não me degradei.

10/5/1967

Capítulo 63

1 Sim, a partir de *Álbum de família*, a minha vida teatral tem sido uma batalha entre um autor e seus admiradores. É uma fúria recíproca e total. Os admiradores querem me destruir, com a sua incompreensão apoteótica e homicida; e eu reagindo, como um possesso. Claro que, por vezes, me venha a funda e inconsolável nostalgia do sucesso.

2 Parece que minha resistência tem sido bem-sucedida. Olho o meu chão literário; está juncado de admirações abatidas. Por exemplo: — como mudou o Dr. Alceu Amoroso Lima. Saudou *Vestido de noiva* como "a obra-prima do moderno teatro brasileiro"; e entende que *Álbum de família* é da pior subliteratura. Álvaro Lins ousara um paralelo entre mim e o Carlos Drummond. E quando viu as minhas peças interditadas, declarou que eu saíra da literatura; era agora "um caso de polícia".

3 Se quisesse, faria com os nomes dos meus ex-admiradores uma lista telefônica. E eu não movia uma palha para reconquistá-los. Pelo contrário: — antes, delirara com o sucesso; e, agora, agia e reagia como se preferisse, inversamente, o fracasso. Álvaro Lins lançou, contra *Álbum de família*, um rodapé escandaloso: — "Tragédia ou farsa?"

4 A pergunta era realmente uma afirmação: — farsa. Dois ou três dias depois, apanhamos o mesmo bonde, 33, Lapa — Praça da Bandeira. O crítico sentou-se no banco da frente e foi, comigo, de uma cordialidade risonha e exemplar. Disse, entre outras coisas, o seguinte: — esperava que o tal rodapé não modificasse, em nada, as nossas relações; ele continuava o mesmo amigo etc. etc. Respondi, com a mais cínica efusão: — "claro, claro, evidente".

5 Ele ia para a redação do *Correio*, na Gomes Freire. E, até lá, a ternura foi de uma reciprocidade deslavada. Não sei o que poderia ele pensar de mim naquele momento. É possível que tivesse um certo remorso e havia, na sua efusão, algo de apiedado, sim, algo de compassivo. Mas não podia nem imaginar que eu era, ali, um monstro de perfídia e ressentimento.

6 Eis o que me passava pela cabeça: — "Cretino. Oswaldo Teixeira da crítica. Não entende nada de teatro. Dengoso do estilo." E o pior é que ia sair na página de livros de *O Cruzeiro* um artigo redigido por mim, e assinado por outro, arrasando o crítico. Rimos um para o outro, até a Gomes Freire. Antes de saltar, Álvaro Lins ainda perguntou: — "Continuamos amigos?" Respondi lívido com descaro: — "Sempre."

7 Durante anos, porém, o seu rodapé foi, em mim, um ressentimento literário altamente vingativo. Eis a minha duplicidade: — de um lado, a fome de solidão; de outro, uma vaidade militante e, não raro, vil. Os jornais começaram a publicar artigos contra Álvaro Lins. Era eu que os escrevia e outros que os assinavam. Muitos anos mais tarde, ele foi, primeiro, chefe da Casa Civil de Juscelino e, depois, nosso embaixador em Portugal. Quando os dois brigaram, ou, melhor dizendo, quando o antigo crítico brigou com o presidente, exultei.

8 Álvaro escreveu, se bem me lembro, vários artigos, nos quais explicava o incidente e justificava o rompimento. E eu, por onde andava, dizia o diabo de sua atitude: — "Não tem direito de romper. Romper por quê? Não existia politicamente. Juscelino o inventou. E, antes de Juscelino, o *Correio da Manhã* foi seu Frankenstein. Diz que apoiou, apoiou. Que apoio tinha para dar? Seu apoio era o *Correio*." Assim me encarniçava nas redações, nos cafés.

9 (Paro aqui. Eis a verdade: — estou exausto de tal assunto e uma náusea me interrompe. Eis o que me pergunto: — se o simples fato de estar aqui, repetindo o que então dizia, se não será o último vômito de um ressentimento mal curado? Seja como for, quero dizer que a minha opinião sobre a briga de Álvaro com Juscelino não foi uma posição ética ou política. Era ainda o rodapé a origem da minha ira.)

10 O número de ex-admiradores aumentava. E, pouco a pouco, ia fundando a minha solidão. Fora proibida a representação de *Álbum de família*. Em seguida, houve a interdição de *Anjo negro*. De peça para peça, me tornava, e cada vez mais, um caso de polícia. Escândalo nos jornais. E, um dia, encontro-me com Carlos Lacerda. Pediu o meu novo texto: — "Você me dá, que eu escrevo contra a censura." Ótimo. No dia seguinte, fui levar-lhe uma cópia.

11 Carlos Lacerda era um admirador de *Vestido de noiva* e, sobretudo, de sua linguagem. Fazendo uma conferência, no antigo Teatro Phoenix, chamou-me de "o maior autor dramático brasileiro de todos os tempos". Eu estava certo, não sei por quê, de que ele ia se apaixonar pelo meu *Anjo negro*. Três dias depois, fui buscar sua opinião. Ele me devolveu a cópia sem uma palavra. Exatamente: — sem uma palavra. Não me deu nem bom-dia. Ainda fiquei, um momento, rondando sua mesa. Não me disse nada e repito: nada. Estendi-lhe a mão: — "Até logo." Respondeu: — "Até logo."

12 Uma meia dúzia gostou de *Anjo negro*: — Pompeu de Sousa, Prudente, Manuel Bandeira, José Lins do Rego, Rachel de Queiroz, Rubem Navarra. Tristão de Athayde (sempre o Dr. Alceu!) achou que o autor se divertia com a abjeção. Seja como for, ia me tornando cada vez mais solitário. Mas ainda não estava com o coração bastante amadurecido para a solidão.

13 Desde aquela época, cada um, na vida literária, tinha que ser um engajado. Ninguém ia à rua sem a sua pose ideológica. Lembro-me de Isaac Paschoal me perguntando, depois de um discurso de Prestes: — "E você? Qual é a sua contribuição?" Baixei a vista, rubro de vergonha. E, como ainda não contribuíra, senti-me um fracassado nato e hereditário.

14 Daí por que não posso ver, hoje, o Guimarães Rosa, sem uma sensação de deslumbramento. Durante anos, pratiquei a solidão com certo pânico e certa vergonha. E eis que vem o autor de *Sagarana* e ergue a sua torre de marfim, assim como um cigano põe a sua barraca. Nada existe: — só a sua obra. Estão brigando no Vietnã? Pois o nosso Rosa escreve. Há a guerra nuclear, o fim do mundo? Guimarães Rosa funda outro idioma. A torre de marfim fez dele o maior artista brasileiro do século.

11/5/1967

Capítulo 64

1 Posso dizer que, durante três ou quatro anos, vivi a expensas de uma fabulosa admiração: — Manuel Bandeira. Sempre que saía uma peça minha, eu mandava alguém entrevistar o poeta. E, no dia seguinte, saía o elogio infalível na primeira página de *O Globo*. Quando publiquei *Álbum de família*, não falhou o velho Bandeira. Disse, entre outras coisas, o seguinte: — que eu era, de longe, "o maior poeta dramático que já apareceu em nossa literatura".

2 Devia dar-me por satisfeito. Nós sabemos como é a vida literária. Os sujeitos se chamam uns aos outros de "cretinos", "bestas", "débeis mentais". Há pouco tempo, dizia-me certo sociólogo de Gilberto Freyre: — "Um analfabeto." Somos, realmente, uns impotentes da admiração. Cochichamos o elogio e berramos o insulto.

3 Dirá alguém que estou exagerando. Paciência. Mas, se é assim, Manuel Bandeira saiu-nos uma cálida e generosa exceção. Admira com abundância, admira com amor. Num belo soneto, Vinicius chamou-o de "áspero irmão". Pode ser bonito, e confesso — o "áspero irmão" soa bonito. Mas a inveracidade salta à vista. Pelo contrário: — ninguém foi, comigo, tão doce e tão irmão.

4 Chamado de "maior poeta", devia eu deixar em sossego uma admiração já tão solicitada. Mas estava só, cada vez mais só. Desejava e, ao mesmo tempo, temia a solidão (ainda não lera *O inimigo do povo*. O que aprendi, lendo o gigantesco drama, é que o artista precisa de solidão para não apodrecer).

5 Disse que, em todas as minhas estréias, mandava buscar a opinião do poeta. Até que escrevi *Senhora dos afogados*. Liguei para o Bandeira. Ele quis saber: — "O que é que achou o Prudente?" Ri, feliz: — "Achou a minha melhor peça." Fui ao apartamento do poeta levar-lhe a cópia. Três dias depois, voltei. Eu estava apaixonado por *Senhora dos afogados*. Cuidei que o velho Bandeira diria: — "Formidável."

6 Abriu-me a porta, entrei e senti que não era o mesmo. Perguntei, com um princípio de angústia: — "Leu?" Estava contrafeito: — "Li." Primeiro hesitou e foi dizendo: — "Desta vez, senti um certo cansaço do processo." Comecei a sofrer. Senti, imediatamente, que "cansaço" era a palavra inapelável, exata. Falara tanto de mim, de meus textos, de minhas encenações; e o que restava era uma admiração gasta, exausta. Descemos juntos, no elevador. Mas ele teve pouco que acrescentar. Quando me disse adeus, na calçada, falou, novamente, em "cansaço do processo".

7 Perdera a admiração que mais queria preservar. O rodapé de Álvaro Lins fora um golpe, sim; não vital, porém. Mais importante do que o crítico era o poeta. E eis que também o poeta me abandonava. Quando o deixei, tive uma sensação de orfandade total. Mais tarde, estreou minha peça *Valsa nº 6*. Manuel Bandeira assistiu, a meu convite, à primeira representação. No dia seguinte, chamam meu companheiro de *Última Hora*, Galba Menegale: — "Faz um favor. Entrevista Manuel Bandeira sobre *Valsa nº 6*."

8 Galba telefonou. Pouco depois, vinha a mim, furioso: "Imagina: — me recebeu com quatro pedras. Tratou mal." Aterrado, balbuciei: — "Mas vem cá. Tratou mal como? E por quê?" Menegale contou tudo. Depois de se dizer da *Última Hora*, pedira, no tom mais delicado, mais reverente, a opinião de Bandeira sobre a minha peça. O outro o destratara, no telefone. E eu, pasmo, não entendia que, a troco de nada, a polidez do poeta se transformasse em súbita truculência.

9 Certa vez, o meu amigo Vinicius de Moraes contou-me o seu maior desastre literário. Eis o fato: — ainda adolescente, entregara os originais do seu primeiro livro de versos a João Lyra Filho. Este, que era amigo da família, levou o livro. E o Vinicius foi, dias depois, buscar a opinião. João Lyra Filho disse-lhe tudo, à queima-roupa: — "Desista. Você não dá pra isso. Não é poeta, nunca será poeta." O poeta não disse uma palavra, nada. Apanhou, de volta, os originais; e saiu, dali, com vontade de morrer.

10 É o próprio Vinicius quem conta: — "Não dormi um segundo. Passei a noite toda chorando." E, por pouco, o Sr. João Lyra Filho não assassinava uma das mais formidáveis vocações da poesia brasileira. Lembrei o episódio para voltar à *Valsa nº 6*. A recusa do velho Bandeira em opinar, simplesmente opinar, mesmo contra, chegava a ser uma agressão. Eis o que me perguntava: — "Por quê?" Disse para o Galba: "Obrigado." E andei, de um lado para outro, desatinado. Horas depois, tomei o ônibus para casa; e me sentia tão órfão de Manuel Bandeira.

11 Depois disso, o poeta nunca mais conseguiu me elogiar. Quando *Manchete* pediu-lhe uma opinião sobre meu teatro, pingou escassamente esta opinião: — "Interessante." Hoje, entendo perfeitamente. Uma admiração não volta; nós a perdemos para sempre. Por outro lado, foi rigorosamente justa a sua exaustão. Um admirador precisa ter férias, fim de semana, dias santos, feriados. Mas o poeta vivia sob um sítio implacável. Falara mil vezes sobre mim em enquetes inumeráveis. E, um belo dia, o que era admiração virou ressentimento. "Basta de Nelson Rodrigues", há de ter decidido o poeta.

12 Mas vejam os mistérios da experiência artística. Como órfão de Manuel Bandeira, sofri o diabo. Durante anos, minha vaidade fora gratificada, remunerada pelo seu elogio. Quando tão alto louvor emudeceu, criou-se um espantoso silêncio. Manuel Bandeira povoava, edificava, umedecia o meu deserto. Mas agora a solidão era apenas e cruelmente a solidão. Embora mais velho, mais sofrido, fui um quase assassinado como o Vinicius do João Lyra Filho.

13 Coincidiu que, naquela ocasião, eu estivesse brigado com Pompeu de Sousa, grande amigo literário; perdera também contato com o Prudente. Tive uma feroz luta comigo mesmo; e venci. Hoje, estou certo de que o silêncio de Bandeira foi muito melhor para mim, e mais exaltante, do que o elogio. (Note-se que o admiro cada vez mais.) Bandeira me ensinou, como lbsen, que o bom artista é o que está “mais só”.

14 Ontem, falei na torre de marfim do Guimarães Rosa. Não sei se, ao me ler (se é que me leu), ele gostou de se ver posto na sua formidável solidão. Uma coisa é a torre de marfim, e outra confessá-la, proclamá-la, aos berros. Não importa. Mas quer ele o confesse, ou o desminta, a torre está encravada. Eis a verdade que Guimarães Rosa nos diz com seu exemplo: — o escritor que faz mais do que a própria literatura ou não é escritor ou é um pulha.

12/5/1967

Capítulo 65

1 Dizia eu, num dos meus últimos capítulos, que passou a época dos diretores de jornal. Eles não existem ou, por outra, só existem nominalmente. Figuram no cabeçalho porque a lei exige um responsável. E mandam cada vez menos (uns dois, ou três, como Roberto Marinho, ainda preservam o antigo absolutismo. *O Globo* é Roberto e ponto final. Lá, as esquerdas andam pelos cantos, exalando impotência e frustração).

2 Fiz o comentário acima pensando em J. E. Macedo Soares. Ontem, abro o jornal e, ao ler a notícia de sua morte, quase exclamei: — "Outra vez?" E, de fato, tive a sensação de que não morria pela primeira vez. Há tanto tempo não via o seu nome nem no poste-jornal. Reli a notícia. Fora escrita entre dois bocejos, sem dramatizar o fato e sem lhe conceder um ponto de exclamação.

3 E, de repente, o nosso J. E. Macedo Soares perde toda a importância, passada, presente e futura — torna-se ninguém. Cabe então a pergunta: — e por quê? A explicação me parece simples. Não há ninguém mais obscuro, mais anônimo, mais inválido do que o diretor de jornal — sem jornal. J. E. devia morrer em vida do *Diário Carioca.*

4 Imagino o fúnebre alarido se, por acaso, o *Diário Carioca* ainda circulasse. Toda a primeira página estaria chorando. As manchetes vestiriam um luto desgrenhado e siciliano. Por sua vez, os outros jornais fariam necrológios menos sóbrios e mais exaltados. E toda a pátria estaria pranteando o gênio.

5 Mas o nosso J. E. cometeu a gafe realmente indesculpável de morrer sem jornal. Ousarei afirmar que o seu atestado de óbito tem a data errada. Em verdade, faleceu com o *Diário Carioca* (lembro-me do que me dizia Gilberto Freyre: — “Como escreve bem o Macedo Soares!” Pausa e acrescentou: — “Escreve cada vez melhor”.).

6 E assim morreu, outra vez, o Senador (os íntimos o chamavam assim), sem um jornal próprio que lhe promovesse à posteridade. (Mesmo que não mande nada, um diretor tem, sempre, um necrológio deslumbrante.) Lendo a nova morte de J. E., acabei pensando no meu próprio caso. Até o meio de minha carreira, tive a obsessão da posteridade.

7 Ser ou não ser esquecido. Vimos que J. E. foi esquecido antes de morrer. Eu corria o mesmo risco. Os admiradores estavam desaparecendo. Lembro-me de alguém que ousou o vaticínio: — “Daqui a cinco anos ninguém falará mais em Nelson Rodrigues.” Em pânico, olhava em volta. A maioria dos colegas já fazia pose para a posteridade.

8 Um dia, escutei de Marques Rebelo: — “Daqui a vinte anos, todo mundo falará da *Estrela sobe*.” Fazia-se, então, sobre o seu romance, um silêncio que lhe parecia, a um só tempo, injusto e burro. Ele contava com as gerações seguintes. Já se esgotou o prazo de vinte anos (ou quase). Ninguém se lembra, ninguém fala da *Estrela sobe*. E quem sabe se o nosso Marques não tem uma forte, uma taxativa vocação, para o esquecimento? Bem. Citei o episódio para caracterizar o artista e a sua pueril e obsessiva vontade de sobreviver.

9 Durante largo período, também tive a nostalgia da posteridade. Li, um dia, uma crônica antiga do Zeca Patrocínio sobre a morte do Tigre da Abolição. E o filho concluía que o pai morrera no momento errado. Devia ter morrido antes, muito antes, em plena glória tribunícia. Num discurso famoso, o abolicionista berrara: — “Deus deu-me sangue de Otelo para ter ciúmes da minha pátria.” Eis o que pensava o Zeca: — aí estava a grande hora de morrer. Se o Tigre caísse fulminado de apoplexia após tal frase, teria arranjado um enterro maior ou igual ao do barão do Rio Banco. Mas como sobrevivera à própria retórica, morrera numa solidão de indigente. Por muito favor, aparecera, lá, o Coelho Neto. Só.

10 A crônica de Patrocínio Filho deu-me uma angústia feroz. Comecei a pensar que também passara a minha hora de morrer. O momento ideal fora a estréia de *Vestido de noiva*. Por toda uma noite, em casa, teci as fantasias mais absurdas. E me via morrendo na caixa, durante a representação. Ou por outra: não durante a representação, mas depois da apoteose. Ou ainda: — em plena apoteose. Enquanto José César Borba e outros exigiam a presença do autor, eu, nos bastidores, no sofá de madame Clessy, expirava nos braços de alguém, de preferência uma atriz.

11 E viria um sujeito, ao palco, chorando. Pediria silêncio à platéia alucinada. Quando passassem as palmas, os vivas, a pessoa diria: — "Nelson Rodrigues, o autor de *Vestido de noiva*, acaba de morrer." Ou melhor: — não "de morrer", mas "de falecer". Seria um corre-corre no palco e na platéia. O elenco, aos soluços. Morreu como? De quê? Eu próprio, na cama, fantasiando a minha morte, repetia a pergunta: — "De quê?" E não me ocorria uma doença, nada. Talvez uma lesão cardíaca, jamais suspeitada.

12 A rigor, não precisaria morrer na própria noite da estréia. Podia ser no dia seguinte. Seria um pavoroso impacto no Brasil. Eis o que queria dizer: — se eu morresse naquele momento ninguém me esqueceria, jamais. Era a posteridade tranqüila. E o morto seria o gênio absoluto. Os críticos escreveriam bateladas, não sobre *Vestido de noiva*, mas sobre todas as peças futuras e que o defunto jamais escreveria.

13 Passei uma semana, dez dias, quinze dias, com aquilo na cabeça. Se tivesse morrido na estréia de *Vestido de noiva* ou no dia seguinte. Até que, um dia, acordei com uma furiosa coragem. Pouco depois, estava diante do espelho, fazendo a barba; e pensava: — "Dane-se a posteridade. Não faz mal que eu seja esquecido." Mais um pouco e digo para mim mesmo: "Quero ser esquecido." Naquele momento, eu percebia, com implacável lucidez, que essa disposição era vital. Tinha que receber o fracasso com desesperada alegria suicida. Um dia, o Paulo Francis veio me entrevistar. Dei as minhas respostas por escrito; e terminava assim: — "Quero ser esquecido para sempre."

13/5/1967

Capítulo 66

1 Ainda outro dia, alguém me perguntava: — "Por que é que você fez o *Anjo negro*?" Aí está uma peça que continua me fascinando. Tenho, de cor, passagens inteiras. Lembro-me, por exemplo, do coro das solteironas. Uma delas balbucia: — "Num enterro, sempre sobra uma flor." Outra acrescenta: — "Uma flor fica boiando no assoalho." Está na rubrica que as solteironas sempre falam num mesmo tom monótono e lascivo.

2 Quase posso dizer que *Anjo negro* nasceu comigo. Eu não sabia ler, nem escrever, e já percebera uma verdade que até hoje escapa a Gilberto Freyre: — não gostamos de negro. Nada mais límpido, nítido, inequívoco, do que o nosso racismo. E como é humilhante a relação entre brancos e negros. Os brancos não gostam dos negros; e o pior é que os negros não reagem. Vejam bem: — não reagem.

3 Em vez de odiar o branco, o preto brasileiro é um ressentido contra o próprio preto. Lembro-me de que, certa vez, escrevi não sei onde: — "Abdias é o único negro do Brasil, o único." O que se esconde ou, por outra, o que não se esconde por trás da minha blague é uma verdade desesperada. Zé do Patrocínio não amava a sua cor. Nem Rebouças, nem Filipe Camarão. Esses e outros, milhões de outros, gostariam de ser brancos de arminho. Só Abdias do Nascimento não se arrepende de ser retinto. Único preto consentido, exultante e saturado de ódio racial.

4 A "democracia racial" que nós fingimos é a mais cínica, a mais cruel das mistificações. Quando andou por aqui, Jean-Paul Sartre fez cinco, seis ou dez conferências. E sempre que o gênio falava, era um sucesso tremendo. Gente em pé, sentada, pendurada, trepada etc., etc. Na última palestra, o filósofo perdeu a paciência. Vira-se para dois ou três brasileiros, que o lambiam com a vista, e perguntou: — "E os negros? Onde estão os negros?"

5 Perfeitamente justa a irritação do francês. Até então, nas suas conferências, só vira uma platéia loura, alvíssima, de olho azul, caras sardentas. Repetiu: — "E os negros?" Um brasileiro cochichou, no ouvido de outro, a graça vil: — "Os negros estão por aí, assaltando algum chofer." Mas ninguém teve o que explicar ao visitante. E Sartre voltou para a Europa sem saber onde é que se metem os negros do Brasil.

6 Era tão apaixonante, para mim, o nosso problema racial, que *Anjo negro* ia ser a minha primeira peça. Acabei fazendo *A mulher sem pecado*. Depois, viria *Vestido de noiva*. Em seguida, comecei o *Anjo negro*. À última hora decidi-me por um outro projeto dramático: — *Álbum de família*. E não adiei mais: — a seguinte foi a tragédia racial.

7 No início da minha carreira, conhecera Abdias do Nascimento. Que eu saiba, é o único negro que assume, com lúcida ferocidade, uma posição racista. Até hoje, não mudou. Quando Pelé se casou, dizia-me Abdias, como que ofendido e humilhado: — "Por que não se casou com uma preta? Devia ter se casado com uma preta." E essa paixão negra do Abdias, esse potencial de ira — deram quase toda a substância do herói Ismael.

8 Confesso que há muito de Abdias no meu texto. Abdias é doutor, e meu personagem também. Mas a grande semelhança está no ódio, o grande, puro, luminoso ódio. É a história do negro Ismael e da branca Virgínia. Começa a peça num velório de anjo. Os filhos do casal morrem, um por um. Não vou contar todo o drama. Direi apenas que os anjos, naquela casa, são negros. E é a própria Virgínia, a mãe sem amor, que os afoga. Ela, muito loura e muito linda, tem, pelo marido, pavor e deslumbramento. Sente-se, no leito conjugal, a esposa "sempre violada". A peça termina com o vaticínio do coro:

"Vosso amor! vosso ódio/ não têm fim neste mundo/ Negro Ismael/ Branca Virgínia."

9 Fiz o *Anjo negro* e distribuí umas seis cópias. Por toda parte encontrei a mais feroz resistência. Um ator negro de talento, o Agnaldo Camargo, que morreria, mais tarde, atropelado, leu o original com um tédio cruel: — "Mas isso não existe! Não há esse problema no Brasil. Você acha que uma diferença epidérmica vale alguma coisa?" Não encontrei um único preto que gostasse de *Anjo negro* e que o levasse a sério. Como já esperasse uma reação parecida, tratei da encenação. Os Comediantes iam fazer uma temporada no Municipal e incluíram meu texto no seu repertório.

10 Fui conversar com a comissão do teatro. Sinto que os seus membros reagem. Um deles quer saber: "Naturalmente, o Ismael não será um preto." Não entendo: — "Como?" Um outro foi mais claro: — "Escuta, Nelson. Não é interessante um negro no Municipal. Não fica bem." Digo: — "Mas o personagem é negro." Toda a comissão se entreolha. Um dos seus componentes, amassando a brasa do cigarro no cinzeiro, fala pelos outros: — "Faz o seguinte: — põe um branco pintado." /

11 Aí está: — o Municipal não admitia que o herói negro fosse negro. Tinha que ser um branco pintado. Sim, pintado com rolha queimada, carvão, piche. Eu imaginava, para o papel, uma figura plástica, crispada, uma obsessiva presença vital. Sim, um negro belo e voluptuoso, como Paul Robeson. Ismael não tinha nada dos moleques gaiatos das burletas domésticas. Creio que foi o primeiro herói negro do teatro brasileiro. Que autenticidade racial e cênica se poderia esperar de um branco pintado?

12 Foi Sandro Polônio que encenou a peça, fazendo, se não me engano, a sua primeira produção. *Anjo negro* seria a estréia dramática de Maria Della Costa. Itália Fausta, tia de Sandro, encarnou a Velha. Conversei com Ziembinski, o diretor. Também este preferiu o branco pintado. Talvez achasse que o preto brasileiro tem uma estrutura doce demais para viver o ódio maravilhoso de

Ismael. E, assim, a figura de um Paul Robeson para o papel não passou de uma utopia derrotada.

13 Cada silêncio, e fala, e gesto de Maria Della Costa tinha a voluptuosidade assassina da heroína. Ainda a vejo, em cena, como uma possessa, cheirando as próprias mãos, os braços, os lençóis, as fronhas. Sente em tudo, até nos retratos, o suor do negro. E quando Ismael chora os filhos — as suas lágrimas apodrecem na face escavada.

14/5/1967

Capítulo 67

1 Como é antigo o passado recente! — eis a exclamação que não me farto de repetir. E, realmente, como a melindrosa de 1929 é anterior a Sarah Bernhardt. Como o Ford de bigode é mais velho do que a charrete de *Ben-Hur*. Aí está o óbvio que ninguém enxerga. E, no entanto, qualquer memorialista tem escrúpulo de fazer a história da véspera. Meu Deus, o que aconteceu ontem ou, menos do que ontem, o que aconteceu há quinze minutos pertence tanto ao passado defunto como a primeira audição do "Danúbio azul".

2 Bem. Fiz este breve reparo para referir uma dura experiência que acabo de sofrer, na carne e na alma. Foi sexta-feira e, portanto, há 72 horas. Saímos os dois casais: — eu e Lúcia, Celso Bulhões da Fonseca e Teresa. Eis o nosso destino: — Bruni-Copacabana, íamos ver *Terra em transe*, de Glauber Rocha. Na própria tarde de sexta-feira, perguntei a um conhecido: — "Bom o filme?" E o sujeito, que é um legionário da esquerda idiota, respondeu: — "Fascista." Insisti: — "Rapaz, não perguntei se era fascista. Perguntei se era bom."

3 (Singular geração esta que anda por aí. Imaginem rapazes e raparigas — digamos "raparigas", como Júlio Diniz — que se fingem mais imbecis do que são. E assim desponta nas esquerdas brasileiras um tipo único, inédito, empolgante, de cretino. É o débil mental por simples pose ideológica; e o sujeito se põe a babar na gravata, achando que só assim serve ao socialismo.)

4 Diga-se de passagem que tivemos, eu e o desafeto de *Terra em transe*, uma discussão truculenta. Disse-lhe que, para meu gosto, tanto fazia o filme comunista, fascista, espírita, budista, macumbeiro ou jacobino. Eu queria, apenas, com minha feroz simplicidade, que fosse um bom filme e nada mais. O bate-boca não chegou a nenhuma conclusão inteligente. Por fim, perdi a paciência e fiz-lhe o apelo: — "Não me cumprimente mais. É favor. Me negue o cumprimento."

5 Largo o falso idiota (realmente, é um rapaz de talento), apanho um táxi e passo na casa do Hélio Pellegrino. Lá encontro o Gilberto Santeiro, jovem cineasta patrício. O cinema brasileiro tem uma meia dúzia (não mais) de rapazes prodigiosos. São possessos de sua arte. Potencializados de paixão, chegam a meter medo. E o nosso Gilberto Santeiro é um dos que matam e morrem por cinema. Pergunto-lhes: — "Que tal *Terra em transe*?" Deu-me a resposta fanática: — "Genial!"

6 A fé sempre me comove, mesmo que o santo ou o deus não a mereça. Duas mãos postas e mais a luz de um círio fazem uma cena irresistível. O Gilberto Santeiro não tinha a vela, mas estava quase de mãos postas. E assim, crispado de uma fé autêntica, ele me tocou. Levantei-me: — "Gilberto, vou ver o filme e depois te falo."

7 Confesso que, na casa do Hélio Pellegrino, comecei a gostar de *Terra em transe*. Mais tarde, entrando no Bruni-Copacabana, não tinha mais dúvida: — "Gostei", eis o que pensava. E já me via dizendo ao Gilberto Santeiro: — "Genial." Na porta do cinema, paro um momento. Outro rapaz, flor das esquerdas, veio me dizer: — "O elenco não gosta do filme. Está indignado. Acha o filme fascista." O sujeito afirmou-me, quase sob palavra de honra, que Paulo Autran, Danuza, e outros, e outros, estrebuchavam de furor impotente e sagrado. Não sei se é verdade. Passo adiante o que me foi dito.

8 A indignação de um elenco não é um fenômeno novo para mim. A maioria dos meus intérpretes representam os meus textos com o maior desprazer e humilhação. Mas, como ia dizendo: — entrei no cinema e vi o filme. Entre parênteses, acho comovente a figura de Glauber Rocha por muitos motivos, inclusive este: — é um neurótico. Está a um passo da loucura; e essa proximidade me parece vital para a obra de arte. Não me venham falar de Goethe, que era um suicida e o mais lúgubre dos suicidas: — o fracassado. E nós sabemos que o brasileiro não tem nenhum motivo para ser neurótico. Cada um de nós há de morrer agarrado à sua angústia.

9 Fiz, durante *Terra em transe*, o que fez, tempos atrás, Cyro dos Anjos. Ao lado de Carlos Castello Branco, o autor de *Abdias* assistia à minha peça *Dorotéia*, no já demolido Teatro Phoenix. E o tempo todo Cyro cochichava para o Castelinho: — "Que mistificação! Que mistificação!" Sexta-feira, sessão de dez a meia-noite, eu repetia: — "Que mistificação! Que mistificação!" E o Celso Bulhões da Fonseca ouvia e calava. Durante as duas horas de projeção, não gostei de nada. Minto. Fiquei maravilhado com uma das cenas finais de *Terra em transe*.

10 Refiro-me ao momento em que dão a palavra ao povo. Mandam o povo falar e este faz uma pausa ensurdecedora. E, de repente, o filme esfrega na cara da platéia esta verdade, mansa, translúcida, eterna: — o povo é débil mental. Eu e o filme dizemos isso sem nenhuma crueldade. Foi sempre assim e será assim, eternamente. O povo pare os gênios, e só. Depois de os parir, volta a babar na gravata.

11 Saio do cinema e, antes de entrar no automóvel do Celso, faço este resumo crítico: — "*Terra em transe* é um texto chinês de cabeça para baixo." A platéia não entendera nada, mas, coisa curiosa: — suportara as duas horas com uma paciência ou, mais do que isso, com um respeito e um silêncio totais. Era como se estivéssemos, todos, numa igreja. E se por lá aparecesse uma mosca, seu vôo faria um ruído insuportável (súbito, descubro que não há moscas na missa). Domingo encontrei-me, no Estádio Mário Filho, com o Luís Carlos Barreto. Desfechei-lhe a piada: — "Um texto chinês de cabeça para baixo." Cuidei que ele ia revidar, irado. Pelo contrário: — achou uma graça infinita. Soube, posteriormente, que anda por toda parte, fazendo uma promoção feroz da graça cruel.

12 E, no entanto, *Terra em transe* não morrera para mim. Da madrugada de sexta para sábado e domingo, continuei agarrado ao filme. E sentia por dentro, nas minhas entranhas, o seu rumor. De repente, no telefone, com o Hélio Pellegrino, houve o berro simultâneo: — "Genial!" Estava certo o Gilberto Santeiro, quase um menino. Sim, pálido de certeza como um fanático. Nós estávamos cegos, surdos e mudos para o óbvio. *Terra em transe* era o Brasil. Aqueles sujeitos retorcidos em danações hediondas somos nós. Queríamos ver uma mesa bem posta, com tudo nos seus lugares, pratos, talheres e uma impressão de *Manchete*. Pois Glauber Rocha nos dera um vômito triunfal. *Os sertões*, de Euclides, também foi o Brasil vomitado. E qualquer obra de arte, para ter sentido no Brasil, precisa ser esta golfada hedionda.

16/5/1967*

---

* Crônica publicada na edição de *O Reacionário* de 1977 com o título de "Terra em transe".

Capítulo 68

1 Um dia, estou escrevendo sobre futebol. O assunto era, se não me engano, Pelé (ou seria Garrincha?). No meio da crônica, escapou-me esta verdade translúcida, perfeita, eterna: — "Só os profetas enxergam o óbvio." E, desde então, não faço outra coisa senão promover o óbvio como um sabonete. Hoje, verifico, e não sem vaidade, que a minha pertinácia foi bem-sucedida.

2 Até os lavadores de automóvel sabem, em nossos dias, que o importante é ver o óbvio. Nada mais interessa. Quem o viu pode morrer como Ponce de León, certo de que está mirando "*algo de nuevo*". E assim — o novo, o inédito, o nunca visto, o revolucionário, o jamais desconfiado — é o óbvio.

3 Por isso, diria, sem medo de erro, o seguinte: — Gilberto Amado, o profeta. De vez em quando, vem o óbvio e ilumina o seu verbo. Ainda outro dia, no banquete dos 80 anos, dizia ele patético: — "Pelo amor de Deus, não acreditem na amizade entre os povos. Nenhum povo é amigo de outro povo." Ao ouvi-lo, os presentes sentiram toda a embriaguez do óbvio. E, mais uma vez, Gilberto estava sendo profético.

4 Realmente, os povos não são amigos dos povos. E vou além. De igual modo, os homens, individualmente, não são amigos dos homens. Domingo último, escrevi sobre a nossa questão racial (outro óbvio que ninguém quer ver). Disse então que, no Brasil, os brancos não gostam dos pretos, ao passo que os pretos não gostam dos pretos.

5 Isso entre brancos e negros. Mas, entre os homens (e já não importando o dado racial), tudo é feio, áspero, cruel desamor. O ódio começou, obviamente, quando, pela primeira vez, um homem viu outro homem. Era o inimigo. E assim tem sido, através de todas as manhãs e de todas as noites: — o "outro" continua sendo o inimigo de cada um de nós e de todos nós.

6 Daí por que o grande acontecimento é, sempre, o amigo. Bem me lembro do dia em que conheci Hélio Pellegrino. Foi o puro e deslavado milagre. O Hélio é, de um lado, o mineiro; de outro lado, o calabrês. Digo calabrês como diria siciliano. Na verdade, a Itália é toda uma Sicília frenética. Mas como ia dizendo: — de repente, todo o meu horizonte vital se povoou e se tornou mais denso, mais úmido, mais crispado.

7 E veio, depois, José Lino Grünewald. Claro que dois amigos, dois únicos e escassos amigos, formam toda uma multidão inverossímil. Eu poderia citar também o Marcello Soares de Moura, o Claudino Borges Neves, mas paro. Eis o que me importa dizer: — o amigo é a desesperada utopia que todos nós perseguimos até a última golfada de vida.

8 Lembro-me de certo episódio da minha vida jornalística que me feriu para sempre. Imaginem vocês que tive, no *Globo*, um companheiro admirável: — Pereira Rego. Não me lembro do primeiro nome (talvez Alfredo). Disse "admirável" e preciso explicar. Inteligência mediana, nada brilhante, Pereira Rego limitava-se a redigir notas de aniversário, casamento, batizado, missas. Mas era de uma bondade fascinante. Como gostava de servir e repito: — servia como um santo. Tinha o riso mais doce que já vi na Terra.

9 Uma tarde, Pereira Rego vai empenhar uma jóia, ali, na Caixa Econômica da Rua Treze de Maio. Foi lá a pé e voltou a pé, para *O Globo*. Ao atravessar, na altura do "Tabuleiro da Baiana", foi atropelado. Havia, na época, um tipo de ônibus que o povo batizara como "Arrasta Sandália". E foi esse, justamente, que apanhou o meu companheiro. Dizem que o "Arrasta Sandália" passou por cima. Não sei. Houve corre-corre na rua. Um crioulo, que chegou antes de todos, apanhou a cabeça do atropelado e a pôs no regaço. E, então, veio, com sangue pisado, o apelo de Pereira Rego: "Me beija, me beija."

10 (O episódio me tocou tanto que, anos depois, escrevi *O beijo no asfalto*, encenado pelo Teatro dos Sete. Todo o núcleo lírico e dramático da peça é um beijo pedido por um atropelado.) No instante de morrer, Pereira Rego pediu o amigo, sonhou com o amigo. Eis o que eu queria dizer: — desde garotinho eu quis o amigo como um atropelado.

11 Pereira Rego foi, para mim, uma dilacerada experiência de vida. Outra experiência, e também extremamente dramática, eu teria, muitos anos depois, e com quem? Vejam vocês: — com o Dr. Alceu Amoroso Lima. Quis ser seu amigo e Deus sabe que, para isso, fiz o diabo. Já contei, e repisei nas minhas memórias, a posição do Dr. Alceu diante do meu teatro. Sua única concessão foi chamar *Vestido de noiva* de "obra-prima". De *Álbum de família* dissc: — "pior subliteratura". *Anjo negro* pareceu-lhe de uma torpeza inexcedível. De *Perdoa-me por me traíres* afirmou que "a abjeção começava no título". E fez mais a seguinte síntese do meu teatro: — "peças trágicas, mas obscenas".

12 (Falei de meus amigos e me esquecia de citar o Luís Eduardo Borgerth; e ainda, ainda, o Gustavo Corção, o meu mais recente amigo de infância.) Eu podia me doer. Mas ai de mim, ai de mim. Nunca, em momento nenhum, deixei de ser o atropelado que morre pedindo um amigo. Quis ser amigo do Dr. Alceu. Ele me atacava com a maior veemência, e sempre acreditei que os veementes são portadores de verdades totais.

13 Fui levar-lhe, em mãos, uma cópia de *Senhora dos afogados*. Dias depois, deu-me sua opinião em forma de carta. Devastou o meu texto, não deixando pedra sobre pedra. E, por fim, sugeriu que eu seguisse o exemplo de D. Marcos Barbosa. Minha vontade foi replicar-lhe: — "Eu já quis ser até coroinha." Tudo o que ele dizia, em tal documento, encontrou em mim uma acústica de catedral.

14 Outro qualquer teria desistido de uma amizade esbravejante como o abade anatoliano de *Thais*. Mas sou, repito, o atropelado faminto de amor. Fui de uma paciência a um só tempo obtusa e terna. Ano após ano, em toda véspera de Natal, ligava para o Dr. Alceu. A cena se repetia, quase textualmente: — "Aqui fala o Nelson Rodrigues. O senhor vai bem? Não vai bem? Dr. Alceu, vim lhe desejar um feliz Natal, um grande Ano Novo. Para si e para os seus." Mas isso eu dizia em parcelas, porque ele me interrompia: — "Ah, Nelson, estava rezando por você." Eu achava linda, se bem que suspeita, a coincidência. E se ele dizia que rezava por mim, a minha vontade era retrucar: — "Da mesma forma, da mesma forma."

15 Um Natal, dois, três, quatro. Sempre a mesma coisa. E comecei a notar que era uma relação inteiramente desigual: — ele, um santo; eu, um fauno, desses que atropelam as ninfas nos terrenos baldios. Saía eu desses telefonemas natalinos me sentindo um canalha total. E não passava a mão na cara para não sentir a minha própria hediondez. Até que, um Natal, Dr. Alceu suspira, não sei se do alto ou do fundo de sua bondade: — "Ah, Nelson. Você aí na sua lama." Tomei um baque: — lama, eu? O respeito me travou, mas quase dizia-lhe: "Um momento, Dr. Alceu. Não lhe ocorre que o senhor também tem sua cota de lama, a sua lamazinha, o seu pântano, os seus sapos, as suas rãs, os seus marrecos, hein, Dr. Alceu?" Não disse nada. E assim os dois, ele, um puro, eu, um obsceno, perdemos cada qual um amigo maravilhoso.

17/5/1967

Capítulo 69

1 Já disse e aqui repito: — o episódio da véspera é tão passado, e passado tão defunto como a vacina obrigatória. Faço esta ressalva para incluir, nestas "Memórias", o meu almoço de ontem com o Otto Lara Resende. Tudo aconteceu, ali, num restaurante amigo da Rua Santa Clara. Éramos cinco: — o Otto, eu, meu filho Joffre, o Hélio Pellegrino e o Vinicius de Moraes.

2 O almoço foi uma página de *Os Maias*. Não era um Otto qualquer que estava diante de nós; mas um Otto recém-chegado. E aquele que chega é sempre um ser comovido e transcendente. Vinha ele da fabulosa Escandinávia; andara no pólo, vejam vocês, no pólo; passara três ou quatro dias em Paris (não falemos de Paris, que é um lugar-comum irrespirável).

3 Como o Otto vivera uma experiência polar, nós o reconhecemos como se fosse um Byrd, um Amundsen. Se ele saltasse de um trenó, puxado por uma dúzia de caninos brancos, não me admiraria nada. E coincidiu a chegada do Otto com a passagem de uma mulata grávida. Improvisou-se uma relação cinematográfica entre as duas imagens: de um lado, a mulata com os flancos plenos, saturados de vida fecunda; de outro lado, o escritor, prenhe também de experiências, descobertas, espantos, visões. Houve um momento em que me veio a tentação fatal de perguntar-lhe: — "O pólo existe mesmo?"

4 Vocês se lembram dos *Sertões*, quando Euclides diz que o sertanejo é, antes de tudo, um forte. Foi mais ou menos assim, com esse tom euclidiano, que o Otto declarou o seguinte: — "O norueguês é um bobo." Mas não vejam, aí, nenhuma intenção restritiva. Em absoluto. O que ele quis dizer, se bem o entendi, é que falta ao norueguês a luminosidade da molecagem brasileira. Por toda a Escandinávia, não ouviu ele uma única e escassa piada. E como pode um povo viver, e sobreviver, sem piada?

5 Otto desembarcara em Olso e quinze minutos depois, não mais, já bocejava num tédio de Negro de Cecil B. de Mille. Durante os dias que lá permaneceu, não foi olhado por ninguém, jamais. O brasileiro tem por tudo um entusiasmo visual que não existe na Escandinávia. Lá as pessoas olham pouco. E, por vezes, o Otto perdia a noção da própria identidade. Na emergência, puxava a carteirinha do Félix Pacheco, via a própria cara e repassava o próprio nome. E, então, certo de que continuava sendo Otto Lara Resende, de São João del Rey, suspirava: — "Ainda, bem, ainda bem."

6 Mas o Otto que partiu era um e o Otto que voltou é outro. Na sua viagem, aprendeu esta coisa estarrecedora: — "O desenvolvimento não é solução." Ao sair do Brasil, era um paladino do desenvolvimento, disposto a atirar o seu dardo contra a soldadesca inimiga. Mas salta na Noruega, o país mais desenvolvido do mundo, e percebe todo o seu equívoco funesto. Imaginem que entra numa fábrica. Ele e seus companheiros são conduzidos por um funcionário norueguês, que é um bobo integral, de uma polidez hedionda. Cada operário, ali, tinha um automóvel. Era de uma espessa, inconsolável tristeza.

7 Sem ser olhado por ninguém (nenhum operário lhe concedeu a graça de um olhar), o Otto foi varado por uma certeza inapelável: o desenvolvimento humaniza a máquina e maquiniza o homem. O escritor patrício teve vontade de conversar com as máquinas e de lubrificar as pessoas. E baixou-lhe uma náusea total das novas técnicas. Viu uma máquina de fazer embrulhos que o deslumbrou. Visitou outras fábricas. Em todas, o mesmo operário inverossímil. Não havia a menor dúvida: — na Escandinávia as máquinas são mais tratáveis, mais sensíveis, mais inteligentes, de uma sociabilidade muito mais fina do que as pessoas.

8 E ele, só pensando na volta, continuou somando dados sobre o desenvolvimento. Outra descoberta: — não há mulher bonita no país desenvolvido. Pode parecer mentira: — não há. E o Otto explica: — a beleza tem de ser uma exceção. A partir do momento em que todos são bonitos, ninguém é bonito. A norueguesa é sempre igual à outra norueguesa. Os noruegueses são parecidos entre si como soldadinhos de chumbo. E olhando para todos os lados, e não vendo um único bucho, o Otto começou a sentir um absurdo tédio visual.

9 Como se não bastasse a padronização de caras, corpos, costumes, usos, idéias, valores, há também a estandardização da paisagem. Tudo prodigiosamente igual. Aquele que viu uma paisagem norueguesa pode ir tratar da vida, porque já conhece todas as outras paisagens. É trágica a falta de imaginação da paisagem no país desenvolvido.

10 E há tanta ordem, tanto asseio, tanta disciplina, tanta organização de vida, que o Otto compreendeu por que o escandinavo se mata. Ao apertar a mão de um norueguês tinha vontade de perguntar-lhe: — "Quando é o suicídio?" Quanto a amar, o que se vê é um amor sem mistério, suspense, angústia e abraços sem um mínimo de morbidez. Ora, sem um mínimo de morbidez, ninguém consegue gostar de ninguém. O amor ou é puro desejo ou, menos do que isso, a posse sem desejo.

11 Em plena Oslo, o Otto experimentou uma dilacerada nostalgia do subdesenvolvimento brasileiro. Revirava-se, insone, na cama, pensando no Ponto de 100 Réis, nos oitis do Boulevard (não há mais oitis no Boulevard, mas ele queria vê-los assim mesmo). Tinha saudade até dos gatos vadios do Campo de Santana. Ainda por cima, estava gripado. Só o brasileiro tem a desfaçatez de ir ao pólo gripado.

12 Finalmente, tomou o avião de volta. Desceu em Paris e achou Paris abominável. Passou, lá, uma tarde inteira, fazendo a seguinte e desesperadora constatação: — todo mundo usava o mesmo sapato. Fosse como fosse, descobrira que o desenvolvimento é burro. Ao passo que o subdesenvolvimento pode tentar um livre, desesperado, exclusivo projeto de vida. O desenvolvido para se realizar tem que ser o suicida.

13 O Otto desembarca aqui, finalmente. Entre parênteses, devo dizer que não incluí o seu nome na lista dos meus amigos. Mas ele o é. Por ressentimento eu o excluí. Mas é, repito, meu amigo. E como ia dizendo: — o Otto salta e cruza com um vago conhecido. O sujeito abre-lhe os braços, num berro: — "Otto, meu amor!" Foi um abraço tremendo, de meia hora. Nem era conhecido, ou por outra: — o sujeito só o conhecia de televisão. O recém-chegado viu, nessa cordialidade ululante, o Brasil. No país desenvolvido, tal efusão seria considerada deslavada pederastia. Almoçando na Rua Santa Clara, o meu amigo contou-me essas e outras passagens que não posso referir. Eis o vaticínio do Otto: — as máquinas norueguesas, de tão humanizadas, acabarão dando bananas em todas as direções.

18/5/1967*

* Crônica publicada na edição de *O Reacionário* de 1977 com o título de "A viagem fantástica do Otto".

Capítulo 70

1 Sento-me para escrever e vem, de fora, pela janela, a nostalgia da Rua Alegre. Eis a verdade: — sou, antes de tudo, a Rua Alegre. Não Olinda, não Tijuca, ou Copacabana, mas Rua Alegre. E foi lá que, aos seis anos, tornei-me testemunha ocular e auditiva de uma cena desesperadora. O episódio ocorreu depois de um Carnaval. Estávamos em mil novecentos e vinte e poucos. E o Carnaval antigo era a mais lúgubre das festas.

2 (Quem olhasse as nossas fantasias havia de imaginar que o carioca é um defunto vocacional. E, realmente, a caveira era a máscara de toda uma cidade. Ainda hoje, pensando na minha infância, me pergunto se não será a morte a paixão mais sentida do brasileiro.) Mas como ia dizendo: — perto da nossa casa, morava a família de um funcionário dos Correios e Telégrafos. E eu não saía de lá.

3 Uma tarde, vejo um hediondo bate-boca entre o funcionário e a sogra. Ela, gorda, com gazes enroladas nas varizes das canelas; ele, magro, peito fundo de asmático. Discutem, não sei por quê, e, de repente, ela o vara com o insulto: — "Canalha! Canalha!" Eu não sabia direito o que era canalha. Bem me lembro: — o dono da casa recua, lívido, já com dispnéia. Desabou numa cadeira, enfia a cara nas duas mãos e começa a chorar.

4 O filho da vítima, um garoto da minha idade, fugiu para o fundo do quintal. Eu, não: continuei ali, fascinado. Todavia, importante para mim não era o choro do adulto, nem as varizes da sogra, nem o dano moral do funcionário. O importante, repito, era a palavra inédita. Sim, a palavra que eu ouvia pela primeira vez e que me feria para sempre. Aquilo não me saía da cabeça: — canalha, canalha.

5 O sentido era obscuro. Mas a palavra valia pelo simples som, e por uma espécie de halo e, mais, pela íntima ferocidade. Daí por diante, aquele homem deixou de ser alguém. Não era um funcionário, ou um vizinho, ou um velho. Era uma palavra, ou, melhor dizendo, era "o canalha". Claro que sogra e genro fizeram as pazes dois ou três dias depois. E o vi dizendo, num gesto largo, que começou no chão e chegou ao teto: — "Uma santa, uma santa."

6 Até que o canalha morreu. Fui lá. Eis a verdade: — a partir dos seis, sete anos, não perdia um enterro de vizinho. Pequenino e cabeçudo como um anão de Velásquez, metia-me no velório; e ficava, de longe, espiando o morto, enquanto ardia, no alto, a chama tão fiel e tão compadecida dos círios. Mas o que me deslumbrava, ainda, não era a morte, era a palavra. A sogra chorava mais do que a esposa. E o som cruel me perseguia, sempre o mesmo: — canalha, canalha.

7 E passou o tempo. Saímos de Aldeia Campista para a Tijuca e desta para Copacabana. Ah, Copacabana em 1923, 1924, era docemente residencial como o Botafogo de Machado de Assis. E, um dia, sou convidado para fazer alpinismo. Um grupo de rapazes e moças ia escalar o Dedo de Deus. Confesso, relutei a princípio; sempre achei o alpinismo vagamente idiota, e ainda mais o alpinismo brasileiro. Mas tanto insistiram que cedi.

8 Era um domingo parnasiano, de um azul quase insuportável. Sempre me parecera que as cores brasileiras não têm caráter. O azul brasileiro não é bem azul; e assim o amarelo, o verde, o roxo. Tudo manchado. Naquele dia, não. Cores violentas, passionais. E, de repente, brota um desconhecido na excursão. De onde saíra, quem era, como se chamava, eis as perguntas que fazíamos sem lhes achar a resposta. Eu disse "desconhecido", mas já retifico: — menos para mim. E, de fato, eu já vira aquela cara não sabia onde, nem quando.

Súbito, uma luz baixa em mim e me lembro: — era meu vizinho de infância e, pior, filho do canalha.

9 Eis o que eu pensava: — filho do canalha e, por morte do pai, canalha também. Desde o primeiro momento, ele conquistara, de assalto, a intimidade das meninas e dos rapazes. Era um desses encantos pessoais absolutos. Quando parávamos para tomar água, comer um sanduíche, ele nos divertia com um *élan* e um virtuosismo de profissional. Lembro que, uma vez, pôs-se de quatro na paisagem. Puxou uma laranja do bolso e a equilibrou no nariz. Sempre de gatinhas, andou circularmente. Foi um êxito desvairado. Dos presentes, um único não riu, um único não achou a menor graça! — o noivo de uma das moças, justamente a mais linda do grupo.

10 O canalha foi, durante a excursão, um deslumbramento. Sabia ler mão, fazer mágicas de baralho; e, em dado momento, abriu a boca e pôs um fósforo aceso em cima da língua. As meninas vinham espiar e podiam observar uma saúde dentária inexcedível, sem uma única e escassa obturação. Só o noivo, com um ciúme de ópera, de *Cavalleria rusticana*, continuava inconquistável. Tomava conta da noiva e rosnava a qualquer tentativa de aproximação. Seja como for, o canalha nos caíra do céu. Estávamos todos convictos de que o alpinismo era mesmo um esporte de débeis mentais. E ele nos salvava do tédio mortífero. Além de todas as outras habilidades, tinha mais uma: — cantava tangos, com um jogo cênico de Rodolfo Valentino nos *Quatro cavaleiros do apocalipse*.

11 No meio do caminho, aparece um rio lindo. E, então, num rompante de gênio, o canalha berra a idéia: — "Vamos tomar banho?" Sucesso fulminante. Todo mundo estava neurótico de alpinismo; Num segundo, houve uma unanimidade feroz. Tudo ficou combinado: — as meninas tomariam banho num lado e os rapazes no outro. E assim se separaram os sexos.

12 Todos os rapazes, inclusive o noivo de ópera, retiraram-se para o trecho da paisagem que lhes competia. Tiraram a roupa e se jogaram no rio, com uma desesperada volúpia. Felizmente, o rio tinha profundidade e todo o mundo mergulhava e nadava, com uma gana paradisíaca. Súbito, o noivo lança a pergunta pânica: — "E fulano?" Fulano era o canalha. Não estava. A hipótese do afogamento não convenceu ninguém. E, então, uma intuição bateu no noivo. Por coincidência, usou ele a palavra que assombrava minha infância: — "Canalha, ah, canalha!"

13 Todos aqueles nus se juntaram na expedição punitiva. Eis a certeza que se instalara em cada um de nós: — estava espiando o banho das moças. Começou a caçada. E, quando a turma chegou, rastejando, no lugar certo, alguém arriscou um olhar na direção das meninas que se banhavam, dentro da luz. E logo todos espiaram. Lá estava aquela nudez múltipla, molhada, total. A noiva do ciumento era a própria Ava Gardner aos dezessete anos. Ninguém pensou mais no canalha, ninguém. Cada qual se pendurou no seu galho e ficou olhando, como um sátiro esplêndido.

14 Depois, as meninas saíram, enxugaram a nudez, puseram a roupa. E, então, os rapazes, com o noivo à frente, saíram atrás do canalha. Justamente, vinha descendo de sua árvore; e seu olhar ainda vazava luz. Levou uma surra medonha. Quase o mataram.

19/5/1967*

* Crônica publicada na edição de *O óbvio ululante* de 1968 com o título de "O canalha nº 1".

Capítulo 71

1 Se me perguntarem qual é o grande e irredutível abismo entre a velha imprensa e a nova, direi: — a linguagem. Claro que existem outras dessemelhanças, além da estilística. Tudo o mais, porém, é irrelevante. Basta a redação de uma e outra para datá-las. Examinem duas manchetes: — uma de 1908 e outra de 1967.

2 Dos fatos que, em 1908, deram manchete, o mais patético foi o assassinato do rei de Portugal e do príncipe herdeiro. Muito bem. Um dia, fui à Biblioteca Nacional repassar os jornais da época. Eis o que quero dizer: — não sei o que comovia mais o leitor, se o furor da carnificina, se o alarido dos cabeçalhos.

3 A primeira manchete era de um tremendo impacto visual, um soco no olho. E, depois de contar, sempre em oito colunas, a iniqüidade, o jornal, não satisfeito, punha uma derradeira manchete: — "HORRÍVEL EMOÇÃO!" Quando e onde o atual *copy desk* do *Jornal do Brasil* admitiria esse apavorante uivo impresso?

4 (Boa figura, o rei de Portugal. D. Carlos I tinha olho azul e cabelos de fogo, não vermelhos, mas de fogo intenso ou dourado. Vinha na carruagem ao lado da rainha, D. Amélia, e do príncipe herdeiro Luís Filipe. E, de repente, pularam os assassinos. Eram Buiça e Costa, ambos de capa preta. Atiraram à queima-roupa, e assim morreram pai e filho, o peito, o ventre furados. Em pé, a rainha gritava. Ali mesmo, a guarda matou os assassinos. Os dois, o rei e o príncipe, tiveram uma breve, fulminante agonia. E D. Carlos ficou quieto como se aquilo fosse não um crime, mas a morte consentida e desejada.)

5 Vejam vocês: — diante da catástrofe, a primeira medida da velha imprensa era cair nos braços do adjetivo ululante. Hoje, não. Quando Kennedy morreu (quando uma bala arrancou o seu queixo), o *copy desk* do *Jornal do Brasil* redigiu a manchete sem nada conceder à emoção, ao espanto, ao horror. O acontecimento foi castrado emocionalmente. Podia ser a guerra nuclear, talvez fosse a guerra nuclear. E o nosso *copy desk*, na sua casta objetividade, também não concederia ao fim do mundo um vago e reles ponto de exclamação.

6 A rigor, só conheço um lapso nessa intransigência estilística. Foi por ocasião da visita do papa a Portugal, o mesmo Portugal de D. Carlos, o rei de olho azul. Ora; não é três vezes por dia que um papa vai à terra portuguesa. E eu estava curioso de ver como reagiria o *copy desk* à transcendência do fato.

7 Sua santidade desembarcou, e, no dia seguinte, atropelei o primeiro exemplar do *Jornal do Brasil* que encontrei na vida real. Ignorei os telegramas. O que me interessava era o estilo do jornal. E tremi em cima dos sapatos. Contando a chegada do papa, o *copy desk* admitia que o sol estava "radioso". A princípio, duvidei de mim mesmo; reli e lá estava, inequívoco, contundente, o palavrão: — "radioso". Para a velha imprensa, o sol mais vagabundo era "radioso". Agora, não. E vamos reconhecer a singularidade da coisa: — pela primeira vez, um sol é "radioso" na primeira página do *Jornal do Brasil.*

8 E o fato é tão escandaloso que, por um momento, roçou-me o espírito a seguinte e desprimorosa suspeita: — estaria bêbado o *copy desk* ao fazer tal concessão ao papa, a Portugal, ao sol e ao vocabulário? Seja como for, acho que o rei de olho azul morreu na hora certa. Fosse ele contemporâneo do *copy desk*, e não teria as manchetes que só a velha imprensa, só o jornal não-desenvolvido concedia à tragédia oficial ou privada.

9 Fiz todos os devaneios acima para chegar à minha iniciação jornalística. Tenho, de novo, 13 anos; acabo de inaugurar as minhas calças compridas. Vejo-me, na redação, vagando por entre os mais velhos. Na época, eu procurava me valorizar com rompantes insolentíssimos. Ouço a minha voz de menino: — “Rui Barbosa é uma besta.” Mas a verdade é que era uma segurança de papelão. Começava a duvidar de mim mesmo: tinha cavas depressões literárias. Ricardo Pinto me dizia: — “Rui Barbosa é gênio! É gênio!” Sem o confessar, era o que eu achava também, às escondidas.

10 A partir da minha primeira nota de polícia (um atropelamento), começou a minha guerra com a linguagem. Eu era, confesso, um pequeno Flaubert, ou melhor dizendo: — um “baiano” torturado. Queria escrever como um orador baiano. E o que me preocupava era a metáfora. Fui um autor correndo, ofegante, atrás das metáforas mais desvairadas. Escrevi que o *copy desk* do *Jornal do Brasil* caiu, pela primeira vez, nos braços do adjetivo. Não fiz outra coisa no começo da carreira jornalística. Também o adjetivo era minha tara estilística.

11 Depois de passar pelos casos miúdos, redigi a minha primeira tragédia. Uma mulher matara o marido. Não me lembro onde (talvez na Rua Mariz e Barros). E, na polícia, quando perguntaram pelas razões do crime, foi sucinta: — “Não gostava do meu marido.” Não entendi, ninguém entendeu. Matar porque não gostava, e só por isso? Eu ainda não sabia que não gostar do marido, simplesmente não gostar, é pior do que o ódio. Numa palavra: — não fora o ódio, que não existia, mas a simples e terrível falta de amor. Na delegacia, na embriaguez da primeira grande chance profissional, tomei todas as notas. E fui para a redação escrever.

12 Eu não via nenhuma dessemelhança entre literatura e jornalismo. Já ao escrever o primeiro atropelamento, me comovi como se fosse a minha estréia literária. E a minha primeira tragédia também me soou como outra estréia. Sentei-me para escrever. Não podia pensar muito. Mas precisava de uma metáfora como ponto de partida. Lembrei-me da imagem plagiada das *Pombas*: — “a madrugada raiava sangüínea e fresca”. Em último caso, reincidiria no plágio. “Sangüínea e fresca” era bom. E, súbito, me veio outra idéia. Todo mundo ali conhecia Raimundo Correia. Então, desesperado, imaginei a criminosa, dentro da tarde, sonhando com o crime. No horizonte o sol morria numa "apoteose de sangue". A imagem me pareceu original, revolucionária. E não parei mais. A "apoteose" foi o meu afrodisíaco autoral. Horas depois, ainda comovido, fui para casa. "Apoteose de sangue", repetia para mim mesmo. Pela primeira vez, me sentia um grande escritor.

20/5/1967

Capítulo 72

1 Numa de minhas peças, diz um personagem que usamos, na Terra, um falso nome e uma falsa cara. Vejam bem: — nem a cara, nem o nome têm nada a ver com a nossa identidade profunda. E, quase sempre, o homem nasce, vive e morre sem ter contemplado jamais o seu rosto verdadeiro e sem ter jamais conhecido o seu nome eterno. Por isso, direi que o Maracanã é quase um milagre.

2 O Maracanã jamais foi Maracanã. Ou por outra: — como acontece com os homens, o estádio também recebeu um nome errado. E foi preciso que Mário Filho morresse, de repente, numa madrugada de setembro, para que todos percebessem a verdade jamais desconfiada. O Maracanã era Mário Filho e não Maracanã. E devia ter-se chamado Mário Filho antes da primeira estaca e quando era apenas um sonho riscado num papel.

3 Sempre que penso em meu irmão Mário Filho é como se ele morresse de novo. Tudo aconteceu de repente, na madrugada. Célia liga para minha irmã médica, Stella. O próprio Mário fala: — "Stella, essa dor que eu estou sentindo no braço não pode ser normal. Não é normal." Stella, que não gosta de tratar de pessoas da família, disse que ia telefonar para o médico. Mário deixou o telefone; deitou-se de bruços. Um minuto depois não respondia mais. Estava morto.

4 Vejam: — morreu às quatro da manhã. Estive, no seu quarto, da meia-noite à uma. E o que me espanta, até hoje me espanta, é que eu não tenha percebido a morte. Sempre digo que a morte é anterior a si mesma. E Mário Filho começara a morrer muito antes. Há uma bondade de quem vai morrer, há uma lucidez de quem vai morrer. Lembro-me de que, nos últimos dias, foi um ser prodigiosamente bom, tão úmido de ternura, tão crispado de compaixão, e de amor estremecido.

5 Falei dos "últimos dias". Mas sempre foi, desde menino, desde a Rua Alegre, de uma bondade desesperadora. Bom a cada minuto. Bom de uma bondade que, por vezes, nos agredia e nos humilhava. E tinha a alegria de ser bom. Vejam os seus retratos: — era uma cara toda feita de alegria. Grato à vida, nunca se arrependeu de ser humano, de ser nosso semelhante (o que me está doendo, na carne e na alma, é que não dissemos tudo um ao outro. Aquele que está morrendo tem palavras extremas para dizer e palavras extremas para ouvir. Mas algo me travou a mim e a ele; tive talvez vergonha de ser meigo e calei a palavra do amor tão ferido).

6 Meu Deus, gostaria de dar uma idéia da extensão, movimento e profundidade de sua obra. Quem era Mário Filho? Foi um desses homens fluviais, que nascem de vez em quando. Disse "fluvial" e explico: — imaginem um rio que banhasse e fertilizasse várias gerações. Assim foi Mário Filho. Durante quarenta anos, não houve cronista, não houve talento, vocação, em todo o Brasil, que não tenha sido por ele fecundado.

7 Hoje, eu e meus colegas andamos por aí, realizados, bem-sucedidos, temos automóveis e freqüentamos boates; e o nosso palpite tem a imodéstia de uma palavra. Mas pergunto: o que era e como era a crônica esportiva antes de Mário Filho? Simplesmente não era, simplesmente não havia. Sim, a crônica esportiva estava na sua pré-história, roía pedra nas cavernas. (Não exagero; vejam nas minhas palavras a simples e crassa veracidade histórica.)

8 Bem me lembro do antigo cronista. Era um tipo de alto patético, mais humilhado e mais ofendido do que o Marmeladov do *Crime e castigo*. Quando via, ou sorria, mostrava uma antologia de focos dentários. Era uso, então, entre os clubes, oferecer um lanche à crônica. Nada mais pungente e plangente do que a voracidade com que então agredíamos os biscoitos e os sanduíches. Lembro-me de um colega que agarrou pelo gargalo, e quase esganou, uma garrafinha. Tive a sensação de que ia engolir aquilo, com chapinha e tudo, como os elefantes de circo.

9 Até que, um dia, surgiu Mário Filho. O cronista esportivo passa a existir, profissionalmente, a partir de sua entrevista com Marcos Mendonça. A matéria inundava um espaço jamais concedido ao futebol: meia página. E o pior era a linguagem estarrecedora. Os melhores jornalistas da época escreviam de fraque. E Mário Filho usava a palavra viva, úmida, suada. A entrevista de Marcos Mendonça foi, para nós, do esporte, uma Semana de Arte Moderna. Pouco depois, graças a Mário Filho, os clássicos e as peladas invadiram o espaço sagrado da primeira página. Antes, só o assassinato do rei de Portugal merecia manchete. E, súbito, o grande jogo começou a aparecer, no alto da página, em oito colunas frenéticas. O cronista mudava até fisicamente. Por outro lado, seus ternos e gravatas acompanhavam a fulminante ascensão social e econômica.

10 E o rio continuou o seu curso generoso, umedecendo e fecundando a aridez do caminho. Mas não vou contar tudo o que fez Mário Filho porque ele não parou nunca. Com seu formidável *élan* promocional, trouxe novas massas para o futebol. A geração do Maracanã não imagina como a multidão é coisa recente. Olhem as fotografias do Rio antigo. O brasileiro andava só, sim, o brasileiro andava desacompanhado. Quando três sujeitos se juntavam, as instituições tremiam. O público era escasso, era ralo nos velhos campos. Eis o que eu queria dizer: — Mário Filho criou e dinamizou as multidões do futebol brasileiro.

11 Como ele recriou o Fla-Flu. Ora, o Fla-Flu, sem esta abreviação, existia desde 1912 ou 11. E, um dia, Mário resolveu potencializar o velho clássico, tão velho que era anterior à primeira batalha do Marn. Preliminarmente, mudou o nome para Fla-Flu. Em seguida, montou um folclore fascinante sobre o jogo superconhecido e desgastado. E, de repente, o Fla-Flu extroverteu todo o patético, todo o sortilégio que trazia no ventre. O mito, por ele projetado, magnetizou todo um povo.

12 Mas dizia eu que o verdadeiro nome do Maracanã sempre foi Mário Filho. Nós é que éramos cegos para o óbvio ululante. Quando se pensou no estádio, nasceu uma discussão de um absurdo feroz: devia ser no Derby ou em Jacarepaguá? Mário Filho via Jacarepaguá quase como outro país, outro idioma. O estádio teria de ser encravado aqui. Todas as manhãs, vinha ele, como o paladino do certo, do justo, arremessar seu dardo contra as hordas do erro. E assim salvou o estádio. Foi uma de suas vitórias mais lindas. Depois, lançou a Copa Rio, um acontecimento do futebol mundial; e faria também o Torneio Rio-São Paulo, que se transformaria no Roberto Gomes Pedrosa. Quando trouxe os remadores de Cambridge, a cidade veio para a Lagoa. Meio milhão de pessoas.

13 Devemos a ele os Jogos da Primavera, os Jogos Infantis. Pouco antes de morrer, deu-nos o Torneio de Pelada, empreendimento único no Brasil e no mundo, com mais de mil times e uma massa de 16 mil jogadores. Sempre teve a nostalgia do gigantesco. E era um maravilhoso escritor. Amigos, o verdadeiro rosto é o último e repito: — o rosto do morto não mente, não trai, não finge. Eu me vejo, naquela tarde, velando o seu corpo. Debrucei-me tantas vezes sobre ele. Jamais alguém teve, em vida, um rosto tão doce, e tão compassivo, e tão irmão; e jamais duas mãos entrelaçadas foram tão santas.

21/5/1967*

* Crônica publicada na edição de *O Reacionário* de 1977 com o título de "Mário Filho".

Capítulo 73

1 A companhia de um paulista é a pior forma de solidão. Escrevo isso e paro de bater à máquina. Eu queria dizer outra coisa e vocês vão achar graça: — acordei pensando no Eça, e não em São Paulo. Falarei do paulista, a seu tempo. Por hoje, desejo apenas comparar a geração portuguesa do Eça e a geração brasileira do Vianinha.

2 O leitor há de cair em depressão ao vislumbrar, nas minhas palavras, um desses absurdos paralelos literários. O próprio Vianinha, ou, por extenso, o Oduvaldo Vianna Filho, há de se torcer e retorcer, numa dessas modéstias totais: — "Mas eu não mereço tanto", dirá ele. Mas sosseguem o leitor e o próprio Vianinha. Não cabe nenhum paralelo e eu explico: — os Vencidos da Vida eram uma geração estrita e ferozmente literária, ao passo que os Falsos Cretinos são uma geração atroz e obsessivamente política.

3 Que eram o Eça, o Antero, o Ramalho, o Batalha dos Reis, o Junqueiro, o Oliveira Martins e outros, e outros, senão, e precisamente, literatos? Tudo o mais era subsidiário. A política servia-lhes às frases e só. E quando Antero meteu uma bala na cabeça (e não me lembro se foi na cabeça) estava cometendo, sem o saber, o mais literário dos suicídios. Era mais um soneto.

4 E eu comparo os Vencidos da Vida e os Falsos Cretinos porque são duas gerações fortemente caracterizadas e militantes. Mas deixemos os literatos portugueses que são, hoje, diáfanas e nostálgicas ossadas. Falemos dos nossos que estão aí, vivos, sólidos, vorazes e ululantes. Podemos apalpá-los, podemos farejá-los e, até, pedir-lhes dinheiro emprestado.

5 Imagino que o leitor há de estar fazendo a impaciente pergunta: — por que "falsos cretinos"? Porque não o são, assim como os *Vencidos da Vida* também não o eram. Pode haver, aqui e ali, um ou outro caso de debilidade mental cristalina. A maioria, porém, se o quisesse, teria talento, teria imaginação, teria originalidade, teria uma enorme potência criadora. Mas sacrifica todas essas virtudes nobres e uma pose política, socialista, marxista ou que outro nome tenha.

6 Bem. Como dizia eu outro dia, não importa que o teatro seja político, que a poesia seja social, que o romance seja espírita, que a pintura seja budista, fascista ou macumbeira. Importa apenas que seja bom teatro, e boa poesia, e bom romance, e boa pintura. O que interessa ao burro do leitor que Balzac seja integralista, se é o Balzac? Os falsos cretinos, não.

7 Nós os encontraremos por toda parte: — no cinema, no teatro, na poesia, no romance. Quando sou apresentado a um cineasta, tremo. Ainda ontem dizia o Otto Lara Resende: — "O cinema é uma maneira fácil de ser intelectual sem ler e sem pensar." Realmente, poucos são como o Glauber Rocha, um artista desvairado, ou como Gilberto Santeiro, muito mais jovem, e de uma apaixonada sinceridade. Ou Jabor, que, na pior das hipóteses, é uma potencialidade. Eis o que eu queria dizer: — não só o cinema dá uma carteirinha de intelectual profundo. Também o socialismo. Sim, socialismo é outra maneira facílima de ser intelectual sem ligar duas idéias. Reparem como todo idiota que se conhece é um socialista feroz.

8 Ninguém precisa mais escrever a *Comédia humana*, a *Divina comédia*, *Guerra e paz*, *As obras completas de Shakespeare*. O artista se sente feliz e realizado de ir, ali, no Castelinho, rosnar contra os Estados Unidos e pingar duas ou três frases sobre o Vietnã. E aí está todo o "falso cretino". Vi, há tempos, um seminário de teatro. Ao primeiro olhar, percebi um clima inequívoco de falso cretinismo. E, de fato, ergue-se um rapaz e firma o seguinte princípio: — "Teatro não interessa. O que interessa é a revolução socialista." Ali estava a geração de que me ocupo: — o sujeito, aqui, acha que o revolucionário tem de ser, preliminarmente, débil mental de babar na gravata.

9 Na semana passada, passei por um boteco na Rua Visconde de Pirajá. Estava lá o Vianinha tomando cerveja. (No tempo do Dumas Filho, seria absinto.) Quando o vejo, me crispo de espanto. Que talento suicida! Que grande poeta dramático seria ele, se fosse analfabeto e apenas ditasse as suas peças. De vez em quando, ponho-me a imaginar um Vianinha utópico, ideal; um Vianinha que, ao ouvir falar em Marx, perguntasse: — "Que Marx? Joga pelo Manufatura ou pelo Rosita Sofia?" Ah, um Vianinha de tamanha inocência e de tão paradisíaca ignorância seria o maior dramaturgo do mundo subdesenvolvido.

10 Em vez disso, ele e seus companheiros estão fazendo um teatro sem precedentes, desde os gregos. De vez em quando, o brasileiro abre o jornal e lê que vai ser levada a peça tal. Procura o autor e tem a surpresa. É a autoria mais numerosa da Terra. Por exemplo: — *Onde está a saída*? é assinada, se não me engano, por cinco autores. Vejam: — cinco. Um dia, teremos uma assistência de Fla-Flu escrevendo um texto dramático. E o pior é que está metido nisso um artista do valor de Ferreira Gullar.

11 Trabalhei com Ferreira Gullar na *Manchete*. Era, então, um grande poeta. Sua *Luta corporal* comunicou instantaneamente aos contínuos da revista. Mas o nosso Ferreira era, na época, vagamente reacionário. Depois mudou. E nós o vemos, agora, amontoado com outros, numa promiscuidade autoral inacreditável. Renunciou àquela solidão mais áspera do que as cerdas bravas de um javali. Deixou de ser um só. E quando o vemos, temos vontade de saudá-lo assim: — "Como vai vocês?"

12 Excelente Gullar! Ainda hei de vê-lo de um reacionarismo torvo, de um obscurantismo hediondo, mas novamente grande poeta. E Guarnieri, o meu amigo Augusto Boal, o Flávio Rangel? Uma geração talvez mais brilhante do que os Vencidos da Vida. Outro dia, na casa do Otto Lara Resende, suspirava o poeta Vinicius: — "A solução é a burrice." E ele era socialista por isso mesmo, porque o socialismo é burro. Estavam lá o anfitrião, Otto, o Hélio Pellegrino, eu e não sei mais quem. Ninguém protestou. No fundo, todos, ali, pareciam achar que o bom no socialismo não é a justiça, não é a paz, nem os bons sentimentos — é a burrice.

23/5/1967

Capítulo 74

1 "Eu bem n'a sinto! Eu bem n'a sinto!" — assim começa uma página de Fialho que li há muitos e muitos anos. Se não me engano, o autor falava da boa primavera portuguesa. Ou por outra: — não era a primavera. Falava da uva translúcida de Portugal, de sua doçura afrodisíaca. Teria eu 10, 11 anos. E o "bem n'a sinto" de Fialho deu-me a sensação de que eu já fora português algum dia.

2 Ontem, quarenta e poucos anos depois, volto a sentir, na minha carne e na minha alma, esse maravilhoso passado luso. Imaginem que me acordam com a notícia: — "Morreu o Zé Gonçalves!" E nem fora a boa, consentida, compadecida morte natural. Zé Gonçalves, ou, por extenso, José Gonçalves dos Santos, maquinista do Municipal, cenotécnico, fora assassinado, em casa, exatamente às quatro da manhã.

3 Ninguém mais português, ninguém tão português. Chegou menino ao Brasil; ia fazer 70 anos. E tinha, septuagenário, o sotaque de quem desembarcou na véspera. E a memória uniu em mim as duas coisas: — a retórica de Fialho e a morte do amigo. Novamente, senti que já fui português em vidas passadas. Em capítulo recente, disse eu que o amigo é o grande acontecimento.

4 Exato, exato. E José Gonçalves foi, para mim, um grande acontecimento. Estou batendo estas notas e voltando à minha pré-história teatral. Quando fiz a minha primeira peça, *A mulher sem pecado*, eu não era ninguém. Fazia esporte no *Globo*, no tempo em que era humilhante ser cronista esportivo.

E, mesmo num setor estreitamente especializado, não tive jamais um destaque forte. A crônica esportiva era um território solidamente ocupado por Mário Filho.

5 (Mas preciso retificar. Ao escrever *A mulher sem pecado*, eu já deixara a seção de esporte. Isso mesmo. Estava no *Globo Juvenil*, que Roberto Marinho acabara de fundar.) Com a peça debaixo do braço, saí de porta em porta. Ninguém quis encená-la, ninguém. Vargas Netto apresentou-me a Abadie Faria Rosa, então diretor do Serviço Nacional de Teatro e da companhia oficial Comédia Brasileira. Era o Estado Novo, e Vargas Netto tinha a onipotência do nome.

6 Automaticamente, o meu texto instalou-se no repertório da Comédia, com uma prioridade feroz.

Restava uma dúvida, e desesperadora. Abadie queria representar a peça, o elenco, idem. Mas a companhia não tinha um tostão para o cenário. Era em dezembro e a verba estava esgotada, até o último vintém. Só havia dinheiro para a quinzena dos artistas. E começou o meu desespero. À beira da glória, subitamente a perdia (para mim, a estréia era a glória fulminante). Foi então que Rodolfo Mayer, intérprete e diretor de *A mulher sem pecado*, cochichou-me: — "Depende do José Gonçalves."

7 O velho Zé. Tinha tremendas varizes nas pernas e andava mancando. Não precisei pedir. Foi ele que veio me dizer: — "Deixa o cenário por minha conta." Eis o que eu queria dizer: — a bondade desse homem, a bondade tímida, humilde, envergonhadíssima. Tenho defeitos inumeráveis. Tenho. Mas há em mim uma virtude confessa: — um gesto bom, um simples gesto bom ou, menos do que isso: — um simples olhar ou sorriso bom me dilacera. Eu me lembro de uma senhora que, na minha infância profunda, cruzou por mim, na Rua D. Zulmira. E, de passagem, ela me olhou, de passagem. Não mais, apenas um olhar, a pura carícia de um olhar. Nunca mais a vi; sumiu, como se jamais tivesse existido. Esse breve olhar de uma desconhecida, esse olhar de uma doçura insuportável, está eternamente comigo.

8 Também jamais esquecerei o olhar do Zé Gonçalves. Posso dizer que houve a minha estréia porque José Gonçalves a pagou. E, através dos tempos, ele continuou português. Tinha sessenta anos de Brasil e era português como uma metáfora de Fialho. O bem que me faziam o som, a vista, a luz do seu riso. E o pior é que, há dias, fiz uma pequena seleção de amigos. Lá não está este nome: — José Gonçalves dos Santos. E me pergunto que lapso cruel o excluiu da lista dos que me querem bem para sempre. Eu o esqueci porque ele era um simples? Por causa do seu nobre, lindo, luminoso, esforço braçal? Porque era um franciscano maquinista?

9 Até que chegou a grande noite de ontem. Meus filhos Joffre e Nelsinho contam que o Zé Gonçalves estava numa euforia total. Pôs o melhor terno, a melhor camisa, a melhor gravata, o melhor sapato. Seus últimos momentos foram de uma felicidade absurda. Era já a morte e ninguém sabia. À meia-noite, todos vão dormir. E, naquele momento, já os bandidos que iam matá-lo estavam assaltando.

10 Chegaram num carrinho que ficou numa rua próxima à Silva Teles. A Rua Agostinho Meneses é uma rua indefesa como toda a cidade (não há polícia, não há nada). Os sujeitos sobem para a varanda do Zé Gonçalves; cada um entra por uma janela. Toda a família dorme. Os meus filhos estão lá (foi seu José e podia ser Joffre ou Nelsinho). Segundo o repórter Amado Ribeiro, os três assaltantes deviam estar maconhados.

11 E, de repente, o barulho acordou seu José. Ou por outra: — não foi o barulho, foi a luz da lanterna. Seu José pula da cama. E, logo, a casa encheu-se de gritos. Meu filho Joffre também acorda. Atraca-se com o bandido que atravessava o seu quarto. Veio de outro quarto Nelsinho. É a luta na treva. O bandido se desprende dos meus filhos; e salta pela varanda. Lá embaixo, ergue-se e corre. Outro o acompanha.

12 Ninguém imaginava que um terceiro ficara. Seria o assassino de José Gonçalves e estava de dedo no gatilho. E, súbito, aparece atrás de José, Joffre e Nelsinho. Apontava a arma e ia atirar para fugir. Não foi sorte, não foi azar, não foi destino. Seriam meus filhos, um dos meus filhos. E seu José saltou na frente do revólver. Levou a bala no coração para salvar.

13 José Gonçalves dos Santos. Falando dos meus amigos, eu o esqueci. E ele morreu. Meu amigo, disse. Mas que fosse meu inimigo. Morreu para salvar meus filhos. Será enterrado hoje e para sempre amado por mim. De manhã bate o telefone. Lúcia atende. Era a notícia. Ela não me acorda. Vela meu sono e nem sinto a sua desesperada proteção. É a compadecida que chora antes de mim e por mim. Só quando acordo é que me conta, aos poucos, lágrima por lágrima.

14 José Gonçalves dos Santos. Outro dia, falando dos meus amigos eu o esqueci. "Meu amigo", posso agora dizer, tardiamente. Mas que fosse inimigo. Morreu para salvar meus filhos. Vão enterrá-lo hoje. Será para sempre amado por mim.

24/5/1967

Capítulo 75

1 Já disse, e repeti não sei quantas vezes, que me iniciei no jornalismo aos 13 anos. Na idade em que muitos tomavam carona de bonde, e outros raspavam pernas de passarinho a canivete, tornei-me profissional. Ainda hoje me perguntam, no espanto da precocidade: — "Treze anos?" Respondo, na minha vaidade feliz: — "Comecei na profissão de calças curtas." Bem. De calças curtas, nem tanto. Mas quase.

2 Eis o que eu queria dizer: — naquela época, fazíamos, todos, jornalismo subdesenvolvido. O sujeito que apanhava, na caixa, um vale de cinco, dez mil-réis, para comer ou para beber, estufava o tórax, arredondava a barriga, como um nababo. Assim era a velha imprensa, famélica, não raro fétida, mas romântica. Hoje, não. O jornal desenvolvido é um fato sólido, um fato que podemos apalpar, fisicamente.

3 Meses atrás, o Cláudio Mello e Sousa passou por mim, tumultuosamente, como um centauro. Chamei-o: — "Vem cá, rapaz." Retrocedeu. Perguntei: — "Que pressa é essa?" E ele: — "Vou a Roma." Dizia isso com uma naturalidade não isenta de tédio. Ia a Roma como, outrora, o repórter ia, ali, ao Largo do Machado. O jornal o escalara para entrevistar não sei quem. E o Cláudio, abarrotado de dólares, ou liras, sei lá, estava com o pé no avião.

4 No antigo jornalismo, cena como a descrita era inviável. Roma só existia para o diretor. Outra figura inexeqüível, na imprensa subdesenvolvida, seria o Otto Lara Resende. Em capítulo recente, descrevi a viagem do colega e amigo à Noruega. O Otto andou por lá e voltou furioso. Vagando por Oslo, e farto de tanto desenvolvimento, começou a ter saudades até da nossa mortalidade infantil. Mas era o tédio em dólar.

5 Mas como eu ia dizendo: — ao começar a minha carreira, conheci o último profissional fascinante. Refiro-me ao revisor. Hoje, ele anda por aí, de fronte alta, bem vestido, bem calçado. Ainda ontem, um revisor deu-me carona no seu Aero Willys suntuário. Em 1925, esse mesmo revisor andaria de taioba, se tanto. Bem me lembro da primeira vez em que entrei numa revisão.

6 A redação sempre foi lírica, mesmo nas etapas mais sofridas da história jornalística. Sim, o redator tinha uma estrutura prodigiosamente doce e cálida. A revisão, nunca, e repito: — a revisão era um pátio de milagres de ressentidos, frustrados, humilhados, deformados. Era um pessoal que se retorcia em danações impotentes.

7 E, de repente, descobri uma rútila exceção. Era um rapaz até bonito, de um bigodinho bem aparado, um olho claro e meigo e uma permanente euforia de anjo. Usava muito terno branco, uma calça de vinco antológico e gravatas lindas. Os outros, todos os outros, eram portadores de não sei que lesões da alma, não sei que úlceras do sentimento. Ele, não. Tão fino, tão delicado e melífluo, que lembrava a afetação de um marquês de rancho, desses que usam peruca e sapatos de fivela. Até hoje não se sabe quem estava por trás de sua elegância, de sua nutrição e dos seus cosméticos. Seu ordenado de revisor não justificava nem suas boas roupas, nem seus bons sentimentos.

8 E aqui vem a surpresa: — era um canalha, ou, para ser numericamente exato: — o terceiro canalha que conheci na vida real. Já me referi com abundância aos dois primeiros. O canalha nº 1 foi o funcionário dos Correios e Telégrafos; o canalha nº 2, o que espiou o banho das meninas. O revisor seria o canalha nº 3. Aprendi, no *métier* jornalístico, dramático ou simplesmente vital, que o pulha costuma ter uma fluorescente aura de simpatia.

9 Poderão perguntar: — que atos, ou palavras, ou sentimentos definiam o canalha? Como tal, vamos aos fatos. Um dia, fizeram no jornal um time de futebol. Em dez minutos arranjamos titulares para cada posição. Entre parênteses, eu, filho do diretor, fui escalado na meia-direita. A dúvida era o goleiro. Como se sabe, o goleiro há de ser, eternamente, uma figura vital. Todos podem errar, menos ele. Foi aí que, num rompante dramático, o canalha nº 3 apresentou-se como "a solução".

10 Segundo o próprio, era ele um goleiro nato e, mais do que isso, hereditário. Já o seu pai fora, na posição, uma autêntica bastilha. E o canalha nº 3 afirmava os seus méritos com um descaro tão radiante que ninguém duvidou. Lembro-me do nosso primeiro treino em conjunto. Curioso! Havia entre o nosso jogo e o nosso salário uma relação nítida e taxativa. Era um futebol triste, lívido, depressivo. Vejo um córner batido por um repórter de polícia. Chutou como se a pelada fosse uma ópera e como se ele encarnasse o Alfredo da *Traviata*.

11 Só havia em campo um ser dionisíaco: — o revisor. Foi, debaixo dos três paus, uma maravilha elástica. Defendeu tudo. Numa das vezes, fiquei, com o *élan* dos meus 13 anos (já fizera 14), fiquei sozinho, vejam bem, cara a cara com o canalha nº 3. Enchi o pé. A bola subiu e se enfiou na última gaveta. E todos vimos o goleiro tornar-se leve, alado, incorpóreo. Com a ponta dos dedos, transformou em córner o gol infalível.

12 No fim, quase o carregamos na bandeja. Todavia, era apenas um treino. No domingo seguinte, houve um jogo de verdade contra não sei que time. Resumindo, direi que apanhamos de 10 x 5. O revisor engolira, exatamente, dez frangos. No último gol, a bola ia saindo; o cínico curvou-se, apanhou a mãos ambas a redonda e a pôs nas redes como no basquete.

13 No nosso vestiário havia um espanto de catástrofe. Eis senão quando o canalha nº 3 começa a berrar: — "Me quebrem a cara! Me quebrem a cara! Eu sou um venal!" Dava murros no próprio peito: — "Eu me vendi!" Antes de tomar o primeiro tapa, levou uma cusparada na cara. Sem enxugar, na face, a saliva alheia, insistia: — "Mereço mais! Mereço mais!" E só sossegou quando apanhou a surra. Debaixo dos pescoções, ainda pedia: — "Mais! Mais!"

14 Passou. No outro domingo há o segundo jogo. Chamam o canalha nº 3. Disseram: — "Se você papar algum frango, já sabe: — depois do jogo, tu levas outra surra!" O revisor olha para os lados, toma coragem e arrisca: — "Tem que ser depois do jogo? Não podia ser agora? Vocês não podiam bater antes do jogo?" E teimava de olho rútilo e lábio trêmulo: — "Eu quero antes, antes!" Crispava as mãos, no apelo. Tudo aconteceu numa progressão fulminante: — houve um primeiro tapa e, logo, por imitação, outros, e outros. Depois do espancamento, entramos em campo. O goleiro caminhava, de fronte alta, o olho incandescente, como um profeta. Agarrou tudo, fez defesas impossíveis. E só então descobri, com secreto deslumbramento, que estava, ali, o perfeito, irretocável canalha nº 3.

25/5/1967*

* Crônica publicada na edição de *O Reacionário* de 1977 com o título de "O canalha nº 3".

Capítulo 76

1 O que nós chamamos infância é a soma das nossas descobertas (isso é óbvio e novamente me confrange estar aqui proclamando o óbvio). Lembro-me do meu assombro quando ouvi alguém chamar alguém de canalha. Já referi o episódio: — foi um bate-boca entre sogra e genro. E, súbito, a velha o xinga de canalha. Pela primeiríssima vez, eu ouvia a palavra. E, garoto, tremi em cima dos pés. Acho que o meu espanto iluminou a sala.

2 Sempre que um menino ou mesmo um adulto vê o nascimento de uma palavra, seu horizonte vital se torna mais denso, elástico, luminoso. A descoberta do "canalha" mudou, amplificou a minha realidade. Tinha meus seis, sete anos. E, durante meses e anos, aquele som andou comigo. E, depois, viriam outras descobertas também prodigiosas.

3 Outra lembrança que me persegue até hoje. Era em 1926, na Rua Joaquim Nabuco. Morávamos numa casa branca que me parecia um palácio (e como fui sempre um pobre vocacional, o nosso luxo me parecia lúgubre e profético. Lá perdemos Roberto e meu pai). Estou pensando no jardim. Vejo o portão central, com dois ciprestes, que ali se erguiam como dois irmãos tristes.

4 Mas, se havia um jardim, precisávamos de um jardineiro. Quando nos mudamos, alguém indicou um português que trabalhava na vizinhança. Veio o jardineiro luso, de bigodões, camisa-de-meia listrada, tamancos e uma pupila verde e diáfana. Queria combinar o serviço. Minha mãe dizia: — "Vem um dia por semana." Com as duas mãos, o português segurava o chapéu. Minha mãe pergunta: — "Não prefere sábado?"

5 Sábado, sábado. O outro, que ouvia e falava de olhos baixos, levantou a vista. Disse apenas: — "O sábado é uma ilusão." E parou. "O sábado é uma ilusão" e nada mais. Minha mãe não ouviu direito ou, se ouviu, não entendeu. Perguntou: "Como?" E o outro, numa certeza cruel: — "O sábado é uma ilusão."

6 Ninguém jamais dissera isso de um sábado. Nem dirá. Portanto, eu vi, ali, o nascimento de uma frase. Nascimento e morte, quem sabe? Talvez nem o próprio português repetisse mais que o sábado é uma ilusão. Ficou então combinado que ele viria, cada sexta-feira, fazer o serviço.

7 Fosse como fosse, a frase me pôs diante do desconhecido, do inédito, do jamais desconfiado. Lembro-me de que, durante semanas, meses, conversei com o homem. Provocava-o. Queria que ele repetisse a frase. Nada. Fiz-lhe a pergunta frontal: "Você não gosta de trabalhar nos sábados?" Nunca vi um velho de olhar tão límpido. Respondeu: — "Tanto faz." Até que, num começo de angústia, eu próprio disse: — "O sábado é uma ilusão." Nem assim respondeu. A frase resvalou por ele, sem contudo feri-lo. Continuou a muda tarefa, misturando estrume.

8 Ainda hei de fazer uma peça, ou um romance, e lhe darei por título: — *O sábado é uma ilusão.* E, assim, através dos tempos, criança, adolescente, homem feito, velho, tenho acumulado minhas descobertas. Hoje, reconheço que tenho uma dívida séria com várias frases fundamentais. Fiz peças de uma frase. E, aqui, entra em cena o meu amigo Otto Lara Resende.

9 Nem preciso falar do seu brilho verbal. Ao chegar, há pouco, da Noruega, ele foi inexcedível. Contou a viagem (nem um mísero bacalhau o reconhecera em Oslo); e nos deslumbrou com o seu gênio histriônico. Era o Carlitos, fazendo com Buster Keaton os números de show em *Luzes da ribalta.* Só que faltam a Charles Chaplin a molecagem mágica do Otto e o supremo virtuosismo da frase.

10 Mas preciso contar justamente a história de uma frase do meu amigo. Volto ao tempo em que Jânio Quadros era nosso presidente. Como se cavou entre nós e Jânio uma distância infinita, espectral. Foi, se não me engano, o Zé Aparecido que falou ao então presidente sobre o Otto. E este é chamado a Brasília.

11 Imagino que a conversa há de ter sido algo assim como uma página de *Os Maias*. Jânio queria o Otto de qualquer maneira. Houve um momento em que, pondo a mão no joelho do Otto, e aproximando a cara, disse: — "Tenho duas fraquezas: — mulher bonita e homem inteligente." Ao dizer isso, Jânio parecia uma paródia de si mesmo. Era como se estivesse imitando a própria voz, o próprio riso, a própria inflexão. Tinha um olho parado, outro móvel. Depois de uma hora, ou duas, sei lá, de conversa, o Otto declara que vai pensar. Mas estava disposto a não ser assessor da presidência, nem que o laçassem no meio da rua.

12 Na volta para Minas, parou em Belo Horizonte. Foi seu mal, ou seu bem, não sei. Parou lá e começou a fazer descobertas. Sempre que vai a Minas, ele volta menos mineiro. E, quando entrava numa casa, era recebido com uma saraivada de tias. Coincidiu que chovesse; e elas pareciam pingar das goteiras. Tias inéditas, jamais suspeitadas. E o Otto, vagando por entre tias, começou a achar tudo muito parecido com um pesadelo humorístico.

13 Agora vem a coincidência. Por motivos teatrais, que não vêm ao caso, tive de ir a Belo Horizonte; e lá o encontrei. O Otto exalava depressão por todas as esquinas de Belo Horizonte. Ah, esquecia-me de um dado capital: — a sua Mercedes-Benz, que ele trouxera da Europa. Já percebera que o carro suntuário deflagrara o ressentimento de toda uma cidade. Afinal, voltamos. Claro que eu não ia perder a nababesca carona de Mercedes.

14 E foi então, no meio da viagem, que assisti ao nascimento de uma de suas frases mais famosas. Não sei se ele a improvisou, ou se foi uma inspiração fulminante e abençoada. Só sei que, de repente, Otto vira-se para mim e diz:

— "O mineiro só é solidário no câncer." Não direi que ele pôs mais sociologia numa frase do que Euclides nas seiscentas páginas de *Os sertões*. Mas aquilo se cravou em mim para sempre. Ainda comentei, gravemente: "Bonito." Quando entramos no Rio, eu tinha na cabeça o título de minha nova peça: — *Otto Lara Resende ou Bonitinha, mas ordinária.*

26/5/1967

Capítulo 77

1 De vez em quando, vem Hollywood e lança uma nova e apaixonante versão de *Moby Dick.* E, então, platéias de todo o mundo, de Cingapura a Londres, de Paris a Istambul, revêem a história prodigiosa da baleia branca. Bem me lembro da última vez em que a vi. E, de quando em quando, sonho com a cena final, de uma beleza desesperadora.

2 Como se sabe, o comandante mutilado perseguia Moby Dick, por todos os mares, com a demência do seu ódio. A baleia alva de sol e de lua era o sonho de sua carne e de sua alma. Não a esquecia nunca, porque o ódio é, sabemos, muito mais voluptuoso do que o amor. Até que, um dia, os dois se encontram. Tudo aconteceu numa progressão fulminante de catástrofe.

3 Eu estava na platéia, crispado na platéia, quando o arpão fere Moby Dick. A baleia se torce, e retorce, em estertores deslumbrantes. Quando cai, cava ela mesma o seu abismo de espumas delirantes. O capitão possesso abre a boca, mas o grito morre no fundo do ser. E, súbito, é arrastado também pelas cordas do arpão. A última imagem do filme mostra o mutilado cravado no dorso da fera. E lá está o olho de Moby Dick, enorme de espanto e mistério.

4 Eis o que eu queria dizer: — o olho da baleia encantada levou-me de volta à Aldeia Campista. Era, de novo, a minha infância profunda. Como se sabe, qualquer rua tem a diversidade de um elenco de circo. Há de tudo nos seus portões, janelas, quartos, salas, alcovas e varandas. Assim era a Rua Alegre. Tinha adúlteras, suicidas, funcionários, arquitetos, santos e canalhas. Como se não bastassem os já citados, morava lá, também, um bandeirinha de futebol.

5 E o olho cruel de Moby Dick lembrou-me, justamente, do bandeirinha. Ah, como era romântico o velho futebol. Por exemplo: — o bandeirinha antigo. Hoje, a função está profissionalizada. E ele deixou de ser um marginal dos clássicos e das peladas. Na sua vida, alternam o apito e a bandeira. Naquele tempo, não. Ainda não começara a sua ascensão social e econômica.

6 No fundo da rua, quase esquina de Maxwell, morava um rapaz admirável. Digo admirável porque era bom pai, bom marido, bom filho, bom vizinho. De mais a mais, tinha o gênio do cumprimento. Tirava o chapéu até para desconhecido, até para inimigo. Pois bem. E o nosso herói cultivava uma utopia na vida, uma desesperada utopia: — ser bandeirinha de futebol.

7 Por que escolhera uma função tão humilde, tão irrelevante, só comparável à dos gandulas? Ninguém sabe. Só uma resposta vinda do Alto poderia desvendar o mistério de tamanha vocação. Alta madrugada, ele acordava, banhado em suor; agarrava a mulher e a sacudia: — "Fulana, ainda hei de ser bandeirinha!" Dizia isso de fronte alta como um fanático, como um vidente.

8 Mas o tempo ia passando e nada. Lá estava a função à sua espera e ninguém o convocava. Pediu a todos os paredros da época. E quem o visse tão empenhado havia de imaginar que o homem estava cavando algum ministério. O sonho já contagiara a mulher, filhos, criada, vizinhos, demais parentes e fornecedores. Perguntavam: — "Quando é o grande dia?" Exalando frustração e impotência, gemia: — "Sei lá, sei lá."

9 Um dia, entra em casa, aos berros, atropelando mesas e cadeiras. Anunciou: "Domingo, domingo!" Era tal a sua exaltação que o fazem sentar-se, dão-lhe água da moringa. Por coincidência, eu estava lá, brincando com o filho do casal. E, ainda ofegante, contou tudo: — ia ser bandeirinha, no domingo seguinte, e no jogo Mangueira x Vila. A mulher fizera promessas, simpatia, o diabo. E, agora, atendida nas suas preces, desatou a chorar. Depois, abaixou-se e enxugou a coriza na própria saia.

10 Note-se que o jogo Mangueira x Vila deflagrava, na época, ódios shakespearianos. E o patético da partida valorizava e dramatizava a estréia do bandeirinha. A feliz esposa, transida de vaidade, era invejada pelas irmãs, cunhadas e vizinhas. E eu me lembro do rapaz, chegando do emprego, olhado por toda uma rua. Domingo, bem cedinho, lá estava eu na casa do bandeirinha. Ele passava alvaiade no sapato de tênis. Fiquei, de longe, olhando o dono da casa, e o lambendo com a vista.

11 Comigo presente, houve o almoço às dez e meia da manhã. Lembro-me de que, comendo um ensopadinho de abóbora, dizia o herói: — "Faço questão que meu filho veja!" O garoto, meu amigo, de sete anos, baixou a vista no prato. E a mulher, encantada, tinha a graça plena da lua-de-mel. Mais bonito foi quando saímos, todos, com o homem na frente. Lá fui também. Toda a família o acompanhava. Transfigurado, o bandeirinha dava adeus para as escadas.

12 Não sei se disse que a mulher do bandeira era magrinha. Pelo contrário, ou melhor: — talvez não fosse propriamente gorda, mas tinha cadeiras abundantes. Era a época em que uma senhora, para atravessar uma porta, tinha que se pôr de perfil. Ao lado do marido, porém, ela parecia mais leve, miúda, de quadris menos pesados e menos fecundos. Lembro-me do momento em que chegamos ao campo apinhado.

13 Enchente no campo, bandeiras, bombas, e o clamor de duas torcidas homicidas. Mulheres de leque, homens de ventarola. Ficamos numa extremidade do campo, unidos, solidários, crispados. E começa o jogo. Ao meu lado, o garoto gritava: — "Papai, papai." No atual Estádio Mário Filho, há uma distância infinita, milenar, entre a multidão e o jogo, entre a multidão e o craque. Outrora, o torcedor estava cara a cara com o jogo, com os times, juiz e bandeirinhas. E quando o nosso bandeirinha veio apanhar a bola, junto à cerca, levou uma cusparada na testa (devia ser na face e foi na testa). Mas não sabíamos que era pouco.

14 O martírio veio depois. Eu me lembro de tudo. Começou a lavrar o ódio entre os dois times. E, súbito, o nosso bandeirinha erra numa marcação. O resto aconteceu juntinho de nós. Um latagão, não sei se do Mangueira, do Vila, veio correndo. Vi a mão aberta e, logo, a bofetada. A bofetada passaria. Pior foi o som. Se não fosse o som, não existiria ofensa, vergonha, dano moral. Uma bofetada muda não humilha ninguém. E, de repente, foi tudo silêncio. Só se ouvia a bofetada. Não me esquecerei, nunca, nunca, do olho do bandeirinha. Era o mesmo olho de espanto que eu vi, quarenta anos depois, na baleia ferida. Assim olham as baleias agonizantes, assim olham os bandeirinhas esbofeteados.

27/5/1967*

---

* Crônica publicada na edição de *O Reacionário* de 1977 com o título de "História da bofetada".

Capítulo 78

1 Para mim, há uma nítida relação entre a adúltera e o suicida. Aquela que trai e aquele que se mata estão fazendo um julgamento do mundo. Agora mesmo, enquanto bato estas notas, penso nas infiéis que conheci na minha infância. Deixo de lado os suicidas. Eis o que queria dizer: — há, na minha memória, todo um patético, todo um crispado elenco de adúlteras e maridos enganados.

2 Dirá alguém que, em nosso tempo, o adultério é o que há de mais intranscendente. Os maridos só matam na primeira página de *O Dia* e da *Luta Democrática*. E essa falta de risco, mistério, desafio e fatalismo faz da infidelidade uma pobre e árida experiência de vida. Dizia certa senhora com um desesperado impudor: — "Não sei qual é mais chato, se meu marido, se meu amante."

3 Todavia, na Rua Alegre, a adúltera era um dos meus espantos. Quando uma mulher traía, eu sofria como se fosse o enganado, como se fosse o traído. E me lembro de uma menina, em lua-de-mel, que veio morar na Rua dos Artistas. Era o que se chama jeitosa de corpo e de rosto. Entre parênteses, foi uma paixão dos meus sete anos. E uma coisa me fascinara na garota: — o seu estrabismo.

4 Era, sim, estrábica. Anos depois, o mundo conheceu e se enamorou de uma estrela norte-americana: — Norma Shearer. Foi o amor de todo o Brasil. E Norma Shearer tinha, justamente, um pungente estrabismo promocional. Tivesse os olhos normais, e seria uma qualquer. Mas Hollywood descobriu que havia no seu olhar torto um apelo erótico válido em todos os idiomas, e, por isso, só por isso, deu-lhe uma obsessiva promoção.

5 A recém-casada foi, em termos naturalmente modestos, a Norma Shearer antes da Norma Shearer. Mas como ia dizendo: — no fim de um mês, dois, solteiros, casados e até velhos tomaram-se de amores pela estrábica. Passei, quantas e quantas vezes, pela sua porta. Na humildade dos meus sete anos, eu achava que ninguém jamais gostaria de mim. Não seria amado nunca, por nenhuma menina, nenhuma mulher. Mas isso não me fazia sofrer. Eu começava a aprender que ninguém se compara à mulher amada e não possuída.

6 Como era o marido da estrábica? Não sei. Eis a verdade, não sei. Não me lembro de um gesto, um sorriso, um olhar, do pobre-diabo. Bem, morava na Rua Pereira Nunes, e numa casa de caramanchão (só me lembro do caramanchão), um joalheiro, com feérica loja na cidade. Era riquíssimo, diziam. Lembro-me de que um dos seus filhos andava de sapato de borracha. E o sapato de borracha foi uma das invejas e, ao mesmo tempo, uma das utopias da minha infância.

7 E o joalheiro, senhor já, grisalho e obeso, apaixonou-se pela estrábica. "Obeso", disse eu. Era célebre, no bairro, o seu apetite. Mandava comprar caranguejos em Ramos, ou em Meriti, e os devorava, na mesa, com sombrio *élan*. Não sei se os caranguejos explicavam a barriga, não sei. Mas o homem estava amando, e toda a vizinhança acompanhou maravilhada o romance. De vez em quando, o joalheiro bebia demais. E, então, berrava: — "Dinheiro há! Dinheiro há!" E, outras vezes, num rompante de ébrio, arrancava do bolso e atirava para o ar cédulas de cem, duzentos mil-réis, quinhentos, um conto.

8 Lembro-me de uma tarde em que passei, mais uma vez, pela porta da bem-amada. Não vi nada, ou por outra: — ver as grades, o pé do tinhorão, as janelas e o mato do jardim, tudo isso era amor. Passo por lá e, na esquina, vejo o joalheiro. Chama: — "Vem cá, menino, vem cá." Estou diante dele, esperando. O outro tira do bolso uma moeda grande de quatrocentos réis. Começa: — "Quer ganhar isso aqui?" E diz o resto: — "Vai naquela casa, ali, está vendo? Aquela. Dá isso à moça. Diz que fui eu que mandei."

9 (O meu amigo Alfredo C. Machado reclama que, por vezes, certas lembranças minhas parecem "A vida como ela é..." Eu me justifico facilmente. Eis a verdade: todos os sonhos da carne e da alma estão em "A vida como ela é...")

10 Embolsei os quatrocentos réis e fui, com o coração aos arrancos, bater na casa da estrábica. Levava um embrulhinho, enrolado com cordão dourado. Depois se soube que era uma caixinha de veludo, com um colar de pérolas. Não imitação, mas verdadeiras, pérolas verdadeiras. Bati e a própria abriu a porta. Disse-lhe: — "Aquele moço mandou." Entreguei o embrulhinho e saí correndo em desespero.

11 O joalheiro ainda me chamou. Com uma sensação de crime, atravessei correndo a rua, e fui me enfiar em casa, numa dessas angústias totais. Eu me sentia culpado e não sabia de quê. Eis o que aconteceu: a estrábica abriu o embrulhinho, viu as pérolas e leu o bilhetinho que ia junto. De longe, o joalheiro tirava-lhe o chapéu. E, então, a menina sai de casa, vem falar com o homem. Ele não tem tempo de dizer uma palavra. Dois ou três que iam passando, e senhoras das janelas vizinhas, viram tudo. Usando o colar, como um relho, a menina bateu-lhe na cara. E não parou. Sem um gesto, sem uma palavra, ele tomou aquela surra de pérolas.

12 Depois, num passo firme, o perfil empinado, e mais estrábica do que nunca, ela voltou para casa. E, então, o joalheiro põe-se de cócoras na calçada e, penosamente, com uma angústia de míope, começa a catar as pérolas espalhadas. A história devia acabar aí, e eu daria tudo para que acabasse aí. Mas continuou. No dia seguinte, a menina junta um grupo de vizinhas no portão e conta, de rosto duro: — "Meu marido me chamou de burra porque eu não aceitei o colar. Quero que vocês sejam testemunhas. Me chamou de burra." Dois ou três dias depois, apareceu de colar no pescoço. Chamou as mesmas vizinhas e gabava as pérolas: — "Verdadeiras! Verdadeiras!" Era o começo. Logo a rua começou a chamá-la de cachorra.

28/5/1967

Capítulo 79

1 Vocês se lembram de que, em Hamlet, acontece o seguinte: — de repente, o palco shakespeariano é invadido por um bando de comediantes. E os recém-chegados fazem piruetas, dão saltos mortais, dançam e declamam. A platéia fica atônita de beleza. É o teatro dentro do teatro, a poesia dentro da poesia, o sonho dentro do sonho.

2 Eis o que eu queria dizer: — nas velhas redações subdesenvolvidas, havia também uma simultaneidade igualmente mágica e igualmente fascinante. De um lado tínhamos os funcionários da casa, redatores, repórteres, contínuos; de outro lado, todo um elenco de visitantes estranhíssimos. Essas caras, que não paravam de entrar, de sair, tornavam a vida do jornal cálida como um sonho.

3 Quando *A Manhã* estava na Rua Treze de Maio, vivia cheia de políticos, atrizes, camelôs, aleijados, arquitetos e prostitutas. Na redação de hoje, esta troupe seria inviável. A visita é escassa e filtrada. Ferozmente seletiva, a portaria barra o pobre-diabo, o enxota, da maneira mais ignominiosa.

4 Outrora era possível um demente entrar numa redação e lá permanecer como um funcionário. Lembro-me de uma velha que invadiu *A Manhã* e berrava: — "Eu sou a consciência da República." E o pior é que ninguém se espantava. Um contínuo passou uma hora de grave conversa com a louca. Ela não dizia outra coisa: — "Eu sou a consciência da República." E os mutilados, e os portadores de doenças hediondas? De vez em quando, alguém vinha me cochichar: — "Aquele é leproso."

5 E, assim como na peça shakespeariana, existiam duas vidas, duas realidades na redação antiga. Certa vez, foi lá o professor Mozart. Dizia-se profeta e queria fazer milagres, apenas. De um dia para o outro, a redação virou um pátio de milagres. Paralíticos, cegos, dementes, sujeitos que ardiam em chagas. Lembro-me de uma criança que, de repente, começou a chorar, não lágrimas, mas pus. E o professor uivava para os paralíticos: — "Anda, anda! Vamos, anda!" Eu estava lá, aterrado. E, de repente, o entrevado caminhou. Deu um passo, dois, três. Vendo o próprio milagre, o professor começou a chorar.

6 Numa redação, repito, entravam os tipos humanos mais inverossímeis. Até esquimó apareceu, e, uma tarde, entro e quem vejo eu, em cima de uma mesa, apavorado com as caras que o cercavam? Um pingüim. Vinha do pólo, não sei de onde, e estava lá. Mas como eu ia dizendo: havia uma figura obrigatória no velho jornal: — o canalha.

7 Até hoje, não sei por que o jornal fascinava os pulhas da velha geração. Eram escroques, punguistas, cáftens, gatunos. Todos os dias iam para a redação e se tornavam amigos, íntimos, de todos nós. De vez em quando, sumia uma capa, um relógio e já se sabia: — era um deles. E coisa curiosa. Aparentemente, os canalhas eram semelhantes, em tudo, ao homem de bem; ou por outra: — eu diria mesmo que, via de regra, eram mais doces que o homem de bem.

8 Três ou quatro não saíam de *A Manhã*. E quando meu pai fundou a *Crítica*, outros três ou quatro passavam o dia e a noite na *Crítica*. Um dia, depois do almoço, vou para a redação. Na porta encontrei o canalha. Era ali na Rua do Carmo, quase esquina de Sete. Março de 1930. Getúlio, o suicida, já conspirava. Roberto morrera havia dois meses. E quando eu ria pensava em Roberto. Tinha vergonha de não sofrer como devia.

9 O canalha (um mulato dionisíaco) pergunta: — "Já sabe?" Paro: — "O quê?" E ele: — "Seu pai está doente". Sobe comigo e vem dizendo: — "Sentiu-se mal depois do almoço." Sinto no outro uma euforia cruel. Ligo para casa. Dizem: — "Comeu e passou mal. O Sílvio Moniz está aqui." Desligo e começo a pensar na morte.

10 Venho de táxi para casa. Quando era menino, eu vivia pensando: — "Se alguém morrer na minha família, me mato." Nas minhas meditações no fundo do quintal (sempre junto ao tanque de roupa), não queria acreditar na morte dos meus pais ou dos meus irmãos. Os outros morriam e nós jamais. Mas, se alguém tivesse de morrer, que fosse eu. Na morte de Roberto, faltou-me o fervor do menino. Pensei muitas vezes: — "Devia me matar."

11 Sempre achei e, o que é pior, ainda acho que cada um de nós tem, na vida, três ou quatro seres decisivos. Se um deles morre, não devemos sobreviver, eis a verdade, não devemos sobreviver. A vida continua, mentira. Morremos com o ser amado. E, se o outro ser amado morre, novamente morremos. Não há pior degradação do que viver pelo hábito de viver, pelo vício de viver, pelo desespero de viver.

12 Morávamos então na Rua Joaquim Nabuco. O Dr. Sílvio Moniz, clínico que nos fora recomendado por Edmundo Bittencourt, já saíra. Alguém me disse: "Derrame." Subo para ver meu pai. Na morte de Roberto, em plena madrugada, meu pai repetia: — "Estou com sono. Meu filho morreu. Eu não devia ter sono." E, porque teve sono, ele se dilacerou de vergonha e de pena. E amou mais o filho, porque teve sono.

13 Meu pai estava tão quieto, e era tão manso, tão doce o seu coma. Também o amei mais porque eu não estava sofrendo, e não sentia a compaixão que queria sentir. Não voltei para o jornal. Se meu pai morresse, seria um abalo na cidade. Os jornais dariam a metade da primeira página. Ele era um dos maiores nomes de sua época. Se ele morresse, toda a cidade desceria para acompanhar o enterro. E só se falaria na sua morte. O retrato do meu pai em todos os jornais. Mil carros acompanhando. Melo Viana, o vice-presidente, fora ao enterro de Roberto; com mais razão, ao do meu pai.

14 Todos os filhos se revezavam na cabeceira do meu pai. Lembro-me de que, na primeira noite, saí um momento e fui caminhar um pouco na calçada, diante da casa. Não queria ter sono. E ouvia a voz do meu pai: — "Estou com sono. Meu filho morreu. Eu não devia ter sono." E o sono lhe parecia uma desfeita à própria dor ou ao jovem morto. Eu também não queria ter sono. Na calçada, olhei a nossa casa. Na treva, e tão branca, a casa era uma grande máscara exânime. Na treva.

30/5/1967

Capítulo 80

1 Já disse que sempre um de nós, durante a madrugada, ficava junto do meu pai. Não vi, jamais, uma agonia tão mansa. Ele não sofreu em momento nenhum, como se finasse num doce e consentido martírio. Ou por outra: — só o vi crispar-se uma vez. Foi quando Sílvio Moniz fez uma punção na espinha. O médico avisara: — "Líquido róseo, mau sinal." A agulhada feriu meu pai e tão fundo. Gemeu como um menino.

2 Sílvio Moniz ergueu, contra a luz, a seringa. Vimos, no vidro, o líquido róseo e translúcido. Contei que, esperando a minha hora, fora andar um pouco na calçada, de uma esquina a outra esquina. E parei um momento, olhando a casa alta e branca. E ela, assim branca e diáfana, era uma maravilhosa imitação da máscara humana.

3 (Até hoje, não sei por quê, de repente, a casa me dava a sensação de grande, e alvo, e inescrutável rosto.) Entrei, porque chegara a minha hora. Subi a pequena rampa que dava para a garagem. E comecei a ter medo da casa. Hoje, nós moramos tão pouco e nos mudamos tanto. O sujeito passa seis meses, um ano no apartamento. Outrora, a casa era para sempre, como um túmulo. Várias gerações passavam por ela, e nela viviam, amavam e morriam.

4 Sim, seus quartos e salas eram cômodos metafísicos, povoados de invisíveis agonias, velórios e bodas. A nossa casa já matara Roberto; e, agora, meu pai começava a morrer. Mas, como ia dizendo: — entrei e comecei a subir a primeira escada. E, de repente, veio a fome.

5 Lembrei-me de que me ficara, da morte de minha irmã Dorinha, uma mágoa que ainda me fere. Era uma menina de oito meses: e, de repente, finara-se na mais leve, na mais imperceptível das agonias. Não havia então a capelinha. Armou-se o velório de anjo na sala de visitas. Rodei, pela casa, até alta madrugada. E, de repente, chegou a fome.

6 Eu achava que não devia comer. Tive pena, remorso, vergonha da fome. Fui beber água para enganar o estômago. E vinha para a sala espiar o sono dos círios. Saía da sala e ficava, um momento, no portão. As janelas, portas abertas, as coroas chegando. De bonde, as pessoas viam as quatro chamas e sabiam que ali morrera alguém. Mas não imaginavam que era uma menina e que não há nada mais casto que o velório de um anjo.

7 Dentro da noite, ouvi o primeiro canto de galo. O primeiro canto de galo errante da noite. Um crioulo, que ia passando, parou e pergunta: — "Quem morreu aí?" E eu: — "Uma menina." O homem se foi. Mas eu não pensava na morte. Lembrava-me do recreio da escola pública, na Rua Alegre. Eu ficava circulando, pelo pátio, e olhando as merendas das outras crianças. E nunca me esqueci — até hoje me lembro — de um sanduíche de ovo. A mãe fora levar o sanduíche ao filho. E a gema ainda escorria do pão como uma baba amarela. Tive uma inveja e tão sofrida, e tão dorida.

8 Junto ao portão, era no sanduíche que eu pensava. Pão com ovo. Entrei em casa. Minha irmã era, entre os círios, uma beleza em cera. Atravessei a sala, passei pela copa e entrei na cozinha. Em cima da mesa, vi um prato de sonhos. Cada sonho tinha uma franja de mel. Por um momento, resisti em desespero. Sonho, não. Se ainda fosse comida de sal. Mas não mel, não açúcar. E não resisti. Comi o primeiro sonho, e com que delícia mortal. Outro, não. E apanho o seguinte: como depressa. Não quero que alguém, entrando ali, seja testemunha da minha fome. Comi dois sonhos, sobraram outros dois. Nesses dois não toco. São sagrados.

9 Muitos e muitos anos depois, vou subindo para o quarto do meu pai, e paro, um momento, na copa. E me crispei de novo, atormentado pela fome antiga.

Penso se o próprio sentimento de morte não deflagra essa vontade, brutal e fatal, de comer. Comecei a me justificar: — há uma fome da angústia, uma fome da solidão, uma fome do medo. Não. Do medo, não. O medo tira a fome. A angústia, sim. A angústia dá ao homem uma fome de miserando. Mas resisti a mim mesmo. "Não vou comer nada", decido. E subi a outra escada, tenso como se acabasse de vencer uma tentação hedionda. No quarto, pergunto a Mário Filho: — "Como vai papai?" Mário estava maravilhado: — "Abriu os olhos e sorriu para mim." Digo: — "Ótimo sinal! Ótimo!" E, então, Mário saiu para dormir no quarto ao lado. Sentei-me numa extremidade da cama e fiquei olhando papai. Fumava para enganar a fome. Era, sim, a fome do desespero, da morte.

10 Acabei me levantando e vim para a varanda. Se meu pai abrira os olhos, reconhecera Mário e lhe sorrira, estaria, talvez, acordando do coma. Talvez não morresse. E, se morresse, teria uma coroa do presidente da República. Brigara com Washington Luís, mas fazia a campanha do Júlio Prestes. Washington Luís mandaria uma coroa. De Júlio Prestes, era certo. De Washington Luís, talvez.

11 E veio o sono, cruel, voluptuoso, mortal. Vontade de dormir como de morrer. Saí da varanda. Ouvia a voz do meu pai: — "Tenho sono. Meu filho morreu. Não posso ter sono." Eu não queria dormir, nem podia dormir. Tinha que tomar conta do meu pai, tão indefeso e tão menino em seu coma. Ninguém mais frágil do que ele, ninguém mais abandonado, ninguém mais órfão. Apenas um rosto, um rosto pousado na fronha, e não crispado.

12 Mas eu daria tudo para dormir. E, de repente, o importante não era a morte, não era a agonia, não era a apaixonada suavidade de sua agonia. Era o sono. Caminhei no corredor e só pensava no sono. Minha vontade era chorar de sono, sair gritando de sono. Quantas horas faltam para que outro venha me substituir? Como é miserável, vil e triste ter sono diante da morte, não mais que sono.

13 Passo água no rosto. Odeio minha vigília. O sono é uma embriaguez. Sento-me na cama, e logo me deito, ao lado do meu pai. Penso: "Vou beijar a mão de papai." Beijo não a mão, mas o rosto de meu pai.

31/5/1967

cronologia

	VIDA E OBRA
1881	
1882	
1901	
1902	
1908	
1909	
1910	
1912	Nasce no Recife Nelson Falcão Rodrigues, em 23 de agosto, quinto filho de Mário Rodrigues e Maria Esther
1913	

CONTEXTO ARTÍSTICO	ACONTECIMENTOS HISTÓRICOS
	Souza Dantas funda o *Jornal do Brasil*
Ibsen: *O inimigo do povo*	
	Edmundo e Paulo Bittencourt fundam o *Correio da Manhã*
Euclides da Cunha: *Os sertões*	
Machado de Assis: *Memorial de Aires* João do Rio: *A alma encantadora das ruas*	
	Término da construção do Theatro Municipal do Rio de Janeiro
João do Rio: *Dentro da noite*	
Marcel Proust: primeiro volume de *Em busca do tempo perdido*	

VIDA E OBRA

1914-1919	
1915	
1916	A família muda-se para o Rio de Janeiro
1917	
1921	
1922	
1923	
1924	
1925	
1925-1927	
1927	Nelson começa a trabalhar como repórter policial em *A Manhã*
	A família Rodrigues muda-se para a rua Raul Pompéia, em Copacabana

CONTEXTO ARTÍSTICO	ACONTECIMENTOS HISTÓRICOS
	Primeira Guerra Mundial
Lima Barreto: *Triste fim de Policarpo Quaresma*	Senador Pinheiro Machado é assassinado por Manso Paiva
Manuel Bandeira: *A cinza das horas*	Revolução Russa, liderada por Trotski, Lenin e Stalin
Luigi Pirandello: *Seis personagens à procura de um autor*	
Mário de Andrade: *Paulicéia desvairada*	Semana da Arte Moderna de São Paulo Revolta dos 18 do Forte de Copacabana
	Morre Rui Barbosa
Benjamin Costallat: *Mademoiselle Cinema*	Assis Chateaubriand assume a direção de *O Jornal*
Oswald de Andrade: *Pau Brasil*	Mário Rodrigues funda o jornal *A Manhã* Irineu Marinho funda *O Globo*, mas morre 21 dias depois
	Coluna Prestes
Mário de Andrade: *Macunaíma*	Começa a circular, no dia 21 de novembro, *Crítica*, novo jornal de Mário Rodrigues

VIDA E OBRA

1928	
1929	Roberto Rodrigues, irmão de Nelson, é assassinado na redação de *Crítica*
1930	Morre Mário Rodrigues Junto com os irmãos Mário Filho e Joffre, Nelson começa a trabalhar em *O Globo*
1931	
1932	
1933	
1934	Nelson sofre a primeira de muitas crises de tuberculose. Passa 14 meses em Campos do Jordão para se recuperar
1936	
1937	Morre Joffre Rodrigues, irmão de Nelson
1938	

CONTEXTO ARTÍSTICO	ACONTECIMENTOS HISTÓRICOS
	Início da publicação de *O Cruzeiro*, revista dos Diários Associados
Coelho Neto: *Fogo-fátuo*	
Carlos Drummond de Andrade: *Alguma poesia*	Getúlio Vargas toma o poder por meio da Revolução de 1930 O jornal *Crítica* é empastelado durante a Revolução de 1930, por sua oposição a Getúlio Vargas
Jorge Amado: *O país do Carnaval*	É fundado o *Jornal dos Sports*
	Revolução Constitucionalista
Gilberto Freyre: *Casa-grande & senzala* García Lorca: *Bodas de sangue*	
Gilberto Freyre: *Sobrados e mucambos*	
Jorge Amado: *Capitães da areia*	
Graciliano Ramos: *Vidas secas* Antonin Artaud: *Teatro e seu duplo*	

VIDA E OBRA

1940	É celebrado o casamento de Nelson e Elza
1942	Estréia *A mulher sem pecado*
1943	Zbigniew Ziembinski encena *Vestido de noiva*
1944	Publica em *O Jornal*, com o pseudônimo Suzana Flag, *Meu destino é pecar*, em capítulos
1945	
1946	A peça *Álbum de família* é censurada
1947	
1948	Conhece o jornalista e escritor Otto Lara Resende
1950	Trabalha como dialoguista no roteiro de *Somos dois*, filme de seu irmão Milton Rodrigues
1951	Começa a publicar "A vida como ela é..." em *Última Hora*
1952	

CONTEXTO ARTÍSTICO	ACONTECIMENTOS HISTÓRICOS
Clarice Lispector: *Perto do coração selvagem* Gustavo Corção: *A descoberta do outro*	
Jean-Paul Sartre: *Entre quatro paredes*	Fim da Segunda Guerra Mundial e do primeiro governo de Getúlio Vargas
Mário Filho: *O negro no futebol brasileiro*	
Criação do Teatro Brasileiro de Comédia (TBC)	
Gustavo Corção: *Lições do abismo*	No estádio do Maracanã, a Seleção Brasileira de Futebol perde a final da Copa do Mundo para o Uruguai Assis Chateaubriand funda a TV Tupi
	Samuel Wainer funda o jornal *Última Hora*
Augusto e Haroldo de Campos e Décio Pignatari lançam a revista *Noigrandes*, porta-voz da poesia concreta	Adolfo Bloch lança a revista *Manchete*

	VIDA E OBRA
1952	
1953	Nelson conhece o psicanalista e escritor Hélio Pellegrino
1954	
1954-1975	
1955	
1956	
1957	A família de Paulo Rodrigues, irmão de Nelson, morre no desabamento de um prédio em Laranjeiras
1958	

CONTEXTO ARTÍSTICO	ACONTECIMENTOS HISTÓRICOS
Jorge de Lima: *Invenção de Orfeu*	
Graciliano Ramos: publicação póstuma de *Memórias do cárcere*	
Ferreira Gullar: *A luta corporal*	Getúlio Vargas, eleito em 1951, suicida-se no Palácio do Catete. Café Filho assume até 1955
	Guerra do Vietnã
Nelson Pereira dos Santos: *Rio quarenta graus*	
Guimarães Rosa: *Grande sertão: veredas* Eugene O'Neill: primeira montagem de *Longa jornada noite adentro*	Juscelino Kubitschek, eleito presidente da República no ano anterior, assume, após tentativa frustrada de impugnar sua eleição
Boris Pasternak: *Doutor Jivago*	
Gianfrancesco Guarnieri: *Eles não usam black-tie* estréia no Teatro Arena Criação do Teatro Oficina Carlos Heitor Cony: *O ventre* Plínio Marcos: *Barrela*	A Seleção Brasileira de Futebol ganha sua primeira Copa do Mundo

VIDA E OBRA

1959	
1960	Estréia *Boca de ouro*
1961	É publicada, em dois volumes, a seleção dos cem melhores contos de "A vida como ela é..."
1962	
1963	Nasce Daniela Rodrigues, a "menina sem estrela", filha de Nelson e Lúcia Cruz Lima Escreve a novela *A morta sem espelho*, dirigida por Sérgio Britto, para a TV Rio
1964	
1965	Estréia *Toda nudez será castigada* *A falecida* é adaptado para o cinema por Leon Hirszman

CONTEXTO ARTÍSTICO	ACONTECIMENTOS HISTÓRICOS
	Fidel Castro e Ernesto Che Guevara lideram a Revolução Cubana
Dias Gomes: *O pagador de promessas*	
	O presidente eleito Jânio Quadros renuncia, deixando o cargo para João Goulart
Carlos Heitor Cony: *Matéria de memória*	
	O presidente dos Estados Unidos, John F. Kennedy, é assassinado em Dallas
Oduvaldo Vianna Filho, Paulo Pontes e Armando Costa: *Opinião*, dirigido por Augusto Boal Glauber Rocha: *Deus e o Diabo na terra do sol* Clarice Lispector: *A paixão segundo GH* Otto Lara Resende: *O braço direito*	Instaurado no Brasil o regime militar. O marechal Castello Branco é o primeiro presidente do novo regime
Augusto Boal e Gianfrancesco Guarnieri: *Arena conta Zumbi* I Festival de Música Popular Brasileira, Rede Excelsior	Roberto Marinho inaugura a Rede Globo de Televisão

VIDA E OBRA

1965	
1966-1969	
1966	É lançado o romance *O casamento*, cuja circulação logo é proibida pela censura
1967	Inicia as crônicas das "Memórias" no *Correio da Manhã.* Na redação do jornal, conhece o jornalista, crítico de cinema e poeta José Lino Grünewald Continua suas crônicas memorialísticas em *O Globo*, na coluna "Confissões" Liberação de *O casamento*
1968	Reunião de suas "Confissões" no livro *O óbvio ululante*

CONTEXTO ARTÍSTICO	ACONTECIMENTOS HISTÓRICOS
Flávio Rangel e Millôr Fernandes: *Liberdade, liberdade*	
	Revolução Cultural Chinesa, liderada por Mao Tsé-tung
Oduvaldo Vianna Filho: *Mão na luva* Jorge Amado: *Dona Flor e seus dois maridos* João Cabral de Mello Neto: *A educação pela pedra* e *Morte e vida severina* Plínio Marcos: *Dois perdidos numa noite suja*	
Glauber Rocha: *Terra em transe* Antonio Callado: *Quarup* Oswald de Andrade: *O rei da vela* é encenado por José Celso Martinez Corrêa, trinta anos após publicação em livro Carlos Heitor Cony: *Pessach: a travessia* Plínio Marcos: *Navalha na carne* Autran Dourado: *Ópera dos mortos*	
Chico Buarque: *Roda viva*, encenado por José Celso Martinez Corrêa	Em maio, a França é sacudida por manifestações estudantis

	VIDA E OBRA
1968	
1969	
1970	
1971	
1972	Nelson Rodrigues Filho é preso por seu envolvimento com a oposição armada ao governo militar
1973	Arnaldo Jabor adapta *Toda nudez será castigada* para o cinema É encenada a peça *Anti-Nelson Rodrigues* Morre Maria Esther
1974	É publicada *Elas gostam de apanhar*, segunda seleção de Nelson Rodrigues para os contos de "A vida como ela é..."
1975	
1976	

CONTEXTO ARTÍSTICO	ACONTECIMENTOS HISTÓRICOS
	Em dezembro, o governo brasileiro decreta o Ato Institucional nº 5
	Seqüestro do embaixador americano Charles Burke Elbrick pelo MR-8 Seqüestro do embaixador alemão Ehrenfried Von Holleben pela Ação Libertadora Nacional
	Seleção brasileira é tricampeã na Copa do Mundo do México
Antonio Callado: *Bar Don Juan*	
	Golpe liderado pelo general Augusto Pinochet derruba Salvador Allende no Chile
Oduvaldo Vianna Filho: *Rasga coração*	
Rubem Fonseca: *Feliz Ano Novo* Clarice Lispector: *A hora da estrela* Antonio Callado: *Reflexos do baile*	
Ferreira Gullar: *Poema sujo*	

VIDA E OBRA

1978	Estréia sua última peça, *A serpente*
1979	
1980	Em 21 de dezembro, morre Nelson Rodrigues
1981	Sábato Magaldi reúne e organiza em quatro volumes o teatro completo de Nelson Rodrigues

CONTEXTO ARTÍSTICO	ACONTECIMENTOS HISTÓRICOS
Rubem Fonseca: *O cobrador*	No governo de João Baptista Figueiredo, é decretada a anistia ampla, geral e irrestrita

índice

NELSON RODRIGUES NA EDITORA AGIR

Nelson Rodrigues já era Nelson Rodrigues quando, em 1961, organizou a antologia que reunia em livro pela primeira vez parte da série "A vida como ela é...", que estreara em 1950 no *Última Hora*. Como o melhor jornalismo, a coluna falava direto ao público; como a literatura mais sofisticada, fazia tremer suas convicções. Sob as manchetes, o leitor encontrava, pela primeira vez em letra de fôrma, ciúme, dilemas morais, inveja, desejos desgovernados, adultério e sexo. Diagramados, estavam ali o céu e o inferno das tradicionais famílias dos subúrbios cariocas afrontadas pela emergente classe média de Copacabana. Item de colecionador, disputado em sebos, os dois volumes da editora J. Ozon dos *Cem contos escolhidos — A vida como ela é...* voltam às livrarias, em volume único, inaugurando na Agir a publicação das obras em prosa do autor.

O casamento é um inventário das obsessões mais caras a Nelson Rodrigues. Adultério, incesto, assassinato e um austero moralismo pontuam suas páginas, escritas em 1966, no ritmo da encomenda que resultou no primeiro e único romance que o dramaturgo assinou com o próprio nome. Censurada menos de dois meses depois de publicada, a obra se passa nas 24 horas que antecedem ao casamento de Glorinha, quando Sabino, o zeloso pai da moça, se vê atropelado por fantasias e fantasmas sexuais e sua vida se transforma no campo de batalha entre a força devastadora dos desejos e a aparente solidez da moral. Sua tragédia é, inevitavelmente, vizinha da comédia, já que Nelson enche a trama com algumas das tiradas que o celebrizaram: "Todo canalha é magro!" "Só os profetas enxergam o óbvio." "Qualquer um pode ser obsceno, menos o ginecologista." "Não acredito que uma mulher possa amar o mesmo homem por mais de dois anos."

Seleção de 26 textos da coluna "A vida como ela é...", publicada por Nelson Rodrigues de 1951 a 1961 no *Última Hora*, *Elas gostam de apanhar* foi lançado pela editora Bloch em 1974. Cada vez mais solicitado por jornalistas e estudantes e conhecido pelo público, Nelson vivia um período de consagração artística. Estava envolvido com a montagem da peça *Anti-Nelson Rodrigues*, escrita no ano anterior, com o sucesso da adaptação cinematográfica de *Toda nudez será castigada* pelo cineasta Arnaldo Jabor (1973) e continuava com a coluna "Confissões" em *O Globo*. No entanto, sua saúde estava cada vez mais debilitada — o autor morreria em 1980, em decorrência de um edema pulmonar. *Elas gostam de apanhar*, obra em que o autor lança seu olhar cáustico sobre os dilemas e desejos indissociáveis da condição humana, volta às livrarias 33 anos após sua primeira e única edição.

Duas primas se apaixonam pelo mesmo homem, o jovem e belo médico Paulo. Sônia, sete anos mais velha, é a mansa e abnegada figura materna para a espevitada e quase cruel Joyce. Disposta a abrir mão de seu grande amor em favor da mulher que ama como filha, Sônia descobre, no entanto, que esse estranho triângulo amoroso está cada vez mais próximo de um trágico desfecho. Sob o pseudônimo de Suzana Flag, Nelson Rodrigues publicou *O homem proibido* em folhetim no jornal *Última Hora*, entre junho e setembro de 1951. Ao contrário dos folhetins anteriores, *O homem proibido* não ganhou uma edição em livro logo após sua conclusão no jornal. Somente em 1981 o romance foi publicado pela editora Nova Fronteira, um ano após a morte de seu autor, e, em 1982, foi adaptado para a televisão.

Publicados em *O Jornal*, os 38 capítulos de *Meu destino é pecar* narram a vida de Leninha, que se casa com Paulo, um homem que ela não ama, para salvar a família da derrocada financeira. Ao chegar à casa da fazenda Santa Maria, Leninha encontra um ambiente marcado pela memória da trágica morte de Guida, primeira mulher de Paulo, e pela disputa entre ele e seu irmão, Maurício. Em meio a esse embate, um mistério: quem seria a mulher que Maurício visita todos os dias em uma casa na floresta? Ao criar uma narrativa em que nada é o que parece, Nelson Rodrigues apresenta sua visão complexa do mundo, filtrada pela voz feminina de Suzana Flag. *Meu destino é pecar* foi publicado em livro pelas Edições O Cruzeiro logo após sua conclusão, com grande sucesso comercial. Em 1952, foi levado para o cinema pelas mãos do argentino Manuel Pelufo, primeira adaptação cinematográfica de um texto de Nelson Rodrigues.

Em 1967, Nelson Rodrigues iniciou a publicação da coluna "Memórias", no *Correio da Manhã*. No final daquele ano, transferiu suas memórias para *O Globo* na coluna "Confissões", em que, além de deixar entrever parte de sua vida, analisava personagens de sua época, as mudanças de comportamento e os debates políticos pelos quais passava o país. Encontramos em cada crônica os tipos criados por Nelson, como a "estagiária do JB" e a "grã-fina de nariz de cadáver", e os amigos — e inimigos — que o autor transformava em personagens: Otto Lara Resende, Hélio Pellegrino, Antonio Callado, Alceu Amoroso Lima, D. Hélder Câmara, entre outros. *O óbvio ululante* traz de volta a seleção do autor feita em 1968 das "Confissões" publicadas entre dezembro de 1967 e junho de 1968.

Publicadas entre 1955 e 1959, as crônicas de Nelson Rodrigues para a *Manchete Esportiva* sintetizam um dos principais períodos de transformação do esporte brasileiro: o futebol desponta como modalidade nacional, mobilizando multidões. Com sensibilidade, Nelson relaciona os esportes — além de futebol, boxe, remo, basquete, entre outros — com seus personagens e com o público e mostra como as disputas podem ser vistas como pequenas metáforas da existência humana. Em cada página, aparecem grandes dramas e épicos, com personagens memoráveis, dignos dos contos e das peças do autor. *O berro impresso das manchetes* reúne, pela primeira vez em livro, a íntegra da coluna de Nelson Rodrigues para a revista *Manchete Esportiva* e apresenta um panorama definitivo da crônica esportiva de um dos nossos escritores mais importantes. Uma época ainda romântica do jornalismo, em que cada descrição de um gol era uma peça literária.

Único folhetim que Nelson Rodrigues assinou com o próprio nome, *Asfalto selvagem* conta, em duas partes, a história de Engraçadinha, personagem tão complexa e misteriosa como as mulheres mais marcantes da literatura brasileira. A primeira parte se passa em Vitória, Espírito Santo, em 1940. Ainda adolescente, a jovem filha do conservador deputado Arnaldo se apaixona por seu primo e desperta paixões e desejos que incomodam a cínica sociedade local. Para se livrar de pecados dos quais nem sempre é culpada, ela se casa com o devotado Zózimo e se muda para o Rio de Janeiro disposta a levar uma vida recatada. Na segunda parte, que se dá em 1959, ela volta a conviver com os fantasmas do passado, vendo se repetirem através de sua filha Silene os erros de sua juventude. Suas convicções são postas em xeque e ela é levada de volta para o mundo de paixões do qual fugira.

Ao intitular seu último livro de *O reacionário*, epíteto que, de tanto ouvir ligado ao seu nome, Nelson Rodrigues decidiu assumir para si, o autor resumiu toda a sua história de polemista. Sua obra jornalística, por sua vez, não pode ser relegada simplesmente à polêmica. Como escreveu Gilberto Freyre no prefácio à primeira edição de *O reacionário*, "o escritor-jornalista ou o jornalista-escritor é o que sobrevive ao jornal. Pode resistir à prova tremenda de passar do jornal ao livro". Nas 130 crônicas reunidas neste livro, publicadas entre março de 1967 e maio de 1974 nas colunas "Memórias" do *Correio da Manhã* e "Confissões" de *O Globo*, estão presentes ao mesmo tempo o vigor e a graça do estilo de Nelson Rodrigues. Prova de que, além de retratar uma época e contrariar o "bem-pensar", seus textos são alguns dos melhores momentos do gênero brasileiro por excelência, ao mesmo tempo jornalismo e literatura: a crônica.